JN251202

Takakuwa Emiko
高桑枝実子

万葉挽歌の表現

挽歌とは何か

笠間書院

万葉挽歌の表現　挽歌とは何か◆目次

第二章　万葉挽歌の方法

第三章　万葉挽歌の周辺

凡例

一、本書で使用した主要テキストは、以下の通りである。

『万葉集』……中西進校注『万葉集全訳注原文付』（講談社文庫）　一部私に表記を改めた箇所がある。
『古事記』……新編日本古典文学全集『古事記』（小学館）
『日本書紀』……新編日本古典文学全集『日本書紀』（小学館）
『風土記』……新編日本古典文学全集『風土記』（小学館）
祝詞……日本古典文学大系『古事記　祝詞』（岩波書店）
『古今和歌集』……新編日本古典文学全集『古今和歌集』（小学館）

二、本書で使用した『万葉集』のテキスト及び注釈書の略称は、以下の通りである。

日本古典文学大系『萬葉集』（岩波書店）……『旧大系』
日本古典文学全集『萬葉集』（小学館）……『旧全集』
新潮日本古典集成『萬葉集』（新潮社）……『新潮集成』
中西進校注『万葉集全訳注原文付』（講談社文庫）……中西『全訳注』
新編日本古典文学全集『萬葉集』（小学館）……『新編全集』
稲岡耕二『萬葉集』和歌文学大系（明治書院）……稲岡『和歌大系』

新日本古典文学大系『萬葉集』（岩波書店）……………………『新大系』
下河辺長流『萬葉集管見』……………………『管見』
北村季吟『萬葉拾穂抄』……………………『拾穂抄』
契沖『萬葉代匠記』……………………『代匠記』
『萬葉代匠記（初稿本）』……………………『代匠記（初）』
『萬葉代匠記（精撰本）』……………………『代匠記（精）』
賀茂真淵『萬葉考』……………………『考』
橘千蔭『萬葉集略解』……………………『略解』
岸本由豆流『萬葉集攷証』……………………『攷証』
鹿持雅澄『萬葉集古義』……………………『古義』
井上通泰『萬葉集新考』……………………井上『新考』
山田孝雄『萬葉集講義』……………………山田『講義』
鴻巣盛広『萬葉集全釈』……………………鴻巣『全釈』
『萬葉集総釈』……………………『総釈』
金子元臣『萬葉集評釈』……………………金子『評釈』
窪田空穂『萬葉集評釈』……………………窪田『評釈』
武田祐吉『増訂　萬葉集全註釈』……………………武田『全註釈』
佐佐木信綱『評釈萬葉集』……………………佐佐木『評釈』
土屋文明『萬葉集私注』……………………土屋『私注』

澤瀉久孝『萬葉集注釈』……澤瀉『注釈』
『萬葉集全注』……『全注』
伊藤博『萬葉集釈注』……伊藤『釈注』
阿蘇瑞枝『萬葉集全歌講義』……阿蘇『全歌講義』
多田一臣『万葉集全解』……多田『全解』

序章　万葉挽歌研究の視点

第一節　万葉挽歌研究史と本書の目的
――予備的考察として――

一　はじめに

挽歌は、雑歌・相聞と並ぶ『万葉集』の三大部立の一つである。部立挽歌は巻二・三・七・九・十三・十四の各巻に見えており、通常、この部立挽歌に収載された歌々を指して挽歌と呼んでいる。ただし、それ以外の歌の中にも挽歌は存在する。それは、題詞や左注に挽歌である旨が記された歌である。題詞に挽歌と記されたものには、山上憶良による「日本挽歌」（5七九四〜七九九）、巻十五収載の遣新羅使人歌中に見える丹比大夫作の「古挽詞一首」（15三六二五〜三六二六）、大伴家持による「挽歌一首」（19四二一四〜四二一六）の三作品があり、左注に挽歌と記されたものには、巻十五収載の遣新羅使人歌中に含まれる、「右三首、挽歌」と記された三六八八〜三六九〇番歌、「右三首、葛井連子老作挽歌」と記された三六九一〜三六九三番歌、「右三首、六鯖作挽歌」と記された三六九四〜三六九六番歌がある。よって、部立挽歌に収載された歌々に加え、題詞や左注に挽歌と記されたこれらの歌をまとめて、本書では挽歌と呼ぶこととする。

『万葉集』が、古くは仁徳朝の皇后磐姫の歌（2八五～八九）から、最も新しいものでは淳仁朝の天平宝字三年に大伴家持が詠じた歌（20四五一六）までを含むのと同様に、挽歌にも推古朝の聖徳太子による挽歌（3四一五）から、孝謙朝の天平勝宝二年に大伴家持が詠じた「挽歌一首」（19四二一四～四二一六）までと様々な時代の作が含まれる。しかし、これらの挽歌を年代順に追ってみると、まず推古朝の聖徳太子による挽歌があり、その約四十年後の斉明朝に有間皇子自傷歌二首（2一四一～一四二）があり、その約十余年後の天智朝末に天智天皇への挽歌群（2一四七～一五五）が現れるというように、初期の頃の挽歌は途切れ途切れに存在しており、ある程度継続して挽歌作品が詠まれるようになるのは天智挽歌群以降となる。推古朝の聖徳太子による挽歌を巻二編纂以降に《歌語り》として成立したものと見る伊藤博氏の論[1]に従えば、挽歌の作られた年代としては、有間皇子自傷歌二首が詠まれた斉明朝が遡り得る最上限となる。

一方、記紀には、「挽歌」という語こそ見られないものの、死や喪葬儀礼に関わる多くの伝承や歌謡が記されている。例えば、イザナミの死をめぐる神話やアメワカヒコの死と喪葬儀礼を語る神話、ヤマトタケルやウヂノワキイラツコ等の英雄の死を語る伝承、そして、景行記の「大御葬歌（おおみはふりのうた）」（記三四～三七）をはじめ、孝徳紀の造媛（みやつこひめ）の死を悼む歌謡（紀一一三～一一四）、斉明紀の建王（たけるのみこ）の死を悼む斉明の歌謡（紀一一六～一二一）、斉明の死を悼む中大兄の歌謡（紀一二三）等、多くの死に関わる歌謡である。記紀の記述に従えば、これらの伝承や歌謡の年代は『万葉集』の挽歌以前の時期にほぼ該当するため、かつての挽歌研究は、記紀から万葉挽歌への流れを考える挽歌の源流考という形が主流であった。

二　挽歌の源流考について

万葉挽歌の考察に於いて、挽歌史という視点を初めて取り入れたのは西郷信綱氏[2]による《女の挽歌》論であった。氏は、柿本人麻呂を中心とする公的な挽歌以前に「挽歌あるいは喪歌はそもそも女のうたうものであったという原古の伝統」を受け継ぐ《女の挽歌》の時代を想定し、その歴史を遡ると「劇的に狂う原始の哭女」に達するとして、誄の伝統から生まれた人麻呂等による「男の宮廷挽歌」との性格の違いを論じた。

しかし、この《女の挽歌》論には多くの反論が提示された。例えば、青木生子氏[3]は、西郷氏が《女の挽歌》の「ヴァリアント」と見なして除外した身内の女性の死を悼む男性の挽歌の存在を重く見て「故人に身近な間柄の者の挽歌」と捉え直し、《女の挽歌》という抽象的な捉え方を否定した。そして、『万葉集』に於いて確立した挽歌の源流を万葉以前に求めると、『古事記』倭建命の「大御葬歌」以下、記紀歌謡に於ける人の死を悼む歌に見出されるとし、それらの歌を、生と死とが未分化の古代意識の中で死喪に際して古くから受け継がれてきた儀礼としての葬式歌（「儀礼挽歌」・「古式挽歌」）と、死が生との訣別として意識された中で死者によせ個人の悲しみを純粋に歌う抒情歌（「哀傷挽歌」・「抒情挽歌」）とに分け、一回性を持つ万葉挽歌の源流が後者であることを論じた。また、阿蘇瑞枝氏[4]も「喪礼における哭も歌も、決して女だけのものではなかった」と述べて《女の挽歌》論を否定した上で、『万葉集』が部立名に「挽歌」という中国の名称を用いたことから、その内容自体も中国挽歌を参考にした可能性があると指摘した。そして、中国挽歌が誰に対しても歌われた歌から特定の対象へ向けられた一回性をもつ歌へと変化した歴史を踏まえ、日本に於いても同様に、いつも同じ挽歌が葬礼に際して歌われた段階から、帰化人によって新しい挽歌が作られ儀礼歌として歌われた段階を経て、万葉挽歌が成立したという挽歌史の流れを考察した。一方、伊藤博氏[5]は、記紀に見られる葬歌は屍を前にした呪術的な歌で、その本質は魂招ぎにあったとした上で、挽歌は葬歌の固定表現に反発し、古代歌謡物語（倭建命の物語・軽太子情死物語など）から強い影響を受けながら、直接的には孝徳・斉明紀の歌を根源に《偲び》や《嘆き》を歌う抒情詩として誕生したと説いた。また、塚本澄子氏も、挽歌の源流として呪術に関わる葬歌を想定し[6]、孝徳・斉明朝に人の死を悼む新しい挽歌が詩として成立することを経て万葉の天智挽歌群へと繋がるという挽歌史の流れを論じ[7]、《女の挽歌》論への疑問を投げ掛けている[8]。

これらの諸論が説くのは、固定化した葬歌が儀礼歌として歌われていた段階から、孝徳・斉明朝に帰化人によって新たな挽歌が作られたことを契機として、死者個人に寄せて歌われる一回的・抒情的な万葉挽歌が成立したという挽歌史の流れである。また、ここで固定的・儀礼的葬歌として想定されたのは『古事記』の「大御葬歌」である。それは、『古事記』の所伝に、

是の四つの歌は、皆其の御葬に歌ひき。故、今に至るまで、其の歌は、天皇の大御葬に歌ふぞ。

と記されたことと、「なづき田を匍匐ひ廻りて哭き、歌為て曰はく」という殯宮儀礼での所作を髣髴とさせる表現が見えるために、四首が天皇の「大御葬」に於ける殯宮儀礼で歌われた歌と解釈されたことに由来する[9]。その結果、「大御葬歌」と『万葉集』の殯宮挽歌との繋がりが意識されることとなり、「大御葬歌」や孝徳・斉明紀の歌謡、万葉挽歌のすべてが「挽歌」と呼ばれ、一つの挽歌史を形成するものと見なされたのである。

このような従来の挽歌研究のあり方を、「大御葬歌」の考察を通して批判したのが神野志隆光氏である[10]。氏は、死者を葬地に送り墳墓におさめることを指す「葬」と呪術的・魂ふり的儀礼である「殯」とを明確に区別した上で、従来、殯宮儀礼と結びつけられてきた「大御葬歌」四首に「行きなづむ」という一貫したモチーフが見られ

ることから、これらを葬送儀礼に関わる歌と位置付けた。そして、挽歌は「儀礼の歌とは別に」「中国文学の媒介によって」成立した「新しい歌の領域」であり、「儀礼の歌とは異質な、死者を哀傷する抒情詩（一回的、求心的な文学としての歌）」として生成したものであると論じた。「大御葬歌」をはじめとする記紀の葬歌と万葉挽歌を一括りのものと捉え、万葉挽歌の源流を「大御葬歌」に見る研究方法への批判は、近年、梶川信行氏[11]、影山尚之氏[12]からも提示されている。

一方で、記紀の葬歌と万葉挽歌との繋がりを重く見る向きもある。古橋信孝氏[13]は、記紀歌謡から万葉挽歌が成立する過程を《葬の儀礼の確立→葬の謡（＝記紀歌謡）の成立→抒情詩（＝万葉挽歌）の成立》という枠組みで捉え、記紀歌謡に見える葬の謡が万葉挽歌という抒情詩へと上昇するために重要だったのは『あはれ』のような感動詞が内面を表出する言語として形容詞化し、内面描写をも可能にしたこと」であったと説く。また、居駒永幸氏[14]は、死者が境界の場所を経て他界に鎮まることを歌う万葉挽歌の構造が、境界の場所を経て死者の魂を他界へ送り鎮めることを歌う「大御葬歌」のあり方と通底すると指摘し、「万葉挽歌は死の嘆きを観念化したり抽象化したりして表現する哀傷挽歌への道を志向する一方で、死者儀礼における葬歌の表現を抜きがたく抱え込んだと言える」と考察する。

古橋・居駒両氏が説くように、万葉挽歌と記紀の葬歌には表現上の繋がりが確かに認め得る。しかし、万葉挽歌の源流を記紀歌謡だけに求めて考察する方法では、挽歌の本質には迫り得ないように思われる。それは、神野志氏が述べたように、挽歌が『万葉集』に於いて新しく成立した歌の概念だからである。

三　挽歌研究の現在

神野志氏によって記紀の葬歌と万葉挽歌との直接的関係が否定されてからは、これまでと異なる立場から挽歌の本質を捉える論が提示されるようになる。それは、源流考という研究方法がもつ限界を打破する新たな試みであった。その契機となったのは、谷川健一氏の『南島文学発生論』である。[15]氏は、南島に伝わる葬歌やシノビゴトのあり方を踏まえて万葉挽歌を見直し、挽歌は異常死を遂げた死者に対して歌われ、死者が悪霊となって祟りをなすことを鎮めるためのものであると述べた。しかし、この可能性に言及したのは氏が初めてではない。早く高崎正秀氏が[16]『万葉集』の各部立の冒頭歌の意義を検討し、挽歌について「単なる葬儀の歌ではなく、とくべつ不幸悲惨な最期を遂げた人々の祟りを恐れかしこんで、それを慰撫追悼する意義を荷なっていたのではないか」と述べ、非業の死を遂げた死者への鎮魂と万葉挽歌との関わりについて考察していた。よって、谷川氏の論は、南島文学の葬歌のあり方から、挽歌と異常死者との関わりに改めて注目したものと言える。

この谷川論を受けて、万葉挽歌が異常死者に対する鎮魂歌として発生したことを実際の挽歌史の上で説こうと試みたのが、古橋信孝氏による挽歌論[17]である。氏は、『万葉集』が時代順の配列を取ることから「挽歌の始まり」として巻二挽歌冒頭の有間皇子自傷歌二首に着目した上で、有間皇子が雑歌冒頭の雄略や相聞冒頭の磐姫に比べて時代的に約二世紀遅れることを指摘し、「この二首は旅の歌を挽歌に転用しているといえる。ということは、挽歌はそれまでなかったということになるだろう。それが挽歌の始まりということである。有間皇子の死は一種の刑死だから、異常死への鎮魂として挽歌は始まった」と説く。そして、「死者を特殊性・個別性としてみているところに、『万葉集』の挽歌の発生がある」と述べ、宮廷社会の成立により異常死を遂げた「死者の鎮魂が共同性として行えなくなった」ことに挽歌発生の契機があると見ている。つまり、万葉挽歌は新しく成立した宮廷社会に応じて作られた、新しい歌だという主張である。

同様に巻二挽歌冒頭の有間皇子自傷歌二首と挽歌の新しさとを関わらせて論じたのが、辰巳正明氏[18]である。氏は、孝徳紀の造媛の死を悼む歌謡（紀一一三～一一四）や斉明紀の建王の死を悼む歌謡（紀一一六～一二一）など帰化人が関わる歌に「挽歌の発生をみることが可能」だと述べた上で、「そこに挽歌の発生がありえたとするならば、（『万葉集』は：高桑注）『挽歌』という新たな概念を説明しなければならなかったはずである」と指摘し、そのことに有間皇子自傷歌二首が『万葉集』の挽歌冒頭を飾る理由があったと見る。そして、中国古挽歌をもとに挽歌の意味を「人生の無常を嘆くこと」と定義し、有間皇子自傷歌二首は「挽歌の一つの理想的な姿を説明するために選ばれたモデル」であると説いた上で、「有間皇子の事件は、不幸な皇子の悲劇物語として世間に伝えられたことであろう。それは歴史の事実として語られるとともに、万葉集もその歴史を踏まえて『挽歌』の意味を説明することになったのである」と考察した。

以上の諸論が指摘するように、挽歌が『万葉集』に於いて新しく成立した歌の概念だということは、挽歌を考える上で常に顧慮されねばならないだろう。

その一方で、挽歌研究は、それぞれの時期や歌人ごとの個別研究も進められている。特にこれまで多くの議論が積み重ねられてきたのは、初期万葉の天智挽歌群や万葉第二期の柿本人麻呂が詠じた殯宮挽歌についてである。それは、共に公的・儀礼的性格を有する両者の歌表現から、歌が歌われた場や喪葬儀礼の様子が垣間見えることに起因する。

天智挽歌群については、すべての歌が天智周辺の女性達によって詠じられていることから、かつては西郷信綱氏の《女の挽歌》[19]論に関わる形で歌の場の考察がなされてきた。例えば、橋本達雄氏[20]や曽倉岑氏[21]はこれらの歌が公的儀礼の行なわれた殯宮の場とは別の後宮による儀礼で奏されたことを想定し、特に「大殯之時」の作と記された四首（2一五一～一五四）をめぐっては、伊藤博氏[22]や渡瀬昌忠氏[23]によって殯宮内部の女性達による具体的な歌の場が考察された。しかし、早く青木生子氏[24]は「こうした何らかの後宮儀礼の場なるものを具体的に確認することは困難である」と述べて歌の場を考察する方法を否定しており、近年では、大浦誠士氏[25]によって当該歌群は巻二編者によって複数の資料から集められ現在見る形に編纂されたもので、この配列をもとに一つの時間的流れや空間的場を想定するのは不可能であることが指摘されている。よって、天智挽歌群については、歌の場よりも各歌の表現に重点を置いて考察する方法が現在では主流となっている。[26]

　一方、殯宮挽歌については、天智挽歌群の「大殯之時」の作四首に加え、柿本人麻呂による「日並皇子殯宮挽歌」（2一六七～一七〇）及び「皇子尊宮舎人等慟傷作歌廿三首」（2一七一～一九三）、「明日香皇女殯宮挽歌」（2一九六～一九八）、「高市皇子殯宮挽歌」（2一九九～二〇二）等について多くの研究が積み重ねられた結果[27]、そのあり方がかなり明らかになってきている。早く殯宮儀礼に於ける殯宮挽歌誦詠を否定した吉永登氏の論をはじめ、殯宮挽歌は必ずしも殯宮の場で誦詠されたものではないと見るのが大方の議論であり[28]、殯宮期間の終わり頃に生前居所周辺で行なわれた追悼の場に関わって作られた歌であるとする渡瀬昌忠氏の見方が現在では諸研究の認めるところとなっている。また、殯宮設営の場所の考察[29]と関わる形で、犬飼公之氏[30]、身﨑壽氏[31]、上野誠氏[32]等によって殯宮挽歌の意義が考察されている。その一方、挽歌成立の環境要因として殯宮という場や儀礼が関わることを認めつつも、挽歌に見える抒情性は先行する相聞歌との関係の中で成立したものと見る平館英子氏の論[33]もある。この挽歌と相聞歌の同質性という問題については、梶川信行氏[34]や内田賢徳氏[35]によっても考察されている。

この他、万葉挽歌の表現性については、抒情詩としての表現のあり方を考察した青木生子氏の研究[36]をはじめ、表現が空間的・時間的離別に収斂することを論じた森朝男氏の論[37]や、死者が境界の場所を経て他界に鎮まる構造を持つことを説く居駒永幸氏の論[38]などがある。また、殯宮挽歌をはじめとする人麻呂の挽歌の話者のあり方についても多くの考察が積み重ねられてきたが[39]、特に村田右富実氏[40]による考察は、挽歌に於ける死者と残された生者、そして歌の話者という人間関係のあり方を通史的に捉えたものとして注目される。

猶、西郷信綱氏の《女の挽歌》論[41]については、近年でも大浦誠士氏[42]が青木生子氏による「故人に身近な間柄の者の挽歌[43]」という見方を発展させて「近親異性による挽歌」という見解を示すなど反論が提示されている。しかし、記紀の記述からは古代の喪葬儀礼と女性との結び付きの深さを見て取ることが出来る上、天皇の殯宮儀礼では「皇后を始めとして肉親の女性たち」が「天皇の殯宮に籠る」習慣があったとする和田萃氏[44]の考察もあり、《女の挽歌》論はなお検討の余地を残していると言える。

四　本書の目的

以上見てきたように、挽歌については様々な角度から研究が進められているが、本書が目的とするのは挽歌の成立とその本質の解明である。先に述べた通り、「挽歌」の語は『万葉集』中に部立名として見えるとともに、題詞や左注の記述の中にも用いられている。このうち、最も早く「挽歌」の語を用いたのは、この語を部立名に採用した巻二である。巻二は前半が相聞、後半が挽歌という形を取り、巻一雑歌と合わせて三大部立が形成される構造となっている。その挽歌部は、天皇の御代を示す表題のもとに、斉明天皇代として挙げられた有間皇子自傷歌群（2一四一～一四六）から「寧樂宮（ならのみや）」の歌として挙げられた笠金村による「志貴皇子挽歌」（2二三〇～二三四／霊亀元年作）まで、ほぼ年代順に歌が収められている。しかし、それらの歌の題詞に「挽歌」という呼称が用いられることはない。例えば、

・天皇崩後之時、倭大后御歌一首　（2一四九）
・日並皇子尊殯宮之時、柿本朝臣人麿作歌一首并短歌　（2一六七～一六九）

などのように作歌時点と作者を示す形式の題詞の他、

・長忌寸意吉麿見二結松一哀咽歌二首　（2一四三～一四四）
・柿本朝臣人麿見二香具山屍一悲慟作謌一首　（3四二六）

などのように、「哀咽」「哀傷」「慟傷」「哀慟」「悲嘆」「悲傷」した歌であることを記す形式の題詞が普通であり、「～挽歌〇首」と記された題詞は見られないのである。題詞に「挽歌」とあるのは、冒頭でも述べたように、山上憶良による「日本挽歌」と巻十五収載の遣新羅使人歌中に見える丹比大夫作の「古挽謌一首」、大伴家持による「挽歌一首」の三作品のみであり、これらの歌の作者である山上憶良や大伴家持には「挽歌を詠む」という明確な意識があったことが分かる。しかし、その他の挽歌の作者、例えば、天智挽歌を詠じた額田王や殯宮挽歌を作った柿本人麻呂などには「挽歌を詠む」という意識があったかどうかは分からない。早く梶川信行氏が[45]、

　ジャンル意識とは、ほとんど無縁なところで制作された歌々を、編者の恣意的なジャンル意識の枠の中に入れてしまったものの総体が、『万葉集』の「挽歌」であろうと考えられる。

と指摘したように、部立挽歌に収載された歌々を挽歌と判断したのは編者であって、これらの歌を詠じた作者に「挽歌を詠む」という意識があったとは限らないのである。従って、ひとくちに挽歌といっても、作者がそれを

挽歌という認識で詠んだ歌と、編者が挽歌部に分類した歌とでは位相が異なることになる。圧倒的に多いのは後者、つまりは編者によって挽歌部に分類・収載された歌であるため、万葉挽歌の成立を考察することは即ち編者の営みを考察することだとも言える。

部立挽歌を最初に立てたのは、巻二編者である。巻二編者は、現在、巻二挽歌部に収載されている歌々を集め、他の歌は排除した上で、それらの歌にふさわしい総称として「挽歌」の語を選んだ。その編者の恣意的とも思える作業の中にも、何かしらの判断基準があったであろうというのは想像に難くない。編者が基準としたものを知る一つの手掛かりとなる左注が、巻二挽歌冒頭に置かれた有間皇子自傷歌群の中に記されている。

右件謌等、雖レ不ニ挽レ柩之時所一レ作、准ニ擬歌意一。故以載ニ于挽哥類一焉。

【右の件の歌どもは、柩を挽く時作る所にあらずといへども、歌の意を准擬ふ。故以に挽歌の類に載す。】

右の左注は、「故以に挽歌の類に載す（＝だから挽歌に分類して載せた）」という文末からも分かるように収載の基準を述べたものであるため、その筆録者は編者本人と見ることが出来る。編者は「挽歌」とは「柩を挽く時作る所」の歌だという原義に言い及ぶことから、漢籍に於ける挽歌の知識を心得ていたことが覗える。更に大事なことは、編者が歌の分類・収載の判断基準に「歌の意」を置いたことである。つまり、編者は単に各歌の題詞や左注等に記された情報を収載の基準にしただけではなく、歌に詠み込まれた「意」をも考慮に入れて歌を採録したことになる。歌に詠み込まれた「意」は、当然、歌表現から読み取るものである。編者にその歌を「挽歌」と判断させた歌表現のポイントは、どこにあるのだろうか。それを知るためには、編者の挽歌観を探ると共に、実際に挽歌部に収載された歌の表現と、逆に収載されなかった歌の表現を見ていく必要があるだろう。

本書は、序章と終章を除き、三章の構成となっている。**第一章「万葉人の挽歌観」**では、『万葉集』巻二挽歌冒頭に置かれた有間皇子自傷歌群を手掛かりに、日本で初めて部立名として「挽歌」の語を用いた巻二編者の挽歌観を論じ、また、「挽歌」の語が初めて題詞に用いられた「日本挽歌」の表現から、作者である山上憶良の意識を考察する。**第二章「万葉挽歌の方法」**では、実際に巻二挽歌部に収載された挽歌の表現性を探り、その鎮魂方法と作者の詠歌意識について考察する。**第三章「万葉挽歌の周辺」**では、死者を悼む心情が歌われながらも挽歌部に収載されなかった歌の考察を通して、『万葉集』にとっての挽歌とはどのような歌なのかという問題について論ずる。また、補助的考察として、上代の散文に於ける鎮魂の方法を、『古事記』が記す倭建命の喪葬物語の叙述から探る。猶、**序章第二節「万葉挽歌の表現と変遷」**は万葉挽歌の性質についての概論であり、本節や第一章〜第三章までの内容と重複する部分があることを断わっておく。

注

（1）伊藤博氏「挽歌の世界」（『国文学　解釈と鑑賞』四三七　一九七〇年七月、後に『萬葉集の歌人と作品　上』塙書房　一九七五年）
（2）西郷信綱氏「柿本人麿」（『詩の発生』未来社　一九六〇年）
（3）青木生子氏「挽歌の誕生」（『日本女子大学国語国文論究』一　一九六七年六月、後に『萬葉挽歌論』塙書房　一九八四年）
（4）阿蘇瑞枝氏「挽歌の歴史―初期万葉における挽歌とその源流―」（『論集上代文学』第一冊　笠間書院　一九七〇年一一月、後に『柿本人麻呂論考』桜楓社　一九七二年）
（5）伊藤博氏　前掲注（1）論
（6）塚本澄子氏「挽歌発生前史における葬歌の意義」（北海道大学国文学会『国語国文研究』五七　一九七七年二月、後に『万葉挽歌の成立』笠間書院　二〇一一年）

（7）塚本澄子氏「孝徳・斉朝紀の挽歌における詩の成立の問題─類歌性をめぐって─」（大久保正氏編『万葉とその伝統』桜楓社　一九八〇年、後に『万葉挽歌の成立』笠間書院　二〇一一年）

（8）塚本澄子氏「『女の挽歌』存疑─天智天皇挽歌群をめぐって─」（『作新学院女子短期大学紀要』一二　一九八八年一二月）

（9）西郷信綱氏「ヤマトタケルの物語」（『文学』三七-一一　一九六九年一一月、後に『古事記研究』未来社　一九七三年）、伊藤博氏　前掲注（1）論、阿蘇瑞枝氏　前掲注（4）論、守屋俊彦氏「倭建命の葬送物語」（『甲南国文』二一　一九七二年三月）など。

（10）神野志隆光氏「『大御葬歌』の場と成立─殯宮儀礼説批判─」（『上代文学論叢（論集上代文学　第八冊）』笠間書院　一九七七年一一月）

（11）梶川信行氏「《初期万葉》の「挽歌」（上）」（『語文』一一五　二〇〇三年三月）

（12）影山尚之氏「倭建命薨去後悲歌と『挽歌の源流』」（『萬葉集研究』第三十五集　二〇一四年一〇月）

（13）古橋信孝氏「記紀と万葉─挽歌の成立の問題」（『万葉のことば〈古代の文学2〉』武蔵野書院　一九七六年）

（14）居駒永幸氏「境界の場所（上）─ヤマトタケル葬歌の表現の問題として─」（『明治大学教養論集』二四二　一九九一年三月、後に『古代の歌と叙事文芸史』笠間書院　二〇〇三年）、「境界の場所（中）─死者のうたの発生、そして挽歌へ─」（『明治大学教養論集』二五一　一九九二年三月、後に『古代の歌と叙事文芸史』）、「境界の場所（下）─万葉挽歌の表現構造について─」（『明治大学教養論集』二五九　一九九三年三月、後に『古代の歌と叙事文芸史』）

（15）谷川健一氏「挽歌の定型」（『南島文学発生論』思潮社　一九九一年）

（16）高崎正秀氏「万葉集部立の論」（『上代文学』二三　一九六八年一〇月、『高崎正秀著作集』第三巻　桜楓社　一九七一年）

（17）古橋信孝氏「挽歌の成立」（『日本文学』四一-五　一九九二年五月）。猶、『古代都市の文学生活』（大修館書店　一九九二年）、『万葉集─歌の始まり』（ちくま新書　一九九四年）にも同様の記述がある。

（18）辰巳正明氏「挽歌論」（『記紀万葉の新研究』桜楓社　一九九二年一二月）

(19) 西郷信綱氏　前掲注(2)論
(20) 橋本達雄氏「人麻呂と持統朝」(『文芸と批評』三・四　一九六四年三月・七月　後に『万葉宮廷歌人の研究』　笠間書院　一九七五年)
(21) 曽倉岑氏「天智挽歌群について」(『国語と国文学』四九－一〇　一九七二年一〇月)、「天智挽歌群続考」(『論集上代文学』第五冊　笠間書院　一九七五年一月)
(22) 伊藤博氏「天智天皇を悼む歌」(『美夫君志』一九　一九七五年七月、『萬葉集の表現と方法　上』塙書房　一九七五年)
(23) 渡瀬昌忠氏「近江朝挽歌とその場」(『上代文学考究』　塙書房　一九七八年)
(24) 青木生子氏「近江朝挽歌群―挽歌の誕生―」(『日本女子大学国語国文論究』二　一九七一年二月、後に『萬葉挽歌論』塙書房　一九八四年)
(25) 大浦誠士氏「天智朝挽歌をめぐって」(『美夫君志』六〇　二〇〇〇年三月、後に『万葉集の様式と表現』　笠間書院　二〇〇八年)
(26) 大浦誠士氏　前掲注(25)論、上野誠氏『万葉挽歌のこころ　夢と死の古代学』(角川選書　二〇一二年)等。
(27) 吉永登氏「献呈挽歌は殯宮で歌はれたものではない」(『関西大学文学論集』六－二　一九五六年一二月、後に『万葉―文学と歴史のあいだ』　創元社　一九六七年)
(28) 渡瀬昌忠氏「人麻呂殯宮挽歌の登場―その歌の場をめぐって―」(『国文学　解釈と鑑賞』三五－八　一九七〇年七月、後に『柿本人麻呂研究　島の宮の文学』　桜楓社　一九七六年)、「人麻呂における抒情挽歌の成立―水鳥の挽歌史―」(『日本文学』一九－一二　一九七〇年一二月、後に『柿本人麻呂研究　島の宮の文学』)、「島の宮(中)―人麻呂文学の基点―」(『文学』三九－一〇　一九七一年一〇月、後に『柿本人麻呂研究　島の宮の文学』)
(29) 和田萃氏「殯の基礎的考察」(『史林』五二－五　一九六九年九月、後に『日本古代の儀礼と祭祀・信仰　上』　塙書房　一九九五年)
(30) 犬飼公之氏「殯宮歌考」(『宮城学院女子大学研究論文集』五九　一九八三年一二月)

(31) 身﨑壽氏『宮廷挽歌の世界』(塙書房　一九九四年)
(32) 上野誠氏『古代日本の文芸空間—万葉挽歌と葬送儀礼—』(雄山閣　一九九七年)
(33) 平舘英子氏『萬葉歌の主題と意匠』(塙書房　一九九八年)
(34) 梶川信行氏「『挽歌』の位相—『すべなし』をめぐって—」(『文学・語学』九三　一九八二年六月、後に『万葉史の論 笠金村』　桜楓社　一九八七年)
(35) 内田賢徳氏『萬葉の知—成立と以前』(塙書房　一九九二年)
(36) 青木生子氏　前掲注(3)書『萬葉挽歌論』
(37) 森朝男氏「死・挽歌・仏教」(『万葉集Ⅰ(和歌文学講座2)』　勉誠社　一九九二年)
(38) 居駒永幸氏　前掲注(14)論
(39) 曽倉岑氏「人麻呂儀礼歌の作歌主体」(『国語と国文学』六四-四　一九八七年四月)、身﨑壽氏「人麻呂挽歌の〈話者〉」(『日本文学』三七-一　一九八八年一月)及び前掲注(31)書など。
(40) 村田右富実氏『柿本人麻呂と和歌史』(和泉書院　二〇〇四年)
(41) 西郷信綱氏　前掲注(2)論
(42) 大浦誠士氏　前掲注(25)論
(43) 青木生子氏　前掲注(3)論
(44) 和田萃氏　前掲注(29)論
(45) 梶川信行氏　前掲注(34)論

第二節　万葉挽歌の表現と変遷

一　はじめに

古より、死は人間が免れ得ないものの一つであった。身近な者の死、敬愛する者の死、やがて訪れる自己の死をどのように認め克服していくのかが、文学に託された一つの課題であったともいえよう。神代に遡って歴史を語る『古事記』では、伊邪那美命（いざなみのみこと）の火神出産による死と夫伊邪那岐命（いざなきのみこと）の黄泉国訪問という一連の物語によって人間の死の起源が語られており、また、天孫邇邇芸命（ににぎのみこと）と木花之佐久夜毘売（このはなのさくやびめ）の聖婚伝承によって天皇の死の起源が語られている。この他にも、天若日子（あめわかひこ）、倭建命（やまとたけるのみこと）など、その壮絶な死と残された者の嘆きを語る物語が記された登場人物は少なくない。中でも、倭建命の死の物語は、建（たける）の死後に后や御子達が泣きながら歌った四首の歌「大御葬歌（おおみはふりのうた）」によって悲劇的に語られている。記紀ではこの他にも、登場人物の死を語る場面にしばしば歌謡が記される。日本人が人の死に際して歌舞音曲をして遊んだことは、古く『魏志（倭人伝）』にも、「始め死するや停喪十余日、時に当りて肉を食わず、喪主哭泣し、他人就いて歌舞飲酒す」[1]とあり、また、『古事記』が語る天若日子の死の場面にも、遺族が「日八日夜八夜以て、遊びき」と記される。古くから歌は人の死に密接に関わっていたのである。

記紀に記された死に関わる歌謡の他に、我が国現存最古の歌集である『万葉集』にも人の死に関わる多くの歌が残されている。『万葉集』は部立のもとに歌を収載する形をとり、雑歌・相聞・挽歌といういわゆる三大部立を基本構造として持つが、人の死に関わる歌は主に部立挽歌に収められている。ここから、『万葉集』においても、人の死に関わる歌は、天皇行幸など宮廷行事に関わるハレの歌である雑歌や、恋の歌である相聞と並んで重要な位置を占めていたことがわかる。『万葉集』には、部立挽歌に分類された歌の他に、歌の題詞や左注に「挽歌」と記された歌が存在する。本書では、以上の歌々をまとめて挽歌と呼んでいきたいが、この他にも人の死を背景として持つ歌は『万葉集』中に存在する。従って、人の死に関わる歌すべてが挽歌なのではなく、挽歌はその中でもある性格を持った歌であったと考えられる。そこで、本節では、挽歌の表現の特色を見ていくことで、挽歌とはどのような歌であったのか考察していきたいと思う。

二　挽歌の年代と収載

『万葉集』全二十巻のうち、部立挽歌が見えるのは巻二・巻三・巻七・巻九・巻十三・巻十四である。このうち、最も早く挽歌の部立を立てたのは巻二である。巻二は、前半が相聞、後半が挽歌であり、巻一雑歌と合わせて三大部立が形成される構造となっている。巻二挽歌は、天皇の御代毎に区切られており、斉明天皇代の有間皇子自傷歌（2一四一～一四二）から「寧楽宮（ならのみや）」の歌（作歌年次が記された中で最も年代が下る歌は、霊亀元年（七一五）の「志貴皇子挽歌」／2二三〇～二三四）まで、ほぼ年代順に歌が収められている。続く巻三挽歌も、天皇の御代ごとに区切られた配列ではないが、聖徳太子作とされる挽歌（3四一五）から天平年間の挽歌（作歌年次が記された中で最も年代が下る歌は、天平十六年（七四四）の高橋朝臣作「悲傷㆓死妻㆒作歌」／3四八一～四八三）まで、ほぼ時代順に収められている。また、巻九挽歌には、柿本人麻呂歌集歌・田辺福麻呂歌集歌・高橋虫麻呂歌集歌が収載されている。他の、巻七・巻十三・巻十四の挽歌は作歌年次が不明だが、比較的新しい時代の作品と見てよいだろう。こうしてみると、部立挽歌には、かなり幅広い年代に渡って作られた、人の死に関わる歌が収められていることになる。しかし、それらの歌の題詞には「挽歌」という呼称は見られない。例えば、

・天皇崩後之時、倭大后御歌一首　（2一四九）
・日並皇子尊殯宮之時、柿本朝臣人麿作歌一首并短歌　（2一六七～一六九）

のように作歌時点及び作者が述べられるか、それに加えて、

・長忌寸意吉麿見㆓結松㆒哀咽歌二首　（2一四三～一四四）
・柿本朝臣人麿見㆓香具山屍㆒悲慟作謌一首　（3四二六）

のように、「哀咽」「哀傷」「慟傷」「哀慟」「悲嘆」「悲傷」した歌であることが記されるのみで、「～挽歌〇首」などと述べられることはない。題詞に「～挽歌」と記されるのは、神亀五年（七二八）に山上憶良が詠じた「日本挽歌」（5七九四～七九九）、天平八年（七三六）に派遣された遣新羅使人歌中に見える丹比大夫作の「古挽謌一首」（15三六二五～三六二六）、天平勝宝二年（七五〇）に大伴家持が詠んだ「挽歌一首」（19四二一四～四二一六）の三作品のみである。夙に梶川信行氏が、(2)

ジャンル意識とは、ほとんど無縁なところで制作された歌々を、編者の恣意的なジャンル意識の枠の中に入れてしまったものの総体が、『万葉集』の「挽歌」であろうと考えられる。

と指摘したように、部立挽歌に収められた歌々を挽歌と判断したのは編者であって、これらの歌自体は〈挽歌を詠む〉という意識で作歌されたのかどうかは分からない。作者が題詞に「挽歌」と記した作品のうち最も早い神亀五年（七二八）に「日本挽歌」を詠じた山上憶良には〈挽歌を詠む〉という明確な意識があったことが分かるが、憶良以前の挽歌作者、例えば、天智挽歌を詠んだ額田王や多くの殯宮挽歌を制作した柿本人麻呂など初期万葉や万葉第二期の作者達は、必ずしも〈挽歌を詠む〉という意識で歌を詠んだとは言えないだろう。従って、ひとくちに挽歌といっても、作者がそれを挽歌という認識で詠んだ歌と、編者が部立挽歌に分類した歌とでは位相が異なることになる。圧倒的多数の挽歌は後者、つまり編者が「挽歌」だと判断し部立挽歌に分類した歌であるため、編者の営みを考察することで当時の挽歌観が見えてくる可能性があると思われる。

挽歌を最初に部立として立てたのは、巻二の編者である。編者は、現在、部立挽歌に載せられている歌々を集め、他の歌は排除した上で、それらの歌にふさわしい総称として「挽歌」の語を選んだ。その編者の恣意的とも思える作業の中にも、何かしらの判断基準があったであろうというのは想像に難くない。編者が基準としたものを知る一つの手掛かりになる左注が、巻二「挽歌」部冒頭に置かれた有間皇子自傷歌群（2一四一～一四六）の中に記されている。

右件謌等、雖レ不二挽レ柩之時所一レ作、准二擬歌意一。故以載二于挽哥類一焉。

【右の件の歌どもは、柩を挽く時作る所にあらずといへども、歌の意を准擬ふ。故以に挽歌の類に載す。】

右の左注は、「故以に挽歌の類に載す（＝だから挽歌に分類して載せた）」という収載の基準を述べたものであり、左注の筆録者は編者その人と見ることができる。この左注は、「挽歌」とは「柩を挽く時作る所」のものであるという挽歌の原義に言い及ぶことから、編者は漢籍における挽歌の知識を心得ていたことがわかる。更に、この左注からは、編者が歌の分類・収載にあたり、「歌の意（こころ）」を判断基準にしていたことが読み取れる。編者にとって、ある「意」を持った歌が挽歌だったのである。「意」は『万葉集』中では、

・丹比真人〔名闕〕擬二柿本朝臣人麿之意一報歌一首　（2二二六　題詞）

・…方今壮士之意有レ難二和平一。不レ如二妾死、相害永息一。　（16三七八六　題詞）

・春日遅ゝ鶬鶊正啼。悽惆之意非レ歌難レ撥耳。　（19四二九二　左注）

などのように「心」という意味で用いられている。「歌の意」とは「歌に表された心」ということになろう。このことから、編者は、単に各歌に付された題詞を見て人の死に関わる歌であるか否かを収載の基準にしたのではなく、歌に詠み込まれた「心」までをも考慮に入れていたことがわかる。歌に詠み込まれた「心」は、当然、歌の表現に深く関わってくるだろう。編者にその歌を「挽歌」だと判断させた歌の表現とは、どのようなものであったのか。

三　有間皇子自傷歌群と挽歌

前掲の左注が記された巻二挽歌冒頭の有間皇子自傷歌群に着目して、編者の考える挽歌の表現を確認してみたい。

後岡本宮御宇天皇代〔天豊財重日足姫天皇、譲位後、即後岡本宮〕

有間皇子の自ら傷みて松が枝を結べる歌二首

磐代の浜松が枝を引き結び真幸くあらばまた還り見む　（２一四一）

家にあれば笥に盛る飯を草枕旅にしあれば椎の葉に盛る　（２一四二）

長忌寸意吉麿の結び松を見て哀しび咽べる歌二首

磐代の岸の松が枝結びけむ人は帰りてまた見けむかも　（２一四三）

磐代の野中に立てる結び松情も解けず古思ほゆ　いまだ詳らかならず　（２一四四）

山上臣憶良の追ひて和へたる歌一首

天翔りあり通ひつつ見らめども人こそ知らね松は知るらむ　（２一四五）

右の件の歌どもは、柩を挽く時作る所にあらずといへども、歌の意を准擬ふ。故以に挽歌の類に載す。

大宝元年辛丑、紀伊国に幸しし時に結び松を見たる歌一首〔柿本朝臣人麿歌集の中に出づ〕

後見むと君が結べる磐代の子松がうれをまた見けむかも　（２一四六）

有間皇子自傷歌群は、問題の左注を含み右のような構造となっている。死者は、斉明天皇の御代に非業の死を遂げた有間皇子である。有間は、斉明四年（六五八）に天皇一行が紀伊国牟婁湯に行幸した留守中、天皇に対して謀反を起そうとした疑いで逮捕され、牟婁湯にいる中大兄皇子のもとまで訊問のために護送されたが、牟婁湯から大和へ帰る途中の藤白の坂で絞殺された。歌に詠み込まれた磐代の地は、牟婁湯と藤白の坂との途中に位置する。有間は先帝孝徳天皇の皇子であり、有力な皇位継承者であった。おそらくは、そのために、もう一人の有力な皇位継承者である中大兄に殺されたのであろう。右の歌群は、そのような悲劇の皇子が磐代の地で詠んだとされる、挽歌としては異例の自傷歌二首を冒頭に据える。そして、「後岡本宮御宇天皇代」つまりは斉明朝に配置されたにも関わらず、後代（持統～文武朝）に活躍した長意吉麻呂（ながのおきまろ）・山上憶良・柿本人麻呂の追和歌が続けて配列されている。

皇子の自傷歌二首は、題詞に「有間皇子自ら傷（いた）みて松が枝を結べる歌二首（有間皇子自傷結二松枝一歌二首）」とあることからも分かるように、結び松を詠んだ一四一番歌の方がより重視されている。それは、この歌の「真幸くあらばまた還り見む」という部分に強い悲劇性が感じられたためであろう。この句は、無事に生き長らえてこの場所に戻り再び松を見ようという、皇子が生前に語った願いである。そして、皇子が結果として非業の死を迎えてしまった死者であることを知る者の目から見れば、いわば心残りとも思われるような言葉となっている。その死者の言葉に対して、追和歌は「また見けむかも」「見らめども」と歌うことで、皇子が松に託した思い（心残り）への共感を歌い、皇子の魂を鎮めようとしている。有間皇子自傷歌群は、最初に死者がいてその思い（心残り）を語り、それに対して残された生者がその思い（心残り）を鎮める歌を詠むという挽歌の構造を歌群全体で示しているのである。編者の説明的な左注がここに付されたのも、編者がこの歌群を以って、日本における挽歌の意味を示そうとしたからだと考えられる。[3] この歌群のうち、最後の人麻呂歌集歌（一四六）のみは後の追補と思われるが、この追補を行った人物も巻二編者の意図を理解していたのであろう。

意吉麻呂の追和歌二首（一四三～一四四）は「結び松を見て哀しび咽べる歌」と題詞にあることから、実際に磐代の地に赴いた時の作だと分かる。この意吉麻呂歌と次の憶良歌（一四五）の作歌の場は、人麻呂歌集歌と同じ大宝元年（七〇一）の紀伊行幸時とする説もあるが、持統四年（六九〇）の紀伊行幸時と考えられる。[4] この同じ持統四年の紀伊行幸時の作が、『万葉集』巻一に収載されている。

・白波の浜松が枝の手向草（たむけぐさ）幾代までにか年の経（へ）ぬらむ〔一は云はく、年は経にけむ〕　（1三四）

作者は川島皇子と題詞に記されるが、これは形式作者であり、実作者として山上憶良の名が書き添えられている。一首は、一見したところ、

・茂岡に神（かむ）さび立ちて栄えたる千代松の樹の歳の知らなく　（6九九〇　紀鹿人）

・一つ松幾代か経ぬる吹く風の声（おと）の清きは年深みかも　（6一〇四二　市原王）

のような年月を経た松を褒める歌のように見えるが、ここで年を経たと詠まれているのは「手向草」、すなわち松の枝に懸けられている手向けの幣であるため、単なる松褒めの歌ではないことがわかる。第二句目の「浜松が枝」は、「磐代の浜松が枝を引き結び…」という有間皇子自傷歌（一四一）の言葉をそのまま用いていることから、おそらく結び松のことを指していると見ることができよう。従って、一首は磐代の地で、明らかに有間皇子を意識して詠まれたものと考えられる。ここから、紀伊行幸時に持統一行が磐代の地を通過するにあたり、まず想起されたのは有間皇子の事件と自傷歌だったのであり、彼らが磐代を無事に通過するために有間皇子の鎮魂が必要不可欠であったことがうかがえる。しかし、有間皇子の事件を下敷きにして、おそらくは、その鎮魂のために詠まれていたとしても、右の一首は挽歌には分類されていない。行幸時の作として部立雑歌に収められたのである。この一首は、山上憶良の作歌として巻九に重出するが（一七一六。ただし、第二句が「浜松が枝の」ではなく「浜松の木の」となっている）、やはり部立雑歌に収載されている。人々がこの歌の「浜松が枝の手向草」という句を享受した時、有間皇子の事件と自傷歌を想起したはずであるにも関わらず、一首が雑歌と見なされたということから、挽歌は単に死者に関わって詠まれた歌ではないと推測できる。

自傷歌群最後の人麻呂歌集歌（一四六）は、大宝元年（七〇一）辛丑の持統太上天皇紀伊行幸時の作であることが明記されている。これと同じ行幸時の作十三首が巻九雑歌に収められており（一六六七〜一六七九）、そこに有間皇子に関係すると見られる一首がある。

・藤白のみ坂を越ゆと白栲のわが衣手は濡れにけるかも　（9一六七五）

この歌の下三句「白栲のわが衣手は濡れにけるかも」は、坂越えの際に下露に濡れたという説と涙に濡れたという説とがある。『万葉集』中、衣手もしくは袖が波・雨・水・露・霧などに濡れたと歌われる歌は何例か見られるが、その場合は、

・露霜に衣手濡れて今だにも妹がり行かな夜は更けぬとも　（10二二五七）
・家づとに貝を拾ふと沖辺より寄せ来る波に衣手濡れぬ　（15三七〇九　遣新羅使人歌）

のように衣手や袖を濡らした事象が明示されるか、

・三川の淵瀬もおちず小網さすに衣手濡れぬ干す児は無しに　（9一七一七　春日蔵首老）
・吾妹子に触るとは無しに荒磯廻にわが衣手は濡れにけるかも　（12三一六三）

のように何によって濡れたのかはっきりと分かる状況が提示されている。また、衣手や袖が何によって濡れたのか明示されず、単に「濡れた」という場合は、

・…大夫と　思へるわれも　敷栲の　衣の袖は　通りて濡れぬ　（2一三五　柿本人麻呂）
・…ぬばたまの　夜昼といはず　思ふにし　わが身は痩せぬ　嘆くにし　袖さへ濡れぬ　かくばかり　もとなし恋ひば…　（4七二三　大伴坂上郎女）

などのように涙で濡れるのが普通である。今、問題にしている一六七五番歌では、何よって衣手が濡れたか明示

されず、「藤白のみ坂を越ゆ」という状況のみを濡れの要因として述べる。このように漠然とした歌い方をすることで、一首は仮に坂越えによって衣手が露で濡れたことを詠んでいたとしても、そこに涙による濡れも想起させる余地が生じていると思われる。少なくとも、一首は露に濡れたことのみを詠んだわけではないだろう。藤白の坂は、有間皇子絞殺の地である。そのような場所で「衣手」が濡れたという場合、有間皇子を悼んで流した涙を想起させるからである。一首は、有間皇子を悼んで詠まれた歌の一つであると見ることができよう。

藤白の坂は有間皇子終焉の地として、本来ならば一番に哀悼されるべき土地である。更に、この一首は藤白で涙を流したというのであるから、挽歌に分類されてもおかしくない。挽歌の中には、

・…その山を　振り放け見つつ　夕されば　あやに悲しび　明けくれば　うらさび暮し　荒栲の　衣の袖は乾る時もなし

（2一五九「天皇崩之時大后御作歌」）

・み立たしし島を見る時にはたづみ流るる涙止めそかねつる

（2一七八「皇子尊宮舎人等慟傷作歌」）

など、涙を流す表現を持つ歌が数多く見られるからである。また、一首は、有間皇子関係歌として巻二挽歌冒頭の有間皇子自傷歌群中に存在していても不思議ではない。しかし、この一首は、人麻呂歌集歌（二四六）のように追補されることもなく、同じ巻九挽歌に収載されることもないままに、他の行幸時の作と同じく雑歌に収められた。いくら死者を悼んだ歌であったとしても、それだけでは単純には挽歌とされることはなかったのである。当時の人々にとって、有間皇子の「また還り見む」という言葉が残された磐代こそが最も畏怖すべき土地であり、この死者の思いに「見けむかも」「見らめども」と応えた歌こそが挽歌だったのであろう。ここから、死者の思い（意志）を聞き、その思い（意志）に応える形で死者に歌いかける歌が挽歌であったという推測が成り立つ。

有間皇子自傷歌（二四一）に歌われたように、松は古く神聖な霊木であり、旅の安全祈願の対象とされていた。

松は「待つ」に通じ、再び人を呼び寄せてくれるという信仰があったからである。(5) 従って、松にはそれを見た人の思いが込められていると見ることができる。巻九挽歌冒頭には、「宇治若郎子(うぢのわきいらつこ)の宮所の歌一首」と題された柿本人麻呂歌集歌が載る。

・妹(いも)らがり今木の嶺に茂り立つ嬬松(つままつ)の木は古人(ふるひと)見けむ　(9一七九五　柿本人麻呂歌集)

ここで「古人」と呼ばれる宇治若郎子は、仁徳天皇の異母弟で、皇位に就くことなくこの世を去った。結果として皇位継承の政争に敗れた点で、有間皇子に通じる。この一首は、有間皇子自傷歌群中の追和歌と同様に、「嬬松の木は古人見けむ(＝松の木を若郎子が見たであろうか)」と歌っている。「古人見けむ」は古を想像する言葉であり、若郎子が松を見たとはっきり述べてはいないが、このように歌うことで、思いを込めて松の木を見ていた若郎子の姿が浮かび上がってくる。一首は、亡き若郎子の思いを、祈願の対象であった松の老木から感じ取ろうとし、それを「古人見けむ」と歌ったところに挽歌性があり、それゆえに部立挽歌に収められたと見ることができる。挽歌で最も大切にされたのは、死者の思い(意志)を受け取り、それに応えることだったのである。

四　死者の意志

有間皇子の場合には、自傷歌という形で明確に死者の思い(意志)が述べられていたが、通常の場合には、その思いは不可知なものとしてある。

ここで注目したいのが、挽歌の常套句として有名な「いかさまに思ほしめせか」「何しかも」「何すとか」などの、いわゆる「くどき文句」である。「いかさまに思ほしめせか」は、

・明日香の　清御原の宮に　天の下　知らしめしし　やすみしし　わご大君　高照らす　日の御子　いかさまに　思ほしめせか　神風の　伊勢の国は　沖つ藻も　靡ける波に　潮気のみ　香れる国に　味ごり　あやにともしき　高照らす　日の皇子
（2―一六二「天皇崩之後八年九月九日、奉為御齋會之夜夢裏習賜御歌」）

・…天の下〔一は云はく、食す国〕四方の人の　大船の　思ひ憑みて　天つ水　仰ぎて待つに　いかさまに　思ほしめせか　由縁もなき　真弓の岡に　宮柱　太敷き座し　御殿を　高知りまして　朝ごとに　御言問はさぬ　日月の　数多くなりぬる　そこゆゑに　皇子の宮人　行方知らずも〔一は云はく、さす竹の　皇子の宮人　ゆくへ知らにす〕
（2―一六七　柿本人麻呂「日並皇子殯宮挽歌」）

など多くの挽歌に見られる表現であり、また、「何しかも」「何すとか」も、

・…川藻もぞ　枯るればはゆる　何しかも　わご大君の　立たせば　玉藻のもころ　臥せば　川藻の如く　靡かひし　宜しき君が　朝宮を　忘れ給ふや　夕宮を　背き給ふや…
（2―一九六　柿本人麻呂「明日香皇女殯宮挽歌」）

・…水門入りに　船漕ぐ如く　行きかぐれ　人のいふ時　いくばくも　生けらじものを　何すとか　身をたな知りて　波の音の　騒く湊の　奥津城に　妹が臥せる…
（9―一八〇七　高橋虫麻呂「詠勝鹿真間娘子歌」）

など、やはり多くの挽歌に用いられる。山本健吉氏は、これらの表現が、もともと招魂儀礼であった発哭を行う哭女たちの「くどき文句」に起源をもち、悲哀の表現として挽歌に愛好されたと説く(6)。また、青木生子氏は、これらの句を「意外な死への問いかけ、疑問、驚きをまとったもの」であり、それが「死者その人の側に即した三人称発想の形」で表現されていることを指摘した上で(7)、「死の事象を生者と同じように死者の意志、行為」と見なした「古代の他界観に連なる表現」であると考察する。青木氏が指摘するように、これらのいわゆる「くどき

文句」は、死へ向かう道を選んでしまった死者の意志を問う表現となっている。そして、このような句は『古今和歌集』になると姿を消すことから、ここに万葉挽歌の一つの特徴があると見てよいだろう。

初期万葉に属する天智挽歌群（2一四七〜一五五）の中に、次のような一首がある。

・うつせみし　神に堪(あ)へねば　離(さか)り居て　朝嘆く君　放(さか)り居て　わが恋ふる君　玉ならば　手に巻き持ちて　衣(きぬ)ならば　脱く時もなく　わが恋ふる　君そ昨(きそ)の夜　夢に見えつる　（2一五〇「天皇崩時、婦人作歌」）

天智後宮に属する女性と見られる姓氏未詳婦人によって詠まれたこの歌は、「わが恋ふる君」を二度繰り返して亡き天智への思いを述べる一方、結びの部分には「君そ昨の夜　夢に見えつる」という事実が歌われるだけで、目立った感情表出が無い。しかし、一首は、最後の「夢に見えつる」が重要な表現となっている。『万葉集』の「夢」を詠む歌は、「不可解で不可思議な夢を真実なるものとして受けとめつつ」、「夢を解こうとし、現実との符合を確認せずにはいられないという方向性」を持つとされる。(8) また、それらの歌は、自分の思いからではなく、相手の思いによって相手が夢に現れるという観念に基づいて作られたものが圧倒的に多い。従って、「夢に見えつる」には、思いもよらず天智天皇が夢に現れた婦人の驚きや歓びが込められると共に、夢に見えた相手である天智の魂の働きを感じ取る婦人の理解が現れている。そこに内在する夢解きへの方向性は、死者へ問いかけ、死者の意志を見定めようとする意識につながっている。一首は、「わが恋ふる　君そ昨の夜　夢に見えつる」と歌うことによって、死者の魂の存在を明らかにし、死者に対して夢に見た歓びを述べると共に、死者の意志を解こうとすることで死者の魂を鎮めようと図った歌であったと見られる。(9)

死者の魂を意志を持つ存在として見る観念は、

・鯨魚(いさな)取り　淡海の海を　沖放(さ)けて　漕ぎ来る船　辺附きて　漕ぎ来る船　沖つ櫂　いたくな撥(は)ねそ　辺つ櫂

いたくな撥ねそ　若草の　夫の　思ふ鳥立つ　（２一五三　天智挽歌群「大后御歌」）

・やすみしし　わご大君の　夕されば　見し賜ふらし　明けくれば　問ひ賜ふらし　神岳の　山の黄葉を　今日もかも　問ひ給はまし　明日もかも　見し賜はまし…　（２一五九「天皇崩之時大后御作歌」）

などの歌の傍線部のように、天皇がこの世を去った後もなお、鳥や黄葉に亡き天皇の意思が働いているかのように詠む表現にも共通する。このように詠むことで、亡き天皇の魂は意志を持った存在としてそこに立ち現れるのである。

また、一五〇番歌で、姓氏未詳婦人が亡き天智を「吾が恋ふる君」と表現していることも注目される。死者を「恋ふ」と歌う歌は、

・やすみししわご大君の大御船待ちか恋ふらむ志賀の辛崎　（２一五二　舎人吉年「天皇大殯之時歌」）

・島の宮勾の池の放ち鳥人目に恋ひて池に潜かず　（２一七〇　柿本人麻呂「日並皇子殯宮挽歌」或本歌）

・ひさかたの天知らしぬる君ゆゑに日月も知らに恋ひ渡るかも　（２二〇〇　柿本人麻呂「高市皇子殯宮挽歌」反歌）

など多くの挽歌に見られ、また、中大兄皇子が筑前国朝倉宮で亡くなった斉明天皇の遺骸を船で大和に送る途上、斉明を「哀慕」して歌ったとされる、

・君が目の　恋しきからに　泊てて居て　かくや恋ひむも　君が目を欲り　（紀一二三）

という『日本書紀』の歌謡にも既に見られる。「恋」は相聞歌に多く詠み込まれる言葉であるため、この表現は挽歌と相聞歌の同質性ということで説明されることが多い。確かに、現在離れていて会うことのできない恋人と、死んで会うことのできない死者とを恋しく思う気持ちは通じているといえる。しかし、対象が生者と死者とでは、「恋」を歌う意味合いは異なってくるだろう。多田一臣氏[(10)]によれば、「恋」は「魂が対象との出会い、すなわち魂

合いをもとめて発動してしまう」「主体の意志によっては支配できない状態」をいい、古代人には「おのれの魂が対象によって吸引され、支配される状態として理解され」た、「対象の側に引きずられた、すなわちむこう側に力点を置く表現である」という。つまり、挽歌で死者を「恋ふ」と歌うことは、生者の側が対象である死者の魂の存在を意識し、その魂のこちら側に対する働きかけを感じ取ったことを表すことになる。死者の魂の働きかけにこちら側が気付いたと歌うことにより、死者の魂に応えることが挽歌には必要だったのである。

このように、万葉人にとって死者の魂は意志を持った存在であり、基本的には、その意志を問い、それに応えることが死者の鎮魂につながると信じられていたが、もし、その意志に気づかなかった場合には、こちら側の後悔の念を表すことになる。

・かからむの懐知りせば大御船泊てし泊りに標結はましを[11]（2一五一　額田王「天皇大殯之時歌」）

右の一首は、亡き天智天皇が「大御船」に乗って琵琶湖の彼方に他界していったという古代観念に基づくが、その死を死者天智自身の意志によるものと捉え、「泊り」に「標」を結っておけば天智の「大御船」は出航しなかったのにという後悔の念を述べたものである。亡き天智が他界する結果を迎えたのは、天智が他界しようとする意志を見抜けずにしかるべき対策をとらなかった生者の過失であるかのように表現されている。この詠み方も、死者の意志に対する一つの応じ方であったと見ることができよう。

死者の意志を問い、その意志へ応えようとするのが、万葉挽歌が基本的に持っていた表現性であった。死者は、本来的には、こちらの世界に属さない存在であるため、その魂を向こう側の世界に正しく鎮めてやらなければならない。死者の意志を問うことは、その答えを聞き理解することで、その魂を正しく鎮めるために必要な行為だったのであろう。死者の魂への畏怖が、死者の意志を問う表現につながっているのである。

五　挽歌の変遷

これまで、死者の意志を問い、それに応えるのが万葉挽歌の特徴であることを述べてきた。これは、表現が死者へ向かっていることを意味する。しかし、すべての挽歌が死者へ向かう表現を持っているわけではない。表現の差を考察するために、万葉挽歌に多く用いられる「悲し」という言葉に注目してみたい。

「悲し」は「愛(かな)し」とも通じ、「自分の力ではとても及ばないと感じる切なさをいう語」(『岩波古語』)、「せつないほど身にしみて痛切に感じられるさま」(12)と一般的に説明される。また、多田一臣氏(13)は「もともとある対象に向き合う時、こちら側に生まれる心の状態をあらわすことば」であり、「対象に心がすっかり領有されてしまい、何か胸のしめつけられるような思いに満たされた状態」と説く。つまり、「悲し」は、「悲し」と述べた主体自身の心の状態を表した言葉であり、他者を形容した表現ではない。

「悲し」は、初期万葉挽歌には用例が無く、万葉第二期の挽歌から数を増やす。

①やすみしし　わご大君の　夕されば　見(め)し賜ふらし　明けくれば　問ひ賜ふらし　神岳(かむをか)の　山の黄葉(もみち)を　今日もかも　問ひ給はまし　明日もかも　見し賜はまし　その山を　振り放け見つつ　夕されば　綾哀　明けくれば　うらさび暮し　荒栲(あらたへ)の　衣の袖は　乾(ふ)る時もなし　（２一五九「天皇崩之時大后御作歌」）

②わが御門(みかど)千代永久(とことは)に栄えむと思ひてありしわれし悲しも　（２一八三「皇子尊宮舎人等慟傷作歌」）

③朝日照る島の御門におほほしく人音(ひとと)もせねばまうら悲しも　（２一八九「皇子尊宮舎人等慟傷作歌」）

④…君と時々　幸(いでま)して　遊び給ひし　御食(みけ)向ふ　城上(きのへ)の宮を　常宮(とこみや)と　定め給ひて　あぢさはふ　目言も絶えぬ　然(しか)れかも〔一は云はく、そこをしも〕　あやに悲しみ　ぬえ鳥の　片恋嬬(づま)〔一は云はく、しつつ〕　朝鳥の〔一は

云はく、朝霧の〕通はす君が　夏草の　思ひ萎えて　夕星の　か行きかく行き　大船の　たゆたふ見れば…

（2一九六　柿本人麻呂「明日香皇女殯宮挽歌」）

⑤風早の美保の浦廻の白つつじ見れどもさぶし亡き人思へば〔或は云はく、見れば悲しも無き人思ふに〕

（3四三四　河辺宮人「見姫嶋松原美人屍、哀慟作歌」）

⑥黄葉の過ぎにし子等と携はり遊びし磯を見れば悲しも

（9一七九六　柿本人麻呂歌集「紀伊国作歌」）

以上が、万葉第二期の挽歌における「悲し」の全用例である。このように、万葉第二期に「悲し」と歌う挽歌が見られ始めることから、遠藤宏氏は(14)「挽歌がこの期に呪歌の域を脱して人間の悲傷の表出となり始めていることの証しといえるかもしれない」と述べる。首肯されるべき見解と思われるが、同じ「悲し」と歌う挽歌でも、それぞれの表現の在り方が少しずつ異なることも見過ごしてはなるまい。

①は、持統天皇による「天武挽歌」である。傍線部「綾哀」は、「夕されば～明けくれば～」の対の部分に用いられ、対のもう片方には「うらさび暮し（裏佐備晩）」という動詞が来ていることから、動詞と捉えて「あやにかなしび」と訓むか、形容詞「かなし」のミ語法が動詞的に働いているものと捉えるかで意見が分かれるが、いずれにしても、亡き天皇のよすがとなる「神岳」を持統自身が「振り放け見つつ」、悲しむ様を表している。②③は、草壁皇子の宮の舎人が皇子の死を嘆いた挽歌二十三首（2一七一～一九三）のうちの二首である。この二首は共に、皇子生前の御殿である「島の御門」の荒廃を「悲し」と歌っている。④は、人麻呂の殯宮挽歌である。ここでの「あやに悲しみ」は、明日香皇女が死を迎えてしまったことを悲しむ夫の様を人麻呂が形容した表現である。⑤は、河辺宮人という人物が姫島の松原を通った時に「美人屍」を見て詠んだ、いわゆる行路死人歌の部類に入る作である。この異伝歌の方に「見れば悲しも」という表現が見られる。一首は、「美人屍」を見て詠ん

だものと題詞に記されるが、歌の表現上で「悲しも」は「美女屍」ではなく、おそらく生前の美女にゆかりの地にある「風早の美保の浦廻の白つつじ」を見ることで催された感情となっている。⑥は、柿本人麻呂歌集歌の「紀伊国作歌四首」（9一七九六〜一七九九）の中の一首である。おそらくは、人麻呂が紀伊行幸に従駕した時の作で、「遊びし磯を」とあることから、前回の紀伊行幸に従駕したが、その後に死んでしまった女性を偲んで詠まれたものと思われる。[15] この一首の「悲しも」も、「黄葉の過ぎにし子等」、つまり過去に死んでしまった女性と、昔に「携はり遊」んだ磯を見ることで催された感情となっている。

以上見てきたように、万葉第二期の挽歌の「悲し」は、④の人麻呂が明日香皇女の夫の様を詠んだ例を除き、作歌主体が、昔は栄えていて現在は荒廃してしまった死者ゆかりの土地に対して感じた自己の心情を述べた表現となっている。特に①⑤⑥は、その土地を「振り放け見つつ」「見れば」という行為によって「悲し」と表現されていることが注目される。これと同様に、「見る」という行為により「悲し」という感情表出が述べられた歌が、同じ万葉第二期に見られる。

⑦…石走る　淡海の国の　楽浪の　大津の宮に　天の下　知らしめしけむ　天皇の　神の尊の　大宮は　此処と聞けども　大殿は　此処と言へども　春草の　繁く生ひたる　霞立ち　春日の霧れる〔或は云はく、霞立ち春日か霧れる　夏草か　繁くなりぬる〕　ももしきの　大宮処　見れば悲しも〔或は云はく、見ればさぶしも〕

（1二九　柿本人麻呂「近江荒都歌」）

⑧古の人にわれあれやささなみの故き京を見れば悲しき

（1三二　「高市古人感傷近江旧堵作歌〔或書云、高市連黒人〕」）

⑨ささなみの国つ御神の心さびて荒れたる京見れば悲しも

（1三三　同右）

⑦は、人麻呂が今は荒都となった近江大津宮を見て詠んだ作である。宮の荒廃という現実を直視し、その前に如何ともし難い切なさを感じて言った言葉が「ももしきの　大宮所　見れば悲しも」である。[16] ⑧⑨は共に、⑦と同じく近江荒都を詠んだ作品であり、やはり、荒都の現実を目にしての心情が「見れば悲しき（も）」で表されている。荒都を見て「悲し」と詠む感情と、荒廃した死者ゆかりの土地を見て「悲し」と詠む感情とでは、「去って、戻らぬものへの悲傷」[17]という点で共通するだろう。

　ここで注目しておきたいのは、「見る」の持つ意味である。「見る」は、単に視覚で事物を捉える行為を指すのではなく、自らの魂を対象に働きかけ、対象の霊魂や生命力を自らの身体に取り込む呪的行為と考えられていた。現代も我々が行う「花見」は、その名残であるという。[18] 従って、「見れば（見つつ）悲し」と歌う挽歌の場合、「見る」という行為によって死者ゆかりの地を通して死者の魂へ働きかけが行われ、それによって湧き起こった自己の心情を「悲し」で表現したと見ることができる。その際、「見る」対象である土地や死者の魂は絶対的なものとして捉えられている。「悲し」は、そのような死者の魂への讃辞ともなっており、ゆえに、死者の魂は「見れば（見つつ）悲し」と歌うことで鎮められるのである。「見れば（見つつ）悲し」は、死者の魂との交感を表しているともいえよう。

　一方、③は、「朝日照る島の御門におほほしく人音（ひとと）もせねば」とあるため、「聞く」行為によって「まうら悲し」という感情が引き起こされていると分かる。古橋信孝氏[19]によれば、「聞く」は「見る」ときわめて似通った表現性を持ち、「見る」行為と同様、対象を受感する呪的行為であったという。しかし、「人音もせねば」とあるように、③の主体は対象を「聞く」ことができなかったのであり、それに対して「まうら悲し」と述べている。つまり、「見れば悲し」と歌う挽歌のように対象との交感を表した歌ではなく、交感が成り立たなかった自己の悲傷を表した歌となっているのである。また、②は、「われし悲しも」とあることからも分かるように、一首全体が自己の感情表出となっており、「見る」のような死者への働きかけが無い。一首の表現は、死者ではなく自己へ向かっていると見られる。

後期万葉挽歌に至ると、死者ゆかりの地を「見れば悲し」と歌われる例は、

・…語り継ぎ　思ひ継ぎ来る　処女らが　奥津城どころ　われさへに　見れば悲しも　古思へば

（9一八〇一　田辺福麻呂「過葦屋処女墓時作歌」）

・…憑めりし　皇子の御門の　五月蠅なす　騒く舎人は　白栲に　服取り着て　常なりし　咲ひ振舞ひ　いや日異に　変らふ見れば　悲しきろかも

（3四七八　大伴家持「安積皇子挽歌」）

の二首のみであるが、「見る」の対象となっているものは、「奥津城（墓）」や皇子の御門の舎人の現在の状況であり、往時の死者を偲ばせる土地ではなくなっている点で前期万葉挽歌と表現性が異なる。他の、後期万葉挽歌の「悲し」は、

・往くさには二人わが見しこの崎を独り過ぐればこころ悲しも〔一は云はく、見もさかず来ぬ〕

（3四五〇　大伴旅人「天平二年庚午。冬十二月、大宰帥大伴卿向京上道之時作歌」）

・見れど飽かず座しし君が黄葉の移りい去れば悲しくもあるか

（3四五九　県犬養人上「天平三年辛未。秋七月、大納言大伴卿薨之時歌」）

・鳥が音の　きこゆる海に　高山を　障になして　沖つ藻を　枕になし　蛾羽の　衣だに着ずに　鯨魚取り　海の浜辺に　うらもなく　宿れる人は　母父に　愛子にかあらむ　若草の　妻かありけむ　思ほしき　言伝てむやと　家問へば　家をも告らず　名を問へど　名だにも告らず　泣く児如す　言だにいはず　思へども

悲しきものは　世間にあり　世間にあり　　（13三三三六）

・母父も妻も子どもも高高に来むと待つらむ人の悲しさ

（13三三四〇「備後国神嶋浜、調使首、見屍作歌」）

などのように、現在の悲嘆すべき状況や死者などさまざまなものに対して催される自己の悲傷を述べる表現へと変わる。この他にも、本書で扱う挽歌の範囲からは外れるが、大伴旅人が訃報を伝えた使者に応えたと思われる「大宰帥大伴卿報二凶問一歌」にも、

・世の中は空しきものと知る時しいよよますます悲しかりけり　　（5七九三）

とある。万葉挽歌は、「悲し」を悲傷の表現として獲得するとともに、死者へ働きかけることで死者の意志を聞きそれに応える歌から徐々に脱し、死という現実に対して湧き起こる自己の悲しみを述べる歌へと変化していったのである。そして、挽歌は、

藤原忠房が昔あひ知りて侍りける人の身まかりにける時に、とぶらひにつかはすとてよめる　　閑院

・さきだたぬ悔いの八千たび悲しきは流るる水の帰り来ぬなり　　（古今　八三七　閑院）

紀友則が身まかりにける時よめる　　つらゆき

・明日知らぬわが身と思へど暮れぬ間の今日は人こそ悲しかりけれ　　（古今　八三八　紀貫之）

などのような『古今和歌集』の哀傷歌に近づいていったのである。

六　むすび

『万葉集』の挽歌は、死者の意志を問い、それに応えることで死者の魂を正しく鎮めようとする観念を基本的に持つ。死者の意志に応えようとする表現は、死者へ訴え掛ける表現でもある。死者の魂は、挽歌を詠むにあたって常に意識され、表現は死者の魂を現前させる方向へ向かっていた。巻二編者の考えた挽歌の「意(こころ)」とは、人が死んだ時に悲しみながらも死者の意志を問い、それに応えることで死者の魂を慰撫しようとする「意」であったのだろう。それが、そもそもの挽歌だったのである。

しかし、挽歌は徐々に、死という現実に対して催された自己の心情吐露の方向へと向かっていくとともに、新たな表現を獲得して行く。例えば、「悲し」もその一つである。梶川信行氏は[20]、殯などの古代死者儀礼が仏教にとって変わられ、火葬という現実に直面したことで得られた個人的で心情的な嘆きの表現として「すべなし(術無し)」をあげる。それは、憶良の「日本挽歌」の重要なモチーフであるという。しかし、一方で「日本挽歌」は、「うらめしき　妹(いも)の命の　我をばも　如何(いか)にせよとか…」という「くどき文句」と見なし得る訴えかけを持つ。万葉挽歌は、死者へ問いかけ、その意志を聞こうとする表現を保持しながらも、それが不可能である現実に対する自己の悲しみの吐露へと表現の向きを変え、『古今和歌集』の哀傷歌へとつながっていったのであろう。

注

(1) 引用は、石原道博氏編訳『新訂　魏志倭人伝他三篇』(岩波文庫　一九八五年)に拠る。

(2) 梶川信行氏「『挽歌』の位相―『すべなし』をめぐって―」(『文学・語学』九三　一九八二年六月、後に『万葉史の論　笠金村』桜楓社　一九八七年)

(3) 本書**第一章第一節「有間皇子自傷歌群の意味」**

（4）中西進氏『山上憶良』（河出書房新社　一九七三年、『中西進万葉論集』八　講談社　一九九六年）

（5）古橋信孝氏「松と待つ（古歌逍遥）」（『短歌』　一九九一年一一月）、『万葉歌の成立』（講談社　一九九三年）、『古代都市の文芸生活』（大修館書店　一九九四年）など。

（6）山本健吉氏『柿本人麻呂』（新潮社　一九六二年）

（7）青木生子氏「人麻呂の歌の原点」（『国語と国文学』五〇－一二　一九七三年一二月、後に『萬葉挽歌論』　塙書房一九八四年）

（8）真下厚氏「夢に見る（ゆ）とうたうことは」（『古代文学』三一　一九九二年三月）

（9）本書**第二章第一節「天智挽歌群　姓氏未詳婦人作歌考」**

（10）多田一臣氏「〈おもひ〉と〈こひ〉と」（『万葉歌の表現』　明治書院　一九九一年）

（11）「懐知りせば」の「懐」の原文は、底本では「豫」。そこで、当該句を「かねて知りせば」と訓む説もあるが、どちらにしても後悔の念を表す句となる。

（12）「万葉集歌ことば事典」より、遠藤宏氏分担執筆「かなし」項（稲岡耕二氏編『別冊国文学　万葉集事典』学燈社一九九三年八月）

（13）多田一臣氏「春愁三首」（『大伴家持』　至文堂　一九九四年）

（14）遠藤宏氏　前掲注（12）

（15）中西進氏校注『万葉集 全訳注原文付』（講談社文庫　一九七八年）

（16）岩下武彦氏「近江荒都歌論」（『日本文学』二七－二　一九七八年二月）

（17）遠藤宏氏　前掲注（12）

（18）土橋寛氏『古代歌謡と儀礼の研究』（岩波書店　一九六五年）

（19）古橋信孝氏「きく」（『古代語を読む』　桜楓社　一九八八年）

（20）梶川信行氏　前掲注（2）論

第一章　万葉人の挽歌観

第一節　有間皇子自傷歌群の意味

一　はじめに

『万葉集』巻二挽歌の冒頭には、有間皇子の自傷歌二首が置かれている。そして、自傷歌二首の後には、長意吉麻呂等の歌や左注などの記載が続く。次に、その全文を掲げる。

　　有間皇子の自ら傷みて松が枝を結べる歌二首

磐代の浜松が枝を引き結び真幸くあらばまた還り見む　（2一四一）

家にあれば笥に盛る飯を草枕旅にしあれば椎の葉に盛る　（2一四二）

　　長忌寸意吉麿の結び松を見て哀しび咽べる歌二首

磐代の岸の松が枝結びけむ人は帰りてまた見けむかも　（2一四三）

磐代の野中に立てる結び松情も解けず古思ほゆ　いまだ詳らかならず　（２一四四）

山上臣憶良の追ひて和へたる歌一首

天翔りあり通ひつつ見らめども人こそ知らね松は知るらむ　（２一四五）

右の件の歌どもは、柩を挽く時作る所にあらずといへども、歌の意を准擬ふ。故以に挽歌の類に載す。

大宝元年辛丑、紀伊国に幸しし時に結び松を見たる歌一首〔柿本朝臣人麿歌集の中に出づ〕

後見むと君が結べる磐代の子松がうれをまた見けむかも　（２一四六）

巻一雑歌冒頭に雄略御製が、巻二相聞冒頭に仁徳皇后磐姫歌がそれぞれ据えられたのは、各巻の編者の特別な意図によるものであることが従来の研究で明らかにされているが、巻二挽歌冒頭に有間皇子自傷歌がこのような在り方で置かれたことにも巻二編者の何らかの意図が働いていると見てよいだろう。そこで、この自傷歌二首とその後に続く関係歌群（以下、これらをまとめて有間皇子自傷歌群と呼ぶ）をもとに巻二編者の意図を探り、巻二挽歌冒頭に有間皇子自傷歌が載ることの意味を考察してみたい。

二　冒頭歌の問題

巻の冒頭歌の問題は、契沖『萬葉代匠記』が『万葉集』一番歌の問題として雄略御製の意義を説いて以来、巻一・巻二両巻の巻頭歌と鎮魂歌集との関連で(1)、または、三大部立の冒頭歌と鎮魂歌集との関連で説かれてきたが(2)、巻頭歌とそれ以下の歌とを統一的に説こうとする伊藤博氏(3)によって、歌集編纂に於ける編者の意識の問題に引き上げられ、体系的に考察されることとなった。以後、巻の冒頭歌の論は展開を見せていくが、そこで問題とされたのは二つの点に関してである。一つは、何故雄略や磐姫が巻一・巻二巻頭歌の作者たり得たかという点であり、もう一つは、巻の冒頭にこれらの歌を載せることにどのような意味が託されていたのかという点である。伊藤論はこの二つの問題に答えを出しているが、考察の中心となったのは前者の問題に結び付く作者の人間像の把握であった。氏は、契沖や折口信夫氏の考え方を基本的には踏襲しつつ、『万葉集』全体の構造を見通して、雄略・磐姫を「古」を代表する天皇・皇后と定義づけた。その後、この問題は、三谷栄一氏[4]、桜井満氏[5]によっても論じられている。また、後者の問題、巻の冒頭歌にどのような意味が託されていたのかということについては、伊藤氏が「巻頭言的意味合いによって（雄略御製）」「すぐれた規範として（磐姫歌）」冒頭に「飾る」ことで「現代宮廷歌集」の威容を整えようとする意図が働いていたと説いて以来、「規範」を以て巻の冒頭を「飾る」という考え方が受け継がれることとなった。

一方、巻二挽歌冒頭の有間皇子自傷歌については、従来、何故有間皇子が選ばれたのかという作者の問題よりも、皇子の自傷歌が挽歌冒頭に置かれたことの意味を中心に考察されてきた。それは、有間皇子が、記紀双方に所伝の載る伝承的存在の雄略や磐姫と異なって、斉明紀に謀反前後の記事がわずかに見えるだけの人物であり、その人間像に積極的な理由が見出し難いためである。皇子の自傷歌が挽歌冒頭に置かれた意味について早く明言したのは桜井満氏である[6]。氏は、自傷歌二首を皇子の悲劇事件と重ねて考察し、それらが挽歌冒頭に据えられた理由を「悲劇の皇子の慰霊・鎮魂」のためと述べた。確かに、有間皇子自傷歌を挽歌冒頭に置いたことに、悲劇の皇子への鎮魂の意味が込められていたことは認められよう。しかし、巻の冒頭歌に規範としての意味が託されていたこと、及び、皇子の自傷歌が説明的な内容の左注を含む歌群として存在することからは、これらが単に皇子への鎮魂だけではなく、部立冒頭歌としての積極的な意味を持っていたように感じられてくる。そこで、有間皇子自傷歌が挽歌冒頭に置かれたことの意味は、歌の背後に皇子の悲劇事件を想定しつつも、部立冒頭歌の機能論として考察されていった。それが、古橋信孝氏[7]、辰巳正明氏[8]による挽歌論である。

古橋氏は、雑歌・相聞・挽歌の各冒頭歌を比較し、雑歌の雄略御製・相聞の仁徳皇后磐姫の歌に較べ挽歌の有間皇子自傷歌が二世紀遅れていることを指摘した。また、有間皇子自傷歌が羇旅歌の形をとることから、「この二首は有間皇子の悲劇的な死の物語によって挽歌にされ」たとした上で、

旅の歌が挽歌にされた。ということは、それ以前に挽歌はなかったということになる。しかし、死の歌はなかったはずはない。ここから導けるのは、挽歌は特殊な死、異常死の歌だったということである。

と説く。ここで古橋氏が述べる異常死とは刑死・自殺・事故死・早死など人間の寿命を全うしない死であり、古橋説によれば、有間皇子自傷歌が挽歌冒頭に置かれたことで挽歌が異常死の歌であることが示されたことになる。挽歌が異常死を遂げた死者を慰撫追悼する歌だという指摘は、早く高崎正秀氏[9]によってなされていたが、古橋説はそこに挽歌の新しさという視点を取り入れたものといえる。しかし、挽歌は果たしてそのように単純に捉えられるのであろうか。挽歌が「異常死への鎮魂」として始まったのならば、巻二挽歌の死者はすべて異常死した者達となるはずである。しかし、巻二挽歌の死者の中で、古橋説の異常死に該当する死者は、厳密に言えば、有間皇子（刑死）、十市皇女（急死）、大津皇子（刑死）、草壁皇子（早死）だけである。ただし、天智天皇については、陵墓の巨大さなどから古橋氏が推測したように、遺言が守られなかった為に祟りが畏れられた可能性があり、例外的に異常死の範疇に入れても良いと思われる。しかし、それ以外の死者達（天武天皇・明日香皇女など）については、異常死とは認められない。従って、有間皇子自傷歌についても、もう少し別の視点から解釈すべきであろう。

一方、辰巳氏は、孝徳紀や斉明紀に記された渡来人が関わる死を悼む歌謡（紀一一三～一一四、一一六～一二一）を「挽歌の発生」と捉えた場合、『万葉集』は「当時にあっては馴染みの薄い漢語」であった『挽歌』という新たな概念を説明しなければならなかったはず」だと指摘した上で、中国古挽歌（薤露・蒿里）から、その本質を人が無常な存在である事を語るものと導き出した。そして、『万葉集』が中国古挽歌を参考にして「挽歌とは人生の無常を嘆くことだという理解に至」った為に「挽歌」を部立として選択することとなり、その「挽歌の一つの理想的な姿を説明するために」有間皇子自傷歌二首が「理想的なモデル」として選び取られたと考察した。また、二首が挽歌としては異例の生者の歌であることに関しては、『万葉集』が世間に伝えられた皇子の悲劇事件をふまえることで「死者よりもより強烈に人の命の無常を描こうとした」と推定する。多くの日本人にとって新しい歌の概念であった「挽歌」を説明する為に有間皇子自傷歌が冒頭に置かれたという辰巳氏の見方は、憶良歌の後に記された左注の在り方に鑑みても、正しいものであるだろう。しかし、ここで注意しておきたいのは、有間皇子自傷歌が二首単独ではなく後に続く関係歌群と共に挽歌冒頭に位置しているということである。従って、『万葉集』巻二の編者は、自傷歌二首だけではなく有間皇子自傷歌群全体を用いて何かを説明しようとしていたと考えるべきであろう。

有間皇子自傷歌について、この点を早くから指摘していたのは伊藤高雄氏である。[10] 氏は、有間皇子像の享受の歴史に着目し、有間皇子自傷歌群が挽歌冒頭に置かれた意味の考察を試みている。氏はまず、関係歌群から大宝元年の行幸を有間皇子伝承の「動態的な場」として把握し、『続日本紀』などの文献から、この時点で有間皇子が「〈王権〉＝皇統の存在を根底からつき崩しかねない〈怨〉の象徴」であったと推定した。また、憶良歌の後に置かれた左注を「これらが柩を挽く時の歌ではないが、歌意からは柩を挽く歌とみるべきだということ、すなわち葬歌としての意味で巻二挽歌部の冒頭にのせたということを主張したもの」と解釈し、自傷歌群を冒頭に置いた編者の意図を「巻二挽歌部のなかで、一四一～一四五番歌を正真正銘の挽歌＝葬歌として位置づける営み」と述べた。そして、これらが実質的に「〈伝承〉の動態として〈怨〉と〈王権〉＝皇統との相剋関係を内在する、闇の世界への鎮魂歌」として機能していると説く。皇位継承の政争に敗れ死を迎えた有間皇子を、皇統に禍をもたらす〈怨〉の象徴とする氏の見解は、首肯されるべきものである。また、氏の論は、自傷歌群全体から意味を見出そうとした点でも評価されるべきであるが、歌群の持つ意味については編者の記した左注を以て説明するにとどまる。確かに左注は、巻二編者の意図を示す記述として重視すべきものである。しかし、左注だけでなく、歌群の構成からも読み取れてくるものがあるのではないだろうか。そこで改めて、左注を含めた歌群の構成が何を語っているのかという視点から、有間皇子自傷歌群が挽歌冒頭に置かれた意味を考察していくことにしたい。

三　自傷歌の表現と挽歌

有間皇子自傷歌群の構成を明確に把握するために、まず、自傷歌二首の表現をおさえることからはじめたい。自傷歌二首で、従来特に議論の対象とされてきたのは、この二首に悲劇性を見るか否かという問題についてである。それは、二首の表現が挽歌らしからぬ印象を我々に抱かせることに起因するように思われる。

悲劇性を見る説は、当該二首を皇子の悲劇事件と重ねて享受するものであり、契沖『萬葉代匠記』以来、田辺幸雄氏[11]、北住敏夫氏[12]、中西進氏[13]、稲岡耕二氏[14]、阪下圭八氏[15]などの多くの研究者がこの立場をとる。そして、これらの悲劇性を見る説は、「呪力を信じつつ松の枝を結ぶ。その上で『真幸くあらば』と歌わざるを得ない所に、皇子の心の亀裂があり悲劇がある。単に湯治や遊山の旅で歌ったにしては不幸の影が濃すぎるだろう」という稲岡氏の言に代表されるように、一四一番歌の「真幸くあらば　また還り見む」に悲劇性が見られることを論拠とする。

一方、当該二首を題詞や悲劇事件から切り離し単独でながめた時、そこに皇子固有の心情が表されていないとして、二首を本来皇子とは無関係な歌が仮託伝承されたものとする説が折口信夫氏によって呈示された。[16]この説は歌語り論とも関係して、山本健吉氏、[17]伊藤博氏、[18]露木悟義氏、[19]渡辺護氏、[20]福沢健氏、[21]長岡立子氏[22]など多くの研究者によって支持されている。例えば、福沢氏は緻密な用例検証から、「ま幸くあらば」から皇子の固有な体験を読み取ることは不可能であるとし、また、「また還り見む」を「『土地ぼめ』の類型表現」とした上で、「歌の内容から謀反に失敗して護送される有間皇子の固有の心情は窺いにくく」いと述べ、当該二首は「岩代での羇旅歌を仮託・転用する形で」成立したと考察する。また、長岡氏は集中の用例から「『幸くあらば』『真幸くあらば』は、決して『幸く』あることが絶望な折の表現ではないことは明らか」だと述べ、当該二首は「―不安な旅を続ける旅人―の歌として、一向にさしつかえのない表現であり、類型」だと結論づける。

以上、悲劇性を見る説と見ない説の論拠を見比べて分かるのは、当該二首の解釈に一四一番歌の「真幸くあらば　また還り見む」の解釈が大いに関わっているということであろう。この二句を皇子の悲劇の声と見れば二首は皇子の悲劇を表した歌となり、旅人が道中の安全を祈る類型表現と見れば二首は一般的な旅人の歌となるのである。そこで、この「真幸くあらば　また還り見む」という表現について、『万葉集』の用例を見てみたい。

「また還り見む」という表現は集中に八例あるが、そのうち次の三例、

・見れど飽かぬ吉野の河の常滑(とこなめ)の絶ゆることなくまた還り見む　（1三七　柿本人麻呂「吉野讃歌」反歌）

・み吉野の秋津の川の万代に絶ゆることなくまた還り見む　（6九一一　笠金村「吉野讃歌」或本反歌）

・白崎は幸く在り待て大船に真楫繁貫きまたかへり見む　（9一六六八　「大宝元年紀伊行幸歌」）

が行幸従駕歌で用いられることから、福沢氏の指摘通り「『土地ぼめ』の類型表現」であったと思われる。一方、「真幸くあらば　また還り見む」と同様、「幸く」あることの仮定表現に「見る」又はそれに類似した語の推量形が続く表現には、次の五例がある。

①わが命し真幸くあらばまたも見む志賀の大津に寄する白波　（3二八八　穂積老）

②大君の　命畏み　見れど飽かぬ　奈良山越えて　真木積む　泉の川の　速き瀬を　竿さし渡り　ちはやぶる　宇治の渡の　滝つ瀬を　見つつ渡りて　近江道の　相坂山に　手向けして　わが越え行けば　楽浪の　志賀の韓崎　幸くあらば　また還り見む　道の隈　八十隈毎に　嘆きつつ　わが過ぎ行けば　いや遠に　里離り来ぬ　いや高に　山も越え来ぬ　剣刀　鞘ゆ抜き出でて　伊香胡山　如何にかわが為む　行方知らずて　（13三二四〇）

③天地を嘆き乞ひ禱み幸くあらばまた還り見む志賀の韓崎　（13三二四一）

④春さればまづ三枝の幸くあらば後にも逢はむな恋ひそ吾妹　（10一八九五　柿本人麻呂歌集）

⑤葦原の　瑞穂の国は　神ながら　言挙せぬ国　然れども　言挙ぞわがする　言幸く　真幸く坐せと　恙なく　幸く坐さば　荒磯波　ありても見むと　百重波　千重波しきに　言挙すわれは　言挙すわれは　（13三二五三　柿本人麻呂歌集）

用例①は、題詞に「穂積朝臣老の歌」とある。穂積朝臣老は、『続日本紀』養老六年の條に天皇の乗物を指弾した罪によって佐渡に配流されたことが記されている。従って①は、背後に配流事件を想定すれば老の嘆きの歌となり、想定しなければ単なる従駕土地ぼめの歌と見ることが出来るという、一四一番歌と同じ二重性を帯びた性格を持つことが分かる。この老の佐渡配流は、①だけでなく次の②・③にも関わってくる。②・③は一組の長反歌であり、③には「右は二首。ただ、この短歌は、或る書に云はく『穂積朝臣老の佐渡に配さえし時に作れる歌』といへり」という左注が付される。従って、この②・③も、一般的な旅人が旅の不安を詠んだ歌であるとも、異伝にある通り老が配流の嘆きを述べた歌であるとも解釈することが可能である。次の④は「春相聞」に含まれる人麻呂歌集歌であるが、この歌の「幸くあらば」に関して、長岡氏は、[23]

この一首、別れる妻に「な恋ひそ」となぐさめかける歌である以上、「幸くあらば後にも逢はむ」は再びの来訪を前提にした表現とみざるをえない。「幸くあらば」は「幸く」あることを前提にした仮定表現であったとみることができよう。少なくとも、この一首に絶望感をよみとることなどできはしない。

と考察する。従うべきであろう。また、次の⑤は、本来、遣唐使餞別歌であったと考えられている人麻呂歌集歌である。福沢氏[24]はこの歌を例に挙げて、この「幸く坐さば」が不吉な表現であったならば遣唐使を送り出す言挙げの歌に用いられる筈が無いことを指摘し、「幸く」あることの仮定表現には特別な意味がないと考察する。

以上の五例のうち、④・⑤の二例については、確かに長岡・福沢両氏の見解通り一般的な予祝表現と解してよいだろう。しかし、残りの三例については老の佐渡配流と切り離せない状況にあるため、老固有の悲劇性を含んだ表現とも解釈できる。そこで、この配流伝承に関係する三例の表現をもう少し詳しく見てみると、左注に配流との関連が記された②・③では、仮定表現の前に「相坂山に　手向けして」「天地を嘆き乞ひ禱み」という絶対的な存在（＝相坂山の神／天地の神）への祈りの習俗が詠み込まれていることに気付く。従って、この①〜③の例は、次のように考えることができる。本来、祈りは信頼すべき神への働きかけであるため、人はそれを行うことで「また還り見む」の成就を確信できたはずである。しかし、②・③のように、祈りの習俗を述べた後に「幸くあらば」という仮定表現が述べられると、祈りを信頼しきれない人物の固有の心情が浮かび、そこに悲劇性を見て取る余地が生まれてくる。だからこそ、この②・③の例は老の配流伝承を引きつけることとなり、それに釣られる形で、③と類似した句を持つ①も配流事件を重ねて享受してしまうことになると思われる。このような視点から有間皇子の一四一番歌を見ると、ここにも「磐代の浜松が枝を引き結び」という、神への祈りの習俗が詠み込まれている。従って、一四一番歌で問題になるのは「真幸くあらば　また還り見む」の二句ではなく、《祈りの習俗（＝結び松）への信頼＋「幸く」あることへの仮定表現＋また還り見む》という、固有な悲劇性を孕む可能性を持った不安定な表現形態であると考えられる。

　次に、自傷歌二首のうちのもう一方、一四二番歌に注目してみたい。一四二番歌は、「家」と「旅」の対比から成り立っている。家での日常と比較して旅の不自由さを歌うという発想は羇旅歌に多く見られ、家人が「斎ふ」ことが旅人の身の安全を保障するという呪術的共感関係から生じたものであることが神野志隆光氏[25]によって指摘されている。一四二番歌も、この羇旅歌の類型的発想に沿って作られたものと思われる。しかし、一四二番歌は「椎の葉に盛る」の解釈に問題を持つ。椎の葉は飯を盛るには小さすぎる為に、椎の葉に盛られた飯が皇子の食事を指すと素直に解釈することができないのである。そこで、この問題を解決する方法として、高崎正秀氏[26]がこれを「紀州磐代の道祖神の神前に供へ」た神饌とする説を呈示した。これに対し、稲岡耕二氏[27]は一四二番歌が持つ「家」と「旅」の対比という羇旅歌の構造に着目し、旅に於ける神饌から家に於ける神饌を思い起こすという神饌説の発想の形式を「それでは余りにも抽象化し、ふやけた発想となってしまわないか」と批判した。つまり、旅先での不如意を強調するために土地特定の習俗である神饌と家での神饌とを対比するということは、旅行く者の発想としてあり得ないというのが氏の論点である。

稲岡氏の述べる通り、一四二番歌は明らかに「家」と「旅」の対比という羇旅歌の構造を持ち、この構造は旅の不自由さへの嘆きを必然的に持つ。従って、神への手向けの歌にこの構造を用いた場合、構造が持つ嘆きの要素が手向けを表す部分に表れてしまうことになる。一首を神饌説で解釈するならば、何故神への手向けの歌にこの対比構造を用いる必要があったのかが説明されなければならないだろう。また、確かに食事を「椎の葉に盛る」行為は通常あり得ないことかもしれないが、その形状によっては（例えば握り飯などであれば）可能なことと思われる。やはり一四二番歌は、安楽な家を離れ、飯を椎の葉に盛るという旅の不自由さに直面した者の嘆きを詠んだ歌であると考えられる。一四二番歌は、他にも「有間皇子の自ら傷みて松が枝を結べる歌」という題詞が歌の内容に関わらないという問題を持つが、一首をこのように解釈すれば、少なくとも「自傷」という題詞の表現と歌に表れた主体の心情とは重なってくるだろう。

自傷歌二首のうち、一四一番歌は結び松による祈りが主題となっているが、そこには《祈りへの信頼の不安定さ》が表れていた。その次に置かれた一四二番歌には、「飯」という日常的な題材を通して不自由な旅にある身への嘆きが詠まれている。つまり、この自傷歌二首には、命の無事を願いながらも呪術を信じきれず、旅での食事から家を思い出すという個の一回的な心情が表れていると考えられる。また、二首の表現方法は斉明朝に遡り得る古代性を持つことが、岩下武彦氏によって検証されている。(28) 如上のことからも、二首は後代の羇旅歌が仮託転用されたものというよりも、むしろ命の危機に直面した皇子固有の心情が反映された、皇子自作の歌と考えられるのである。(29)

四　有間皇子自傷歌群の意味

これまでの考察を視野に入れて、有間皇子自傷歌群の構造を考察していきたい。

有間皇子が残した自傷歌二首は、二首組となった状態で悲劇伝承と共に伝わっていたと思われる。そして、この悲劇伝承と歌は世間に広く知られていた為に、後に皇子の自傷歌に関わる歌が詠まれる事となった（関係歌群）。これらの追悼歌の表現を見ると、「また見けむかも」「見らめども」「後見むと…また見けむかも」というように「見る」という語に固執して詠まれていることが分かる。従って、自傷歌二首のうち、一四一番歌の「また還り見む」という表現が人々に強く意識されていた事が読み取れてくる。それは、特に一四一番歌が《祈りの習俗（＝結び松）への信頼＋「幸く」あることへの仮定表現＋また還り見む》という表現構造をとる為に、祈りの習俗に信頼しきれない皇子の不安定な心情や悲劇性を人々に感じさせたためであろう。

この「結び松」を「また還り見む」という皇子の言葉は、『日本書紀』の記述によれば皇子が磐代を行きと帰りと二度通っているため、実際には果たされていることになる。しかし、関係歌群中の意吉麻呂歌・人麻呂歌集歌が「また見けむかも」と皇子が「結び松」を還り見たことへの疑問表現をとることや、憶良歌が「天翔」る魂となって皇子が「結び松」を見ていると表現することからは、関係歌群は皇子が「結び松」を「還り見」できなかったことを皇子の死とイコールで捉えた上に成り立ったものと見ることが出来よう。つまり、当時一四一番歌は、皇子の「また還り見む」という願いは果たされなかったという前提で享受されていたと考えられるのである。

そして、そのように捉えた場合、「また還り見む」は死者有間皇子が生前に語った意志と受け取ることが可能である。それが果たされないままに皇子が死を迎えたと考える当時の人々の目から見れば、それは死者の心残りの表現として受け取られるものであっただろう。そこで、願いを込めて松を結びながらも「また還り見む」という意志を果たすことが出来なかった皇子の悔しさや心残りを鎮めるために、関係歌群が詠まれたと推測できる。

関係歌群のうち、意吉麻呂歌・人麻呂歌集歌は共に、皇子が松を「また見けむかも」と歌う。この「見けむかも」は、人麻呂の「石見相聞歌」の反歌（或本歌）にも用いられている。

・石見(いはみ)なる高角山(たかつのやま)の木の間(こま)ゆもわが袖振るを妹見けむかも　（２一三四　柿本人麻呂）

旅行く男にとって妹との共感は最も大切なものであるが故に、男は妹に向かって袖振りをし、それを妹が「見る」という状況が求められたが、石見にいる妹が里を遠く離れた男の振る袖を見ることは不可能である。そこで男は、妹が男の袖振りを見たという状況を想像することで、幻想の中で妹との魂の共感を実現しようとしている。しかし、男は現実にはそれが不可能であることを知るために、自らの幻想への疑念を持たざるを得ない。これが「見けむかも」の意味であると思われる。これと同様に、意吉麻呂や人麻呂歌集歌の表現も、皇子が結び松を還り見たという実際には起こり得なかった事を、疑念を持ちながらも推量し、幻想の中で皇子が松を還り見た状況を作り上げたのだと考えられる。一方、憶良歌は、皇子が死後に魂となって松を見ていると推量する。従って、これら三首は皇子が「結び松」を還り見たという状況を歌に於いて作り上げ、皇子の「また還り見む」という意志を果たそうとしたのだと考えられる。これらの関係歌群が一四二番歌を踏まえていないのは、これらが一四一番歌に述べられた皇子の心残り「また還り見む」に鎮魂の必要性を感じて詠まれたためであろう。

関係歌群のうち、意吉麻呂歌・憶良歌の詠まれた場は、大宝元年（七〇一）の紀伊行幸時とする説もあるが、中西進氏[30]が述べる通り持統四年（六九〇）の紀伊行幸時と考えられる。この同じ持統四年の紀伊行幸時に詠まれた川島皇子の歌が、『万葉集』巻一に収載されている（実作者は、山上憶良）。

・白波の浜松が枝の手向草幾代までにか年の経ぬらむ〔一は云はく、年は経にけむ〕（1三四　川島皇子）

この一首は、「浜松が枝」という有間皇子自傷歌（2一四一）の言葉をそのまま引用しており、また、おそらく「結び松」のことを指すと思われる「手向草」を詠み込んでいる。従って、一首は明らかに有間皇子を意識して詠まれたものと推測できる。ここから、紀伊行幸時に持統一行が磐代を通過するにあたり、まず想起されたのは有間皇子の事件だったのであり、彼らが磐代を無事に通過するために有間皇子の鎮魂が必要不可欠だったことが覗える。また、想像をたくましくすれば、持統が即位した年である持統四年時に紀伊行幸が突如行われていること自体、その目的は悲劇の皇子の鎮魂にあったとも考えられる。紀伊行幸は大宝元年にも行われ、そこで一四六番歌が詠まれている。このように度重なる鎮魂の必要性があったのは、三四番歌や関係歌群の表現から見て、一四一番歌に死者の心残りを表す言葉「また還り見む」が述べられていたためであろう。これが、持統朝前後の有間皇子自傷歌享受の実態であったと考えられる。

そして、その次の段階として『万葉集』への収載がある。まず、『万葉集』巻二編者は、挽歌の冒頭を飾る歌として、世間に広く知られていた有間皇子自傷歌二首を選んだ。しかし、享受者がこの自傷歌二首を死に関わる歌と捉え得るのは、皇子のその後の悲劇的結末を知る目で表現を捉えるからである。そこで、巻二編者は「自傷」という題詞のもとにこの二首を置き、享受の前提として悲劇事件があることを示したのだろう。

自傷歌二首のうち、人々に強く意識されていたのは一四一番歌の方であった。それは、一四一番歌の「また還り見む」により強い悲劇性が感じられたためである。巻二編者もまた他の人々と同様、一四一番歌の心残りの表現に強い悲劇性を感じ取ったはずである。二首をくくる題詞は「有間皇子の自ら傷みて松が枝を結べる歌二首」であり、「松が枝を結べる」という部分は一四一番歌のみを指し示す。従って、編者が二首を「松が枝を結べる歌二首」と記すことによって、一四一番歌の方に重点が置かれることとなる。編者は敢えて一四一番歌に偏った題詞を記すことで、一四一番歌の存在を際立たせようとしたのではなかったか。題詞で一四一番歌に重点を置き、自傷歌二首の後に一四一番歌に対して詠まれた関係歌群を配列することで、編者は自傷歌群を皇子と「結び松」の歌群として構成したのだと考えられる。

題詞が規定した前提に立って歌を見た時に、一四一番歌には人間がどんなに祈りを捧げた（＝結び松）としても必ずおとずれてしまう非業の死が示され、生を望んでいた死者の強い心残り「また還り見む」が述べられている。そして、意吉麻呂・憶良の追悼歌が次に置かれることで、死者に思いを馳せ、その死を嘆く残された人々の存在が示されると同時に、その人々によって「また見けむかも」「見らめども」というように、死者の強い心残りを鎮めようとする歌が歌われることが示される。しかし通常、死者の思いは死者自身によって実際に語られることは無く、残された生者が想像するしか方法が無い。生者が死者の思いを想像し、その思いを鎮めるべく詠まれるのが現実の挽歌の姿なのである。一方、有間皇子自傷歌には「また還り見む」という形で、死者の思いが死者によって実際に語られている。従って、自傷歌二首の次に追悼歌が配列されることによって、《一人の人間の死があり、死者によって思い（心残り）が語られ、その思い（心残り）を鎮める為に残された生者が歌を詠む》という過程が明示されることになる。そして、それが日本に於ける挽歌の形態であると巻二編者は理解していた為に、挽歌の概念を説明する意図をもって、自傷歌と後人の歌から成る異例の歌群を挽歌冒頭に据えたと考えられるのである。この、歌群を以て挽歌を説明するという編者の姿勢は、巻二編纂当初、挽歌巻末を締めくくっていたとされる人麻呂の自傷歌群のあり方からも見て取ることができるだろう。(31)

万葉挽歌の中で、生者の詠んだ歌（臨死歌）は極めて特殊であり、有間皇子自傷歌の他には人麻呂の臨死自傷歌（2二二三）と大津皇子の歌（3四一六）が見られるにすぎない。

そのうちの二つを巻二挽歌が含み、且つそれが原撰部の最初と最後に歌群の形で置かれているということは、編者が「自傷」という形態を必要としていたことを示している。従って、編者が有間皇子自傷歌二首を挽歌冒頭歌に選んだのは、自傷歌二首が悲劇事件と共に世間に広く知られていたからというのも理由としてあるだろうが、何より自傷歌に死者の思いが述べられていることが重要であったのだろう。

以上のように自傷歌群の意味を考えたとき、編者が最後に記した左注、

右の件の歌どもは、柩を挽く時作る所にあらずといへども、歌の意を准擬ふ。故以に挽歌の類に載す。

は、「挽歌」という語の輸入元である中国に於ける挽歌本来の形態は「柩を挽く時に作」られ歌われるものであったが、そこに表された心情（＝歌の意）は、日本に伝わる死者を悼む歌と同じである為に、これらの日本の歌に「挽歌」と名付けたという説明であると解釈できる。[32] つまり、巻二編者は、有間皇子自傷歌群を挽歌冒頭に置くことで、日本に於ける挽歌の形態を歌によって説明し、その後に「挽歌」という語を紹介したと考えられるのである。[33] この時点で、有間皇子自傷歌群は、巻二の編者が作った五首セットの挽歌として存在したものと推測できる。左注が「右の件の歌どもは…」と五首を一くくりに見ていることが、その傍証となるだろう。そして、その後、人麻呂歌集の一四六番歌が有間皇子関係歌ということで追補され、有間皇子自傷歌群は六首セットの挽歌となった。この一四六番歌が、追補の形を明らかにして記されなければならなかったことは、それだけ、一四一番歌から一四五番歌の後の左注までが意味のある構成としてまとまっていた事を示しているのではないだろうか。

五　むすび

有間皇子自傷歌群は一まとまりの挽歌であった。それは自傷歌によって死者の思いが語られているという特殊なケースであるが故に、《一人の人間の死があり、死者によって思い（心残り）が語られ、そして、その思い（心残り）を鎮める為に残された生者が歌を詠む》という日本に於ける挽歌の形態を明示することが可能となったのである。従って、有間皇子自傷歌群は左注まで含めて、巻二編者によってなされた挽歌の説明であり、挽歌観の表明であったと見ることが出来る。また、有間皇子は悲劇の死を迎えた皇子であるが故に、当時の人々をして慰撫・鎮魂を必要と思わしめる死者であった。それを、編者は十分把握しており、その人々の心理を効果的に用いることにしたのであろう。有間皇子自傷歌群は、まだ日本に十分知られていなかった概念である「挽歌」を説明しようとする『万葉集』巻二編者によって周到に用意・構成されたものだったのである。

挽歌は、『万葉集』に収載された形でしか存在しない。それは、『万葉集』巻二編者が、それまで詠み継がれてきた死者を悼む歌々に「挽歌」という名称を与えたことに始まる。従って、編者の意識は、『万葉集』巻二編纂当時の人々から見て「挽歌」とは何であったのかという事を探る上で、重要な手がかりとなることであろう。

注

（1）折口信夫氏「萬葉集講義」（『短歌講座』第五巻　改造社　一九三二年二月、『折口信夫全集』第七巻　中央公論社　一九九五年）、「上代貴族生活の展開—萬葉びとの生活—」（『歴史教育』八‐七　一九三三年一〇月、『折口信夫全集』第六巻　中央公論社　一九九五年）など。

（2）高崎正秀氏「万葉集部立の論」（『上代文学』二三　一九六八年一〇月、『高崎正秀著作集』第三巻　桜楓社　一九七一年）
（3）伊藤博氏『萬葉集の構造と成立　上』（塙書房　一九七四年）
（4）三谷栄一氏「磐姫皇后と雄略天皇―巻一・巻二の巻頭歌の位相―」（『萬葉集講座』第五巻　有精堂　一九七三年）
（5）桜井満氏「巻頭歌の意義―儀礼と神話の間―」（『萬葉集研究』第十集　塙書房　一九八一年一一月）
（6）桜井満氏「有間皇子の『結び松』」（『万葉集の風土』　講談社現代新書　一九七七年）
（7）古橋信孝氏「挽歌の成立」（『日本文学』四一－五　一九九二年五月）、「挽歌の成立」（『古代都市の文芸生活』大修館書店　一九九四年）、「挽歌」（『万葉集―歌のはじまり』　ちくま新書　一九九四年）。本文引用は、『万葉集―歌のはじまり』（P.145）より。
（8）辰巳正明氏「挽歌論」（『記紀万葉の新研究』　桜楓社　一九九二年）
（9）高崎正秀氏　前掲注（2）論
（10）伊藤高雄氏「有間皇子異聞―〈伝承〉の基層にあるもの―」（『野州国文学』四九　一九九二年三月）
（11）田辺幸雄氏「有間皇子」（『初期萬葉の世界』　塙書房　一九五七年）
（12）北住敏夫氏「有間皇子」（『国文学』三－一　一九五八年一月）
（13）中西進氏「真幸くあらば」（『万葉史の研究』　桜楓社　一九六八年）
（14）稲岡耕二氏「有間皇子」（『萬葉集講座』第五巻　有精堂　一九七三年）
（15）阪下圭八氏「有間皇子―真幸くあらばまたかへり見む」（『初期万葉』　平凡社　一九七八年）
（16）折口信夫氏「萬葉集短歌輪講　巻第二」（『アララギ』　一九二〇年一二月、『折口信夫全集』第三五巻　中央公論社　一九九八年）
（17）山本健吉氏『萬葉百歌』（中央公論社　一九六三年）
（18）伊藤博氏　前掲注（3）書
（19）露木悟義氏「有間皇子の悲劇」（『古代史を彩る万葉の人々』　笠間書院　一九七五年）

(20) 渡辺護氏「有間皇子自傷歌をめぐって」(『万葉集を学ぶ』第二集　有斐閣　一九七七年一二月)
(21) 福沢健氏「有間皇子自傷歌の形成」(『上代文学』五四　一九八五年四月)
(22) 長岡立子氏「有間皇子自傷歌論─類型と文学意識─」(『米沢国語国文』一二　一九八五年九月)
(23) 長岡立子氏　前掲注(22)論
(24) 福沢健氏　前掲注(21)論
(25) 神野志隆光氏「行路死人歌の周辺」(『論集上代文学』第四冊　笠間書院　一九七三年一二月)
(26) 高崎正秀氏「萬葉集の謎を解く」(『文芸春秋』一九五六年五月)
(27) 稲岡耕二氏　前掲注(14)論
(28) 岩下武彦氏「有間皇子歌私考」(『美夫君志』四三　一九九一年一〇月)
(29) 大浦誠士氏は、「実作を実証的に証明することはおそらく不可能」としながらも、「自傷歌二首を有間の護送時の実作と信じて疑わない伝承が、初期万葉の霧の向こうまで続いている」「生成の当初から有間皇子刑死事件と何らかの関わりを持つものである可能性が高い」と述べる(「有間皇子自傷歌の表現とその質」『萬葉』一七八　二〇〇一年九月、後に、同氏『万葉集の様式と表現』笠間書院　二〇〇八年)。初期万葉歌を考察する上での態度としても、傾聴に値する指摘である。
(30) 中西進氏『山上憶良』(河出書房新社　一九七三年、『中西進万葉論集』八　講談社　一九九六年)
(31) 伊藤博氏「女帝と歌集─持統万葉から元明万葉へ─」(『専修国文』一　一九六七年一月、後に『萬葉集の構造と成立下』塙書房　一九七四年)
(32) ここでは、『万葉集』巻二挽歌に含まれる歌々を指す。倭大后や柿本人麻呂等が「挽歌」という意識を持って作歌したのではなく、彼らが近親の人の死に臨んで詠んだ歌を巻二編者が「挽歌」と分類したのである。
(33) 「柩を挽く時作る所」を山田孝雄『萬葉集講義』は「挽歌」の語の重複を避ける「避板の法」と説くが、本書は、字義通り中国での挽歌の形態を表したものと見る。詳しくは、本書**第一章第二節「有間皇子自傷歌群左注考─編者の挽歌観と意図─」**。

第二節　有間皇子自傷歌群左注考
――編者の挽歌観と意図――

一　はじめに

挽歌は、雑歌・相聞と並ぶ『万葉集』の三大部立の一つであり、巻二・三・七・九・十三・十四の各巻に部立挽歌が置かれている。一方、「挽歌」という語自体は題詞や左注の中にも散見するが、この語を含み持つ題詞は、

・日本挽歌（5七九四～七九九　山上憶良／神亀五年）
・古挽謌一首（15三六二五～三六二六　遣新羅使人歌／天平八年）
・挽歌一首（19四二一四～四二一六　大伴家持／天平勝宝二年）

の三例、左注は、

・右件謌等、雖レ不二挽レ柩之時所一レ作、准二擬歌意一。故以載二于挽哥類一焉（2一四五　有間皇子自傷歌群）
・右三首、挽歌（15三六八八～三六九〇　遣新羅使人歌／天平八年）

・右三首、葛井連子老作挽歌（15三六九一〜三六九三　遣新羅使人歌／天平八年）
・右三首、六鯖作挽歌（15三六九四〜三六九六　遣新羅使人歌／天平八年）

の四例だけであり、極めて少ない。このことから、梶川信行氏は[1]「挽歌」の語について、「決して当時の定着した用語であったとは言えない」、「ごく限られた人によってのみ使用された、はなはだ曖昧なジャンル意識に過ぎなかった」と指摘している。

また、右に挙げた「挽歌」の語の使用例からは、後期万葉への偏りが見て取れる。特に、題詞は山上憶良「日本挽歌」（神亀五年）が初見であり、それ以前に作られた挽歌の中には「〜挽歌」という題詞を有する作品が全く無いことから、「挽歌」が死を悼む歌を表す用語として使われ出したのは後期万葉以降であったと推測できる。『万葉集』巻二原撰部の編纂時期を元明女帝晩年頃とする伊藤博氏の説に従えば[2]、『万葉集』中、最も早く「挽歌」の語を用いたのは、人の死に関わる歌を集成して部立挽歌のもとに編纂した巻二編者であったと考えられる。逆に言うと、それらの歌は、巻二編者の手で部立挽歌に収載されることによって初めて「挽歌」と定義づけられたことになる。つまり、挽歌は『万葉集』巻二編者の営みによって作り出された新しい歌の概念だったといえよう。挽歌の新しさは、「挽歌」の語が記紀には存在しないことからも見て取ることが出来る。挽歌が新しい歌の概念だったとすると、編者は巻二挽歌部編纂の時点で、挽歌の定義について説明する必要があったはずである[3]。

一方で、周知の通り「挽歌」は漢籍由来の語であり、もともと中国の挽歌や挽歌詩を指す呼称である。それを巻二編者が『万葉集』の部立名として用いたことにより、「挽歌」は巻二挽歌部に収載された歌々を指す呼称となった。よって、本来の中国に於ける挽歌[4]の意味と実際に巻二挽歌部に収載された挽歌との間には、必然的にずれが存在している。そのため、夙に辰巳正明氏が指摘したように、編者には双方の挽歌のずれについても説明する必要があっただろう。また、実際に巻二挽歌部に収載された挽歌の中には、六朝期に成立した中国最初の詩文の総集『文選』の哀傷部に見える詩賦の性格に近いものも多く、例えば柿本人麻呂の挽歌作品には潘岳の「悼亡詩」や「寡婦賦」などからの影響が指摘されている。(5) このことは、巻二編者の目から見ても明らかだったはずである。それにも関わらず、編者は死を悼む歌を総括する部立名として「哀傷」ではなく「挽歌」を選択している。その理由は、どこにあったのだろうか。これらの事柄に対する編者の意識を理解するためには、編者が漢籍に於ける挽歌をどのように理解し、『万葉集』に於ける挽歌をどのように定義づけようとしていたのかを探る必要がある。

その点で注目されるのが、巻二挽歌の冒頭部である。巻二挽歌冒頭には、「後岡本宮御宇天皇代」つまりは斉明朝という標題のもとに、有間皇子自傷歌二首が後代(持統~文武朝)(6)の追和歌四首を伴う歌群の形で置かれている。次にその歌群を掲げる。

有間皇子自傷結二松枝一歌二首

磐代(いはしろ)の浜松が枝(え)を引き結び真幸(まさき)くあらばまた還り見む　(2一四一)

家にあれば笥(け)に盛る飯(いひ)を草枕旅にしあれば椎の葉に盛る　(2一四二)

長忌寸意吉麿見二結松一哀咽歌二首

磐代の岸の松が枝(え)結びけむ人は帰りてまた見けむかも　(2一四三)

磐代の野中に立てる結び松情(こころ)も解けず古(いにしへ)思ほゆ　いまだ詳(つばひ)らかならず　(2一四四)

山上臣憶良追和歌一首

天翔(あまがけ)りあり通ひつつ見らめども人こそ知らね松は知るらむ　(2一四五)

右件謌等、雖レ不二挽レ柩之時所一レ作、准二擬歌意一。故以載二于挽哥類一焉。

大寶元年辛丑、幸二于紀伊國一時見二結松一歌一首〔柿本朝臣人麿歌集中出也〕

後見むと君が結べる磐代の子松がうれをまた見けむかも（2一四六）

『万葉集』が巻頭を規範となるべき由緒有る古歌で飾る編纂方針を持つことは夙に近世より指摘されており、巻頭歌の意義の問題として様々な議論が展開されてきた。(7) その論理に従うならば、部立冒頭歌にも規範的な歌で部立冒頭を飾ろうとする編者の意図が反映された蓋然性が高いといえる。更に注目されるのは、当該歌群中に記された、

右件謌等、雖レ不二挽レ柩之時所一レ作、准二擬歌意一。故以載二于挽哥類一焉。

という左注である。この左注は、いかなる判断に基いてその歌を部立挽歌に分類したかという編者の編纂方針を示したものであり、後述するように、本来の中国に於ける挽歌の意味と実際に巻二挽歌部に収載された歌との間のずれを説明しつつ、挽歌の概念を説明する意味があったと考えられる。そこで、本節では当該左注を手掛かりに、編者の挽歌観と編纂上の意図を考察してみたい。

二　研究史概観

巻二挽歌冒頭歌としての有間皇子自傷歌二首に早く着目し、『万葉集』の挽歌の定義を説いたのは高崎正秀氏(8)である。氏は「作者であると同時に、挽歌の対象者」でもある有間皇子の人物像に注目し、その自傷歌が挽歌冒

頭に置かれたことから、挽歌は「単なる葬儀の歌ではなく、とくべつ不幸悲惨な最期を遂げた人々の祟りを怖れかしこんで、それを慰撫追悼する意義を荷なつてゐた」[9]と述べ、『万葉集』の鎮魂歌集的性格を指摘した。この高崎論を受け、桜井満氏は巻二挽歌冒頭に有間皇子自傷歌二首が据えられた理由を「悲劇の皇子の慰霊・鎮魂」のためと考察した。

両論とも当該二首の挽歌冒頭歌としての意義を鎮魂との関わりで論じたものだが、そこに挽歌の新しさという視点を取り入れたのが古橋信孝氏[10]である。氏は各部立の冒頭歌を比較し、雑歌や相聞の冒頭が雄略御製や皇后磐姫の歌など五世紀に設定されたのに対して、挽歌冒頭の有間皇子だけが七世紀と約二世紀遅れることを指摘した上で、自傷歌二首が「旅の歌を挽歌に転用」した形態であることから、「挽歌はそれまでなかった」「それが挽歌の始まりということ」だと述べ、「有間皇子の死は一種の刑死だから、異常死への鎮魂として挽歌は始まった」とする。そして、宮廷社会の成立により「個別性」が生じ、死者の鎮魂が共同性として行なえなくなった結果、「異常死の死者たちを鎮魂する新たな方法が要求された」ところに挽歌の発生があると考察した。

一方、当該二首が後代の追和歌四首を含む歌群の形で挽歌冒頭に置かれた点を重視する伊藤高雄氏[11]は、追和歌四首の存在をもとに、「当時の宮廷の人びとに、有間皇子がこの世に思いを残して死んでいったとする想念が生じ」、皇子が「〈王権〉＝皇統の存在を根底からつき崩しかねない〈怨〉の象徴」となっていたと理解した上で、一四五番歌に付された当該左注を「これらが柩を挽く時の歌ではないが、歌意からは柩を挽く歌とみるべきだということ、すなわち葬歌としての意味で巻二挽歌部の冒頭にのせたということを主張したもの」と解釈し、巻二挽歌冒頭に当該歌群を置いた編者の意図を「巻二挽歌部のなかで、一四一〜一四五番歌を正真正銘の挽歌＝葬歌として位置づける営み」と説いた。

稿者もまた、巻二編者が当該歌群を挽歌冒頭に据えた意味を考察し、当該歌群は、「また還り見む」という死者の思いを歌う自傷歌二首に続いて、その思いに触れる形で詠じられた追和歌が配列されることで、日本に於ける挽歌の形態《一人の人間の死があり、死者によって思い（心残り）が語られ、その思い（心残り）を鎮める為に残された生者が歌を詠む》という過程が明示されることになるため、巻二編者が挽歌の概念を説明する意図をもって構成した一セットの挽歌だと論じたことがある。[12] 巻二挽歌冒頭に配置された当該歌群が編者による挽歌の概念の説明だとすると、この中に記された当該左注もまた、挽歌の概念を説明する役割を担っていたはずである。

しかしながら、当該左注の示す範囲や意味する内容、その注記者ついては、解釈に揺れがある。

まず、当該左注が示す「右件謌等」の範囲について、諸注の見解は大きく二つに分かれており、契沖『萬葉代匠記』と金子『評釈』が意吉麻呂歌と憶良歌の計三首を指すと見るのに対し、他の大多数の諸注は有間皇子自傷歌二首から憶良歌までの計五首を指すと捉える。

「右件謌等」という形式の左注は、『万葉集』中に当該左注しか存在しない。同様に「右」という指示を持つ左注は、同じ巻二の中で見ると、「右一首」（八五・八九・九〇・一六六・二〇二・二二七の計六例）、「右」（一三九・一九五の二例）、「右歌」（二三二のみ）という三種の形式があり、一首のみを限定して指す場合には「右一首」、一組の長反歌を指す場合には「右」「右歌」を用いる傾向が見て取れる。これに対して当該左注の「右件謌等」は、「謌等」という表記から複数の歌を指すことは分かるものの、「三首」「五首」などの歌数の指定が無いために範囲を特定することが難しい。当該左注と同じく「右件歌」という形式を持つ左注は巻七・九・十七・十八・十九の各巻にも見えるが、巻毎に「右件」の用い方の方針が異なる可能性があり、他の巻の「右件歌」を単純に援用することで当該左注の範囲を特定するのは避けるべきであろう。やはり、当該左注が示す「右件謌等」の範囲は、左注の内容から判断する以外にない。

当該左注と同様に、歌の分類に関わらせて編纂方針を示す形式を持つ左注は、『万葉集』中に次の二例が見える。

①闇の夜は苦しきものを何時しかとわが待つ月も早も照らぬか　（7一三七四　譬喩歌）
　朝霜の消やすき命誰がために千歳もがもとわが思はなくに　（7一三七五　譬喩歌）
　　右一首者、不レ有二譬喩謌類一也。但、闇夜歌人、所心之故並作二此謌一。因、以二此歌一載二於此次一。

②黄葉に置く白露の色にはも出でじと思へば言の繁けく　（10二三〇七　秋相聞　問答）
　雨降れば激つ山川石に触れ君が摧かむ情は持たじ　（10二三〇八　秋相聞　問答）
　　右一首、不レ類二秋謌一、而以レ和載レ之也。

①の左注は巻七譬喩歌中に記されたもので、この左注が付せられた一三七五番歌は「譬喩謌類」ではないが、一三七四番歌を作った歌人が同じ心情で作った歌であるために「此次」に収載するという内容である。つまり、ここには一三七五番歌のみが他の歌々とは違って「譬喩謌類」ではないという例外規定が述べられている。次に、②の左注は巻十秋相聞中に記されたもので、この左注が付せられた二三〇八番歌は「秋謌」に分類されるわけではないが、二三〇七番歌に答えた歌であるため一緒に収載したという内容である。これも、二三〇八番歌のみが他の歌々とは違って「秋謌」ではないという例外規定を述べたものである。

この①②の表現を参考に当該左注の内容を考えてみると、当該左注は、「右件謌等」は他の歌々とは違って「挽柩之時所作」ではないが、「准擬歌意」であるために特別に「挽哥類」に収載したという、「右件謌等」の例外規定を表していることになる。そこで有間皇子自傷歌群を改めて見てみると、意吉麻呂や憶良による追和歌三首は、「長忌寸意吉麿見二結松一哀咽歌二首」「山上臣憶良追和歌一首」という題詞からも分かるように紀伊行幸時の作である可能性が高く、(13)「挽柩之時所作」でないことは明らかである。また、冒頭の有間皇子自傷歌二首も、「有間皇子自傷結二松枝一歌二首」という題詞や『日本書紀』に記された有間皇子事件から推測するに皇子が詠じた旅の歌であると解釈でき、そこに不幸の影は見えるものの、(14)やはり「挽柩之時所作」とは異なるものである。よって、「右件謌等」は大半の諸注の見解通り、有間皇子自傷歌以下の五首を指すと考えられる。当該左注の後に人麻呂歌集の一四六番歌が後の追補が明らかな形で記されたことも、巻二原撰部が増補される時点で、一四一番歌から当該左注までが意味のある構成としてまとまって存在していたことの証左だといえよう。つまり、当該歌群は初めから「挽柩之時所作」という挽歌の規定から外れるものとして示されていたのである。

一方、当該左注の意味する内容や注記者ついても、諸注の見解は分かれる。当該左注に初めて言及した契沖『萬葉代匠記（精撰本）』は、

此注ハ次下ノ哥ノ後ニ有ケムカ、傳寫ノ後誤テ此ニ來レルナルヘシ。其故ハ齋明天皇ノ御代ト標シテ載タルハ有間皇子ノ二首ニテ以下ノ四首ハ類ヲ以テ因ニ此ニ載ル故ニ、後人ノ難ヲ避ム為ニ注スルナリ。

というように、斉明天皇代という標題と意吉麻呂以下の追和歌の年代が合わないために当該左注が書き加えられたと解釈した。その後、「本のことをばしらずして、挽歌は柩を挽くときうたふ歌ぞとのみ、心得たる人のしわざにて、とるにたらず」（岸本由豆流『萬葉集攷証』）、「この左註は、萬葉の編者が用ゐた『挽歌』の字面が、廣汎な意味での哀傷歌であることに気附かなかつた註者のさかしらである」（金子『評釈』）などというように、当該左注は後人が賢しらに書き加えた無駄な注記と解され非難の対象となる。

しかし、山田孝雄氏『萬葉集講義』が「挽柩之時所作」を「挽歌」の語の重複を嫌う漢文の「避板の法」と解し、

上五首は挽歌にあらねど、歌意を考ふれば哀傷の意明かなれば挽歌になぞらへてわざとここに載せたりとなり。

という見解を示して以降、当該左注は巻二編者が「避板の法」を用いて編纂方針を示した注記として重視されるようになる。ただし、近年は、「葬式の柩を挽く時に作った歌ではないが、歌の内容は挽歌に類する。それ故に挽歌の部類に載せた」（『新編全集』）という解釈からも分かるように、山田『講義』が提示した「避板の法」という見方は否定される向きにある。それは、当該左注の「挽柩之時所作」という書き方に、挽歌の原義を示そうとする編者の意図が覗えるためである。

その点を重視して当該左注及び自傷歌二首の意味を考察し、巻二編者が構築しようとした『万葉集』の挽歌の定義を論じたのが辰巳正明氏である[15]。氏は、孝徳紀や斉明紀に記された渡来人が関わる死を悼む歌謡（紀一一三～一一四、一一六～一二二）を「挽歌の発生」と捉えた場合、『万葉集』は「『挽歌』という新たな概念を説明しなければならなかったはず」だと指摘した上で、当該左注に注目し、「『挽歌』という名称が当時にあっては馴染みの薄い漢語であった」ために、左注の注記者は挽歌が「挽柩之時所作」であるという本来の意味を説明しようと試みたが、その際に「『挽歌』という意味と、そこに集めた歌々とのズレを説明する必要があった」と当該左注が付された理由を考察した。更に、当該左注の「挽柩之時所作」という表記の出典を崔豹『古今注』と指摘し、『古今注』に載る二つの挽歌「薤露」「蒿里」が「人命の迅速で無常なことを嘆く歌」であることから、巻二編者は挽歌を「人生の無常性を嘆くこと」と理解したために部立名として「挽歌」の語を選択したと解し、皇子の自傷歌二首は「挽歌の一つの理想的な姿を説明するために選ばれたモデル」として巻二挽歌冒頭に置かれたと説いた[16]。

この辰巳論も、先の古橋論と同様、挽歌の新しさという視点から挽歌論を展開したものといえる。特に辰巳論で注目されるのは、皇子の自傷歌二首と当該左注から『万葉集』の挽歌の定義を考察するにあたり、左注の「挽柩之時所作」という箇所の出典と目される漢籍に言及したことである。しかし、氏が漢籍から導き出した「人生の無常性を嘆くこと」という挽歌の定義や、自傷歌二首をその理想的な姿のモデルとする理解は、なお一考の余地があるだろう。氏が説いた挽歌の定義と、実際に巻二挽歌部に収載された挽歌作品との間には隔たりがあるように思われるからである。そこで、編者が考える挽歌の「歌意」を明らかにするために、「挽歌」の語の出典とされる漢籍の挽歌の例を見ていくことにする。

三　挽歌と出典

辰巳論が出典としてあげた『古今注』の記述は、次のようなものである。(17)

薤露、蒿里並喪歌也。出二田横門人一。横自殺。門人傷レ之。為レ之悲歌。言人命如二薤上之露一。易二晞滅一也。亦謂人死。魂魄帰二乎蒿里一。故有二二章一。一章曰。薤上朝露何易レ晞。露晞明朝還復滋。人死一去何時帰。其二曰。蒿里誰家地。聚二斂魂魄一無二賢愚一。鬼伯一何相催促。人命不レ得二少踟躕一。至二孝武時一。李延年乃分二二曲一。薤露送二王公貴人一。蒿里送二士大夫庶人一。使二挽レ柩者歌一レ之。世呼為二挽歌一。

右の記述に見える「使挽柩者歌之」の箇所（傍線部）は当該左注の「挽柩之時所作」という表現と字面がよく似ており、辰巳論が述べた通り、『古今注』と当該左注の間には何らかの繋がりが想定できるだろう。ここに記された内容は、「薤露」「蒿里」は葬儀の歌で、田横が自殺した折に門人達がその死を悼んで悲しみの歌をなしたのが始めであり、その内容は人の命が薤の上の露のように消えやすいことと、死者の魂魄が蒿里に帰ることの二章であったが、漢の孝武帝の時に李延年がその歌を「薤露」「蒿里」の二曲に分かち、「薤露」は王公貴人の葬送時、「蒿里」は士大夫や庶民の葬送時の曲として柩を挽く者に歌わせたため、世に「挽歌」と呼ばれるようになったという挽歌の起源である。ここに登場する田横とは秦末〜漢初め頃の人物で、秦末の動乱期に自立して斉王となり、漢の高祖に従わず従者五百人と海中の島に逃れるが、高祖の召喚に応じず自殺する。高祖は王の礼をもって田横を弔い、従者達を召し寄せようとするが、彼らは田横を追って殉死したとされる（『史記』巻九十四田儋列伝、『漢書』巻三十三田儋伝）。挽歌の起源は、この誇り高き王田横の無念の死を悼む門人（従者）達にあるというのが『古今注』の説明である。この『古今注』の記述を受けて、阿蘇瑞枝氏[18]は「これが伝承の霧につつまれていて真偽を知るすべはないとしても、挽歌が柩車の紼を執る者のうたう歌として、極めて古くから歌われてきたことは、間違いない事実である」[19]と述べている。なお、この『古今注』の記述は、『文選』収載の陸機による「挽歌詩」の題に付された李善注にも「崔豹古今注曰…」としてそのまま引用されており、巻二編者の目に触れた可能性は極めて高いだろう。

　ただし、挽歌の出典として『古今注』に注目したのは辰巳論が初めてではない。既に契沖『萬葉代匠記』以来の諸注が『古今注』や『晋書楽志』[20]等の漢籍を引用しており、「その歌の言の、あはれにはかなく悲しければ、柩を挽とき、うたはせしより、挽歌といへるなれば、その字を借用いひて、哀傷の歌をばのせし也」（岸本由豆流『萬葉集攷証』）、「挽歌は…柩を挽く時の歌といふのが原義で、轉じて死喪に關する歌を廣くいふ。勅撰集の部立では哀傷に相当する」（佐佐木『評釈』）などのように挽歌の意味を説明してきた。つまり、『古今注』等の漢籍の例を挙げて「柩を挽く歌」という挽歌の原義を示し、同じ言葉をそのまま借りて用いた『万葉集』の挽歌は広く哀傷の歌を指すと説いたのである。

ところがその後、漢籍とその受容の研究が進むにつれて『文選』の分類と『万葉集』の部立との類似が注目され、三大部立のうち雑歌と挽歌は『文選』の分類名をそのまま利用したものとする理解が通説となる。[21]しかし、辰巳正明氏[22]や北野達氏[23]が批判したように、挽歌に関する記述は『文選』以外にも、『古今注』をはじめ『捜神記』、『世説新語』、『顔氏家訓』、『北堂書鈔』、『初学記』等にも確認できる。『万葉集』の編纂に携わった人々がそのような漢籍に触れていたことは多くの諸研究が説くところであり、[24]巻二編者が『文選』に加えてそれらの諸書を参照した可能性は否定できないだろう。また、『文選』挽歌の性質にも問題がある。『文選』は「挽歌」という分類名の下に繆襲・陸機・陶淵明ら三人の作者による挽歌詩三作品を収載するが、それらの挽歌詩はいずれも死者の一人称で葬送の光景を叙述する特徴を持つ。一海知義氏[25]によれば、中国に於ける挽歌は本来メロディにのせて実際に歌われる歌曲(楽府)であったが、『文選』収載の挽歌詩は歌われる歌曲という性格が薄れて知識人の思想や感情表白の手段となっており、その内容は広く人間一般の死を対象とし、死から埋葬までを納棺・葬送・埋葬に分けて描写する三首一連の構成を取るものであるという。このような『文選』挽歌詩の性格は万葉挽歌とは明らかに異なっており、この点からも、『万葉集』の部立名「挽歌」は単に『文選』の分類名を利用したものとする見方には疑問を感ぜざるを得ない。一方、『古今注』は当該左注の「挽柩之時所作」という表現と類似する記述を有することから、巻二編者の考える挽歌の出典としてやはり注目すべきものといえよう。

それでは、巻二編者は『古今注』の記述のどの部分を挽歌の出典として意識したのだろうか。『古今注』が述べた「使挽柩者歌之」は、「薤露」「蒿里」の二曲を「挽柩」の「者」に「歌」わせることであった。それに対し、当該左注の「挽柩之時所作」は、「挽柩」の「時」に歌を「作」るという作歌時点を問題にしている。つまり、当該左注は「挽柩」の語を『古今注』の「使挽柩者歌之」と重ねながらも、歌を「歌」う時ではなく「作」る時の問題へとずらして用いているのである。よって、当該左注の「挽柩之時所作」とは、「薤露」「蒿里」が「作」られた起源にあたる田横と門人達の故事を念頭に置いた表現であると見られる。

この田横と門人達の故事は有名であったらしく、例えば、干宝『捜神記』巻十六[26]にも、

挽歌者、喪家之楽。執レ紼者相和之声也。挽歌辞有二薤露、蒿里二章一。漢田横門人作。横自殺。門人傷レ之。悲歌。言人如二薤上露一、易二稀滅一、亦謂人死、精魂帰二乎蒿里一。故有二二章一。

と語られ、それをそのまま『初学記』が引用している。

また、『文選』の「挽歌」という題目に付された李善注も同じく、この田横の故事に触れる[27]。

譙周法訓曰。挽歌者高帝召二田横一。至二尸郷一自殺。従者不二敢哭一而不レ勝レ哀。故為二此歌一以寄二哀音一焉。

李善注は、譙周『法訓』に拠って挽歌の起源を説いている。『法訓』は、『古今注』が言及した「薤露」「蒿里」の曲名には全く触れず、田横の故事についてのみ詳細な内容を記す。それに拠れば、田横は漢の高祖の召喚に応じず尸郷に至って自殺したが、従者達は高祖の手前敢えて哭礼を行わず、しかし哀しみに堪えずに挽歌を為して哀音を寄せたのだという。同書の記述は、『世説新語』に付された劉峻の注（任誕第二十三）や『北堂書鈔』（巻九十二　挽歌三十三）、『初学記』（巻十四　挽歌第十）にも引用されており[28]、著名な挽歌論であったようだ。

他にも、顔之推『顔氏家訓』文章第九[29]に、

挽歌辞者、或云二古者虞殯之歌一。或云レ出レ自二田横之客一。皆為二生者悼レ往告レ哀之意一。

と、挽歌の起源を田横の門人だとする説明が見える。

以上の諸書の記述からは、当時の中国に於いて挽歌の起源は田横と門人達の故事だという理解が浸透していた様が覗える。巻二編者は様々な漢籍を通じて、この理解を認識していたと考えられる。

ただし、巻二編者の営みに影響を与えた漢籍として考えなければならないのは、これらの挽歌に関する記述だけではないだろう。重ねて考慮すべきは、当時の中国で実際に作られた挽歌の存在である。巻二原撰部が成立したとされる元明女帝晩年頃は、[30]中国の初唐末〜盛唐初期にあたる。唐の文化は随時派遣される遣唐使によって日本にもたらされており、文武朝の大宝二年（七〇二）には、天智八年（六六九）から三十二年ぶりの派遣となる第七次遣唐使が渡唐し、慶雲元年（七〇四）及び同四年（七〇七）に帰国している。山上憶良も一員であった、この第七次遣唐使によって初唐期の文化や文物が日本にもたらされたことが推測でき、その中には初唐期の挽歌も含まれていた可能性がある。

初唐期には、二代皇帝太宗〜三代高宗の頃に活躍した上官儀や、高宗〜則天武后代に活躍した駱賓王・崔融・宋之問・沈佺期ら著名な文人達によって多くの挽歌が詠作されている。唐代の挽歌については後藤秋正・吉川雅樹両氏による詳細な考察があるが、[31]両氏によれば初唐期の挽歌は、挽歌の起源とされる「薤露」「蒿里」や『文選』収載の陶淵明らによる六朝期の挽歌詩が広く人間の死一般を対象としていたのとは違い、特定の個人の死を対象とするところに特徴があり、その対象は皇帝・皇后・太子・公主（＝皇帝の娘）・諸侯など王族周辺の人々に限られていたとされる。また、初唐期は挽歌の詠作が葬送の制度として定着する以前であるため、それらの挽歌は葬礼に際して作られたとしても、儀礼的に歌われたものではないという。その辺りの事情については、既に阿蘇瑞枝氏にも言及があり、[32]氏は初唐期を「薤露」「蒿里」のような伝来の挽歌がいつも歌われる時代から進んだ「その人の死を悲しむ心切なるあまりに、その人のためだけに一回限りの特別な挽歌を作ることが求められるといった時代」と位置付け、それらの挽歌が「対象に即し」た内容を持つことから、「葬儀に歌うために作られ、またその多くは、実際に歌われたものに違いない」と述べていた。加えて後藤・吉川両氏の論で注目されるのは、初唐期の挽歌が特に無念の死を遂げた「死者の恨みを鎮めるという特定の目的のために歌われ」、「作った者あるいは作らせた者の死者に対する極めて強い思いがこめられていた」という指摘である。生前、帝位につくことが叶わなかった者達に対する挽歌が作られた背景はとりわけ劇的であるとされ、例えば、三代高宗の第五子にあたる皇太子李弘（六七五年薨）のために作られた「孝敬皇帝挽歌」がその典型例だという。李弘は聡明で高宗の寵愛も深かったが、二十四歳の若さで毒殺される（『新唐書』巻八十一孝敬皇帝弘伝）。彼を毒殺したのは生母の則天武后であり（『新唐書』巻三高宗本紀）、帝位につくことなく無念の死を遂げた李弘に対し、高宗は詔を下して孝敬皇帝と追諡し天子の礼を用いて葬儀を行う。その際に作られたとされるのが「孝敬皇帝挽歌」である。(33)

孝敬皇帝挽歌　　　　劉禕之

戒レ奢虚二蜃輅一　錫レ号紀二鴻名一　地叶蒼梧野　途経紫聚城
重照掩二寒色一　晨飇断二曙声一　一随二仙驥一遠　霜雪愁陰生

後藤・吉川両氏によれば、右の第一・二句は祖載までを、第三・四句は葬送を、第五・六句は墓所を象徴的に表しているというが、このように実際の葬送儀礼に沿ったスタイルは『文選』収載の挽歌詩にも通じ、中国特有のものといえよう。また、右の末句中に見える「霜雪」の語は、後漢の禰衡の故事が踏まえられており、「太子の心の潔白と無念の死に対する作者の共感が投影」されているという。このように、無念の死を遂げた死者に対する鎮魂の思いが初唐期の挽歌に歌われたのは、そもそもの挽歌の起源と関わるのではないか。挽歌は、無念の死を遂げた田横を悼む門人達が成したという起源の故事を持つために、無念の死を遂げた死者の鎮魂と結び付く余地を根源的に持っており、初唐期に至ってこのような挽歌が詠作されるようになったと考えられるのである。

巻二編者が『古今注』や『文選』李善注等の諸書に見える田横と門人達の故事に加えて、このような初唐期の挽歌に触れたとすると、編者は無念の死を遂げた死者（特に王族）の葬礼に際し強い鎮魂の思いを込めて作られるのが中国本来の挽歌のあり方なのだという認識を得た可能性が高いといえる。

四　むすび——左注の意味と編者の意図——

夙に中西進氏[34]は、有間皇子自傷歌二首と中国の臨刑詩・絶命詩・臨終詩との間に、「恨みを抱いて処刑された政治的反逆者—それはしばしば忠誠の士であり、権力によって抹殺された非運の甘受者として高く評価されるべき者」が「なお已み難い志を述べ」たものという共通性を指摘し、そこにこそ、中国趣味を有する山上憶良が「非業者の立場に同情を寄せ、その薄幸を悲しみ、魂を慰撫する」追和歌（２一四五）を詠じた理由があると述べた。巻二編者も同様に、有間皇子自傷歌二首に中国挽歌との類似性を見出したため、これに後代の追和歌を加えて巻二挽歌部の冒頭に据えたのであろう。編者が有間皇子自傷歌二首と追和歌から成る歌群に投影したのは、挽歌の起源である田横と門人達の故事と、無念の死を遂げた死者（特に王族）の葬時に強い鎮魂の思いを込めて挽歌を作る初唐期の文化だったのではないか。編者は無念の死を遂げた王族に相応しい人物として有間皇子を選び、当該歌群を挽歌冒頭に据えて、挽歌の概念の説明を試みたのだと思われる。

この点を踏まえた上で、当該歌群の中に記された左注の意味する内容を考えてみたい。様々な漢籍のうち「挽柩」の文字が見えるのは、辰巳論[35]が指摘した通り『古今注』の「使挽柩者歌之。世呼為挽歌」という箇所である。しかし、先述したように、巻二編者は「挽柩」の語を『古今注』のように歌を「歌」う時ではなく「作」る時の問題へとずらして用いた。ここから、挽歌とは「挽柩」の折に新しく「作」る歌だという巻二編者の意識が覗える。当該左注の「挽柩之時所作」は、死者の葬礼に際して挽歌が新たに作られるという中国挽歌の知識を念頭に置いた記述なのである。

しかし、当該左注が語るのは、「右件謌等」は「挽柩之時所作」ではないが「准擬歌意」だということである。この「歌意」の「意」は、『古事記』序文や『万葉集』に見える、

・上古之時、言意並朴（『古事記』序文）

・丹比真人〔名闕〕擬二柿本朝臣人麿之意一報歌一首（2二二六　題詞）

・春日遅ゝ鶬鶊正啼。悽惆之意非レ歌難レ撥耳（19四二九二　左注）

などの例から分かるように、言葉や歌などの言語表現に対して「言い表された心情」を意味する文字である。一方、「准擬」は、

・聊述二四詠一、准二擬睡覺一（18四一二八　序文）

という例に見えるように、「擬（なぞら）える」「準ずる」というほどの意と解される。よって、当該左注の「准擬歌意」は、「挽柩之時所作」の「歌」の心情に準ずると理解できる。この「挽柩之時所作」の背後に田横と門人達の故事や初唐期の挽歌が想定されているとするると、この「歌意」とは無念の死を遂げた死者（特に王族）に対する強い鎮魂の思いということになる。つまり、左注は、「右件謌等」即ち有間皇子自傷歌二首と追和歌から成る歌群に歌われた心情が、これらの中国挽歌の思いに準じたものであるため、「載于挽哥類焉」と述べたものと解釈できるのである。

先に確認したように、当該左注が「右件謌等」即ち有間皇子自傷歌二首以下の五首は他の歌々とは違って「挽柩之時所作」ではないが「准擬歌意」であるために特別に「挽哥類」に収載したという例外規定を表していると

すると、夙に佐佐木『評釈』が、

これらの歌は柩を挽く時の歌ではないが、歌の意味から推して挽歌の類に加へたといふ意と解される。即ち、挽歌は死葬に關する歌を主とすることが知られる。

と述べた通り、「右件謌等」を除く他の歌々は基本的に「挽柩之時所作」であり「挽哥類」だという前提の上に記されたことになるだろう。つまり、中国の挽歌が王族の葬礼に際し強い鎮魂の思いを込めて作られたように、皇族の喪葬儀礼に際して作られた鎮魂の歌を主に収載したのが巻二挽歌であるとの編者の認識が当該左注から見て取れるのである。実際、巻二挽歌部に収載された歌を見てみると、有間皇子自傷歌群に続いて置かれた天智挽歌群（一四七～一五五）には、「天皇大殯之時歌」（一五一～一五四）、「従山科御陵退散之時、額田王作歌」（一五五）など、題詞から何らかの喪葬儀礼に関わる作歌状況を想定し得るいわゆる「儀礼挽歌」[36]が存在している。他にも、柿本人麻呂による殯宮挽歌三作品（一六七～一七〇、一九六～二〇二）や泊瀬部皇女・忍坂部皇子への献呈挽歌（一九四～一九五）、日並皇子の宮の舎人等による慟傷作歌二十三首（一七一～一九三）など、皇族の喪葬儀礼に関わって詠まれた儀礼性の強い作品が巻二挽歌部には多く見える。編者が漢籍から、人の死を抒情的に悼み悲しむ「哀傷」の語ではなく、喪葬儀礼と結び付きの強い「挽歌」の語を選んだのには、如上の認識が関係するように思われる。

その一方で、巻二挽歌の中には、高市皇子による「十市皇女挽歌」（一五六～一五八）や、人麻呂の「泣血哀慟歌」（二〇七～二一六）、「吉備津釆女挽歌」（二一七～二一九）などいわゆる「哀傷挽歌」[37]も多く含まれており、すべての歌が儀礼的性格を持つとは言い切れず、また、その対象も皇族に限られるわけではない。そもそも巻二挽歌冒頭の有間皇子自傷歌群も、「挽柩之時所作」と言えるような儀礼歌ではない。しかし、当該歌群は無念の死を遂げた死者の歌（自傷歌二首）と、そのような死者に対する強い鎮魂の思いが込められた歌（後代の追和歌）から成り、そこに歌われた思いは、中国挽歌の起源にあたる田横と門人達の故事や初唐期の挽歌に歌われた「歌意」、つまりは死者の恨みや無念を鎮めようとする強い思いと重なるものであった。そこで編者は、中国本来の挽歌の「歌意」に重なる思いが歌われた挽歌の規範として有間皇子自傷歌群を挽歌冒頭に掲げ、当該左注を記すことによって、この「歌意」に準ずる思いが歌われた歌であれば「挽哥類」と認め巻二挽歌に収載すると宣言した。つまり編者は、「挽柩之時所作」という様式の問題ではなく「歌意」の有無を収載の基準にすると規定することによって、巻二挽歌に「挽哥類」即ち様々な位相の挽歌作品の収載を可能としたのである。

巻二挽歌冒頭に有間皇子自傷歌群を載せ当該左注を記すことは、中国と日本に於ける挽歌の概念を説明しつつ、中国本来の挽歌を指す「挽歌」の語の意味を、日本の挽歌全般を網羅することができる「挽哥類」へと拡大させようとする編者の試みであった。

注

(1) 梶川信行氏「『挽歌』の位相—『すべなし』をめぐって—」(『文学・語学』九三　一九八二年六月、後に『万葉史の論　笠金村』桜楓社　一九八七年)

(2) 伊藤博氏『萬葉集の構造と成立　上』(塙書房　一九四九年)

(3) 熊谷春樹氏「挽歌と類聚歌林」(『國學院雑誌』七五－一二　一九七四年一二月)は、巻二編者を山上憶良だとする。また、北野達氏「『類聚歌林』と『万葉集』巻二」(『万葉研究』七　一九八六年一〇月)及び「憶良の挽歌意識と『文選』」(『万葉集と漢文学』汲古書院　一九九三年)は、挽歌はもともと『類聚歌林』の部立名で巻二編者はそれを模倣したに過ぎないと述べる。しかし、『類聚歌林』の構造や巻二挽歌成立との前後関係が正確に分からない以上、巻二編者の存在や営みを全く否定してしまうことは出来ないだろう。

（4） 辰巳正明氏「挽歌論」（『記紀万葉の新研究』 桜楓社 一九九二年）

（5） 中西進氏「人麿と海彼」（『万葉集の比較文学的研究』 南雲堂桜楓社 一九六三年）、橋本達雄氏「めおとの嘆き—万葉悼亡歌と人麻呂」（『国文学 解釈と鑑賞』四三七 一九七〇年七月、後に『万葉宮廷歌人の研究』 笠間書院 一九七五年）、辰巳正明氏「人麻呂の挽歌と哀傷詩文」「潘岳の「寡婦賦」と泣血哀慟歌」（『万葉集と中国文学』 笠間書院 一九八七年）など。

（6） 長意吉麻呂の一四三・一四四番歌や山上憶良の一四五番歌を持統四年紀伊行幸時の作とする中西進氏の説に従う（同氏『山上憶良』 河出書房新社 一九七三年、及び同氏校注『万葉集 全訳注原文付』 講談社文庫）。

（7） 契沖『萬葉代匠記』以来、特に巻一巻頭の雄略御製・巻二巻頭の皇后磐姫歌の巻頭歌としての意義を説く論は多い。例えば、折口信夫氏「萬葉集講義」（『短歌講座』第五巻 改造社 一九三二年二月、『折口信夫全集』第七巻 中央公論社 一九九五年）、同氏「上代貴族生活の展開—萬葉びとの生活—」（『歴史教育』八-七 一九三三年一〇月、『折口信夫全集』第六巻 中央公論社 一九九五年）、伊藤博氏「巻一雄略御製の場合」「舒明朝以前の歌の性格」（『萬葉集の構造と成立 上』 塙書房 一九七四年）、三谷栄一氏「磐姫皇后と雄略天皇—巻一・巻二の巻頭歌の位相—」（『萬葉集講座』第五巻 有精堂 一九七三年）、桜井満氏「巻頭歌の意義—儀礼と神話の間—」（『萬葉集研究』第十集 塙書房 一九八一年一一月）等。

（8） 高崎正秀氏「万葉集部立の論」（『上代文学』二三 一九六八年一〇月、『高崎正秀著作集』第三巻 桜楓社 一九七一年）

（9） 桜井満氏「有間皇子の『結び松』」（『万葉集の風土』 講談社現代新書 一九七七年）

（10） 古橋信孝氏「挽歌の成立」（『日本文学』四一-五 一九九二年五月）。猶、『古代都市の文芸生活』（大修館書店 一九九二年）、『万葉集—歌のはじまり』（ちくま新書 一九九四年）にも同様の記述がある。

（11） 伊藤高雄氏「有間皇子異聞—〈伝承〉の基層にあるもの—」（『野州国文学』四九 一九九二年三月）

（12） 本書**第一章第一節「有間皇子自傷歌群の意味」**。巻二編者が配列した当初は五首セットの挽歌であったが、後に一四六番歌が追補され六首セットの挽歌となる。追補した人物は、一四一～一四五番歌に左注を加えて挽歌を説明する巻二編者の意図を斟酌したために、後の追補の形を露わにして一四六番歌を加えたのであろう。

(13) 中西進氏『山上憶良』（河出書房新社　一九七三年、『中西進万葉論集』八　講談社　一九九六年）

(14) 稲岡耕二氏「有間皇子」（『萬葉集講座』第五巻　有精堂　一九七三年）

(15) 辰巳正明氏　前掲注（4）論

(16) 古橋信孝氏　前掲注（10）論

(17) 『古今注』の引用は四部備要『古今注』（中華書局）に拠る。返り点は私に施した。

(18) 阿蘇瑞枝氏「挽歌の歴史—初期万葉における挽歌とその源流—」（『論集上代文学』第一冊　一九七〇年一一月）

(19) 陸機「挽歌詩三首」の中の第一首に見える「聴我薤露詩（我が薤露詩を聴け）」という句に対して付された李善注。

(20) 岸本由豆流『攷証』、山田『講義』、鴻巣『全釈』、武田『全註釈』に、『晋書楽志』の「挽歌、出㆓于漢武帝役人之労㆒、歌声哀切、遂以為㆓送終之礼㆒」という一節が引用されているが、実際に『晋書』に当たってみると、『晋書礼志・中』からの引用であり、本文中の「挽歌」は「輓歌」の誤りである。『晋書』（中華書局）、『二十五史　8晋書斠注』（芸文印書館）、古典研究会『和国本正史　晋書』（汲古書院）等を参照した。

(21) 伊藤博氏「相聞の原義」（『萬葉集相聞の世界』　塙書房　一九五九年、後に『萬葉集の表現と方法　上』　塙書房　一九七四年）、小島憲之氏「萬葉集の三分類」（『上代日本文学と中国文学　中』　塙書房　一九六四年）など。近年でも、稲岡『全注』や伊藤『釈注』が『文選』出典説に拠っている。

(22) 辰巳正明氏「万葉集の分類と中国詩学」（『万葉集と中国文学』　笠間書院　一九八七年）

(23) 北野達氏「万葉集三大部立の再検討」（『米沢国語国文』一四　一九八七年四月）

(24) 万葉人の漢籍の受容については、芳賀紀雄氏「万葉集と中国文学」（『万葉集Ⅰ（和歌文学講座2）』　勉誠社　一九九二年、同氏「万葉集比較文学事典」（稲岡耕二氏編『別冊国文学　万葉集事典』　学燈社　一九九三年八月）を参考とした。

(25) 一海知義氏「文選挽歌詩考」（『中国文学報』一二　一九六〇年四月）

(26) 『捜神記』の引用は『捜神記』（商務印書館叢書集成）に拠る。返り点は私に施した。

(27)『文選』李善注の引用は『文選』(商務印書館)に拠る。返り点は私に施した。

(28)ただし、劉孝標注『世説新語』・『北堂書鈔』・『初学記』の三書が引用した譙周『法訓』は、田横の自殺を記す箇所と「不敢哭」との間に「従者挽至於宮」という記述が入る。ここには挽歌の「挽」字が入るため、挽歌の起源としてはこの方が相応しい。おそらく、本来の譙周『法訓』には入っていたが、李善注では欠けてしまったのだろう。

(29)『顔氏家訓』の引用は『新譯顔氏家訓』(三民書局)に拠る。返り点は私に施した。

(30)伊藤博氏　前掲注(2)書

(31)後藤秋正氏・吉川雅樹氏　共同執筆「唐代挽歌詩研究」(『北海道教育大学紀要』四五-二　一九九五年三月)

(32)阿蘇瑞枝氏　前掲注(18)論

(33)挽歌詩の引用は『唐詩類苑』(汲古書院　一九九〇年)に拠る。返り点は後藤・吉川両氏による前掲注(31)論を参考に施した。

(34)中西進氏　前掲注(13)書

(35)辰巳正明氏　前掲注(4)論

(36)青木生子氏「挽歌の誕生」(『日本女子大学国語国文学論究』一　一九六七年六月、後に『萬葉挽歌論』塙書房　一九八四年)

(37)青木生子氏　前掲注(36)論

第三節　山上憶良「日本挽歌」の表現

一　はじめに

山上憶良には「日本挽歌」と題する長歌一首、反歌五首からなる作品がある。

日本挽歌一首

大君の　遠の朝廷（みかど）と　しらぬひ　筑紫の国に　泣く子なす　慕ひ来まして　息だにも　いまだ休めず　年月も　いまだあらねば　心ゆも　思はぬ間に　うち靡き　臥（こや）しぬれ　言はむ術（すべ）　為（せ）む術（すべ）知らに　石木（いはき）をも　問ひ放（さ）け知らず　家ならば　形（かたち）はあらむを　うらめしき　妹の命（みこと）の　我（あれ）をばも　如何（いか）にせよとか　鳰鳥（にほどり）の　二人並び居（ゐ）　語らひし　心背きて　家さかりいます　（5七九四）

反歌

家に行きて如何にか吾がせむ枕づく妻屋さぶしく思ほゆべしも　（5七九五）
愛しきよしかくのみからに慕ひ来し妹が情の術もすべなさ　（5七九六）
悔しかもかく知らませばあをによし国内ことごと見せましものを　（5七九七）
妹が見し楝の花は散りぬべしわが泣く涙いまだ干なくに　（5七九八）
大野山霧立ち渡るわが嘆く息嘯の風に霧立ちわたる　（5七九九）
　神亀五年七月二十一日　筑前国守山上憶良上る

この作品はこれまで様々な面から考察が加えられ議論されてきたが、今日では、憶良が大伴旅人の「報凶問歌」(1)（5七九三）を受け、当該歌の直前に置かれた「蓋聞」及び「愛河波浪已先滅」で始まる死者追善の漢詩文と共に、妻を亡くした旅人に謹上した作である(2)という理解が、ほぼ定説となっている。しかし、残された問題も少なくない。そのうちの一つに、いまだ解釈が定まらない表現「石木をも　問ひ放け知らず」がある。憶良は独特な語彙や表現の使用を指摘されることの多い歌人であるが、当該表現も「ほとんど憶良のみによって使われる語」(3)である「石木」と、『万葉集』中に一例しか見られない「孤語」(4)である「問ひ放け知らず」から成り立っている。死んで横たわる妻の様子を藻の靡く様に喩え優美に描いた「うち靡き　臥しぬれ」という憶良独自の表現(5)に続いて、「言はむ術　為む術知らに」と茫然自失(6)の様が述べられた直後に歌われる。しかし、突然の妻の死に為す術も無い時、何故「石木」が想起され、しかもそれに対して「問ひ放」こうとするのかという疑問が浮かぶ。「問ひ放」くということは、それに応じて「石木」が何らかの情報をもたらしてくれることが幻想されているのであろうか。

確かに万葉挽歌では、人の死後に、残された者が第三者から死者の霊魂の行方の情報を聞くことが歌われる場

合がある。例えば、柿本人麻呂「泣血哀慟歌」の第二長歌では、

・…大鳥の　羽易(はがひ)の山に　わが恋ふる　妹は座(いま)すと　人の言へば　石根(いはね)さくみて　なづみ来(こ)し　吉(よ)けくもそなき…
（2二一〇　柿本人麻呂「泣血哀慟歌」）

と、妻の死後に夫が他者から妻の霊魂の在り処を聞くという叙述があり、また、

・逆言(およづれ)の狂言(たはごと)とかも高山の巌(いはほ)のうへに君が臥(こや)せる
（3四二一　丹生王「石田王挽歌」反歌）

・狂語(たはこと)か逆言(およづれこと)か隠口(こもりく)の泊瀬の山に廬(いほり)せりといふ
（7一四〇八）

などの歌では他者によって死の知らせがもたらされるように歌われるが、その言葉は死者を生きているかの如く表現しており、死の知らせは同時に死後の霊魂の在り処の情報ともなっている。このように、人の死に際して残された者が死者の霊魂の行方を他者から聞くという表現が、万葉挽歌の一つのスタイルとして存在する。しかし、当該歌で歌われたのは、人間ならぬ「石木」である。よって、妻の死に際して「石木」に「問ひ放」くと歌う当該表現は挽歌の中では極めて異例で、一見、唐突な表現のように思われるのである。

しかし、その一方で、当該表現が詠み込まれた「日本挽歌」は、日本の挽歌の伝統を強く意識した作品であると言われる。それはまず、「日本挽歌」という題詞そのものから指摘されている。題詞「日本挽歌」の捉え方には大きく二通りの説があり、一方の説は早く北村季吟『萬葉拾穂抄』が「愛河波浪のからうたに対してやまとのひつきうたと云也」と述べたように、漢文体の前置詩文に対する和歌の挽歌の意と捉える見方である。対するもう一方の説は、中西進氏によって示された、中国の挽歌（挽歌詩）に対する日本の挽歌の「伝統的・儀礼的格式を意識」した呼称と捉える見方である。しかし、前者の見方を支持する村山出氏もまた、この題詞に「人麻呂以来の伝統的な挽歌の発想形式によろうとした意図」を読み取ることからも覗えるように、題詞「日本挽歌」が日

本の挽歌の伝統を強く意識した呼称だという見方は双方で共通する。

また、挽歌の伝統への意識ということは、題詞だけではなく当該歌の内容面からも指摘されている。例えば村山出氏は、(9)悲傷の情を表す慣用句で藤原永手弔悼の詔(第五一詔)にも関わる「言はむ術　為む術知らに」や、挽歌のくどき文句「いかさまに　思ほしめせか」(10)の類句である「我をばも　如何にせよとか」、また、造媛の死を悼む孝徳紀歌謡の、

・山川に　鴛鴦二つ居て　偶ひよく　偶へる妹を　誰か率にけむ　(紀一一三　野中川原史満)

に発想が類似する「鳰鳥の　二人並び居　語らひし　心背きて　家さかりいます」などの表現に着目し、当該歌は「伝統的な挽歌的パターンを意識」(11)していると述べる。また、岡内弘子氏、富原カンナ氏(12)も表現の詳細な検討から、当該歌が挽歌の伝統を継承した作であることを説く。挽歌の中でも特に当該歌への直接的影響が指摘されるのは、柿本人麻呂の「泣血哀慟歌」(2二〇七～二一六)である。青木生子氏(13)は当該歌を「人麻呂挽歌の伝統を…正統に継承した第一作である」として亡妻挽歌の系譜に於いて捉え、橋本達雄氏(14)も人麻呂「泣血哀慟歌」から当該歌へという亡妻挽歌の流れを説く。

このように挽歌の伝統の継承が指摘される当該歌にあって、何故、憶良は人間ならぬ「石木」に「問ひ放」くという異例の表現を用い、また、何を「問ひ放」くのだと考えたのだろうか。本節では、これまであまり注目されて来なかった「石木をも　問ひ放け知らず」の表現について考察し、ここから見えてくる憶良の意識を探ってみたいと思う。

二　研究史概観

「石木をも　問ひ放け知らず」は難解な表現である。末尾の「知らず」は通常、「〜するすべを知らないという不可能の意」（『時代別国語大辞典　上代編』）と説明されるが、そうであるならば、当該表現は「もし可能ならば『石木をも　問ひ放け』たいけれど、そのすべを知らない（不可能である）」と解されることになる。つまり、「石木をも　問ひ放け」は望まれる事柄だと考えられるのである。しかし、妻が死を迎え茫然自失の状態となった時に望まれる「石木をも　問ひ放け」とは、具体的にどのような事柄を指すのか俄かには測り難い。ために、解釈は諸注・諸論によって様々であり、その言を整理してみると、以下のような十通りもの説に分かれる（便宜的にA〜Jの記号を付して分類した）。

A　**非情の石木に話しかけて心を晴らす**…『代匠記（初）』・『略解』・『古義』・鴻巣『全釈』・森本治吉『総釈』・金子『評釈』・窪田『評釈』・『旧大系』・『旧編全集』・『新編全集』・金井論文[15]・岡内論文[16]

B　**妻の葬地である山の石木に話しかけて心を晴らす**…『代匠記（精）』

C　**妻の葬地である山の石木に様子を聞く**…土屋『私注』

D　**葬送途上の道の石木を行き避ける**…井上『新考』

E　**葬送途上の道の石木に話しかけて心を晴らす**…佐佐木『評釈』

F　**筑紫の屋敷の庭園の石木に話しかけて心を晴らす**…伊藤『釈注』・『新潮集成』・伊藤論文[17]

G　**非情の石木を死者の喩えとして捉え、死者に問いかける**…『考』・栗原論文[18]

H　**非情の石木に自分が何を言い何をすべきかを問う**…武田『全註釈』・中西『全訳注』・井村哲夫『全注』・稲

岡『和歌大系』・阿蘇『全歌講義』・多田『全解』・『新大系』・中西論文[19]・小川論文[20]

I　非情の石木に人をこの世に留め置く方法を問う…鉄野論文[21]

J　筑紫の自然の石木に亡妻の霊魂の在り処を問う…澤瀉『注釈』・村山論文[22]

右の諸説の「石木」に対する理解は、「問ひ放」くことの不可能な非情の存在ということで一致している。更に、その上で「石木」を限定的に解釈する立場をとるのはB～E説及びF・J説である。このうちB～E説は、当該歌に表立っては歌われていない妻の葬送や埋葬を「石木」の解釈に盛り込む。そこには、当該歌への影響が指摘される人麻呂「泣血哀慟歌」に詠まれた状況設定[23]をそのまま当該歌に当てはめるという理解の方法が看取できる。しかし、当該歌は作品に流れる時間や状況設定などが「泣血哀慟歌」とは異なるという指摘が小川靖彦氏[24]、平舘英子氏[25]にあり、当該歌からは妻の葬送や埋葬を歌う構想を読み取ることは出来ない。よって、B～E説は成り立たないだろう。

一方、J説は「石木」を筑紫の自然の石木と捉えるが、伊藤博氏[26]によるF説は更にその範囲を限定し、「妻の死んだ筑紫の屋敷」から「眺められる庭園やそれにつづく景物」と捉える。氏の「石木」に対する理解は、当該歌の持つ「家」と「旅」の対比構造の考察より導き出されており、傾聴に値するといえよう。しかし、氏の「問ひ放け」の解釈――話しかけて心を晴らす――には問題がある。この解釈は、もともとA説に立つ契沖『萬葉代匠記（初稿本）』が「非常(情)の物なれは、かたりておもひをえとをざけぬなり」と述べ、更に橘千蔭『萬葉集略解』が本居宣長の説として「とひさけはことゝひて思をはらしやる意なるべし」と示した為に、以後の諸注の多くが従ったものである。それは、集中に二例しか無い「問ひ放く」のもう一方の用例、大伴坂上郎女が天平七年に詠作した「尼理願挽歌」に、

・栲綱の　新羅の国ゆ　人言を　よしと聞かして　問ひ放くる【原文：問放流】　親族兄弟　無き国に　渡り来まして…

（3四六〇　大伴坂上郎女「尼理願挽歌」）

と詠まれた「問ひ放く」の場合も、「話しかけて心を晴らす」意に読み取り得ることを考慮したためと推測できる。しかし、鉄野昌弘氏(27)に「問ヒ放クは、一義的には相手に声をかけて話をする意であって、『心を晴らす』ことは、文脈に付随して表れるニュアンスに過ぎない」という批判があるように、この解釈は語義以上のものを読み取り過ぎた嫌いがある。よって、A説・F説も共に首肯し難い。

一方、G説は、非情の「石木」を死者の喩えと捉え、当該表現を「死者に問いかけることは出来ない」と解する。この見方を早く提示したのは賀茂真淵『萬葉考』で、「こやしふしすきぬれは石木の如くなるをもて」と理由を述べる。また、栗原俊夫氏(28)は「石木」を「屍」の意で用いる漢籍の例として、『仏本行集経』第十五「路逢死屍品第十九」の「此の人は已に、世間の命を捨てて威徳有る無く、今石木に同じく、猶ほ牆壁の如くして別異有る無し…（中略）…已に心意等の諸根を捨て　屍骸に識無く木石の如し」を挙げ、憶良がこの例から学んで当該表現を詠出したのだと考察する。しかし、氏の挙げた例で述べられたのは、「屍」が「石木（木石）」のように識見や心意を有しない非情な存在だということであり、漢語「石木（木石）」が即「屍」を意味しているわけではない。また、G説に立って当該歌を読み解く場合、「石木（のように非情な屍）」に問いかけることは出来ないと述べた直後に、「うらめしき　妹の命の　我をばも　如何にせよとか…」と亡き妻に問いかけるという矛盾した文脈となってしまうため、この見方にも疑問が残る。

続く、H説は、例えば小川靖彦氏(29)の「どうしたら良いかわからないので人間のみならず石木にも問いかけようとしたがどう問いかけて良いかわからない」という解釈に示されるように、直前の「言はむ術　為む術知らに」

と当該表現を続けて理解する立場である。しかし、茫然自失の時に想起される「石木」については、人間以外の存在と見るだけで、特別な意味を見出すことはない。[30] これに対し、残るI・J説は「石木」が詠み込まれた意味に拘った解釈をする。I説の鉄野昌弘氏[31]は、「情を持たぬ者、つまりは人語を解せぬ者の代表」である「石木」を「あえて『問ひ放く』相手に選ぶのは、そうでなければならない理由があるから」とした上で、「『言はむすべ、せむすべ知らに』と、自らの限界を知ったところで、『石木』にでも『問ひ放』けたいと述べられている。つまり『問ひ放く』のは、人知を超えたことについてなのである。それは、見えざる力に抗って、人をこの世に留め置く方法以外にあるまい。しかし無論、人である『我』は、『石木』と言葉を交わす術を知らない」と述べる。一方、J説の村山出氏[32]は、「『石木をも　問ひ放け知らず』とは、憶良自身がすでに『天翔りあり通ひつつ見らめども人こそ知らね松は知るらむ』(2一四五)と、霊魂は樹木と交流がありながら、それを人間は知ることができないと自然との交流を断たれた嘆きを表現しており、ここでの自然の石木に妻のありかを尋ねるすべもないと一層嘆きを深めているのである」と述べ、更に旅人の亡妻挽歌の、

・磯の上に根這ふむろの木見し人をいづらと問はば語り告げむか

(3四四八　大伴旅人「天平二年庚年。冬十二月。大宰帥大伴卿向京上道之時作歌」)

との発想の類似を指摘する。[33] このH～Jの三説は、「問ひ放く」の理解自体は「問い尋ねる」で共通するが、「石木」の捉え方や前後の文脈の読み取りが少しずつ相違するために、結果として「問い尋ねる」内容の把握がそれぞれに異なっている。

ここで注目されるのは、H・I両説が直前の「言はむ術　為む術知らに」と当該表現の繋がりを視野に入れた点である。「言はむ術　為む術知らに」は、中西進氏[34]によれば「語義どおりに広く途方にくれた折の表現」で、

憶良が「当時広く用いられた常套語を使った」ものとされるが、この「言はむ術　為む術知らに」と当該表現の繋がりが歌の解釈にも大きく関わる可能性は十分考えられよう。そこで、集中の用例を検証してみたい。

①…沖つ藻の　靡きし妹は　黄葉の　過ぎて去にきと　玉梓の　使の言へば　梓弓　声に聞きて（一は云はく、声のみ聞きて）　言はむ術　為む術知らに　声のみを　聞きてあり得ねば　わが恋ふる　千重の一重も　慰もる　情もありやと　吾妹子が　止まず出で見し　軽の市に　わが立ち聞けば　玉襷　畝火の山に　鳴く鳥の声も聞えず　玉桙の　道行く人も　一人だに　似てし行かねば…

（2二〇七　柿本人麻呂「泣血哀慟歌」）

②…昼はも　うらさび暮し　夜はも　息づき明し　嘆けども　為む術知らに　恋ふれども　逢ふ因を無み　大鳥の　羽易の山に　わが恋ふる　妹は座すと　人の言へば　石根さくみて　なづみ来し　吉けくもそなきうつせみと　思ひし妹が　玉かぎる　ほのかにだにも　見えぬ思へば

（2二一〇／二一三　柿本人麻呂「泣血哀慟歌」）

③…あしひきの　山辺を指して　くれくれと　隠りましぬれ　言はむ術　為む術知らに　たもとほり　ただ独りして　白栲の　衣手干さず　嘆きつつ　我が泣く涙　有間山　雲ゐたなびき　雨に降りきや

（3四六〇　大伴坂上郎女「尼理願挽歌」）

④…山の際に　往き過ぎぬれば　言はむ術　為む術知らに　吾妹子と　さ宿し妻屋に　朝には　出で立ち偲ひ夕には　入りゐ嘆かひ　わき挟む　児の泣くごとに　男じもの　負ひみ抱きみ　朝鳥の　音のみ泣きつつ恋ふれども験を無みと　言問はぬ　ものにはあれど　吾妹子が　入りにし山を　よすかとそ思ふ

（3四八一　高橋朝臣「悲傷死妻作歌」）

⑤独り宿て絶えにし紐をゆゆしみと為む術知らにねのみしそ泣く

（4五一五　中臣東人）

⑥…携はり　共にあらむと　思ひしに　情違ひぬ　**言はむ術　為む術知らに**　木綿襷　肩に取り掛け　倭文幣を　手に取り持ちて　な離けそと　われは祈れど　枕きて寝し　妹が手本は　雲にたなびく

（19四二三六　遊行女婦蒲生伝誦「悲傷死妻歌」）

右の六例は、「言はむ術　為む術知らに」と全く同じ表現を含む歌の全用例である。[35] ⑤の相聞の例を除きすべて挽歌の例であるが、[36] そのうち①②は当該歌への影響が指摘されている人麻呂「泣血哀慟歌」である。用例①に於いて、「言はむ術　為む術知らに」に続くのは、傍線部「声のみを　聞きてあり得ねば……軽の市に　わが立ち聞けば」の叙述である。この傍線部について金井清一氏[37]は、外在する現象（＝妻の死）の変革は「すべなし」と認識する作者がとった自己の「内なる世界の変革」の行動であると説く。また、金井氏[38]は人麻呂「泣血哀慟歌」と当該歌とでは「言はむ術　為む術知らに」に続く文脈の「精神のあり方」が異なることを指摘し、人麻呂歌が「自らの心の千重の一重もなぐさめんと亡き妻の面影を求めて軽の市に立った」のに対し、当該歌は「心なぐさめるための何らの行動も起こ」さず「自らの孤独の心の話し相手たる石木に話しかけるすべもないとひたすら妻との死別の悲しみのことばを繰りかえすばかりである」と述べる。同様に小川靖彦氏[39]も、「言はむ術　為む術知らに」の後に妻を恋う故の積極的行為が展開される人麻呂歌に対し、当該歌の「石木をも　問ひ放け知らず」は「妻を失った悲しみの中で、何らの行動もなし得ぬものと断念し、『言はむすべ　せむすべ知らに』といういかんともし難さを再確認し」た表現であると考察する。しかし、当該表現ははたして悲しみや諦念を繰り返しただけの表現なのであろうか。

再び「言はむ術　為む術知らに」の用例を確認してみると、用例①で夫が妻の声や面影を求めて軽の市に出掛けることが歌われたのと同様に、用例②でも、妻の死に際し「嘆けども　為む術知らに　恋ふれども　逢ふ因を無み」という状況になった夫が、続く傍線部で亡き妻の霊魂の在り処を告げる他者の言葉を信じて実際に妻の魂に逢いに行く様子が描かれる。また、用例⑥では、妻に死が近付き「言はむ術　為む術知らに」という状況に陥った夫が、傍線部で神に祈りをさざげる行為が述べられる。つまり、用例①②⑥で述べられた傍線部の行為はすべて、現実世界ではいかんともし難い事態を何とか変えようと超自然的存在に縋る呪術的行為であり、無理を承知で行う最終手段となっていると言えるだろう。また、残る用例③④⑤では、「言はむ術　為む術知らに」の後の傍線部で作者が悲嘆して「泣く」様子が歌われるが、「泣く」もまた保坂達雄氏[40]が「神霊や死霊の招ぎ降しや呼び迎えのための呪術的行動と深い因縁を有することば」と述べるように、呪術的行為と捉え得る。従って、右の六例はすべて、「言はむ術　為む術知らに」の後に最終手段としての呪術的行為が叙述されていることになる。

そうであるならば、「日本挽歌」に於いて「言はむ術　為む術知らに」の直後に歌われる「石木をも　問ひ放け知らず」も、悲嘆や諦念の繰り返しなのではなく、右六例と同様、現実の事態を何とか変えようと「石木をも問ひ放け」という呪術的な最終手段を試みようとし、結果として「知らず」と断念した表現と捉えるべきであろう。よって、当該表現の解釈としては、「石木」に人知を超える事柄を問うと捉えるI・J説の蓋然性が高くなってくる。それでは、「石木をも　問ひ放け」は具体的にどのような行為を指すと捉えられるのか、言葉の意味を改めて考察してみたい。

三　石木をも　問ひ放け知らず

「石木をも　問ひ放け知らず【原文：石木乎母　刀比佐氣斯良受】」は、先にも述べたように、ほぼ憶良独自の語彙から成り立つ。「問ひ放け知らず」の「問ひ放け」を分解した「問ふ」「放く」それぞれの語義は、「問ふ」は「問い尋ねる」、「放く」は「補助動詞として、やるの意」で「言語を主体から外部へ押しやる心理のもとに用いたもの」とされ（『時代別国語大辞典　上代編』）、井村『全注』は「問ヒ放ケは、かなたのものへ問イヤルの意」と説く。よって、「問ひ放け知らず」は「問い尋ねやるすべを知らない（又は、問い尋ねやることが出来ない）」という位の意味になるだろう。

一方、「石木をも」は通常「石や木ニ向ッテの意」（井村『全注』）と説明されるが、「石木」という語については検討の必要がある。「石木」も先述したように用例数が非常に少なく、当該歌を含め集中わずか三例しかない。当該歌以外の例を挙げると、同じく憶良が、当該歌に続いて配列された「惑へる情を反さしむるの歌」の長歌で、

・父母を　見れば尊し　妻子見れば　めぐし愛し　世の中は　かくぞ道理　黐鳥の　かからはしもよ　行方知らねば　穿沓を　脱き棄る如く　踏み脱きて　行くちふ人は　石木より【原文：伊波紀欲利】　生り出し人か　汝が名告らさね…　（5八〇〇　山上憶良「令反或情歌」）

と、非情な人間を揶揄する表現として詠み込み、また、大伴家持が、

・かくばかり恋ひつつあらずは石木にも【原文：石木二毛】ならましものを物思はずして　（4七二二　大伴家持）

と、感情を持たない存在として「石木」を詠む。ただし、この家持歌はおそらく憶良の模倣であるため、「石木」は「憶良に始まる新しい語」（『新大系』）と言えるだろう。

猶、この「石木」という漢字二字よりなる言葉は、漢語「木石」の翻訳語だという指摘がある。憶良の八〇〇番歌の「石木」については、小島憲之氏[41]が出典として『抱朴子』対俗篇の「若下委二棄妻子一、獨二處山澤一、邈然斷二絶人理一、塊然與二木石一為上レ隣、不レ足レ多也」を挙げ、芳賀紀雄氏[42]は「夫ハ棄遊二山林一、不レ能二自泯沒一、

此則木石ノ人」（『仏所行讃』巻二・「合宮憂悲品」八）や「我聞二太子如レ此志願一、挙レ身顫掉。設令有人（タトヒアルヒト）心如二木石一、聞二此語一者、亦当二悲感一」（『釈迦譜』巻一・「釈迦降生釈種成仏縁譜」四之二）の例を挙げて、「非情なものを指して仏典でよく用いられる『木石』云々という手法を踏まえた」とする。同様の指摘は当該歌の「石木」に対してもあり、例えば『新大系』は、「世間乃ち復たこの死苦有り。…木石の如きは、怖畏することを知らず」（『過去現在因果経』二）の例を挙げて「仏典に例の多い漢語『木石』の翻訳語か」と述べ、更に「木石幽闥を扃（とざ）し、黍苗高墳に延（はびこ）れり」（顔延年「還至梁城作」・『文選』巻二十七）の例を挙げ、「墓道を閉ざすものとして描かれることもある」とも述べる。この「墓道」云々という言及は、「石木」を妻の埋葬地である山や葬送途上の道の石木と捉える諸注を意識してのものであろうが、先に述べたように当該表現の「石木」にはこの観念が投影されているとは読み取れない。やはり当該表現を読み解く上で考慮すべきなのは、非情の存在の喩えとして用いられる漢語「木石」であろう。先に諸論が挙げた『抱朴子』や仏典以外にも、

・心非二木石一、豈忘二深恩一。（『遊仙窟』）(43)

・身非二木石一、獨與二法吏一為レ伍、深幽二囹圄之中一。誰可二告愬一者。（司馬遷「報任少卿書」・『文選』巻四十一）(44)

など、非情の存在を表す「木石」の例は万葉人が享受していた漢籍に散見され、非情の「木石」とは対照的に人間は感情を有することを強調する文脈で用いられる場合が多い。ただし、この漢語「木石」のもつ非情の存在という観念は、憶良の八〇〇番歌や家持の七二二番歌の「石木」には当てはまるものの、当該歌の「石木をも問ひ放け知らず」とはやや距離を持つことには注意しておきたい。当該表現で問題とされているのは「石木」と人間とは言葉を交わせないということ、つまり「石木」が言語を話すか話さないかであり、感情の有無ではないからである。

ここで想起されるのは、漢籍に於ける「木石」と人間との対比に良く似た表現性を持つ「言問はぬ木」という和歌表現である。

・言問はぬ木すら紫陽花諸弟らが練の村戸にあざむかえけり　（４七七三　大伴家持）
・言問はぬ樹にはありともうるはしき君が手馴れの琴にしあるべし　（５八一一　大伴旅人）
・言問はぬ木すら妹と兄ありといふをただ独子にあるが苦しさ　（６一〇〇七　市原王）

など、「言問はぬ木」を詠み込む歌は、言語を話さない樹木が人間的な性質を有したり人の身代わりとなったりする様を歌い、樹木と人間とを対比する視点を持つ。(45)やはりそこにも、人間とは直接に言葉を交わすことのない樹木を非情の存在とする意識が働いていると見られる。ただし、用例は後期万葉に偏り、詠作時期が最も古いと目されるのは、右に挙げた大伴旅人による藤原房前への贈歌（５八一一）で、左注に天平元年十月七日の日付がある。天平元年は、憶良が「日本挽歌」を詠作した神亀五年の翌年に当たる。よって、旅人の一首は当該歌より後の用例となり、この「言問はぬ木」という表現が当該歌の「石木をも　問ひ放け知らず」を導き出したとは考えにくいだろう。

一方、散文に於いては、古くより樹木と言語に深く関わる表現が存在していた。それは、天孫降臨以前の葦原中国の混沌を述べる文章中に見出すことが出来る。

・彼の地に、多に蛍火なす光る神と蠅声なす邪神と有り。復、草木咸能く言語有り。　（『日本書紀』巻二　神代下〔第九段〕正文）
・天地割け判れし代、草木言語せし時に、自天降来りまして…　（『日本書紀』巻十九　欽明天皇十六年二月）
・天地の権輿、草木言語ひし時に、天より降り来たまひし神…　（『常陸国風土記』信太郡高来里）

・荒振る神等、又、石根・木立・草の片葉も辞語ひて、昼は狭蠅なす音声なひ…　（『常陸国風土記』香島郡）

・事問ひし磐ね木の立ち、草の片葉をも言止めて、天降りたまひし食國天の下と…　（祝詞　大殿祭）

・語問ひし磐ね樹立、草の片葉をも語止めて、天の磐座放れ…　（祝詞　六月晦大祓）

・語問ひし磐ね樹の立・草の片葉も語止めて、皇御孫の尊を天降し寄さしまつりき。　（祝詞　遷却崇神）

・石ね・木立・青水沫も事問ひて荒ぶる國なり。　（祝詞　出雲國造神賀詞）

右はほぼ定型の詞章となっており、始原の地上世界は磐根や樹木が言問う世界であったことを語る。始原の世界を「混沌の中、天地が分かれた頃」とする表現は漢籍にもあるが、「磐根や樹木が言問う騒乱の頃」とするのは日本独特の発想であろうとされる（新編全集『風土記』頭注）。磐根や樹木が言問うということは、磐根や樹木が何らかの言語を発して意思疎通を行っていたことを意味する。しかし、その言語は、多田一臣氏が[46]「人間の側（天孫による統治を絶対とする、この地上世界の側）に属さぬ言葉」と述べたように、人間からは理解や解読が不能なざわめきであり、そこに感じられる強い畏怖を表現したのが始原の世界の混沌を表す右の詞章だったと考えられよう。つまり、日本には古くから、磐根や樹木は人間との共通言語を話さず意志疎通は不可能だとする認識が存在していたのである。先に見た「言問はぬ木」という和歌表現は、この認識を前提として生まれた表現であったのだろう[47]。同様に憶良も、その歌集『類聚歌林』を『日本書紀』や『風土記』を参照しながら編んだ形跡があり、当然、右の詞章は良く知っていた筈である。当該歌の「石木をも　問ひ放け知らず」を憶良が詠出した時、右の詞章及び古来よりの認識が発想の背後にあったことは十分に考え得るだろう。

その一方で、言語による意志疎通が不可能な樹木を、知覚や感情を持つ存在として擬人化した歌が少数ながら『万葉集』に見られる。それは、次の四首である。

⑦いざ子ども早く日本へ大伴の御津の浜松待ち恋ひぬらむ　（1六三　山上憶良）
⑧天翔りあり通ひつつ見らめども人こそ知らね松は知るらむ　（2一四五　山上憶良）
⑨磯の上に根這ふむろの木見し人をいづらと問はば語り告げむか　（3四四八　大伴旅人）
⑩天雲の棚引く山の隠りたるわが下ごころ木の葉知るらむ　（7一三〇四　柿本人麻呂歌集）

右の四首のうち、用例⑩の人麻呂歌集歌は「譬喩歌」に分類され、「わが下ごころ」を「知る」とされる「木の葉」は恋人の譬喩と解釈出来るので、純粋に樹木を擬人化した歌とは異なる。よって、樹木を擬人化した歌は残りの⑦〜⑨三例となる。うち二例、⑦⑧が憶良の歌であることが注目されよう。⑦は、遣唐使として唐国にいた憶良が遣唐使一行に呼び掛ける形で歌った望郷歌である。また、⑧は「山上臣憶良の追ひて和へたる歌一首」という題詞を持つが、これは、

・磐代の浜松が枝を引き結び真幸くあらばまた還り見む　（2一四一　有間皇子）

という有間皇子自傷歌に追和した長意吉麻呂の作、

・磐代の岸の松が枝結びけむ人は帰りてまた見けむかも　（2一四三　長意吉麻呂）

を受けて憶良が詠んだ一首であり、結果として有間皇子への追悼歌となっている。また、用例⑨は大伴旅人の亡妻挽歌群（3四三八〜四四〇、四四六〜四五三）中の一首で、天平二年に旅人が大宰府から都へ向かう途上、むろの樹を見て妻を哀慕した作である。ただし、旅人の亡妻挽歌群は、当該歌と共通の方法とテーマ（亡妻悲傷）を持つことから、旅人が当該歌を意識して詠作した可能性の高い作であることが指摘されている(48)。詠作年次に鑑みても、樹木を擬人化して詠むのはもともと憶良に特徴的な表現方法であったと言えるだろう(49)。

猶、旅人の亡妻挽歌群と当該歌とに共通する方法とは、夙に伊藤博氏が指摘した「家」と「旅」の対比構造に

基づく伝統的な「旅の歌」の歌い方を言う。氏が述べるように、当該歌で哀悼された妻は都の家を遠く離れ死を迎えたことから、筑紫は旅の途上であり、妻は「一種の行路死人」と捉え得るのである。そして、この「旅の歌」という視点から見ると、樹木を擬人化した⑦〜⑩四首のうち、⑩を除く三例が旅に関わる歌であることに気付かされる。このうち⑧と⑨が旅に関わって死者を追悼した挽歌であり、共に死者の霊魂の様子を樹木が知っているかのように歌うため、当該歌の「石木をも　問ひ放け知らず」との発想の類似が村山出氏[50]によって指摘されていた。ここで注目されるのは、⑧⑨が含まれる有間皇子自傷歌群及び旅人の亡妻挽歌群に対する古橋信孝氏[51]の次のような指摘である。

この旅人の五首（稿者注：大宰府から都へ向かう途上で詠まれた五首、四四六〜四五〇番歌を指す）と有間皇子の歌も含めた結び松の歌六首を重ねると、旅の途次に、通過する土地の木に旅の無事を祈願したこと、そして旅の帰りに、その祈願した木に願解きをしたことがわかる。…「見し人」つまり任地で死んだ妻の行方をむろの木に問うことができるのは、むろの木が妻の霊魂を預かっているからである。当然、祈願した人の魂がむろの木に残されているのだ。

氏の指摘は、そのまま当該歌にも見ることが可能だろう。筑紫という旅先の地に於いて、亡き妻が祈願をした樹木は、妻の霊魂の一部を預かった樹木と捉え得る。突然の妻の死に際し「言はむ術　為む術知らに」という状態に陥った夫は、人麻呂「泣血哀慟歌」の夫のように、妻に逢いたいと切望したことは想像に難くない。そこで、無理を承知の最終手段として、妻の霊魂の一部を預かる樹木に妻の霊魂の行方を問おうとしたことが考えられる。

しかし、憶良自身がかつて⑧で「人こそ知らね松は知るらむ」と詠んだように、樹木は霊魂の在り処を知っていても、人間は共通言語を話さない樹木との交流は出来ず、妻の魂の在り処を知るすべを知らないという挫折感を歌ったのが当該歌の「石木をも　問ひ放け知らず」であったのではないだろうか。従って、当該表現の解釈に対する諸説のうちでは、J説が最も妥当な見解だということになる。

四　むすび

当該歌で夫が亡き妻の行方を「問ひ放け」ようとした「石木」は、妻が生前に心を寄せ祈願をした筑紫の樹木と考えられる。その具体像に関して、伊藤『釈注』は第四反歌の、

・妹が見し楝（あふち）の花は散りぬべしわが泣く涙いまだ干（ひ）なくに　（5七九八）

に詠まれた「楝」を「石木の一つ」であると指摘する。「妹が見し楝の花」は、旅人の亡妻挽歌の「吾妹子が見し鞆の浦のむろの木」（3四四六）に通じる表現であり、妻が祈願をし、その霊魂を預かった樹木の一つと見ることが可能だろう。ただし、そのような樹木を、憶良が当該歌で「石木」と表現した点については考察が必要と思われる。この点について、J説に立つ村山論[52]や澤瀉『注釈』に特別な言及はない。しかし、樹木と「石木」とでは指すものが異なるという問題は解決しておかねばなるまい。

先に確認したように、憶良が当該歌を詠作した神亀五年の時点で、まだ「言問はぬ木」という和歌表現は成立していなかった。しかし、「語問（こと）ひし磐ね樹立（こだち）…」という神話・祝詞の詞章が伝わるように、古来より磐根や樹木は共通言語を話さず意思疎通が不可能な存在だという認識が日本にはあった。一方、漢籍では、人間とは対照的に非情な存在を表す漢語「木石」が用いられていた。そこで憶良は、この漢語「木石」を応用し、人間とは対照的に言語を話さない樹木を表す意図で「石木」という歌語を創造したことが考えられる。小島憲之氏[53]によれば、

万葉和歌には漢籍の詩語の語順が逆になった歌語の例が散見されるという。例えば、詩語「霜露」と歌語「露霜（つゆしも）」、詩語「日月」と歌語「月日（つきひ）」などの例があり、氏は漢籍を享受した「萬葉人の語感から」、それらの歌語が造られたと推測する。漢語「木石」と歌語「石木」の関係も同様に捉えられるだろう。そして憶良は、この「石木」という語彙を用いて、「石木をも　問ひ放け知らず」という表現を詠出した。この表現は、神話・祝詞の「語問ひし磐ね樹立…」の詞章と共通する語「石」・「木」・「問ひ」を有するため、これらの日本古来の詞章を想起させ得る。憶良はそれを効果的に用いようとして、珍しい語彙から成る当該表現を敢えて詠み込んだのではないだろうか。大野晋氏(54)によれば、「問ひ放け知らず【刀比佐氣斯良受】」の「刀（ト）」は上代特殊仮名遣の甲類仮名であり、当時はト音に乙類仮名を用いるのが普通になりつつあったため、「憶良が意識的に古語を用いたもの」と判断出来るという。当該表現が日本古来の思想に基づくからこそ、憶良は「問ひ放け知らず」にも古語を用いることに拘ったのだと考えられよう。

従来指摘されているように、憶良が日本の挽歌の伝統を意識して当該歌を詠作したのであれば、「石木をも問ひ放け知らず」からは巻二挽歌冒頭の有間皇子自傷歌群（２一四一～一四六）を挽歌の伝統として継承しようとする憶良の意識を読み取ることが可能となる。これまでの亡妻挽歌の中には「石木」に「問ひ放」くことと関連する例は無く、樹木と霊魂の交流といえば有間皇子自傷歌二首とその追悼歌群がまず想起され得るからである。

更に憶良には、前掲の⑧だけではなく、

・白波の浜松が枝の手向草幾代までにか年の経ぬらむ〔一は云はく、年は経にけむ〕　（１三四）

という、やはり有間皇子を追想したと思しき作がある。(55)憶良にとって有間皇子は古の「行路死者」の代表であり、有間皇子自傷歌群は容易に想起され得る挽歌だったのである。

有間皇子自傷歌群を挽歌の伝統と捉える憶良の意識は、同歌群を巻二挽歌冒頭に据えた巻二編者の意識[56]と重なってくる。そのことは、いったいどのような意味を持つのか――同時代の共通認識と捉えるべきか、或いは、巻二編者と憶良との関わりをもっと深く読み取るべきなのか[57]――という問題への考察が今後必要となるだろうが、その点についてはまた稿を改めて論ずることとしたい。

注

（1）芳賀紀雄氏「憶良の挽歌詩」（『女子大国文』八三　一九七八年六月）

（2）伊藤博氏は、左注に記された謹上日の七月二十一日を旅人の亡き妻大伴郎女の「特別な供養の日」と述べ（「学士の歌―憶良文学の開花―」『文学』三七‐三　一九六九年三月、及び『萬葉集釈注』）、井村哲夫氏は「百日の供養の日」と推測する（「報凶問歌と日本挽歌」『万葉集を学ぶ』第四集　有斐閣　一九七八年、及び『萬葉集全注』巻五）。

（3）林勉氏「山上憶良の言葉」（『万葉集を学ぶ』第四集　有斐閣　一九七八年）

（4）高木市之助氏『貧窮問答歌の論』（岩波書店　一九七四年）、林勉氏前掲注（3）論

（5）村田カンナ氏「山上憶良の表現の独自性―『うちなびき　こやしぬれ』をめぐって―」（『日本語と日本文学』一九九三年一〇月）

（6）金井清一氏「『すべなし』と歌うことは、続稿―憶良・家持の場合―」（『論集上代文学』第三冊　笠間書院　一九七二年一一月）

（7）中西進氏「日本挽歌」（『成城万葉』八　一九七一年九月、後に『山上憶良』河出書房新社　一九七三年、『中西進万葉論集』八　講談社　一九九六年）

（8）村山出氏「報凶問歌と日本挽歌」（『筑紫万葉の世界』雄山閣　一九九四年）

（9）村山出氏「日本挽歌―主としてその構成について」（『萬葉』五七　一九六五年一〇月、後に『山上憶良の研究』桜楓社　一九七六年）

(10) 山本健吉氏『柿本人麻呂』(新潮社　一九六二年)
(11) 岡内弘子氏「山上憶良『亡妻哀悼歌』—作品に使用された用語の総体研究」(『群馬県立女子大学紀要』五　一九八四年三月)
(12) 富原カンナ氏「『日本挽歌』試論」(『和歌文学研究』九八　二〇〇九年六月)
(13) 青木生子氏「亡妻挽歌の系譜—その創作的虚構性—」(『言語と文芸』七四　一九七一年一月、後に『萬葉挽歌論』塙書房　一九八四年)
(14) 橋本達雄氏「めおとの嘆き—万葉悼亡歌と人麻呂—」(『国文学　解釈と鑑賞』四三七　一九七〇年七月、後に『万葉宮廷歌人の研究』笠間書院　一九七五年)
(15) 金井清一氏　前掲注(6)論
(16) 岡内弘子氏　前掲注(11)論
(17) 伊藤博氏「家と旅」(『リポート笠間』八　一九七三年九月、後に『萬葉集の表現と方法　下』塙書房　一九七六年)
(18) 栗原俊夫氏「憶良『日本挽歌』考—『石木をも問ひ放け知らず』—」(『駒澤国文』四一　二〇〇四年二月)
(19) 中西進氏　前掲注(7)論
(20) 小川靖彦氏「日本挽歌の反歌五首をめぐって」(『稲岡耕二先生還暦記念　日本上代文学論集』塙書房　一九九〇年)
(21) 鉄野昌弘氏「日本挽歌」(『セミナー万葉の歌人と作品』第五巻　和泉書院　二〇〇〇年)
(22) 村山出氏　前掲注(8)論
(23) 「泣血哀慟歌」では第一長歌の反歌に「秋山の黄葉を茂み迷ひぬる妹を求めむ山道知らずも」(2二〇七)、第二長歌の反歌に「衾道を引手の山に妹を置きて山路を行けば生けりともなし」(2二一二、「或本歌」二一五もほぼ同じ)と妻の山への埋葬が歌われ、末尾に配列された第二長歌「或本歌」の第三反歌に「家に来てわが屋を見れば玉床の外に向きけり妹が木枕」(2二一六)と埋葬後に帰宅した時の心情が歌われる。
(24) 小川靖彦氏　前掲注(20)論
(25) 平舘英子氏「日本挽歌・反歌五首」(『萬葉歌の主題と意匠』塙書房　一九九八年)

(26) 伊藤博氏　前掲注(17)論、及び『萬葉集釈注』

(27) 鉄野昌弘氏　前掲注(21)論

(28) 栗原俊夫氏　前掲注(18)論

(29) 小川靖彦氏　前掲注(20)論

(30) 中西進氏　前掲注(7)論は、「けだし『問ひ放け知ら』ぬ石木は、死の表象であった」と「石木」の象徴的意味には触れるが、それを解釈には反映させない。

(31) 鉄野昌弘氏　前掲注(21)論

(32) 村山出氏　前掲注(8)論

(33) 澤瀉『注釈』も当該表現を旅人の四四八番歌と「同じ心である」と述べる。

(34) 中西進氏　前掲注(7)論

(35) 「言はむ術　為む術知らに」又は「為む術知らに」を詠み込む例を考察の対象とし、「術をなみ」「たどきを知らに」等の類例は除外した。

(36) 用例⑥が収載される巻十九は部立が無く、題詞や左注に「挽歌」と記されるわけではないため、⑥は正確に言えば挽歌の例とはならないが、題詞に「死りし妻を悲傷しびたる歌」とあることから挽歌の類と判断される。

(37) 金井清一氏「『すべなし』と歌うことは―主として人麻呂の場合―」(『論集上代文学』第二冊　笠間書院　一九七一年一一月)

(38) 金井清一氏　前掲注(6)論

(39) 小川靖彦氏　前掲注(20)論

(40) 保坂達雄氏「なく」(古代語誌刊行会編『古代語を読む』桜楓社　一九八八年)

(41) 小島憲之氏『上代日本文学と中国文学　中』(塙書房　一九六四年)「山上憶良の述作」

(42) 芳賀紀雄氏「理と情―憶良の相剋」(『萬葉集研究』第二集　塙書房　一九七三年四月)

(43) 『遊仙窟』本文の引用は、中国古典小説選4『古鏡記・補江総白猿伝・遊仙窟〈唐代I〉』(明治書院)に拠る。

(44)『文選』本文の引用は、新釈漢文大系『文選（文章篇　中）』（明治書院）に拠る。
(45)「言問はぬ木」の用例は『万葉集』中に全六例。例で挙げた三首以外には、5八一二番歌（藤原房前作で、旅人の八一一番歌への答歌）、13三三二四番歌（挽歌）、19四一六一番歌（大伴家持作、天平勝宝二年「世間の無常を悲しびたる歌」）がある。
(46)多田一臣氏「古代の『言』と『音』」（『古事記年報』五三　二〇一一年一月、後に『古代文学の世界像』岩波書店二〇一三年）
(47)例えば、1五～六番歌に付された左注引用の『類聚歌林』から覗える。
(48)伊藤博氏　前掲注（17）論、井村『全注』など。
(49)伊藤博氏　前掲注（17）論
(50)村山出氏　前掲注（8）論
(51)古橋信孝氏『古代都市の文芸生活』（大修館書店　一九九四年）「鎮魂論」
(52)村山出氏　前掲注（8）論
(53)小島憲之氏　前掲注（41）書「萬葉集と中國文學との交流」
(54)大野晋氏「上代特殊仮名遣研究の中より」（『国語と国文学』二三－一二　一九四六年一二月）
(55)題詞には川島皇子の作とあるが、実作者として憶良の名が書き添えられている。同歌は9一七一六に重出する。ただし、第二句が「浜松の木の」となっている。
(56)本書**第一章第一節「有間皇子自傷歌群の意味」**
(57)北野達氏は、日本の死者追悼の歌を「挽歌」と初めに命名したのは憶良「日本挽歌」であり、その呼称を『万葉集』巻二編者が部立名に取り入れたのだと考察する（「憶良の挽歌意識と『文選』」『万葉集と漢文学』汲古書院　一九九三年）。

第二章　万葉挽歌の方法

第一節　天智挽歌群　姓氏未詳婦人作歌考

一　はじめに

天皇の崩りましし時に、婦人の作れる歌一首〔姓氏未だ詳らかならず〕

うつせみし　神に堪へねば　離り居て　朝嘆く君　放り居て　わが恋ふる君　玉ならば　手に巻き持ちて

衣ならば　脱く時もなく　わが恋ふる　君そ昨の夜　夢に見えつる　（２一五〇）

【原文】　天皇崩時、婦人作歌一首〔姓氏未レ詳〕

空蝉師　神尓不勝者　離居而　朝嘆君　放居而　吾戀君　玉有者　手尓巻持而　衣有者　脱時毛無

吾戀　君曽伎賊乃夜　夢所見鶴

右の一首は、天智天皇の死に際して詠まれた、いわゆる天智挽歌群（２一四七〜一五五）の中の一首である。天智挽歌群は、各歌の題詞に記された「聖躬不豫之時」「聖躰不豫御病急時」「崩後之時」「崩時」「大殯之時」「従山科御陵退散之時」などの状況説明によると、一連の歌が一人の人間の死をめぐるかなり長い期間に渡って作歌されていたことが分かる。また、作者も天智の周囲にいる様々な立場・身分の女性達であるために、初期万葉挽歌考察の上で格好の素材となり、西郷信綱氏による《女の挽歌》論(1)を契機とする挽歌論の問題をはじめ、歌の性格や歌われた場、時間、配列、表現、作者像など様々な方面から考察されてきた。一方で、当該歌群は巻二編者によって複数の資料から集められ現在見る形に編纂されたものであり、この配列をもとに一つの時間的流れや空間的場を想定することは不可能だという指摘が大浦誠士氏にある(2)。氏の見方に従って考えるならば、天智挽歌群の配列や時間については、初期万葉の問題としてではなく巻二編者の編纂の問題として考察されるべきこととなる。また、初期万葉は記載以前の文学であるため、その表記もまた後代の問題となる(3)。従って、天智挽歌群をそれが作られた初期万葉の問題として考察するのであれば、その方法はまず歌の表現を読み解いていくこととなるだろう。特に、天智挽歌群は実質的な万葉挽歌のはじまりと考えられるため、その表現の考察は挽歌の発生という重要な問題に深く関わってくると思われる(4)。

天智挽歌群のそれぞれの歌には、天智の死という事態に際して各人が抱いた感情が、様々な表現で表出されている。それらの表現の中には、後代に挽歌の常套句として定着していくものもある。例えば、倭大后による、

・人はよし思ひ止むとも玉鬘(たまかづら)影に見えつつ忘らえぬかも　（2一四九）

に表された《死者を忘れることができない》という表現は、柿本人麻呂・山部赤人・大伴旅人等の挽歌にも見られる。また、額田王による(5)、

・かからむの懐(おもひ)知りせば大御船(おほみふね)泊(は)てし泊(とま)りに標結(しめゆ)はましを　（2一五一）

に見られる反実仮想表現や、石川夫人による、

・ささ浪の大山守(おほやまもり)は誰(た)がためか山に標結ふ君もあらなくに　　（2一五四）

に見られる「誰がためか」「君もあらなくに」などのいわゆる「くどき文句」(6)も、後の挽歌に多用されている。従って、これらの表現は死者の鎮魂に有効な表現であったと言えるだろう。

一方、冒頭にあげた姓氏未詳婦人による一五〇番歌は、その途中に亡き天智への思いが「朝嘆く君」「わが恋ふる君」と述べられてはいるが、その結びにあたる部分には「君そ昨の夜　夢に見えつる」という事実が歌われるだけで、目立った感情の表出がない。このような結びを持つ挽歌は、後代の作品の中には見当たらない。従って、一首の表現は、この時期のみに表れた特殊なものだと見ることができよう。この、夢に亡き人を見たという事実を述べるだけの詞句は何を目指し、そこにどのような鎮魂性を有しているのだろうか。一五〇番歌は、歌全体のまとめ部分に作者の感情が明示されないことだけでなく、その対句表現が対句として不整であったり、次句とのつながり方が不自然であることなどから、「この際の他の挽歌に比して甚しく見劣りのする」（窪田『評釈』）など、素朴かつ稚拙な作品としての評価を与えられたりもしている。しかし、一首の表現は稚拙ということではなく、初期万葉挽歌の一つの表現方法として考察されるべきであろう。

そこで、本節ではこの姓氏未詳婦人による一首を取り上げ、主に「わが恋ふる　君そ昨の夜　夢に見えつる」を中心に、表現を改めて考察することにより、一首の新たな解釈の可能性を探り、初期万葉挽歌考察の一端としたいと思う。

二　一五〇番歌の構造

結句「わが恋ふる　君そ昨の夜　夢に見えつる」を理解するために、まず、当該歌の構造を確認しておきたい。一首は、「うつせみし　神に堪へねば」という冒頭句と、それを受ける「離り居て　朝嘆く君　放り居て　わが恋ふる君」「玉ならば　手に巻き持ちて　衣ならば　脱く時もなく」という二つの対句部分、そして「わが恋ふる　君そ昨の夜　夢に見えつる」という結句から成る。このうち、そのつながりの不自然さを指摘されているのは、二つ目の対句「玉ならば　手に巻き持ちて　衣ならば　脱く時もなく」である。

恋しい相手を玉や衣など身に着ける物にたとえる表現は他の万葉歌にも多く見られ、愛惜の気持ちを示す相聞の常套表現であったと思われる。

・人言(ひとごと)の繁(しげ)きこのころ玉ならば手に巻き持ちて恋ひずあらましを　（3四三六　河辺宮人）
・玉ならば手にも巻かむをうつせみの世の人なれば手に巻きがたし　（4七二九　大伴家持）
・人言の繁き時には吾妹子(わぎもこ)し衣(きぬ)にあらなむ下に着ましを　（12二八五二）
・かくのみにありける君を衣にあらば下にも着むとわが思へりける　（12二九六四）

離れている相手を玉や衣として身につけたならば、右の一例目の四三六番歌のように「恋ひず」という状態になるはずであるが、一五〇番歌の「玉ならば　手に巻き持ちて　衣ならば　脱く時もなく」は「わが恋ふる」に続く。そこで、この対句部分のつながり方は不自然だとされ、「『吾戀』の上に『と思ふ程に』とか『思ふばかりに』とかいふ言葉を補って見るべき」（澤瀉『注釈』）とも、「上の反事仮想の『衣ならば』を受けて、この下にアラマシヲの如きがあるべくして消失し、それほどに、のような修飾語に転換している」（『新編全集』）とも解されている。しかし、荻原千鶴氏は(7)『アラマシヲ』などの逆接的詠嘆を、あえて補って解することは不適である」と、これらの見方を否定し、

当該歌の「…ならば」が現実の事態への逆接的詠嘆をもたないのは、「…ならば」が現実の事実に反することの認識を、歌の作者が必ずしも自明の前提として歌っていないことを意味する。…(中略)…「君」を生者と死者のあわいに見、人と玉(衣)のあわいに見、此彼の明確な区別をもたないままに意識が流れてゆくような、そんなあり方が当該歌にはある。

と述べる。そして、一五〇番歌の表現は、

・琴頭に　来居る影媛　玉ならば　我が欲る玉の　鰒白玉　(紀九二)
・隠り処の　泊瀬の河の　上つ瀬に　斎杙を打ち　下つ瀬に　真杙を打ち　斎杙には　鏡を懸け　真杙には　真玉を掛け　真玉なす　吾が思ふ妹　鏡なす　吾が思ふ妻　有りと言はばこそよ　家にも行かめ　国をも偲はめ　(記八九)

などの歌謡に見られるような「相手への讃美の念」に基づいており、「相手への親昵の修辞」として「玉ならば」「衣ならば」の表現を用いる他の万葉歌とは「全く質を異にするもの」だと考察する。氏は、当該歌の表現に、君臣の関係を通して死者を讃美する表現のあり方を見るのである。

確かに、氏が近似する例としてあげた「玉ならば　吾が欲る玉の　鰒白玉」「真玉なす　吾が思ふ妹　鏡なす　吾が思ふ妻」が、相手への讃美の念に基づく表現であることは認められる。しかし、一五〇番歌の「玉ならば」「衣ならば」は、他の万葉歌と同様「手に巻きもちて」「脱く時もなく」という身体を密着させることを意味する表現に続いており、歌謡の「我が欲る」「吾が思ふ」とは大きく異なっている。従って当該歌の表現は、やはり他

の万葉歌と同じく「相手への親昵の修辞」と理解すべきだろう。また、この「玉ならば…衣ならば…」が仮定表現をとる以上、そのことが婦人に事実として認識されているとも解釈し得ないのである。しかし、氏が言葉を補う解釈方法を否定されたことは、首肯できる。歌の表現は、作者が歌い上げた通りに理解すべきであり、私達が理解し易いように言葉を補うのではなく、私達から見て不自然な叙述の裏にある表現の論理を見出さねばならないからである。

ここで注目されるのが、この「玉ならば…」の四句と「わが恋ふる」とのつながり方に対する神野志隆光氏の指摘である。[8]氏は、ここに「口承の表現としての乗り移り的なずれ」があると述べ、当該箇所を、四句が「後句から別な文脈に流れ出る」という「飛躍を含む文脈」だと考察する。氏が指摘した、「玉ならば…」の四句と次句との間の「飛躍」という当該歌の構造は重視されるべきだろう。そして、その構造は、次のように理解することも可能ではないだろうか。四句が結びを持たない形で次句の「わが恋ふる」に続いているということは、この「…脱く時もなく」と「わが恋ふる」の間には叙述の上での断絶があるということになる。従って、四句は、後に「と思う程に」などの言葉を補って「わが恋ふる」につながるのではなく、婦人の愛惜の気持ちを表す言葉が文脈の途中に挿入されたものと見ることができる。つまり、この四句は挿入句と受け取ることが可能なのである。このように見てみた時に、四句の直前の句と直後の句が共に「わが恋ふる君」となっていることが注目される。一首は、中心となる文脈に挿入句である四句が挟み込まれる構造を持っており、だからこそ挿入句四句の後に挿入句直前の言葉を再度繰り返し、また本来の文脈に戻るのだと考えられるのである。

結句「わが恋ふる　君そ昨の夜　夢に見えつる」は、強意の助詞「そ」による係り結びの形を持つ。この助詞「そ」は「君」を強調し、「私が恋しく思う、まさにその君が」という意の文脈を形成しているが、その「わが恋ふる君」とは、この構造によれば「放り居て　わが恋ふる君」ということになる。そして、その「放り居て」の理由として述べられているのが、冒頭句「うつせみし　神に堪へねば」である。つまり、結びの句で強調されている「わが恋ふる君」は、一首冒頭の「うつせみし　神に堪へねば　…　放り居て」を受けていると見ることができるのである。

三　「神」と「離り」

冒頭句「うつせみ」の意味や性質については既に様々に論じられてきているが[9]、その際、原義としてあげられるのは、雄略天皇が葛城の一言主大神に遭遇した雄略記の記事中に見られる、大神に対する雄略の言葉「恐、我大神。有二宇都志意美一者、不レ覚。」の「宇都志意美（うつしおみ）」である。この言葉は、「古代人が自己の位相を神と対比して認識した原初的人間規定」[10]であるとされる。従って、それを原義とする「うつせみ」は、「神」と対比されるべき「現世に生きている（非力な）人間」を指すということで諸説共通している。しかし、当該歌の冒頭句「うつせみし　神に堪へねば」では、「うつせみ」と対比される「神」の解釈が問題となっている。この冒頭句は、いわば天智の死の理由付けであるため、天智の死を受け止めようとする婦人の意識が強く表れているはずである。また、この「神」の解釈は、次に続く「離り（放り）居て」の状況の把握とも密接に関わってくるため、ここで明確にしておきたいと思う。

当該歌に歌われた「神」には、二通りの解釈が見られる。その一方は、賀茂真淵『萬葉考』が「天つ神となりて上り給ふには、わがうつゝにある身のしたがひ奉る事かなはで、離をると也」と述べたように、「神＝亡くなって神となった天皇」と捉え、「現世に生きている人間は、亡くなって神となった天皇と共にはあり得ない」と理解するものである。そして、もう一方は「神」を本来的な「神（＝我々人間を超えた存在）」と捉え、「現世に生きている人間は、（人間の運命をつかさどる）神には逆らえない」とする解釈である。この二通りの解釈は、前者が支持される傾向にある。その理由は、人麻呂の作品などに天皇（または、天皇に準ずる人物）を神とする表現が見られるためであろう。しかし、天皇を神とする、いわゆる天皇即神表現が見られるようになるのは天武・持統朝以降のことであるとされ(11)、それ以前の初期万葉に於いては本来的な「神（＝我々人間を超えた存在）」を表す用例しか見られない(12)。従って、ここでの「神」は「亡くなって神となった天皇」を指すとは認めがたい。

また、このことは、「神」に続く「堪へねば」からも確認することができる。当該歌と同じく単独の動詞として用いられる「堪ふ」は、当該歌以外で次の七例に見られる。

①世間（よのなか）し苦しきものにありけらし恋に堪へずて死ぬべく思へば　（4七三八　大伴坂上大嬢）
②わが郷（さと）に今咲く花の女郎花（をみなへし）堪へぬ情（こころ）になほ恋ひにけり　（10二二七九）
③…面影に　もとな見えつつ　かく恋ひば　老（おい）づく吾（あ）が身　けだし堪へむかも　（19四二二〇　大伴坂上郎女）
④志賀の白水郎（しかのあま）の釣船の綱堪へかてに情に思ひて出でて来にけり　（7一二四五　古歌集）
⑤秋柏潤和川辺（あきかしはうるわかはへ）の小竹（しの）の目の他人（ひと）にはしのべ君に堪へなく　（11二四七八）
⑥血沼廻（ちぬみ）より雨そ降り来る四極（しはつ）の白水郎網手（あまあみて）乾したり濡れに堪へむかも　（6九九九　守部王）
⑦秋されば置く露霜（つゆしも）に堪へずして都の山は色づきぬらむ　（15三六九九　遣新羅使人歌）

右の用例のうち、①〜④には作歌主体が「恋」に対して「堪へ」ない状況にあることが述べられている。このうち④には、比喩的な序詞である「志賀の白水郎の釣船の綱」が、何かに「堪へ」ないことも歌われている。その何かは歌中には明示されていないが、「浪」（澤瀉『注釈』）などの「力」であると考えられる。[13] いうまでもなく「恋」の比喩である。また、⑤⑥⑦の「堪ふ」の対象は、それぞれ「君」「（降り来る雨による）濡れ」「露霜」である。これらの「堪ふ」の対象――「恋」「力」「君」「濡れ」「露霜」――には、ある共通した性質が見られる。例えば、④に歌われた「力」は、ある物（＝「浪」であろう）からこちら（＝綱）への働きかけであるが、それはこちらの意志に関係なく作用するものである。また、①〜④の「堪ふ」の対象「恋」も、こちら側の意志とは無関係に対象がこちらに寄りつき、作用を及ぼすようなものであったと考えられる。[14] ⑤の「君」も、これと同様に考えてよいだろう。さらに、⑥の「濡れ」をもたらした「雨」、⑦の「露霜」は共に自然現象であり、天からの強制的な作用として捉えることができよう。以上見てきたように、「堪ふ」の対象はすべて、こちら側の意志に関わらずこちらに向かって寄りつき作用を及ぼすような力を持つ存在であることが理解される。このような存在が及ぼす作用に、受け手の側が「こらえる・抵抗する」というのが「堪ふ」本来の意味であったと推測できる。そこで、これを一五〇番歌に当てはめてみると、ここでの「神」はこちら側の意志とは無関係に、強制的な力をこちら側に及ぼす存在として表現されていることが分かる。「うつせみ」はそのような「神」に抵抗できないため、結果として「離り（放り）居」る状態が受け手の側にもたらされたことになる。もし、「神」が多数説のように「亡くなって神となった天皇」だとすれば、「神」はこちらの意志と無関係に去ってしまうものとして歌われるはずであり、「堪ふ」の対象がこちら側に作用を及ぼす存在であることとは矛盾してしまう。当該歌の「神」は、やはり本来的な「神（＝我々人間を超えた存在）」と捉えるべきであろう。

「うつせみし　神に堪へねば」によって、「離り（放り）居て」という状況がもたらされたと婦人は歌う。「離り居て」の「離る（放る）」は、広くは物と物との距離が開くことを表す言葉であるが、その中には人の別離という

ことも含まれている。例えば、

・家離り旅にしあれば秋風の寒き夕に雁鳴きわたる（7一一六一　羈旅作）

のように生きている人間同士の別離を表す場合にも、

・家離りいます吾妹を停めかね山隠しつれ情神もなし（3四七一　大伴家持「亡妾悲傷歌」）

のように人間同士の決定的な別離である死を暗に表す場合にも「離る（放る）」が用いられる。つまり、「離る（放る）」は、生者同士の別離も人の死をも表し得る表現なのである。しかし、「…天地の　神し恨めし　草枕　この旅の日に　妻離くべしや」（13三三四六）と歌われるように、「離る（放る）」という状況を生み出したものが「神」だと述べられることで、「離る（放る）」は人の死を意味する言葉として機能してくると見られる。

右の「離る（放る）」の考察からも、当該歌の「神」は、やはり「我々人間を超えた存在の神」であると見ることができよう。そして、そのような「神」と対比される「うつせみ」は、亡き天智天皇を含むすべての人間を指すことになる。この冒頭二句には、地上世界を生きるしかない人間の運命として天智との別離を受け入れる婦人の悲しみに加え、現在の状況―天智の死―を「神」のもたらす厳然たる事実とすることで自らも納得し、また死者をも納得させようとする婦人の意識が表れていると見ることができる。そして、婦人が天智の死の理由を、人間の抵抗できない「神」という超越的な存在に帰しているということは、婦人が既に天智の死を事実として受け入れ、その復活をあきらめていることを意味するだろう。それは、人麻呂の「泣血哀慟歌」（2二一〇）に見られる「世の中を　背きし得ねば」や、尼理願の死を嘆く大伴坂上郎女の歌（3四六一）の「留め得ぬ命にしあれば」にも通じる。そこにみられる意識は、招魂を目的とする殯宮儀礼とは相容れないものである。従って、ここから、初期万葉挽歌は仮に殯宮儀礼を背景としていたとしても、そこに臨む人々の思いはもはや招魂には向いていないことが分かるだろう。そこにあるのは、死を避けられない運命とし、自らを納得させようとする残された生者の感情なのである。

人間の死は、超越的な「神」がもたらすものであるからこそ避けられない。また、人間は「神」に抵抗することができない以上、一度死別した者が再会することは不可能である。それを認識する婦人は、喪失感を強くし「嘆き「恋ふ」ことになる。死者を「恋ふ」と歌う歌は、

・君が目の　恋しきからに　泊てて居て　かくや恋ひむも　君が目を欲り　（紀一二三　中大兄皇子）

などの上代歌謡や他の万葉挽歌にも何例か見られる。しかし、生者が死者をどんなに「恋ふ」たとしても、

・…嘆けども　せむすべ知らに　恋ふれども　逢ふ因を無み　大鳥の　羽易の山に　わが恋ふる　妹は座すと　人の言へば　石根さくみて　なづみ来し　吉けくもそなき　うつせみと　思ひし妹が　玉かぎる　ほのかにだにも　見えぬ思へば

（2二一〇　柿本人麻呂「泣血哀慟歌」）

のように、結局、死者に再び逢うことは出来ないと歌われるのが挽歌の一つのパターンである。生者は、死者の存在を目で確認できないことで死者の死を確認し、納得し、受け入れていくのである。

一方、これらの歌とは反対に、一五〇番歌の婦人は「わが恋ふる　君そ昨の夜　夢に見えつる」と、死者を見たことを歌う。人間は「神」に抵抗することができない以上、一度死別した者が再会することは不可能であるにも関わらず、天智は夢に現れたのである。この「君そ」という強意の助詞には、超越的な神の行為によって「離り居」るはずの天智が、という意が含まれていると見ることができよう。それでは、結句「わが恋ふる　君そ昨の夜　夢に見えつる」からは、婦人のどのような意識が読み取れるのだろうか。

四　夢に見えつる

当該歌の結句については、これまで二通りの解釈があった。一つは、当該歌を個人的な感情表出としてではなく、死者の復活を願う招魂儀礼の結果として詠出された作と捉える解釈である。当該歌の夢に祭式性を見る見方を初めに呈示したのは、伊藤博氏[15]である。氏は、西郷信綱氏[16]が「一定の祭式的な手続きによって得られた夢」は「信ずべきものという以上に公的な意味をさえも」つと記紀の祭式行為としての夢について論じたことを当該歌の夢に応用させ、「この『夢』は、魂呼ばいのための夢占いによって求めた『見た夢』ではなかったか」「『婦人』は『夢殿』ともいうべき忌屋にこもって、『夢』を獲得しようとした祭式行為の一人となったのではなかったか」と考察した。この見方を青木生子氏[17]は発展させ、「呪的効果としてこの際、亡き天皇は、神ならぬ『うつせみ』の人間の『夢』の中に『見え』あらわれねばならなかったし、またそう歌われねばならぬものでもあった」と結句の意味を解釈した。同じく、真下厚氏[18]も、当該歌の「夢は招魂の目的に合ったものとして確認されればよい」と述べる。しかし、荻原千鶴氏[19]が「前期万葉の挽歌の夢は招魂儀礼の夢に遠く通うかもしれないが、決して招魂儀礼の夢そのものではない」と否定したように、記紀という歴史を語る書物に描かれた夢と万葉歌に詠まれたそれとを同じレベルで論じることはできない。あくまでも、万葉歌は『万葉集』の中の論理で考察されるべきである。また、先にも「うつせみし　神に堪へねば」の考察で確認したように、一首は既に死者の招魂を目指す立場から歌われてはいない。従って、この歌を、招魂儀礼の結果として詠出された作と考えることはできないだろう。

結句のもう一つの解釈は、「夢に見えつる」という表現に既に感情表出がなされていると捉えるものである。古くは、鹿持雅澄『萬葉集古義』が「その君が昨夜、夢にさへ見えつれば、いとゞ今朝は、悲みに堪がたきよとなり」という解釈を呈示しているが、これは、結句を一首の前半部分の「朝嘆く君」に結び付けた理解と思われる。しかし、歌に直接詠み込まれていない「今朝」という限定された時間を解釈に持ちこむことには問題があるだろう。婦人が述べたのは、あくまでも「昨の夜」に天智を「夢」に見たことなのである。また、『万葉集』中、夢が覚めた時点を歌う歌は、

・夢の逢は苦しかりけり覚きてかき探れども手にも触れねば　（4七四一　大伴家持）
・愛しと思ふ吾妹を夢に見て起きて探るに無きがさぶしさ　（12二九一四）
・秋されば恋しみ妹を夢にだに久しく見むを明けにけるかも　（15三七一四　遣新羅使人歌）

の三例がある。このうち、前の二例には『遊仙窟』の影響が指摘されている。[20] 一方、他の大多数の夢を歌った歌は、夢を見たことそのものを歌うだけで、夢が覚めてしまった嘆きを歌うことは無い。つまり、「朝」に夢が覚めたことにより、夢に見えた相手との逢会が絶たれた嘆きを詠むというのは、後期万葉に至り『遊仙窟』の影響を受けて初めて成立した夢の詠み方であると見ることができる。[21] 従って、まだ『遊仙窟』の影響を想定できない一五〇番歌に、「朝」夢が覚めたことにより夢に見えた相手との逢会が絶たれた嘆きが歌われているという解釈を持ち込むことはできないのである。

次に、当該歌に見られる婦人の感情について、新たな見解を呈示したのは伊藤博氏である。[22] 氏は、「『恋い焦れる我が大君が、昨夜、夢にはっきり見えた』というヨロコビが一首を挽歌に仕立てている」と述べ、結句から覗えるのは婦人の歓びであると説いた。この氏の指摘以来、歓びという理解が定着している。例えば、稲岡耕二氏『萬葉集全注』は結句を「夢の逢いの歓喜に至る不思議な高揚」と評し、武尾和彦氏[23]は一首の構造を、隔絶の悲しみの強調から「夢」によって「君」と逢うことが実現したという「悲しみから歓喜」に至る心情の流れに添う

ものであると考察している。また、荻原千鶴氏は、(24)一首を「嘆きの中にありつつも『見』得たことの歓びと安堵を歌ったもの」と理解した上で、「見得た歓びを歌うことが、倭太后への慰撫として機能する構造をもつ」と、その挽歌としての機能について論じている。

このように諸氏が前提とした、「夢に見えつる」に歓びが述べられているとする伊藤氏の見解は、『万葉集』中に夢見を希求する歌が多く存在することとも符合する。

・現(うつつ)には逢ふよしも無しぬばたまの夜の夢(いめ)にを継ぎて見えこそ　（5八〇七　大伴旅人）
・吾妹子(わぎもこ)に恋ひてすべなみ夢見むとわれは思へど寝(い)ねらえなくに　（11二四一二　柿本人麻呂歌集）
・里遠み恋ひうらぶれぬ真澄(まそ)鏡床(かがみとこ)の辺(へ)去らず夢に見えこそ　（11二五〇一　柿本人麻呂歌集）

夢見を希求する歌が詠まれるということは、相手を夢に見ることが歓びであったことを示すからである。しかし、当該歌において着目すべきなのは、単に「夢」という事象なのではなく、「夢に見えつる」という表現であり、そこに特別な意味があるのではないだろうか。

真下厚氏は、(25)「夢に見ゆ（る）」と歌う歌について、

夢を語るところには、不可解で不可思議な夢を真実なるものとして受けとめつつも、その安定化のために現実との符合を求めようとする心的状態が関わっていよう。…（中略）…万葉における「夢に見ゆ（る）」の歌は、このような、夢を解こうとし、現実との符合を確認せずにはいられないという方向性、あり方を組み入れているのではなかろうか。

と考察する。氏が指摘した夢解きへの方向性は、

・間無(あひだ)く恋ふるにかあらむ草枕旅なる君の夢(いめ)にし見ゆる　（4六二一　佐伯東人妻）

・わが背子がかく恋ふれこそぬばたまの夢に見えつつ寝ねらえずけれ　（4六三九　娘子）

・朝髪の思ひ乱れてかくばかり汝姉が恋ふれそ夢に見えける　（4七二四　大伴坂上郎女）

・旅に去にし君しも継ぎて夢に見ゆ吾が片恋の繁ければかも　（17三九二九　大伴坂上郎女）

などの歌に顕著に見られる。そして、氏も言及したことだが、これらの歌のみならず「夢に見ゆ（る）」と歌う歌には、既に夢解きの答えが述べられている。その答えは概ね、相手が自分に恋うから相手が夢に見えたのだとするものと、自分が相手に恋うから相手が夢に見えたのだとするものとに限られるといってよく、全体数としては前者が圧倒的に多い。そこで、契沖『萬葉代匠記（初稿本）』は、当該歌の前半部分に述べられた亡き天智を恋い慕う婦人の言葉を結句の夢に及ぼして考え、当該歌の夢を「夢に見えつるは、玉ならは手にまき、きぬならはぬかし物をと、こふるおもひに見るなり」と解く。この契沖の考え方は、「夢」を歌う歌の類型性に鑑みれば、首肯できるものだろう。しかし、このような見方を、菊川恵三氏(26)は、

相手の思いとの関係で「夢に見ゆ」と歌うのは、家持らを中心とした後期万葉の相聞のあり方と関わって発達したものであって、初期万葉にすでにあったというようなものではない。

と否定し、当該結句の「夢に見えた喜び」を歌う表現には「相手との回復を目指す」ために「『見る』ことを求める相聞的意識が働いている」と述べる。氏が指摘するように、「夢に見ゆ」と歌う歌は後期万葉の相聞歌に集中している。また、当該歌は「見る」ことにより亡き夫とのつながりを求める妻の歌だという氏の見方も首肯できよう。しかし、先にも述べたように、当該歌は亡き天智を夢に見たことを単に「夢に見ゆ」と歌ったのではなく、「夢に見えつる」と表現したことは重視すべきなのではないか。

「見えつる」は、動詞「見ゆ」に完了の助動詞「つ」が付いた「見えつ」の連体形である。「夢に見えつ」とい

う表現を持つ歌は当該歌以外に三例があり、すべて連体形「夢に見えつる」の形をとる。

・生きてあらば見まくも知らず何しかも死なむよ妹と夢に見えつる　（4五八一　大伴坂上大嬢）

・門立てて戸も閉したるを何処ゆか妹が入り来て夢に見えつる　（12三一一七）

・波の上に浮寝せし夜何ど思へか心悲しく夢に見えつる　（15三六三九　遣新羅使人歌）

これらの歌は「夢に見えつる」で相手が夢に見えたことを述べるが、五八一・三六三九番歌における夢は「死なむよ妹」「心悲しく」など予想外の内容であり、三一一七番歌の夢は「門立てて戸も閉したる」という状況の中で見た夢である。これらの夢を見たことは、歌の作者にとって実に不可思議な体験であり、それ故に作者は夢に相手が見えたという事態を一般的な夢解きの方法――相手が自分を思うから相手が夢に見えた――では解くことができないと判断したのだろう。そこで、「何しかも」「何処ゆか」「何ど思へか」と、相手に対して夢に見えた理由を問うているのだと考えられる。そして、これらの歌の作者が夢に見えた相手にその理由を問うているのは、「夢に見ゆ」という表現と大きく関係する。「夢に見ゆ」という表現は、夢に見えた相手を主体とする。岡部政裕氏は、相手からの働きかけによって夢に相手が現れるという観念がそこに反映されていると指摘し、これを「相手の遊離魂が夢に入り込んでくる」ことと説く。つまり、これら三首の歌の作者が、相手が夢に見えた理由を相手方の理由とする考え方の背後には、夢に相手の魂の働きを見る意識が働いていたと考えられるのである。

また、「夢に見えつる」と歌う三例が、すべて「何」「何処」「何ど」などの疑問詞を伴うということからは、「夢に見えつる」が疑問を呼び込みやすい表現だったことが覗える。吉田金彦氏は、助動詞「つ」を「(自分や自分に関係するものの) 動作・事件に対しての強い確認的判断を表わす」ものと「相手や第三者の事象・事件の完了したことに対して、これを客体的事実として積極的に把握する」ものとに分け、後者について、この「つ」にはほとんど主観の入る余地はないが、ただ客観的表現の中にも〈意外〉のニュアンスの込められることは少なくない。

と述べる。氏の指摘は、他の万葉歌からも確認することができよう。例えば、

・霞立つ野の上(へ)の方に行きしかば鶯鳴きつ春になるらし　（8一四四三　丹比乙麻呂）

には、予期せず鶯の声を聞き春の到来を知った作者の驚きが込められていると読み解ける。また、

・大君は神にし坐(ま)せば赤駒の匍匐(はらば)ふ田井を都となしつ　（19四二六〇　大伴御行）

には、「赤駒の匍匐ふ田井」に都を創った大君の行為への驚きが表されていると見られる。それが、大君に対する讃嘆の表現になるわけである。また、

・なゆ竹の　とをよる皇子　さ丹つらふ　わご大王(おほきみ)は　隠国(こもりく)の　泊瀬の山に　神さびに　斎(いつ)きいますと　玉梓の　人そ言ひつる　逆言(およづれ)か　わが聞きつるも…　（3四二〇　丹生王「石田王挽歌」）

などの挽歌にしばしば見られる、愛する相手の死を「人そ言ひつる」「人そ告げつる」といった表現には、まったく予想外の「人」の発言に作者が覚えた衝撃が表れていると見ることができよう。そして、「つ」に〈意外〉のニュアンスが含まれるという吉田氏の指摘は、先に見た「夢に見えつる」と歌う三首にも当てはまることである。これらの歌の作者は、相手が夢に見えたということを意外なことに感じ、衝撃をもって受け止めたのである。

如上のことを当該歌に当てはめて考えてみる。まず、天智が婦人の夢に現れたことが「夢に見る」ではなく「夢に見ゆ」で表されているということからは、天智が夢に見えた理由は天智側に帰するものと考えられていることが読み取れる。そこには、相手である天智の魂の存在を意識し、夢に天智の意志の働きを見る婦人の考え方が表れている。そして、婦人が夢に天智を見たことを〈意外〉のニュアンスを込めた表現「夢に見えつる」で述べた

ということは、夢に天智が見えてきたことは婦人の予期せぬ出来事だったということになるだろう。婦人は、その夢を、契沖が言うような一般的な夢解きの観念――自分が天智を恋しく思うから天智が夢に見えた――だけでは解していないのである。また、この表現は、一首が祭式行為の結果として歌われたものではないことをも示している。もし、「夢に見えつる」が祭式行為の結果として歌われなければならない揚言であったのならば、そこに〈意外〉のニュアンスを含む必然性がないからである。真下厚氏は、当該歌について「招魂儀礼を行うことと直接的に関わるものであったとしても、夢の不可解、不可思議さにうたれる衝撃は強くあったのではあるまいか」(30)と言及するが、その衝撃が「夢に見えつる」に表れていると考えるべきなのではあるまいか。婦人が感じているのは、単に歓びだけではなく、意外にも天智が夢に現れたことに対する衝撃でもあるのだ。とはいえ、この「夢に見えつる」という表現には、やはり夢解きへの方向性が内在していると考えられる。そして、そこに天智の魂の働きが意識されているということは、「わが恋ふる　君そ昨の夜　夢に見えつる」は、何故相手が夢に見えてきたのかという問いかけをも含む言葉であると見ることができるだろう。つまり、この表現に内在されている夢を解こうとする方向性が、死者へ問いかけ、死者の意志を見定めようとする意識につながっているのである。

五　むすび

婦人にとって、亡き天智は、超越的な「神」には抵抗できずに死んで離れてしまったはずの相手である。そして、天智の死は「神」の行為であるからこそ覆ることはなく、それ故に婦人の「嘆」きと「恋」は止むことがない。しかし、離れてあるはずの天智が、夢に現れてきた。これは、「神」の行為に反する事象であるが故に、婦人にとっては意外且つ衝撃を覚える事柄であったと見ることができる。「離り居」ることにより婦人の嘆きの対象となっていた「君」が夢に見えてきたことは、婦人にとって確かな歓びであっただろうが、それに加え、「神」の行為に反してまで夢に現れてきた天智の意志はどういうものであるのかというのが、当該歌の「君そ昨の夜夢に見えつる」に表れた婦人の意識なのではないだろうか。つまり、「夢に見えつる」は、婦人の歓びの感情の表出に加え、意外にも天智を夢に見てしまったことの真意を、この歌を詠むことで探ろうとした表現なのである。天智が「昨の夜」「夢に見え」たと歌われていることは、逆に考えると、天智がいつも夢に見えているわけではないことを示している。昨夜に限って天智が現れてきたことが、婦人にとっては不可思議さを覚えることだったのであろう。

一首は、「うつせみし　神に堪へねば」で死という事象を死者に対しても生者に対しても納得させ、「わが恋ふる」また「玉ならば　手に巻き持ちて　衣ならば　脱く時もなく」で死者に対する愛惜の情を述べ、死者の魂を鎮めようと試みている。そして、死別したはずの死者が夢に現れてくるという非日常の事態に遭遇し、それを「わが恋ふる　君そ昨の夜　夢に見えつる」と歌うことによって、死者の魂の存在を明らかにし、死者に対して夢に見た歓びを述べると共に死者の意志を解こうとすることで、死者の魂を鎮めようと図った歌だと見ることが出来るのである。

注

（1）西郷信綱氏「柿本人麿」（『詩の発生』未来社　一九六〇年）

（2）大浦誠士氏「天智朝挽歌をめぐって」（『美夫君志』六〇　二〇〇〇年三月、後に『万葉集の様式と表現』笠間書院　二〇〇八年）

(3) 稲岡耕二氏「初期万葉歌の文学史的位置づけ—その前記載的性格をめぐって—」(『上代文学』六五　一九九〇年一一月)

(4) 万葉挽歌のはじめである巻二挽歌部の冒頭には有間皇子自傷歌群(2一四一〜一四六)が置かれているが、これは編者が装った歌の起源と考えられるため、実質的な挽歌のはじまりと捉えることはできない(本書**第一章第一節「有間皇子自傷歌群の意味」**)。従って、その次に置かれた天智挽歌群が万葉挽歌最古の作品であり、実質的な挽歌のはじまりと考えることが出来る。

(5)「懐知りせば」の「懐」の原文は、底本では「豫」。そこで、当該句を「かねて知りせば」と訓む説もある。

(6) 山本健吉氏『柿本人麻呂』(新潮社　一九六二年)

(7) 荻原千鶴氏「天智天皇崩時『婦人作歌』考—『女の挽歌』論によせて—」(『日本古代の神話と文学』塙書房　一九九八年)

(8) 神野志隆光氏『放送大学教材　上代の日本文学』(一九九六年)分担執筆箇所(p.98〜99)、「人麻呂作歌の世界」(『セミナー　万葉の歌人と作品』第三巻　和泉書院　一九九九年)

(9) 大野晋氏「『うつせみ』の語義について」(『文学』一五-二　一九四七年二月)、青木生子氏「万葉集における『うつせ(そ)み』」(『国文目白』六　一九六七年二月、後に『萬葉挽歌論』塙書房　一九八四年)、毛利正守氏「『宇都志意美』考」(『萬葉』七四　一九七〇年一〇月)、奥村紀一氏「『うつせみ』の原義」(『国語国文』五九一　一九八三年一一月)、梶川信行氏「『うつせみ』の自覚—万葉史へのひとつの試み—」(『近代風土』二二　一九八五年二月、後に『万葉史の論　笠金村』桜楓社　一九八七年)、内藤明氏「万葉集の『うつせみ』をめぐって—讃美と無常—」(『国文学研究』一〇〇　一九九〇年三月)

(10) 奥村紀一氏　前掲注(9)論「『うつせみ』の原義」

(11) 高木市之助氏「吉野の鮎」(『吉野の鮎—記紀萬葉雑攷—』岩波書店　一九四一年)、神野志隆光氏「人麻呂の天皇神格化表現をめぐって」(『稲岡耕二先生還暦記念　日本上代文学論集』塙書房　一九九〇年、後に『柿本人麻呂研究—古代和歌文学の成立—』塙書房　一九九二年)

(12) 初期万葉における「神」の用例には、当該歌の他に

・香具山は　畝火（うねび）ををしと　耳梨と　相あらそひき　神代より　かくにあるらし…　（1一三「中大兄三山歌」）

・玉葛（たまかづら）　実ならぬ樹にはちはやぶる神そ着（つ）くといふならぬ樹ごとに　（2一〇一　大伴安麻呂）

・神代より　生（あ）れ継ぎ来れば　人多（さは）に　国には満ちて　あぢ群（むら）の　去来（かよひ）は行けど…　（4四八五　崗本天皇）

がある。ここで歌われている「神」は、天皇を含意しない。

(13) 「志賀の白水郎の釣船の綱」は「丈夫なものの代表」として「堪へ」に続き、「志賀の漁師の釣船の綱のようには堪えられず」という文脈を形成していると見る理解もあるが（鴻巣『全釈』、中西進氏校注『万葉集全訳注原文付』など）、本節では「志賀の白水郎の釣船の綱」は「堪へかてに」に続くものとする通説に従って解釈した。

(14) 多田一臣氏「<おもひ>と<こひ>と」（『語文論叢』一六　一九八八年一〇月、後に『万葉歌の表現』明治書院　一九九一年）

(15) 伊藤博氏「天智天皇を悼む歌」（『美夫君志』一九　一九七五年七月、後に『萬葉集の表現と方法　上』塙書房　一九七五年）

(16) 西郷信綱氏『古代人と夢』（平凡社　一九七二年）

(17) 青木生子氏「挽歌と夢」（『万葉の発想』桜楓社　一九七七年、後に『萬葉挽歌論』塙書房　一九八四年）

(18) 真下厚氏「『夢に見ゆ（る）』とうたうことは」（『古代文学』三一　一九九二年三月）。氏の論は、殯宮における女性達の籠りについて説く、三浦佑之氏「万葉集の夢」（『成城万葉』一七　一九八〇年一一月）を受けている。

(19) 荻原千鶴氏　前掲注（7）論

(20) 中西進氏校注『万葉集全訳注原文付』（講談社文庫）

(21) 三例目の三七一四番歌は、『遊仙窟』の影響を直接受けた詠みぶりではないが、この新しい夢の詠み方が成立して以降の作品と見ることができよう。

(22) 伊藤博氏　前掲注（15）論

(23) 武尾和彦氏「天智挽歌群・姓氏未詳婦人作歌」（『美夫君志』四五　一九九二年一一月）

（24）荻原千鶴氏　前掲注（7）論
（25）真下厚氏　前掲注（18）論
（26）菊川恵三氏「天智挽歌婦人作歌と夢――初期挽歌の夢と視覚――」（『論集上代文字』第二十七冊　笠間書院　二〇〇五年七月）
（27）岡部政裕氏「『夢に見ゆ』考」（『上代文学』三八　一九七六年一一月）
（28）完了の助動詞「つ」は、通常、意志的動作を表す他動詞に接続する。自発の「ゆ」の接尾した「見ゆ」に本来接続するのは助動詞「ぬ」であり、「見えつる」は例外的である（竹内美智子氏「中古における助動詞『ぬ・つ』の用法―前田家本枕草子の場合」『国語と国文学』六六－六　一九八九年六月）。このように「見えつる」という破格が生じているのは「夢に見ゆ」の場合に限られているが、それは「夢」に見えた相手の意志が関わるためと考えられる。
（29）吉田金彦氏『上代語助動詞の史的研究』（明治書院　一九七三年）
（30）真下厚氏　前掲注（18）論

第二節　柿本人麻呂「日並皇子殯宮挽歌」の方法

——反歌をめぐって——

一　はじめに

日並皇子尊の殯宮の時に、柿本朝臣人麿の作れる歌一首幷せて短歌

天地の　初の時　ひさかたの　天の河原に　八百万　千万神の　神集ひ　集ひ座して　神分ち　分ちし時
に　天照らす　日女の尊〔一は云はく、さしのぼる　日女の命〕　天をば　知らしめすと　葦原の　瑞穂の国を
天地の　寄り合ひの極　知らしめす　神の命と　天雲の　八重かき別けて〔一は云はく、天雲の　八重雲別けて〕
神下し　座せまつりし　高照らす　日の皇子は　飛鳥の　浄の宮に　神ながら　太敷きまして　天皇の　敷
きます国と　天の原　石門を開き　神あがり　あがり座しぬ〔一は云はく、神登り　いましにしかば〕　わご王
皇子の命の　天の下　知らしめしせば　春花の　貴からむと　望月の　満しけむと　天の下〔一は云はく、食
す国〕　四方の人の　大船の　思ひ憑みて　天つ水　仰ぎて待つに　いかさまに　思ほしめせか　由縁もな

き　真弓の岡に　宮柱　太敷き座(いま)し　御殿(みあらか)を　高知りまして　朝ごとに　御言(みこと)問はさぬ　日月の　数多(まね)くなりぬる　そこゆゑに　皇子の宮人　行方知らずも〔一は云はく、さす竹の　皇子の宮人　ゆくへ知らにす〕（２一六七）

反歌二首

ひさかたの天(あめ)見るごとく仰ぎ見し皇子の御門(みかど)の荒れまく惜(を)しも　（２一六八）

あかねさす日は照らせれどぬばたまの夜渡る月の隠(かく)らく惜しも〔或る本に件(くだり)の歌を以(も)ちて後皇子尊(のちのみこのみこと)の殯宮の時の歌の反と為せり〕　（２一六九）

『万葉集』巻二挽歌収載の柿本人麻呂作「日並皇子殯宮挽歌」は、作歌年次が判明する人麻呂作歌のうち最古の作とされる。この長反歌三首の後には、「或本歌一首」（一七〇）、「皇子尊宮舎人等慟傷作歌廿三首」（一七一～一九三）が順に置かれ、末尾に草壁皇子の薨去年次を示す左注「右日本紀曰、三年己丑夏四月癸未朔乙未薨」が付されて一連の作をなす。その冒頭を飾る当該歌は、題詞に「殯宮之時…作歌」とあることから、一般的に殯宮挽歌と称される。殯宮挽歌は当該歌と、同じく人麻呂による「明日香皇女殯宮挽歌」（２一九六～一九八）、「高市皇子殯宮挽歌」（２一九九～二〇二）の計三作品しか存在せず、従って作歌されたのも持統～文武朝のごく限られた時期である。当該歌はその第一作目となるため、殯宮挽歌のあり方を考察する上で極めて重要な作品と目される。更に、当該歌は内容面を見ても、初期万葉の天智挽歌群（２一四七～一五五）や持統による「天武挽歌」（２一五九～一六一）など前代までの挽歌に比べて格段に長大で儀礼的な表現が用いられることに加え、特に長歌前半部の訓みや解釈が難解で、記紀とは異なる神話が展開される点に目を引かれる。そこで、これまで長歌の解釈が重点的に考察され、その結論を踏まえる形で、殯宮挽歌の場や目的についてなど様々な議論が重ねられてきた。

それに対して、反歌二首については十分な議論が尽くされてきたとは言い難い。もちろん反歌に関する議論が全く無かったわけではないが、主に第二反歌（一六九）の「あかねさす日」が持統の比喩か否かという問題と、第二反歌に付された下注の読み取り方の問題に限られており、その他の表現や解釈については殆ど自明のこととして済まされてきた感がある。しかし、長歌と同様に、反歌二首の表現も殯宮挽歌のあり方を考察する上で重要なものと思われる。そこで本節では、反歌二首の表現の特徴を検討することにより、人麻呂が作り出した殯宮挽歌の詠み方について考察したい。

猶、当該長反歌の直後に置かれた「或本歌一首」（一七〇）は、稲岡『全注』や伊藤『釈注』が指摘するように「或本反歌」となっていないことから、長歌（一六七）の反歌として存在していたのではなく、人麻呂が草壁皇子の殯宮時に独立短歌として詠作したものが後に編者によって別資料から補われたと推測され、「皇子尊宮舎人等慟傷作歌廿三首」と関わらせて見る向きもある。(1)よって、「或本歌一首」は長反歌と詠作状況を異にする作として考察対象から外し、冒頭に掲げた長反歌三首に絞って検討を加えていきたい。

二　研究史概観――話者について――

当該歌の特徴の一つに、当該歌で悼まれる対象にあたる草壁皇子の具体的な描写が無いことが挙げられる。例えば、「高市皇子殯宮挽歌」の長歌（2一九九）のように生前の事績を歌わないのである。若くして薨去した草壁皇子に、殊更歌い上げるような事績が無かったというわけではないだろう。例えば、「皇子尊宮舎人等慟傷作歌廿三首」の中には、

・蘂ころもを春冬片設けて幸しし宇陀の大野は思ほえむかも　（2一九一）

のように草壁皇子の遊猟時を回想した作がある。草壁皇子の遊猟は、人麻呂の「安騎野遊猟歌」（1四五～四九）にも歌われるように、皇子の勇壮さと次期王者としての風格を象徴する事績であり、当該歌にも詠み込むことは可能だったはずである。しかし、当該歌は生前の皇子の具体的な描写を歌わない方法を取る。皇子生前の様子をかろうじて示すのは、皇子の即位を「天つ水　仰ぎて待つ」如く待望する「天の下〔一は云はく、食す国〕四方の人」が皇子統治下の様相として想像した「わご王　皇子の命の　天の下　知らしめしせば　春花の　貴からむと　望月の　満しけむと」という描写と、反歌二首に歌われた「ひさかたの天見るごとく仰ぎ見し皇子〔の御門〕」「ぬばたまの夜渡る月」という表現だけである。後述するように、反歌は当該歌に於ける話者の立場から歌われていると見られる。よって、当該歌の皇子像は、「天の下〔一は云はく、食す国〕四方の人」と話者の視点ないしは感覚のみによって語られていることになる。

また、当該歌は、長歌の「わご王　皇子の命」という形式的な文言に於ける「わ」を除き、話者の一人称「われ」を歌わないことがしばしば指摘される。その一方で、長歌末尾には「皇子の宮人　行方知らずも〔一は云はく、さす竹の　皇子の宮人　ゆくへ知らにす〕」という、主人を失った舎人達が途方にくれる様が歌われている。村田右富実氏(2)はそれを殯宮挽歌の特徴として考察し、「歌の外部に存在する第三者と後に残された者」という「挽歌に根生いの二重性が形を変えて顕然化したもの」と指摘する。

「われ」を歌わないことに加え、長歌に於いては話者の抒情を表す述語も明確に歌われることがない。僅かに「いかさまに　思ほしめせか」と「皇子の宮人　行方知らずも」に話者の情動が読み取れるに過ぎない。「いかさまに　思ほしめせか」は哭女の「くどき文句」に発する句とされ(3)、万葉挽歌に於いては「意外な死への問いかけ、疑問、驚き」を述べる「三人称発想」の悲傷表現であり[4]、当該長歌では「〈即位〉と〈崩御〉」という「二つの内容の落差に対して向けられた悲嘆」[5]として機能している。ただし、「いかさまに　思ほしめせか」と述べる話者が歌中に明示されるわけではなく、話者の抒情表現というよりは、むしろ挽歌の常套表現と捉えられる。また、「皇子の宮人　行方知らずも」は、詠嘆を表す終助詞「も」に話者の情動は感じ取れるものの、「あきらかに『宮人』をながめた表現であって、人麻呂はそのなげきのなかにいないかのごとき叙述である」[6]、「舎人たちの喪に服するさまを外から客観的に描寫」[7]等の指摘があるように、やはり話者の抒情表現とはなり得ておらず、むしろ森朝男氏の説く讃美表現〈景としての大宮人〉[8]の典型例と捉えるべきだろう。よって、長歌には話者の抒情は歌われていないと理解できる。

　一方、反歌二首は共に「荒れまく惜しも」（一六八）、「隠らく惜しも」（一六九）というように、形容詞「惜し」に詠嘆の終助詞「も」が付いた句「惜しも」で結ばれる。形容詞「惜し」は「言語主体の判断がより生々しく現われる情意性の形容詞」[9]であり、「情意の主者を、常に『私』（一人称者）として意味的、関係的に潜ませている」[10]語とされる。そのため、二首共に「われ」の語を明示しないにも関わらず、「作者としての感想は、むしろ反歌において現わされているのである」（武田『全註釈』）、「反歌においては……話者の悲しみが直接的に歌われる」[11]等、多くの諸研究が反歌に作者または話者の抒情が歌われたと見る。

　長歌で「皇子の宮人」達を客観的に叙述し、反歌で自己の心情を述べる人物を、かつては作者人麻呂自身と捉える説が主流であった。古くは、賀茂真淵『萬葉考』が第一反歌（一六八）に「皇子の御門」が詠み込まれることに着目し、「此御門の事のみを専らいひ、下の高市皇子尊の殯の時、人麻呂の御門の人とよみしをむかへみるに、人麻呂即舎人にてその守る御門を申す也けり」というように、長反歌の話者を舎人であり作者でもある人麻呂自身と解し、以降の通説となった。その後、人麻呂舎人説が否定され[12]、宮廷歌人という位置付けが確定してからも、反歌二首は人麻呂本人の悲嘆と把握され、当該歌は「宮人や遺族たちの悲嘆に作者人麻呂が共感し融けあうことによって死者を追悼した『代表的感動』の作[13]」、「『人々』と『人麻呂』とは必ずしも厳密に区別されてはおらず、お互いに共有しながら歌われた[14]」などと解された。しかし、一歌人に過ぎない人麻呂個人の感情がこのような公的色調の濃い作品に詠まれるとは考え難く、現在では当該歌の表現主体を、人麻呂が表現上の方法として設定した話者と見るのが大方の議論である。

その上で、人麻呂が設定した話者に対する諸研究の捉え方は、概ね二つに分かれる。一方の立場は、話者を草壁皇子に仕えた舎人と見る。例えば、都倉義孝氏[15]は人麻呂が「生前の皇子に身近に仕えていた公的な舎人集団の立場に身をおいて」歌い、「それは宮廷人全体の感情を象徴しているとさえいえよう」と考察し、上野誠氏[16]は「人麻呂は宮に仕える者の立場に身をおいて、あるいは仮託して」「舎人慟傷歌群の舎人たちと重なり合う立場で」作歌したと見て、「日並皇子挽歌は、皇子と臣下という主従関係を軸にした代表的感動を表出した挽歌[17]」であることを論じている。対するもう一方の立場は、話者を持統宮廷の大宮人と見る。例えば、曽倉岑氏は「人麻呂はこれらの歌の発表された儀礼の参加者すべての立場から作歌している」と述べ、これに対して身﨑壽氏は「そもそも〈話者〉…は、『参加者全体』ではありえないのではないか」「なにものかのたちばで〈われ〉として発想したウタのことばが、その心情が、そのウタの機能する〈場〉の参加者全体の共感をかちえることによって、はじめてウタは全体の、集団のものとなるのだ[18]」と批判した上で、「作中主体＝話者〈われ〉は持統宮廷を構成する貴族・官人の共通感情（として期待されるところのもの）を体現するものとして設定され、その話者のたちばからの哀悼表現を表現の基底におく」と考察している[19]。先ほど確認したように、長歌には話者を直接的に示す表現が見られないため、この見解の相違は反歌の読み取り方の差から生じていると思しい。よって、当該歌の話者を考えるためには、これまでの諸研究では細かく検討されることのなかった反歌二首の抒情表現の検討が必要であろう。

三 「惜しも」の意味

反歌二首は共に「惜しも」という抒情表現で結ばれる。先述したように、「惜し」は潜在的な「われ」を主体として表現される情意性形容詞である。[20]主に、

・梅の花散らまく惜しみわが園の竹の林に鶯鳴くも　（5八二四　少監阿氏奥島）
・手折らずて散りなば惜しとわが思ひし秋の黄葉（もみち）をかざしつるかも　（8一五八一　橘奈良麻呂）

などのように、「花」や「黄葉」が散る、「月」が隠れるなど移ろいを持つ自然界の事象が全盛の状態を失うことや、

・うつせみの命を惜しみ浪にぬれ伊良虞（いらご）の島の玉藻刈りをす　（1二四　麻続王）
・今しはし名の惜しけくもわれは無し妹によりては千（ち）たび立つとも　（4七三二　大伴家持）
・磯の浦に常喚（つねよ）び来棲（す）む鴛鴦（をしどり）の惜しきあが身は君がまにまに　（20四五〇五　大原今城）

などのように、「命」「名」「身」など人事に関わる大切な物が喪失することに対して述べられ、その語義は「すでに手中にしているものが大事で、手放せない感情をいう語」（『岩波古語』）、「大切にしていたものがみすみす失われてしまった際の感情。喪失感を表現」（多田『全解』）、「深い愛着を持つさま…すでに手に入れているものが掌中から去って行こうとするのを、心残りに思って〈引止める〉気持を言っている。手放さねばならないと思うか

ら、いよいよ愛着するわけで、『愛惜』という語が、よくその意味を表わしている」[21]などと説明される。集中では、情意性形容詞の中で最多の九五例用いられており、その三分の一弱にあたる二十七例が当該反歌二首と同じく「惜しも」の形で詠嘆を表す歌である。「惜しも」の「も」は、「自省的な詠嘆」を表す終助詞で、「話し手の情意そのもの、あるいは客体的状態に移入された情意を沈潜的に対象化する」意味をもつとされる（『時代別国語大辞典上代編』）。よって、「惜しも」は話者の心情が強く歌われた表現と見ることができる。

「惜しも」の詠嘆を詠み込む二十七例のうち、詠作時期が最も古い歌は、

・玉くしげ覆ふを安み開けていなば君が名はあれどわが名し惜しも　（2九三　鏡王女）

の一首である。「君が名はあれどわが名し惜しも」の歌い方は女歌特有の切り返しであり、「惜しも」の詠嘆は直接「わが名」に対して述べられる。一方、残りの二十六例は、すべて当該歌と同様に喪失を表す動詞を冠する「…まく惜しも」「…らく惜しも」の形を取る。その中で最も詠作時期が早いのが、当該反歌二首と、人麻呂歌集歌の、

・さ雄鹿の心相思ふ秋萩の時雨の降るに散らくし惜しも　（10二〇九四　柿本人麻呂歌集「詠花」）

である。この点を踏まえ、稲岡『全注』は「過ぎゆくものへの愛惜を、アレマクヲシモとかチラマクヲシモという形で歌ったのは、人麻呂が最初であったと思われる」と指摘する。人麻呂より時代が下った万葉後期になると、

・味酒三輪の祝の山照らす秋の黄葉の散らまく惜しも　（8一五一七　長屋王）
・春雨は甚くな降りそ桜花いまだ見なくに散らまく惜しも　（10一八七〇「詠花」）
・さ夜ふけて時雨な降りそ秋萩の本葉の黄葉散らまく惜しも　（10二二一五「詠黄葉」）

など「…まく惜しも」の詠嘆を有する自然詠が多数詠まれるようになる。これらの作は特に詠物歌に集中しており、先の人麻呂歌集歌の表現が後代の詠物歌の歌い方として定着したのだと推測できる。それでは、当該反歌二

首の表現は、後代の歌にどのように影響したのだろうか。

そこでまず、反歌二首の表現を確認したい。改めて二首を次に掲げる。

・ひさかたの天見るごとく仰ぎ見し皇子の御門の荒れまく惜しも　（2―一六八）

・あかねさす日は照らせれどぬばたまの夜渡る月の隠らく惜しも　（2―一六九）

順序が前後してしまうが、まず第二反歌（一六九）の方から検討していきたい。第二反歌は、「夜渡る月」が「隠れる様を「惜しも」と歌うが、この「夜渡る月」は自然界の事象でありつつ、草壁皇子の比喩の意が込められる。集中で、同様に「月」が見えなくなることを「惜し」と慨嘆した歌には、他に六例が見られる。

①…嬬隠る　屋上の〔一は云はく、室上山〕山の　雲間より　渡らふ月の　惜しけども　隠ろひ来れば　天つたふ　入日さしぬれ…　（2―一三五　柿本人麻呂「石見相聞歌」）

②常はさね思はぬものをこの月の過ぎ隠らまく惜しき夕かも　（7―一〇六九「詠月」）

③旅なれば夜中を指して照る月の高島山に隠らく惜しも　（9―一六九一「高島作歌」）

④天の原雲なき宵にぬばたまの夜渡る月の入らまく惜しも　（9―一七一二「登筑波山詠月」）

⑤二上に隠らふ月の惜しけども妹が手本を離るるこのころ　（11―二六六八）

⑥木の間より移ろふ月の影を惜しみ徘徊るにさ夜更けにけり　（11―二八二一）

右の諸例に詠まれた「月」は、①「渡らふ月」・④「夜渡る月」・⑥「移ろふ月」など天空を移動する形容を伴うことが多く、②「常はさね思はぬものを」・③「照る月」・④「天の原雲なき宵に」など煌々と照る全盛の状態が歌われる傾向にある。更に、①「雲間より渡らふ月」・⑥「木の間より移ろふ月」などの表現からは、ようやく見えた貴重な月を愛惜する心情が読み取れる。これらの歌を通して見えるのは、「惜し」と歌われる「月」は、漆黒の夜空を煌々と照らす鮮やかな明月であるが、天体の宿命として、やがて隠れゆく存在だということである。人々が愛惜する鮮やかな明月というと、当該長歌（一六七）の「わご王　皇子の命の　天の下　知らしめせば　春花の　貴からむと　望月の　満しけむと」という草壁皇子即位を待ち望む「天の下〔一は云はく、食す国〕四方の人」の感情描写が想起される。「望月の」は「満し」に掛かる比喩的枕詞に過ぎないが、この枕詞が選び取られたことで、草壁には「望月」のイメージが付与されることになる。枕詞「望月の」は当該例を含め集中に四例[23]用いられ、下田忠氏[24]によればその全てが挽歌で亡き主人公の栄えていた過去の叙述に於いて、今に欠落する宿命、つまりは死のイメージを宿して用いられているという。第二反歌の「夜渡る月」が長歌の「望月の」を受けたものだとすれば、それは人々に愛惜されながら今まさに隠れゆく満月となり、即位を待たず薨去した草壁の姿にぴたりと重なる。第二反歌は、満月と皇子とを重ね、その喪失を「惜しも」と哀惜することにより、皇子を喪った悲しみを象徴的に表した歌なのである。この第二反歌の表現と、右の①〜⑥とを比較してみると、③④は「惜しも」の抒情表現を詠み込む点が第二反歌と共通するが、自然詠に徹する点が大きく異なっている。稲岡耕二氏[25]によれば、万葉前期の歌には月そのものの美しさを賞玩する表現はまだ見られず、後期になると自然観照の態度が深まって煌々と照る月を愛でる歌が詠まれるようになるという。よって、第二反歌の表現は、月を賞美する万葉後期の自然詠に受け継がれたことになる。

一方、第一反歌（一六八）の大きな特徴として挙げられるのは、「惜しも」の対象を亡き草壁本人ではなく、「皇子の御門」とすることである。そして、この「皇子の御門」は、「ひさかたの天見るごとく仰ぎ見し」という繁栄と敬愛を表す形容を伴う。「皇子の御門」とは、言うまでもなく草壁皇子の宮殿「島の宮」を指すが、この場所は「或本歌一首」（一七〇）や「皇子尊宮舎人等慟傷作歌廿三首」（一七一〜一九三）にも繰り返し歌われたことが示すように、生前の皇子を象徴する、いわば亡き皇子の形見の地である。第一反歌は、かつて「ひさかたの天見るごとく仰ぎ見」られるほどの繁栄を極めた皇子の形見「皇子の御門」が今後「荒れ」ゆく様を「惜しも」と歌うことで、深い敬愛を寄せていた皇子を失った悲しみを象徴的に表すという表現構造を持つ。これとよく似た表現構造を持つ挽歌[26]に、次の二例がある。

Aみつみつし久米の若子（わくご）がい触れけむ磯の草根の枯れまく惜しも
（3四三五　河辺宮人「見姫嶋松原美人屍、哀慟作歌」）

B隠口（こもりく）の　長谷（はつせ）の山　青幡の　忍坂（おさか）の山は　走出（はしりで）の　宜しき山の　出立（いでたち）の　妙（くは）しき山ぞ　あたらしき　山の
荒れまく惜しも
（13三三三一　挽歌）

Aは、「和銅四年辛亥。河辺宮人の姫島の松原に美人の屍を見て、哀慟びて作れる歌四首」という題詞で括られた四首一連の作（3四三四～四三七）の第二首であり、抒情表現「惜しも」は「久米の若子がい触れけむ磯の草根」が「枯れ」ることに対して述べられる。「久米の若子」は伝説上の人物とされ、「磯の草根」は「久米の若子の恋人の象徴であるとともに、共寝の場を示す」（多田『全解』）ものである。Aの表現構造について、田中牧郎氏は[27]「熱情の時空に置かれていた物が消失することの中に、その物にゆかりの人を喪失してしまうことを対象として見るもの」と説く。つまり、「磯の草根」は伝説上の死者の象徴であると同時に形見でもあり、Aはその喪失を「惜しも」と慨嘆することで死者を喪ったことに対する悲嘆を歌った作と解される。この詠み方は、当該反歌二首の表現に通じるが、特に第一反歌に近い。

一方、Bは山讃め歌を転用したと思われる作者未詳の挽歌であり、第一反歌と全く同じ抒情表現「荒れまく惜しも」で結ばれる。この表現について多田『全解』は、「『荒る』は、人工的な営みが喪失して、そこが自然の手に戻る意。ここは、葬送儀礼も終わって、妻を葬った山に誰も行かなくなったので、そこへの道などに草が一面に繁茂するようになったことをいう」と説く。この見方に従えば、「あたらしき山」は亡き妻（死者）の形見の土地、「荒れまく惜しも」はその荒廃への哀惜を表し、Bは形見の喪失を嘆くことで死者を喪った悲しみを述べる一首だと言える。(28) これも、やはり第一反歌と極めて近い詠み方である。

しかし、この「荒れまく惜しも」の詠嘆は、第一反歌とBのみならず、万葉後期の荒都悲傷歌にも詠み込まれたことに注目したい。

C三香の原　久邇の都は　山高く　川の瀬清し　住みよしと　人は言へども　在りよしと　われは思へど　古りにし　里にしあれば　国見れど　人も通はず　里見れば　家も荒れたり　愛しけやし　かくありけるか　三諸つく　鹿背山の際に　咲く花の　色めづらしく　百鳥の　声なつかしき　在りが欲し　住みよき里の　荒るらく惜しも

（6一〇五九　田辺福麻呂「久邇荒都歌」）

D秋されば春日の山の黄葉見る奈良の都の荒るらく惜しも

（8一六〇四　大原今城「奈良荒都歌」）

Cは「春の日に、三香の原の荒れたる墟を悲しび傷みて作れる歌一首」という題詞を持つ田辺福麻呂による「久邇荒都歌」、Dは「大原真人今城の寧楽の故郷を傷み惜しめる歌一首」という題詞を持つ「奈良荒都歌」である。二首は共に「荒るらく惜しも」という抒情表現で結ばれる。第一反歌末尾の「荒れまく惜しも」が未来のことを詠むのに対して、C・Dの「荒るらく惜しも」が現在を詠む点を除けば、両者はほぼ同じ表現と言えよう。

この両者の表現が一致する理由について、犬飼公之氏(29)は殯宮挽歌の意味から考察し、殯宮挽歌は新宮殿である殯宮の讃美と故宮の哀悼慰撫を歌う趣旨を持つために殯宮鎮座を遷宮遷都と重ねて表現するのだとして、「和歌史がふとい水脈として保有しつづけている故宮旧都の慰撫が、殯宮歌にもひきつがれた」と述べている。一方で、荒都悲傷歌Cの側からも両者の表現の重なりが指摘されており、例えば坂本勝氏[30]はC末尾の「荒るらく惜しも」に対して「挽歌的発想を見せる」と述べ、これを受けた塩沢一平氏[31]はCが「題詞と長歌の末尾を以て、久邇の京に対する挽歌であると宣している」と説く。つまり、「荒れまく（荒るらく）惜しも」については、本来的に荒都悲傷歌の表現とする見方と挽歌の表現とする見方が並存していることになる。これは、動詞「荒る」自体の性質とも関わるだろう。古橋信孝氏[32]によれば「荒（アラ）」は神が霊威を強く発動させた人力の及ばない場所を示す「讃め詞」とされる。故に、「荒る」は挽歌と荒都悲傷歌の双方と強い親和性を持つのである。しかし、遷都に関わる歌で「荒れまく（荒るらく）惜しも」の表現を詠み込む歌はC・D以前には存在せず、柿本人麻呂や高市黒人による「近江荒都歌」（1二九・三二・三三）には「見れば悲しも（き）」という抒情表現が用いられる。よって、「荒れまく（荒るらく）惜しも」が古くから荒都悲傷歌の哀悼表現であったとは言えないのではないか。逆に、田辺福麻呂や大原今城が荒都悲傷歌C・Dを作歌した時点で、これが第一反歌に詠み込まれた挽歌的表現と見なされたことは確かであり、坂本・塩沢両氏が指摘する通り、荒都悲傷歌C・Dが第一反歌の表現を利用したものと見る方が穏当であろう。

四　「惜しも」の表現性と挽歌

このように「惜しも」の例を概観してきた時、死者や死者の形見の喪失を「惜しも」と慨嘆した歌は、当該反歌二首と前掲挽歌A・Bの計四首のみであることに気付かされる。先述したように、形容詞「惜し」は、自然界の事象が全盛の状態を失うことや、「命」や「名」など人事に関わる大切な物が喪失することを対象とする。これらは《限りある存在の消滅》とまとめることが可能であり、死に繋がり得る事柄とも言える。それならば死者の喪失を「惜しも」と嘆く挽歌もあって当然と思われるが、実際は四例のみであり、しかも直接死者自身に対してではなく、婉曲的に死者の象徴や形見の喪失に対して歌われている。用例数だけを見ても、例えば同じ情意性形容詞である「悲し」を抒情表現として詠み込む挽歌が一五例[33]あるのに比べ、「惜しも」の抒情表現を歌う挽歌が四例というのは、やや数が少ないように思われる。一方で、先に確認したように、時代が下った万葉後期には、「花」や「月」などの喪失を「惜しも」と愛惜する自然詠が数多く作られ、「惜しも」が自然詠の表現として定着したことが知られる。更に「惜しも」は、前掲C・Dのような荒都悲傷歌の表現としても受け継がれている。よって、「惜しも」の詠嘆そのものが、挽歌的な抒情表現と言えるかどうか甚だ疑問なのである。そもそも人麻呂が当該歌を詠作した時点で、「惜しも」は挽歌的な抒情表現だったのであろうか。むしろ、挽歌としては斬新な、殯宮挽歌ならではの表現だったのではないか。

　この点について考えるために、再び荒都悲傷歌Cの表現に注目したい。C末尾の「在りが欲し　住みよき里の荒るらく惜しも」は、一首前半に詠まれた「住みよしと　人は言へども　在りよしと　われは思へど」の箇所（波線部）と「住みよし」「在りが欲し（在りよし）」の語がほぼ重なっており、この叙述を直接的に受けた表現と見られる。塩沢一平氏[34]は、「人」と「われ」を共に詠み込むこの前半の叙述に対して、「大宮人の外縁である下の者の声」であり『臣』の範囲が大幅に下々の者にまで広がった、君臣和楽の理想時代」を表す表現であることを指摘している。よって、C末尾の「荒るらく惜しも」は、表現上は一首の話者「われ」の詠嘆であったとしても、一首全体を通して見ると「人」や「われ」を始めとする下々の者達の感情を統合した詠嘆になっていると読み取れる。同様のことが、荒都悲傷歌Dにも言える。D結句の「荒るらく惜しも」は「奈良の都」に対して述べられ

るが、この「奈良の都」には「秋されば春日の山の黄葉見る」（波線部）という形容が冠される。秋に春日山の黄葉を見ることは、

・雨隠り情いぶせみ出で見れば春日の山は色づきにけり　（8一五六八　大伴家持「秋歌四首」）
・もの思ふと隠らひ居りて今日見れば春日の山は色づきにけり　（10二一九九「詠黄葉」）

など万葉後期の歌にしばしば歌われ、平城京に住む人々の日常的な行為であったと思しい。よって、この形容が付くことにより、結句「荒るらく惜しも」は表現上は作者の詠嘆であったとしても、かつて作者と同様に平城京で暮らした大勢の人々の思いをも代弁する表現となり得ている。つまり、C・D両歌に於ける「惜しも」の抒情は、それぞれの歌の話者（作者）のものでありつつ、同じく旧都の荒廃を惜しむ大勢の人々、塩沢氏の言を借りれば「大宮人の外縁である下の者」も共有し得る抒情表現となっているのである。

同様の表現構造は、前掲挽歌A・Bにも見て取ることができる。Aは、多田『全解』が「伝承への感懐を歌う第三者の歌」と注するように、後代の人物が久米の若子とその恋人（Aで悼まれる死者）を追懐して詠んだものと解される。それは、Aの上句が「みつみつし久米の若子がい触れけむ」と過去推量で詠まれることからも確認できよう。よって、一首の抒情表現「磯の草根の枯れまく惜しも」は、後代の第三者の視点から述べられた、伝承上の死者とその形見の喪失に対する哀惜ということになるが、この「惜しも」の哀惜は、その伝承を認知する者であれば誰でも共有し得る感情である。また、Bは故人への哀惜を歌う挽歌とはいっても、個の一回的な悲傷が詠まれているわけではない。一首は「本来は山讃め歌で、それを葬歌に転用した」（多田『全解』）という指摘があるように、その内容は美しい山並みへの讃辞とその荒廃に対する哀惜という一般的なものに留まっている。よって、「あたらしき　山の　荒れまく惜しも」は、美しい山の荒廃を惜しむ者であれば誰でも思いを重ね得る抒情

表現なのである。Bの作者はそれを利用して、故人への哀惜を述べたのであろう。

「惜しも」は、もともと潜在する「われ」個人によって表出される感情である。それにも関わらず一首に他の人々が共有し得る抒情が歌われるのは、一つには、「惜しも」の対象となる事柄が「われ」のみならず他の人々も愛着を持ち賞美することが可能な、普遍的な物であるからだと考えられる。しかし、対象だけの問題ではなく、「惜しも」の抒情表現自体が、多くの人々の共有し得る表現性を有しているからではないだろうか。それは、

・時雨の雨間無くな降りそ紅ににほへる山の散らまく惜しも　（8一五九四「仏前唱歌」）

が「仏前唱歌」として歌われたことからも覗える。左注によれば、一首は皇后宮の維摩講の場で、市原王・忍坂王の弾琴を伴い、田口家守・河辺東人・置始長谷等十数人によって歌唱された歌である。表現を見る限り一首はあくまでも自然詠であるが、人々が共通して供養の思いや無常観を重ね得る歌詞であるために「仏前唱歌」に選ばれたと推測できる。これも、「惜しも」が多くの人々が感情を重ね得る抒情表現であることの証左と言えよう。

これは、表現上に「われ」を明示しない「惜しも」だからこそ可能になったことではないだろうか。例えば、挽歌にも多く用いられる抒情表現「悲しも」は、

・わが御門千代永久に栄えむと思ひてありしわれし悲しも　（2一八三「皇子尊宮舎人等慟傷作歌」）

・往くさには二人わが見しこの崎を独り過ぐればこころ悲しも〔一は云はく、見もさかず来ぬ〕（3四五〇　大伴旅人「天平二年庚午。冬十二月、大宰帥大伴卿向京上道之時作歌」）

・黄葉の過ぎにし子等と携はり遊びし磯を見れば悲しも　（9一七九六　柿本人麻呂歌集「紀伊国作歌」）

・うらうらに照れる春日に雲雀あがり情悲しも独りしおもへば　（19四二九二　大伴家持「春愁三首　廿五日、作歌」）

などの歌に顕著なように、歌中に「われ」を明示したり、話者（作者）の個別の思いを表したりなど、他者との

共有を意図せず個の抒情に徹する表現性を持つ。しかし、「惜しも」は「われ」を明示せず、一個人の個別の感情を投影する事柄を対象としないため、多くの人々が共有し得る抒情表現となり得たのである。曽倉岑氏[35]は、主体「われ」を明示しない当該反歌二首の詠み方について、人麻呂が「意図的に用いた」「参加者全体の共感を得るためには極めて有効な方法」と指摘したが、その為に選び取られた抒情表現が「惜しも」であったと考えられる。

五　むすび――当該歌の話者――

「惜しも」の抒情表現が人々の共有し得る表現性を有するのであれば、当該反歌二首も同様に捉えることが出来るだろう。当該反歌二首の「惜しも」は、表現上は潜在する話者「われ」の詠嘆である。ただし、第一反歌（一六八）の上句からは「皇子の御門」を「ひさかたの天見るごとく仰ぎ見」る者の視点が、また、第二反歌（一六九）からは草壁を今まさに隠れゆく「夜渡る月」として見る者の視点が読み取れる。これらの視点は、双方とも地上から天を仰ぎ見る点で共通し、臣下の視点から皇子を捉えたものであると言える。しかし、これを話者「われ」だけが持つ視点とは言い切れないだろう。では、誰の視点なのか。

先述したように、当該反歌の話者については、舎人あるいは持統宮廷の大宮人とする二つの見方があった。両者は共に臣下の立場に該当する。しかし、当該歌の表現に照らし合わせると、どちらも話者とするには問題点を抱え持つ。

まず、前者の舎人説であるが、その根拠の一つとなっているのは、第一反歌に「皇子の御門」の荒廃への哀惜が歌われたことである。第一反歌と同様に「皇子の御門」を詠み込む歌として容易に想起されるのは、「皇子尊宮舎人等慟傷作歌廿三首」の中の、

・高光るわが日の皇子のいましせば島の御門は荒れずあらましを（2一七三）
・わが御門千代永久に栄えむと思ひてありしわれし悲しも（2一八三）
・朝日照る島の御門におほほしく人音もせねばまうら悲しも（2一八九）

などの歌である。東宮舎人にとって自分達が長年仕えた「皇子の御門」の荒廃は非常に大きな悲しみであるため、その嘆きが繰り返し歌われるのは自然である。それゆえ、第一反歌で「皇子の御門」を仰ぎ見、その荒廃を哀惜する人物も舎人だと考えられたのである。しかし、第一反歌と舎人等の歌とでは、表現に決定的な差があることを看過してはなるまい。舎人等の歌は、第一反歌で「ひさかたの天見るごとく仰ぎ見」る、つまり遥か遠くに見上げる場所と歌われた「皇子の御門」を「わが御門」（一八三）と呼び、

・一日には千たび参りし東の大き御門を入りかてぬかも（2一八六）

の一首からも覗えるように、頻繁に出入りする場所と意識している。「人音もせねばまうら悲しも」（一八九）は、全盛だった頃の「島の御門」の喧騒を直に体験していたからこそ生じた嘆きだと言える。つまり、舎人等にとって「皇子の御門」は自らに近しい場所であり、遥か遠くに見上げる場所ではないのである。よって、第一反歌に歌われた「ひさかたの天見るごとく仰ぎ見」る視点を舎人のものと捉えることは出来ない。

同様のことは、第二反歌の表現からも言える。「皇子尊宮舎人等慟傷作歌廿三首」では、草壁を「高光るわが日の皇子」と呼ぶ（一七一・一七三）。舎人等にとって、主人である草壁は「日」なのである。しかし、当該長反歌で「日」と表現されるのは、長歌で「高照らす日の皇子」と呼ばれる天武である。更に、第二反歌の「あかね

さす日」も持統の比喩と捉える向きがある。つまり、天皇を「日」、草壁を天皇に並ぶ「月」として歌うのが、当該長反歌に一貫する方針である。よって、草壁を「夜渡る月」に重ねて見る第二反歌の視点は、やはり舎人のものではあり得ない。村田右富実氏[36]は殯宮挽歌の特性について考察し、「殯宮挽歌という様式にあっては、第三者から眺められる、後に残された悲しむ者を設定しつつ、それとは別個に話者を設定している」と述べる。氏の指摘も、話者を舎人とする見方を否定するものである。よって、当該歌の話者は舎人に設定されてはいないと考えられる。

一方、話者を持統宮廷の大宮人（の共通感情を代弁する者）とする見方であるが、その発想の根源にはおそらく、挽歌史に於いてしばしば殯宮挽歌の直前に位置付けられる額田王の「山科御陵退散歌」に、

> ・・・哭（ね）のみを　泣きつつ在りてや　百磯城（ももしき）の　大宮人は　去き別れなむ　（2一五五）

と、大宮人の様子が詠み込まれたことがあるのではないか。確かに、皇太子薨去という事態に直面し、大きな悲しみを抱えるのは大宮人達であろう。しかし、当該長反歌で皇子薨去への悲嘆を述べる人物として詠み込まれたのは「皇子の宮人」と「天の下〔一は云はく、食す国〕四方の人」だけであり、「大宮人」の語は一切歌われていないことに留意したい。人麻呂が当該歌で意図したのは、大宮人の思いを歌うことだけではなかったのではないか。それでは、人麻呂は何を歌おうとしたのだろうか。

ここで注目されるのは、当該長反歌の表現方法に関する身﨑壽氏[37]の発言である。

> まず長歌（一六七）で「皇子の宮人」の途方にくれるさまを終局部で描出してなげきやしのひの主体を作中に設定し、つづいて反歌（一六八・一六九）では「荒れまく惜しも」「隠らく惜しも」というふうに、話者〈われ〉自身の心情表白の表現をくりかえすことによって、長歌と短歌とに別々の役わりをになわせつつその融

合をはかっている。つまり「皇子の宮人」らのなげきは〈われ〉のなげきであり、それはやがて「天の下四方の人」たちのなげきでもある、というメッセージがもくろまれているわけだ。

氏が「天の下四方の人」の嘆きに言及したことは重視すべきだろう。先に確認したように、第二反歌の「夜渡る月」には、長歌（一六七）で皇子の即位を待望する「天の下（一は云はく、食す国）四方の人」が皇子統治下の様相として想像した「わご王　皇子の命の　天の下　知らしめせば　春花の　貴からむと　望月の　満しけむと」という描写が響いていると見られる。よって、皇子本人を「夜渡る月」に重ねて見るのは「天の下（一は云はく、食す国）四方の人」の視点に等しいと捉えられる。それならば、地上から天を仰ぎ見るという共通点を持つ、「皇子の御門」を「ひさかたの天」として仰ぎ見る第一反歌の視点も、同じく「天の下（一は云はく、食す国）四方の人」のものと捉えられるのではないか。人麻呂は「天の下（一は云はく、食す国）四方の人」が皇子の即位を待ち望む様を「天つ水　仰ぎて待つ」という比喩で表す。「天つ水」は「仰ぎて待つ」に掛かる比喩的枕詞に過ぎないが、やはり皇子を「天」の存在と表す点で、第一反歌の「ひさかたの天」という叙述と重なっている。よって、人麻呂が意図したのは、「天の下（一は云はく、食す国）四方の人」の思いを歌うことだったのではないだろうか。当該歌が皇子生前の様子を「天の下（一は云はく、食す国）四方の人」と話者の視点ないしは感覚だけによって描写するのも、この意図と関係すると考えられよう。

「天の下（一は云はく、食す国）四方の人」は、天皇の統治する領土の民のことである。これは、持統宮廷の大宮人よりももっと広い範囲の、まさに大宮人の外縁に位置する下々の者にあたる。人麻呂は、これらの下々の民を敢えて当該挽歌に詠み込み、彼らの声を歌うことにより、彼らから見ると「天」の存在にあたる持統宮廷とその悲嘆を一身に集める草壁皇子を讃美しようとしたのではないだろうか。そうだとすると、当該反歌二首で「惜しも」と歌う話者「われ」は、天下の民の共通感情を代弁する者として人麻呂が設定した「われ」ということになる。そして、この天下の民と話者の感情を重ねる歌い方は、「惜しも」という抒情表現が可能としたものである。人麻呂は天下の民全員からの哀悼を表す方法として「…らく惜しも」の形を作り上げたのだと考えられる。これは、「皇子の御門」の荒廃を同様に悲しむ「皇子尊宮舎人等慟傷作歌」が、「われし悲しも」(一八三)、「まうら悲しも」(一八九)のように「われ」個人の感情表現に徹するのと対照的である。人々が抒情を共有し得る「…らく惜しも」という歌い方が、個の一回的な悲傷を歌う挽歌には受け継がれず、下々の民の声を歌う荒都悲傷歌に受け継がれたのは当然の帰結であったと言えよう。

当該歌は、長歌末尾の「皇子の宮人　行方知らずも」という舎人等の悲嘆の描写によって〈景としての大宮人〉[38]の手法により草壁皇子を讃美する一方、反歌に「惜しも」という抒情表現を詠み込むことで「天の下(一は云はく、食す国)四方の人」、つまりは天皇が統治する領土の下々の民からの哀悼を述べる。これは、当該歌が次期天皇となり天下を統治するはずであった皇太子に捧げる殯宮挽歌であることを人麻呂が強く意識して生み出した方法であったと考えたい。

注

(1)渡瀬昌忠氏「島の宮(中)―人麻呂文学の基点―」(『文学』三九-一〇　一九七一年一〇月、後に「舎人慟傷作歌群」と題して『柿本人麻呂研究　島の宮の文学』　桜楓社　一九七六年)
(2)村田右富実氏「御陵退散歌から殯宮挽歌へ」(『柿本人麻呂と和歌史』　和泉書院　二〇〇四年)
(3)山本健吉氏『柿本人麻呂』(新潮社　一九六二年)
(4)青木生子氏「人麻呂の歌の原点」(『国語と国文学』五〇-一二　一九七三年一二月、後に『萬葉挽歌論』　塙書房

一九八四年）

（5）上野誠氏「殯と宮—日並皇子挽歌の背景」（『上代文学』六一　一九八八年一一月、後に『古代日本の文芸空間—万葉挽歌と葬送儀礼—』雄山閣　一九九七年）

（6）伊藤博氏「挽歌の誦詠」（『国語国文』二七〇　一九五七年二月、後に『萬葉集の歌人と作品　上』塙書房　一九七五年）

（7）阿蘇瑞枝氏「舎人と挽歌—人麻呂舎人説の基礎的考察として—」（『萬葉』三七　一九六〇年一〇月、後に『柿本人麻呂論考』桜楓社　一九七二年）

（8）森朝男氏「景としての大宮人」（『上代文学』五三　一九八四年一一月、後に『古代和歌と祝祭』有精堂　一九八八年、及び『古代和歌の成立』勉誠社　一九九三年）

（9）田中牧郎氏「惜シの意味記述—万葉集を資料として—」（『学苑（昭和女子大学日本文学紀要）』六七二　一九九六年一月）

（10）川端善明氏「文の構造と種類—形容詞文—」（『日本語学』二-五　一九八三年五月）

（11）村田右富実氏　前掲注（2）論

（12）阿蘇瑞枝氏　前掲注（7）論

（13）伊藤博氏　前掲注（6）論

（14）中西進氏『柿本人麻呂』（筑摩書房　一九七〇年一一月）

（15）都倉義孝氏「日並皇子挽歌」（『柿本人麻呂』早稲田大学出版部　一九七六年）

（16）上野誠氏「日並皇子挽歌と〈誄詞〉の受容—天武殯宮奉誄儀礼との関わりから—」（『美夫君志』四一　一九九〇年一〇月、後に『古代日本の文芸空間—万葉挽歌と葬送儀礼—』）

（17）曽倉岑氏「人麻呂儀礼歌の作歌主体」（『国語と国文学』六四-四　一九八七年四月）

（18）身﨑壽氏「人麻呂挽歌の〈話者〉」（『日本文学』三七-一　一九八八年一月）

（19）身﨑壽氏『宮廷挽歌の世界』（塙書房　一九九四年）第四章「殯宮挽歌の達成—宮廷挽歌史の頂点（二）—」

(20) 田中牧郎氏　前掲注（9）論、及び、川端善明氏　前掲注（10）論
(21) 坂倉篤義氏『日本語の語源』（講談社現代新書　一九七八年）
(22) 田中牧郎氏　前掲注（9）論の集計に拠る。
(23) 枕詞「望月の」を用いる四例は、2一六七（人麻呂／日並皇子殯宮挽歌／原文「望月乃」）・2一九六（人麻呂／明日香皇女殯宮挽歌／原文「三五月之」）・9一八〇七（虫麻呂／真間娘子挽歌／原文「望月之」）・13三三二四（作者未詳挽歌／原文「十五月之」）
(24) 下田忠氏「万葉の月」（『福山市立女子短期大学紀要』一九　一九九三年三月、後に『万葉の花鳥風月　古代精神史の一側面』おうふう　二〇〇三年）
(25) 稲岡耕二氏『別冊国文学　万葉集事典』（学燈社　一九九三年八月）「万葉集歌ことば辞典」の「つき」の項
(26) 本書の立場としては、「挽歌」は『万葉集』巻二・三・七・九・十三・十四の「挽歌」部に収載された歌、及び、題詞や左注などに挽歌と記された歌々のみを指す。
(27) 田中牧郎氏　前掲注（9）論
(28) 内田賢徳氏は、Bに歌われた山をかつて愛する人と共に見た山と捉え、Bの挽歌としての意味を「知られた讃歌を引用しつつ、色褪せていくかつての祝福を愛惜して、愛する者の死を悼むこと」と述べ、挽歌と山讃め歌（紀七七）の近似性について考察している（『万葉の知―成立と以前』塙書房　一九九二年）。氏の見方に従っても、Bは形見の喪失を嘆いて死者を喪った悲しみを述べた一首だと言える。
(29) 犬飼公之氏「殯宮歌考」（『宮城学院女子大学研究論文集』五九　一九八三年一二月）
(30) 坂本勝氏「久邇の新京を讃む歌・荒墟を悲傷して作る歌」（『セミナー万葉の歌人と作品』第六巻　和泉書院　二〇〇〇年）
(31) 塩沢一平氏「万葉歌人田辺福麻呂の久邇荒墟歌論」（『国語と国文学』八七－九　二〇一〇年九月、後に『万葉歌人田辺福麻呂論』笠間書院　二〇一〇年）。氏の発言は、題詞の「悲傷」の文字に注目したことに拠る。
(32) 古橋信孝氏「ことばの呪性―アラをめぐって、常世波寄せる荒磯―」（『文学』五四－五　一九八六年五月、後に『古

代和歌の発生』東京大学出版会　一九八八年）

（33）形容詞「悲し」を抒情表現として詠み込む挽歌一五例の内訳は、「悲しも」が2一八三・2一八九・3四三四・3四五〇・9一七九六・9一八〇一・13三三四二・15三六九三・17三九五八の計九例、また「悲しさ」が13三三三七・13三三四〇・15三七二七・19四二一一の計四例、「悲しくもあるか」が3四五九の一例、「悲しきろかも」が3四七八の一例。

（34）塩沢一平氏　前掲注（31）論

（35）曽倉岑氏　前掲注（17）論

（36）村田右富実氏　前掲注（2）論

（37）身﨑壽氏　前掲注（19）書

（38）森朝男氏　前掲注（8）論

第三節　柿本人麻呂「高市皇子殯宮挽歌」の方法

一　はじめに

高市皇子尊の城上の殯宮の時に、柿本朝臣人麿の作れる歌一首幷せて短歌

かけまくも　ゆゆしきかも〔一は云はく、ゆゆしけれども〕　言はまくも　あやに畏き　明日香の　真神が原に　ひさかたの　天つ御門を　かしこくも　定めたまひて　神さぶと　磐隠ります　やすみしし　わご大君の　きこしめす　背面の国の　真木立つ　不破山越えて　高麗剣　和蹔が原の　行宮に　天降り座して　天の下　治め給ひ〔一は云はく、掃ひ給ひて〕　食す国を　定めたまふと　鶏が鳴く　吾妻の国の　御軍士を　召し給ひて　ちはやぶる　人を和せと　服従はぬ　国を治めと〔一は云はく、掃へと〕　皇子ながら　任し給へば　大御身に　大刀取り佩かし　大御手に　弓取り持たし　御軍士を　あどもひたまひ　斉ふる　鼓の音は　雷の　声と聞くまで　吹き響せる　小角の音も〔一は云はく、笛の音は〕　敵見たる　虎か吼ゆると　諸人の　おびゆ

るまでに〔一は云はく、聞き惑ふまで〕　捧げたる　幡の靡は　冬ごもり　春さり来れば　野ごとに　着きてある火の〔一は云はく、冬ごもり　春野焼く火の〕　風の共　靡くがごとく　取り持てる　弓弭の騒　み雪降る　冬の林に〔一は云はく、木綿の林〕　飃風かも　い巻き渡ると　思ふまで　聞きの恐く〔一は云はく、諸人の　見惑ふまでに〕　引き放つ　矢の繁けく　大雪の　乱れて来れ〔一は云はく、霰なす　そちより来れば〕　服従はず　立ち向かひしも　露霜の　消なば消ぬべく　行く鳥の　あらそふ間に〔一は云はく、朝霜の　消なば消といふに　うつせみと　争ふはしに〕　渡会の　斎の宮ゆ　神風に　い吹き惑はし　天雲を　日の目も見せず　常闇に　覆ひ給ひて　定めてし　瑞穂の国を　神ながら　太敷きまして　やすみしし　わご大君の　天の下　申し給へば　万代に　然しもあらむと〔一は云はく、かくもあらむと〕　木綿花の　栄ゆる時に　わご大君　皇子の御門を〔一は云はく、さす竹の　皇子の御門を〕　神宮に　装ひまつりて　使はしし　御門の人も　白栲の　麻衣着　埴安の　御門の原に　茜さす　日のことごと　鹿じもの　い匍ひ伏しつつ　ぬばたまの　夕になれば　大殿を　ふり放け見つつ　鶉なす　い匍ひもとほり　侍へど　侍ひ得ねば　春鳥の　さまよひぬれば　嘆きも　いまだ過ぎぬに　憶ひも　いまだ尽きねば　言さへく　百済の原ゆ　神葬り　葬りいませて　麻裳よし　城上の宮を　常宮と　高くしまつりて　神ながら　鎮まりましぬ　然れども　わご大君の　万代と　思ほしめして　作らしし　香具山の宮　万代に　過ぎむと思へや　天の如　ふり放け見つつ　玉襷　かけて偲はむ　恐くありとも　（２一九九）

短歌二首

ひさかたの天知らしぬる君ゆゑに日月も知らに恋ひ渡るかも　（２二〇〇）

埴安の池の堤の隠沼の行方を知らに舎人はまとふ　（２二〇一）

或る書の反歌一首

泣沢の神社に神酒する祷祈れどもわご大君は高日知らしぬ　（２二〇二）

右の一首は類聚歌林に曰はく「檜隈女王の、泣沢神社を怨むる歌」といへり。日本紀を案ふるに云はく「十年丙申の秋七月辛丑の朔の庚戌、後皇子尊薨りましぬ」といへり。

右は、高市皇子の殯宮時に柿本人麻呂が詠作した、いわゆる殯宮挽歌である。ただし、「或る書の反歌一首」（二〇二）に付された左注によると、憶良『類聚歌林』はこの一首を檜隈女王の作とするため、厳密に人麻呂作と断定し得るのは一九九～二〇一の長歌一首短歌二首となる。殯宮挽歌は集中に、当該挽歌と「日並皇子殯宮挽歌」（２一六七～一七〇）、「明日香皇女殯宮挽歌」（２一九六～一九八）の計三作品があり、すべて持統～文武朝に作られた人麻呂作歌である。巻二は、これらの三作品を「日並皇子殯宮挽歌」・「明日香皇女殯宮挽歌」・当該挽歌の順に収載するが、各皇子女の薨去年次から見ると、当該挽歌は「日並皇子殯宮挽歌」に続いて作られた第二番目の殯宮挽歌となる。

当該挽歌の長歌は一四九句という集中最多の句数から成る雄編であり、「日並皇子殯宮挽歌」長歌（２一六七）の六十五句に比べて格段に長い。更に、長歌の大半が、天武天皇の命を受けて高市皇子が戦った壬申の乱の叙述に費やされることも、当該挽歌の大きな特徴となっている。人麻呂が高市に対してこのように壮大な挽歌を詠じた理由は、既に多くの諸研究が言及するように、この時の高市の立場や政治状況が関係していると思しい。高市は、天武の最年長の皇子であり、壬申の乱では天武から全軍の統帥を委任され、味方を勝利へと導く活躍をした。しかし、母（胸形君徳善女尼子娘）の身分が低いために序列は低く、吉野の盟約時には草壁・大津に次いで記される（『日本書紀』天武天皇下　八年五月）。その後、皇太子草壁の薨去によって状況は一変し、持統四年に高市は太政大臣に就任する。即ち、皇太子と同等の権限をもって政務を摂り持統女帝を補佐する立場についたのであり、皇位継承の最有力者となった可能性もある（多田『全解』）。この時点で高市は、草壁の遺児軽皇子の即位を目論む持統からは脅威に映ったことであろう。しかし、持統十年七月に高市が薨去し、その翌年に持統は悲願であった軽皇子への譲位を果たす。伊藤『釈注』が「こみあげてくるのは、深い感謝の気持であり哀惜の念であったにちがいない。手厚く葬ってこの功労者を讃えなければならぬ―そういう心情が女帝を覆ったとしても不思議はない」と述べ、当該挽歌を「後皇子尊」「高市皇子尊」という追尊の称と一対をなす「言語による追尊」と捉えるのも、この政治状況に鑑みた故である。その上で、『釈注』は「天武・持統の世を導いた功労者としての高市皇子を位置づけ、高く祭り深く偲んだところにこの歌の特色がある」と説く。一方、身﨑壽氏は[1]、「持統は、実力者ではあるが序列がひくく、したがって皇位継承の可能性のひくい高市を優遇することで、人心を収攬するのと同時に、より序列のたかい、つまり皇位継承の可能性と意欲とをもっている諸皇子を牽制するという、きわめて巧妙な戦術をとったのではないだろうか」「高市の死に際して持統が丁重な喪葬の儀をもって遇し、挽歌の誦詠によってその死をいたむという挙にでたとしてなんの矛盾もない」と穿った見方をするが、当該挽歌に高市を丁重に遇する意志を読み取る点は『釈注』と共通する。両氏のこのような考察は、当該長歌が集中きっての雄編であることに加え、高市を極めて高く祭り上げて歌う表現性を持つことと関わるように思われる。

ただし、長歌の「皇子ながら　任し給へば」や「やすみしし　わご大君の　天の下　申し給へば」という叙述から既に多くの諸注が指摘するように、当該挽歌は一貫して高市を至高の存在として叙述するわけではない。身﨑壽氏は[2]「日並皇子殯宮挽歌」で天武後継者として印象づけられる草壁と比較すると、当該挽歌の高市は「天武の委任を受けた戦闘指揮官」「乱後の天武〜持統治世下、天皇のもと、神聖王権のもとでのすぐれた執政官」、つまりは「臣下として定位」されるべく描かれることを指摘し、当該挽歌はあくまでも「持統天皇の領導のもとに執行された高市皇子—太政大臣高市の喪葬儀礼の一環」に過ぎないと主張する。また、多田『全解』も、当該挽歌が「高市をあくまでも執政官としてのみ位置づけていることは、後継者とは認めていないことを示す」と説く。

しかし、薨去後の高市は一転して、「わご大君　皇子の御門を　神宮に　装ひまつりて」「神葬り　葬りいませて」「神ながら　鎮まりましぬ」等の表現に見えるように、「神」と歌われるようになる。短歌に見える「天知らしぬる」「高日知らしぬ」も、やはり高市を天上の「神」として遇する表現と見てよいだろう。これは、当該挽歌前半部や、「日並皇子殯宮挽歌」長歌に於いて「神」として歌われる天武と同等の扱いのように見える。いくら高市が天武・持統朝の功労者であったとしても、この表現には違和感を覚えざるを得ない。それは、先述したように当該長歌に於ける高市は執政官として歌われており、天皇の後継者としては位置付けられていないためである。更に加えて、「日並皇子殯宮挽歌」に於いて「皇位継承者としての正統性を誇示し」(3)たとされる皇太子草壁は、「神」として歌われることは無かったからである。人麻呂は、「安騎野遊猟歌」(4)(一四五)に於いては軽皇子に対して「神ながら　神さびせすと」という表現を用いたが、これは、神野志隆光氏よれば「若年の皇子だが、天皇に等しく天皇たるべき『神』性を具える」意の表現で、軽皇子を「草壁皇子を継ぐ皇統の正統な後継者であることをくっきりと印象づける役割を負うもの」であるという。それならば、「神」としての表現は、天武と軽皇子とをつなぐ草壁に対してこそ用いるのが順当だと思われる。しかし、それが草壁ではなく高市に対して用いられたのには、何らかの理由があったと考えられよう。人麻呂が、生前は一執政官に過ぎない存在として表現した高市を、薨去後は一転して「神」と高く祭り上げるという相矛盾するかに見える方法を採ったのは何故なのだろうか。本節では、当該挽歌後半部に詠まれた高市を神格化する表現に注目し、その意図を探ってみたい。

二　解釈上の問題点

まずは、当該挽歌の構造を把握するために、解釈上の問題点を明らかにしておきたい。

当該挽歌でこれまで議論の俎上に上ってきた解釈上の問題点は、大きく二つある。まず第一点目は、壬申の乱から国土平定までを語る叙述中に見える「渡会の　斎の宮ゆ　神風に　い吹き惑はし　天雲を　日の目も見せず常闇に　覆ひ給ひて」「定めてし　瑞穂の国を」「神ながら　太敷きまして」の主語を、それぞれ誰と捉えるかという問題である。諸注の見解は概ね天武か高市かに分かれるが、「渡会の　斎の宮ゆ…常闇に　覆ひ給ひて」の主語にはアマテラスを想定する向きもある(5)。また、主語を一人に限定せず、「日並皇子殯宮挽歌」の神話部分の叙述のように、複数のイメージを重層化させた表現と見る立場もある。例えば、伊藤博氏(6)は「高市皇子に天武天皇のイメージを重ねている」と捉え、桜井満氏(7)は天武と高市の「二重写し」と述べる。一方、橋本達雄氏(8)は当該挽歌が「口頭で朗詠あるいは朗誦された」ことを想定し、「聴衆の念頭に聴き終わって残るものは、天照・天武・皇子が一体化した映像であった」と考察する。

これらの見方に対して異議を唱えたのが森朝男氏(9)である。氏は、当該挽歌の壬申の乱の叙述を「天武と高市との関係を擬神話的に述べることを目的としたもの」であり「あくまでも天武天皇を主体とした叙述」であると見る。そして、「渡会の　斎の宮ゆ…常闇に　覆ひ給ひて」の箇所を「天武天皇ないしは天武の意を体した高市皇子がそうさせた」と解釈した上で、「天武・高市の壬申の乱を、初代の支配者の天降りの後の国土平定の戦闘に見立て、神話化するという操作の中で、高市は、天皇を補佐する実質政務担当の長としてその縁起を説かれ、運命づけられる」と説く。当該挽歌全体の構造を見通した、従うべき見解といえよう。氏の論に拠れば、一見すると高市の活躍を称揚するかのような壬申の乱の叙述は、支配者天武の「委し」を受けた者として高市を歌うことにより、乱後の執政官という高市の立場を必然化する機能を帯びていることになる。また、長歌前半部は天武を主体とする叙述であり、当該挽歌に於ける哀悼の対象であるはずの高市は受け身の立場に退いていることが確認できよう。

一方、解釈上の問題点の第二点目は、長歌後半部に歌われた皇子の薨去から鎮座を歌う叙述中に見える「神宮」「城上の宮」の捉え方である。「神宮」は殯宮か否か、「城上の宮」は殯宮か陵墓かという点について、解釈は大きく二つに分かれる。まず、「神宮」については、古くは契沖『萬葉代匠記』が「かりもがりの宮」（初稿本）・「殯宮」（精撰本）と述べ、近世の諸注が従うところとなった。一方、「城上の宮」については、『代匠記（精撰本）』は『延喜式（諸陵式）』に高市皇子の墓と記された三立岡墓（大和国広瀬郡）を挙げ、「尊骸ヲハ三立岡ニ葬テ、尊靈ヲハ城上宮ニ崇メ祭ルナリ」と皇子の霊を祀った宮とする見方を示したが、賀茂真淵『萬葉考』や橘千蔭『萬葉集略解』は「城上」を広瀬郡三立岡の大地名と解し、「城上の宮」を陵墓とする見解を示す。近代に入ると、「神宮」を殯宮、「城上の宮」を陵墓とする見方が大方の支持を得、近年でも稲岡『全注』・同『和歌大系』・多田『全解』等がこの立場をとる。多くの諸注がこの見方を支持する理由は、『延喜式』の記述に加え、「皇子の御門を　神宮に　装ひまつりて」という表現が生前居所を殯宮にしつらえたと解釈できること、また「城上の宮」に対して「神葬り　葬りいませて」「常宮」という表現が用いられたことにある。「葬り」は葬送・埋葬を意味する語であり、「常宮」は永遠の御殿の意と解されるため、どちらも陵墓への埋葬を歌う表現として相応しいのである。しかし、「城上の宮」を陵墓と見た場合、「高市皇子尊城上殯宮之時」と記された題詞と齟齬が生じることになる。この点を重く見て出されたのが、「城上の宮」を殯宮、「神宮」を殯宮に遺体を移すまでの間仮に安置しておく御霊殿(みたまや)とする解釈であり、澤瀉『注釈』・伊藤『釈注』・阿蘇『全歌講義』等がこの立場をとる。この他に、「神宮」「城上の宮」を共に殯宮と捉える山田『講義』・窪田『評釈』の見方があるが、同一人物の殯宮が二カ所に存在する例は他に見えないため、従うことは出来ないだろう。よって、解釈は、《「神宮」＝殯宮、「城上の宮」＝陵墓》とする説と、《「神宮」＝仮の御霊殿、「城上の宮」＝殯宮》とする説のどちらかとなる。

前者の説のように「城上の宮」を陵墓と捉える場合、先述したように「高市皇子尊城上殯宮之時」と記す題詞との間に齟齬が生じることが問題となる。この点を解決する論を提示したのが平舘英子氏[10]である。氏は、大化二年の薄葬令によって王以下の殯宮（喪屋）が禁止されたことに加え、復活信仰の消滅が影響し、「一般には殯と葬の内容の完全な区別が失われ」「語の意味も混同していった」ために、「『殯宮之時』は『葬之時』とも言いかえ得る広い意味を持つようになった」と説く。同様の考察は武藤美也子氏[11]にもあり、この見方に従えば当該挽歌の題詞も高市の葬時を示すと読み取り得るため、歌中の「城上の宮」を陵墓とする解釈と矛盾を生じなくなる。

一方、身﨑壽氏[12]はこの見方を真っ向から批判する。氏は、高市が無名の一庶民ではなく皇子であることから「死の事実は宮廷人士の記憶にいまだあたらしく、殯宮の設営等に関して単純な錯誤などは生ずる余地がない」と指摘した上で、「墳墓はあくまでも埋葬の施設で、その実態から想定されるものは『殯宮』といいあらわしうるものとはおもわれない」と述べ、題詞の「殯宮之時」を「（埋）葬之時」と読み替えることは不可能だと断言する。また、「城上の宮」を「常宮」とする表現については、草壁・高市両皇子の殯宮と陵墓の位置関係を検討した上で「殯宮は陵墓建設予定地に設営された可能性が大きい」ために、陵墓への埋葬を連想させる「常宮」の語が用いられたと理解し、「皇子の御門を　神宮に　装ひまつりて」は、薨去から殯宮完成までの間に「生前居所でおこなわれた儀礼段階を反映した表現」と解釈し得るとして、「城上の宮」が殯宮であることを主張する。同様に、上野誠氏も[13]「皇子の御門を　神宮に　装ひまつりて」の表現から、薨去直後から「城上の宮」に遺体を移すまでの間に生前居所の香具山宮で行われた儀礼の存在を想定し、「常宮」については仮設の宮を讃美する「永遠の栄光を呪禱しての表現」と捉える。また、「神葬り　葬りいませて」の表現から殯宮儀礼を「葬」へつながる通過点と捉える当時の認識を読み取った上で、天皇以外の殯宮が宮都周辺に設営されない原則を指摘し、殯宮挽歌は生前居所から遠く離れた殯宮への宮遷りを詠むことに目的があるとして、「城上の宮」が殯宮であることを説く[14]。

身﨑氏が述べたように、題詞に「高市皇子尊城上殯宮之時」と明記された「城上」を、歌中では陵墓と解釈するというのは、やはり不自然な読み取りだと言えよう。「城上の宮」に対する「神葬り　葬りいませて」「常宮」等の表現は、身﨑氏の指摘通り皇子女の殯宮が陵墓建設予定地に作られた結果、「殯」と「葬」との意識が重なり、双方の歌表現を近付けていったものと考えたい。加えて、殯宮挽歌が殯宮期間の終わり頃に作られたことも[15]、「葬」の意識を強くすることに影響したと考えられる。特に「常宮」については、一見すると陵墓を表す表現として相応しいように思われるが、「常(とこ)」の語は草壁皇子及び明日香皇女の殯宮に対しても用いられていることを看過すべきではないだろう。草壁皇子の場合、人麻呂が詠じた「日並皇子殯宮挽歌」長歌で「由縁(つれ)もなき　真弓の岡に　宮柱　太敷き座し　御殿(みあらか)を　高知りまして」（2一六七）と歌われた殯宮が、「皇子尊宮舎人等慟傷作歌」では「常つ御門(とこつみかど)」（2一七四）と歌われており、明日香皇女の場合は、題詞に「明日香皇女木䂬殯宮之時」と記された殯宮が、歌中では「御食向(みけむか)ふ　城上の宮を　常宮と　定め給ひて」（2一九六）と歌われている。よって、「常宮」は殯宮を讃美する表現と捉え得る。また、「皇子の御門を　神宮に　装ひまつりて」については、諸注に指摘があるように、巻十三挽歌の「大殿を　ふり放け見れば　白栲に　飾りまつりて」（13三三二四）という表現が傍証となる。この三三二四番歌は、当該挽歌の「神葬り　葬りいませて」と近似する「神葬り　葬り奉れば」という表現を持つことから、早く『代匠記（初稿本）』が高市を悼む挽歌と推定した作である。この一首は題詞や左注を持たないため、『代匠記』の推論の真偽は定かではないが、近似する歌表現を持つ一首を当該挽歌の影響を受けた作と捉えることは可能であろう。よって、当該挽歌の「皇子の御門を　神宮に　装ひまつりて」は、三三二四番歌の「白栲に　飾りまつりて」と同様、生前居所の香具山宮を殯宮移御までの間に諸儀礼を行うための御霊殿として飾り付けたことを意味すると解釈し得るのである。

以上の考察から、「神宮」は仮の御霊殿、「城上の宮」は殯宮と解釈する説に従って、論を進めることとする。

三　鎮座の表現

ここで改めて注目されるのは、殯宮挽歌に於ける薨去から殯宮鎮座までを歌う表現である。人麻呂による殯宮挽歌三作品のうち、当該挽歌以外の二作品の表現を確認してみたい。

まず、「日並皇子殯宮挽歌」に於ける皇子の薨去は、

・…わご王　皇子の命の　天の下　知らしめしせば　春花の　貴からむと　望月の　満しけむと　天の下〔一は云はく、食す国〕　四方の人の　大船の　思ひ憑みて　天つ水　仰ぎて待つに…　（２一六七）

という皇子統治下に予想される繁栄への期待が歌われた後、「いかさまに　思ほしめせか」という挽歌特有の「くどき文句」[16]によって悲嘆へと転換され、

・…由縁もなき　真弓の岡に　宮柱　太敷き座し　御殿を　高知りまして　朝ごとに　御言問はさぬ　日月の

数多くなりぬる…　　　　（2一六七）

と歌われる。右の表現に於ける皇子の薨去は殯宮造営の叙述によって示されており、その歌い方は、あたかも草壁皇子が自らの意志で死を選び殯宮を造営したかのようである。そして、皇子の言葉を聞くことのない日々が続く様を歌うことで、殯宮鎮座して久しい状況が示される。

もう一方の「明日香皇女殯宮挽歌」も、若干の違いはあるものの、叙述の基本構造はほぼ同じである。皇女の薨去は、「何しかも」という「くどき文句」に続いて次のように歌われる。

・…わご大君の　立たせば　玉藻のもころ　臥せば　川藻の如く　靡かひし　宜しき君が　朝宮を　忘れ給ふや　夕宮を　背き給ふや　うつそみと　思ひし時　春べは　花折りかざし　秋立てば　黄葉かざし　敷栲の袖たづさはり　鏡なす　見れども飽かず　望月の　いや愛づらしみ　思ほしし　君と時々　幸して　遊び給ひし　御食向ふ　城上の宮を　常宮と　定め給ひて　あぢさはふ　目言も絶えぬ…　（2一九六）

薨去から殯宮鎮座までを死者自身の意志によるものとして歌う点、そして、死者自身が殯宮の場所を定めるなど積極的に殯宮造営に関与したかのように歌う表現に続けて、死者の言葉を聴くことができない状況を歌う点が「日並皇子殯宮挽歌」の場合と共通する。

そして、次に挙げる殯宮挽歌と思しい巻十三収載の挽歌にも、ほぼ同じ叙述のパターンが見えている。

・磯城島の　大和の国に　いかさまに　思ほしめせか　つれも無き　城上の宮に　大殿を　仕へ奉りて　殿隠り　隠り在せば　朝には　召して使はし　夕には　召して使はし　つかはしし　舎人の子らは　行く鳥の群がりて待ち　あり待てど　召し賜はねば…　（13三三二六）

右の一首は、「いかさまに　思ほしめせか」という「くどき文句」に続いて、皇子と思しい死者が「城上の宮」

の殯宮をあたかも死者自身の意志で「仕へ奉りて　殿隠り　隠り在」したために、舎人達を「召し賜は」ない状態、つまりは死者が言葉を発しない状態となったことが歌われている。

一方、当該長歌に於ける高市の薨去は、

・…やすみしし　わご大君の　天の下　申し給へば　万代に　然しもあらむと〔一は云はく、かくもあらむと〕木綿花の　栄ゆる時に…（2一九九）

という繁栄への期待を歌う描写の後に歌われる。これは、高市を執政官として位置付ける表現とされる部分であるが、挽歌の手法として見れば、「日並皇子殯宮挽歌」長歌が皇子統治下に予想される繁栄への期待を歌った後に薨去を歌い出すのと等しい。しかし、その後の薨去から殯宮鎮座までを歌う叙述が、「日並皇子殯宮挽歌」と次に挙げる当該長歌とでは決定的に異なるのである。

・…わご大君　皇子の御門を〔一は云はく、さす竹の　皇子の御門を〕神宮に　装ひまつりて　使はしし　御門の人も　白栲の　麻衣着　埴安の　御門の原に　茜さす　日のことごと　鹿じもの　い匍ひ伏しつつ　ぬばたまの　夕になれば　大殿を　ふり放け見つつ　鶉なす　い匍ひもとほり　侍へど　侍ひ得ねば　春鳥の　さまよひぬれば　嘆きも　いまだ過ぎぬに　憶ひも　いまだ尽きねば　言さへく　百済の原ゆ　神葬り　葬りいませて　麻裳よし　城上の宮を　常宮と　高くしまつりて　神ながら　鎮まりましぬ…（2一九九）

右の叙述は、その殆どの部分を「御門の人」、つまりは高市に仕える舎人等が喪葬儀礼を行う様子の描写に割く。このように皇子に仕える者達を外側から描くのは、森朝男氏の説く讃美表現〈景としての大宮人〉(17)の手法と捉えられる。身﨑壽氏に指摘があるように(18)、「日並皇子殯宮挽歌」の長歌末尾にも「そこゆゑに　皇子の宮人　行方知らずも〔一は云はく、さす竹の　皇子の宮人　ゆくへ知らにす〕」（2一六七）という描写が見えるが、これは皇子薨去

に伴う舎人等の戸惑いや悲壮感を象徴的に歌ったものであり、当該第二反歌の、

・埴安の池の堤の隠沼の行方を知らに舎人はまとふ　（２二〇一）

とは共通性を見いだせるものの、当該長歌の舎人等による具体的な喪葬行為の描写とは全く異なる。

更に、当該長歌の「神宮に　装ひまつりて」「い匍ひもとほり　侍へど」等の表現からは、この叙述が皇子に仕える人間達の側から述べられていることが読み取れる。同様に皇子の殯宮鎮座の様子も、「神葬り　葬りいませて」「常宮と　高くしまつりて」のように、舎人達の手による行為として表現される。唯一、皇子自身の行為として歌われるのは「神ながら　鎮まりましぬ」のみである。これは、薨去から殯宮鎮座までをあたかも死者自身の意志による行為であるかのように歌う殯宮挽歌の歌い方とは対照的である。従って、他の殯宮挽歌には必ず詠み込まれていた「いかさまに　思ほしめせか」「何しかも」などの「くどき文句」を、当該挽歌は持たない。これは、万葉挽歌全体の傾向から見ても、やや特異な性格であると言えよう。この点を人麻呂による殯宮挽歌三作品に限って考えてみると、人麻呂は第一作目の「日並皇子殯宮挽歌」で取った叙述方法を、第二作目の当該挽歌では全く異なるものにし、第三作目の「明日香皇女殯宮挽歌」ではまた元に戻したことになる。ここから、当該挽歌の叙述方法は特別な事情があったために人麻呂が意図的に用いたものと考えられ、ここに一首の目的が潜んでいる可能性がある。

特に注目したいのは、「神葬り　葬りいませて」「神ながら　鎮まりましぬ」という表現である。「葬る」は葬送や埋葬を表す語であるが、その原義は「放（はふ）る」、つまりは捨て去る意であったとされる（『時代別国語大辞典　上代編』）。また、「鎮まる」は、景行記で倭建命の魂が化した八尋白鳥を御陵に納める場面に「其地（そこ）に御陵（みはか）を作りて鎮（しづ）め坐（いま）せき【於二其地一作二御陵一鎮座也】」と見えるため、陵墓への埋葬を意味し得る語と捉えられる。しかし、万

葉挽歌に於いて、「葬る」の語を用いるのは当該挽歌と先に述べたように巻十三の三三二四番歌のみであり、「鎮まる」の語は当該挽歌のみにしか用いられない。万葉挽歌の中には、題詞や左注に於いて葬時の作であることが明記された作品が存在するにも関わらず、その歌中では「葬る」「鎮まる」の語は全く用いられることはないのである。

例えば、人麻呂による泊瀬部皇女・忍坂部皇子への「献呈挽歌」（２一九四〜一九五）は、左注に「右或本曰、葬二河嶋皇子越智野一之時、獻二泊瀬部皇女一歌也」と記されることから、河嶋皇子埋葬時の作であることが知られる。その長歌に於いて人麻呂は、泊瀬部皇女が河嶋皇子の越智野葬送に臨む様子を、

・…玉垂の　越智の大野の　朝露に　玉裳はひづち　夕霧に　衣は沾れて　草枕　旅宿かもする　逢はぬ君ゆゑ　（２一九四）

と歌う。人麻呂は、本来の「葬り」という行為を「旅宿」と言い換えていることが分かる。また、反歌では、河嶋皇子が越智野に埋葬される様子は、

・敷栲の袖かへし君玉垂の越野過ぎゆくまたも逢はめやも（一は云はく、越野に過ぎぬ）　（２一九五）

と歌われており、やはり「葬る」「鎮まる」の語ではなく、「過ぐ」が用いられる。このように「過ぐ」によって埋葬を表す例は他にもあり、例えば、高橋朝臣による「悲傷死妻作歌」では「山城の　相楽山の　山の際に　往き過ぎぬれば」（３四八一）と見える。

一方、巻三収載の「河内王挽歌」（３四一七〜四一九）は、「河内王葬二豊前國鏡山一之時、手持女王作謌三首」という題詞から河内王の葬時の詠であることが分かる。その第一首目は、

・王の親魄逢へか豊国の鏡山を宮とさだむる　（３四一七）

と、死者である河内王自身が陵墓の場所を定めたかのように歌っており、殯宮造営を死者自身の意志であるかのように歌う殯宮挽歌の方法に類似する。また、第二首目の、

・豊国の鏡山の石戸立て隠りにけらし待てど来まさず　（3四一八）

は河内王の埋葬を歌ったものと思われるが、やはり「葬る」「鎮まる」の語は用いず、「隠る」によって表現される。同様に埋葬を意味する「隠る」の例は、大伴坂上郎女による「尼理願挽歌」の「佐保河を　朝川渡り　春日野を　背向に見つつ　あしひきの　山辺を指して　くれくれと　隠りましぬれ」（3四六〇）や、大伴家持による「亡妾悲傷歌」の「うつせみの　借れる身なれば　露霜の　消ぬるがごとく　あしひきの　山道を指して　入日なす　隠りにしかば」（3四六六）など、挽歌に散見される。

この他にも、歌表現自体から葬送や埋葬を意味していると解される例は多い。

・…天皇の　神の御子の　いでましの　手火の光そ　ここだ照りたる　（2二三〇　笠金村「志貴皇子挽歌」）

・なゆ竹の　とをよる皇子　さ丹つらふ　わご大王は　隠国の　泊瀬の山に　神さびに　斎きいますと　玉梓の　人そ言ひつる　逆言か　わが聞きつる　狂言か　わが聞きつるも…高山の　巌の上に　座せつるかも
（3四二〇　丹生王「石田王挽歌」）

・逆言の狂言とかも高山の巌のうへに君が臥せる　（3四二一　同反歌）

・…逆言の　狂言とかも　白栲に　舎人装ひて　和豆香山　御輿立たして　ひさかたの　天知らしぬれ　こいまろび　ひづち泣けども　せむすべも無し　（3四七五　大伴家持「安積皇子挽歌」）

・わご王天知らさむと思はねば凡にそ見ける和豆香そま山　（3四七六　同反歌）

これらの作に於いても、葬送や埋葬を表す場合に「葬る」「鎮まる」等の表現は用いられていない。ここから、

挽歌の手法として「死ぬ」の語を忌避するのと同じように、「葬る」「鎮まる」等の直接的な表現は巧みに避けて歌う挽歌の在り方が見えてくる。同時に、「神葬り　葬りいませて」「神ながら　鎮まりましぬ」というように「葬る」「鎮まる」の語を直接読み込む当該挽歌の特異性が際立ってくるのである。

四　「鎮まりましぬ」の表記

ただし、「神ながら　鎮まりましぬ」の表現の方は、更なる考察の必要がある。それは、原文に「神随　安定座奴」という表記が用いられたためである。「安定」は、集中では当該歌にしか見えない表記である。そのためか、諸本に於ける「安定座奴」の訓みは、「シツマリマシヌ」の他に「サタマリマシヌ」の訓が見られたりするなど若干の異同を生じており、[19]「安定」の訓みが定め難かったことが推測できる。『類聚名義抄（観智院本）』では「定」に「シヅム」の訓を確認できるため、「安定座奴」を「シツマリマシヌ」と訓むことに問題は無いのだが、「鎮まりましぬ」は「鎮座奴」の表記を用いた方が訓みやすく自然なように思われる。しかし、人麻呂はあまり一般的とは言えない「安定座奴」の表記を用いた。ここには、何か理由があるのだろうか。

そこで、集中に見える「しづまる」の例を見てみると、自動詞「しづまる」は当該歌が唯一例であるが、他動詞形「しづむ」は八例が見られる。そのうち四例は、「珠衣の狭藍左謂沈」（4五〇三　柿本人麻呂）、「あり衣の佐恵ヽヽ之豆美」（14三四八一　東歌）、「刺す罠の可奈流麻之豆美」（14三三六一　東歌）、「荒し男のい小矢手挟み向ひ立ち可奈流麻之都美」（20四四三〇　防人歌）という「〜しづみ」の定型表現の序詞を成す例であり、残りは以下の四例である。

①真木柱太き心はありしかどこのわが心鎮目金津毛（２一九〇「皇子尊宮舎人等慟傷作歌」）

②…日の本の　大和の国の　鎮十万　座す神かも　宝とも　生れる山かも　駿河なる　不尽の高嶺は　見れど
　飽かぬかも（３三一九「詠不尽山歌」）

③…足日女　神の命　韓国を　向け平げて　御心を　斯豆迷多麻布等　い取らして　斎ひ給ひし　真珠なす
　二つの石を　世の人に　示し給ひて…（５八一三　山上憶良「詠鎮懐石歌」）

④新室を踏静子之手玉鳴らすも　玉の如照らせる君を内にと申せ（11二三五二　柿本人麻呂歌集）

これらの八例に於ける「しづむ」の表記は「鎮」二例、「沉」一例、「静」一例、仮名書き四例である。また、その意味する内容は、序詞四例では衣や罠・武具などが音を立てる状態が静まる意と捉えられ、また、残る四例についても、主君を喪った悲しみや戦闘で荒立った「心」を鎮静化させる意（①・③）、荒ぶるモノが蠢く日本国が動揺するのを抑え落ち着かせる重しの意（②）、新室の家霊を鎮魂する意（④）など、「しづむ」には活動を落ち着かせ静まらせる意味が見て取れる。ただし、集中の用例からは、文字表記の使い分けによる意味内容の差は殆ど見て取ることが出来ない。

一方、記紀では、「しづまる」の表記として容易に想像される「鎮」字を用いた例が『古事記』に二例見える。

・如此歌、即為二宇伎由比一（四字似レ音）而、宇那賀気理弖、（六字似レ音）至レ今鎮坐也。（上巻　大国主神）

・故、自二其国一飛翔行、留二河内国之志幾一。故、於二其地一作二御陵一鎮坐也。即号二其御陵一謂二白鳥御陵一也。
（中巻　景行記）

右は共に「鎮坐」の例である。前者は八千矛神（大国主神）の神語の段で、妻須勢理毘売の激しい嫉妬に困り果てた八千矛神が、歌の唱和によって妻と和解し、二神が和合して鎮座したことを語っており、「鎮座」は「今に至るまで鎮まり坐す」と訓まれる。後者は望郷の思いを抱きつつ能煩野で客死した倭建命の魂が八尋白千鳥となって飛翔する段で、后と御子達が白千鳥の留まった場所に御陵を作って鎮まらせようとしたことを語っており、「鎮座」は「其地に御陵を作りて、鎮め坐せき」と訓まれる。つまり、この二例に見える「鎮坐」は共に、荒ぶる状態にあった神霊の魂が鎮静化された結果その場所に留まる意で用いられたのであり、「鎮坐」の「坐」が留まる意だとすると、「鎮」は荒ぶる状態を鎮静化させる意を表すことになる。

一方、人麻呂が当該挽歌に用いた「安定」の表記は、『日本書紀』に二例見えるが、うち一例は人名（継体天皇十年九月）なので除外すると、残りは次の一例となる。

・天皇以二前年秋九月一、潜取二天香山之埴土一以造二八十平瓮一、躬自斎戒祭二諸神一、遂得レ安二定区宇一。（神武天皇　即位前期己未年二月）

右は、神武天皇が多くの強敵を倒して遂に大和を平定したことを語る段であり、当該箇所は「遂に区宇を安定むることを得たまふ」と訓まれている。このように天下・国家を「安定」と述べるのは、漢籍にしばしば見える用法である。(20)

・安二定厥邦一【厥の邦を安定せん】（『書経』盤庚中）
・天下屬安定【天下 屬 安定せり】（『史記』留侯世家第二十五）

ただし、漢籍の「安定」には天下や国を対象としない次のような例も見られる。

・儼若レ思、安二定辭一【儼として思ふが若くし、辭を安定にす】（『礼記』曲禮上第一）
・容止若レ思、言辭安定【容止は思ふが若く、言辭は安定にせよ】（『千字文』）

これらの例に拠れば、「安定」は穏やかに整える様、理想的に秩序化する様を意味する語と捉えられる。これに対して、漢籍に於ける「鎮」の用例には次のようなものが見える。

・覧民尤以自鎮【民の尤めらるるを覧て以て自ら鎮む】（『楚辞』九章　抽思）

・而鎮㆓定大事㆒【大事を鎮定し】（『国語』晋語七）

・君鎮㆓撫羣臣㆒、而大庇㆓廕之㆒【君羣臣を鎮撫して、大いに之を庇廕せんとす】（『国語』晋語七）

・遣㆓匈奴㆒以㆓宮姫㆒、鎮㆓烏孫㆒以㆓公主㆒【匈奴に遣るに宮姫を以てし、烏孫を鎮むに公主を以てす】（『後漢書』皇甫規傳）

右の諸例を鑑みるに、「鎮」の対象となるものは根源的にこちら側へ反発・抵抗する性質を有しており、「鎮」は対象の活動や抵抗を抑圧し封じ込めることで鎮静化させる意を表す語であると捉えられる。それは、次の例にも端的に示されている。

・安㆓定其社稷㆒、鎮㆓撫其民人㆒【其の社稷を安定し、其の民人を鎮撫し】（『春秋左氏伝』襄公二十八年）

右の例は、国家に対しては「安定」の語を用い、武装蜂起する可能性を持つ民衆に対しては「鎮（撫）」の語を用いる。白川静氏に拠れば(21)、もともと「鎮」は飢饉などのために非命に顚れた顚死者の鎮魂のために呪霊を祀る行為を表す字であり、一方、「安定」の「安」は祖霊に対して安静・安寧を求めるための行為を、「定」は安定・安居を意味する字であるという。

以上のことから、当該挽歌で高市の殯宮鎮座を「鎮座奴」と表記してしまうと、荒ぶっていた高市の魂を抑えつけて鎮静させ、殯宮に安置させたというニュアンスが生じてしまうことが想像される。人麻呂は、それを避け、皇子の魂は終始安らかであったということを言うために「安定座奴」という表記を用いたのではないか。「神ながら　鎮まりましぬ」を表す「神随　安定座奴」は、高市の魂が城上の殯宮を永遠の宮として心穏やかに鎮座したことを意味する表記だったのである。

五 「神」と歌うことの意味

先に「葬る」「鎮まる」の語を歌い込む当該挽歌の特異性を確認したが、この「葬り」「鎮まる」の語に共通して「神」の語が冠されることに注目したい。

当該挽歌の中で、人麻呂が高市に対して「神」の語を用いたのは、「皇子の御門を　神宮に　装ひまつりて」「神葬り　葬りいませて」「神ながら　鎮まりましぬ」の三カ所に於いてである。この場合の「神」は、例えば、「過ましては神と申すことにて、此上下に神佐扶跡・神ン葬などいふ言ひとし」（賀茂真淵『萬葉考』）、「天皇皇子等のみまかりたまふを神去りますといふ如く、神になりたまふと云ふ事は古の信仰なり」（山田『講義』）等の発言に見えるように、尊貴な人物の死を「神避る」と表現する時の「神」だと説明されることが多い。一方、神野志隆光氏(22)は高市を「神」とする当該歌の表現について、幽界の「神」に対する「うつそ（せ）み」の人間という在り方を『神』の側に即して表現」し、「『うつそ（せ）み』の人間の側の歎きを投げかけ」たものであり、地上に対置して理念化された「天皇」観を反映した表現であると説く。そして、「神」と「うつそ（せ）み」を対置する例として、以下の三例を挙げる。

・香具山は　畝火ををしと　耳梨と　相あらそひき　神代より　かくにあるらし　古昔も　然にあれこそ　うつせみも　嬬を　あらそふらしき　（1一三　「中大兄三山歌」）

・うつせみし　神に堪へねば　離り居て　朝嘆く君　放り居て　わが恋ふる君…　（2一五〇　天智挽歌群「天皇崩時、婦人作歌」）

・うつそみの人にあるわれや明日よりは二上山を弟世とわが見む

（2一六五　大伯皇女「移葬大津皇子屍於二上山之時哀傷歌」）

しかし、二例目の「天智挽歌」（2一五〇）に於いて、「うつせみ」に対する「神」と歌われたのは人間の生死を司る神であって、崩御した天智ではない。[23] 死者である天智は「離り居て　朝嘆く君」「わが恋ふる君」と呼ばれ、あたかも相聞歌に於ける男への呼び掛けであるかのような様相を呈している。また、三例目の「大津皇子挽歌」（2一六五）に於いても、死者である大津は「弟世（いろせ）」と呼び掛けられており、「うつせみ」に対する「神」の語は表立って歌われていない。ここから、いくら死者が「うつせみ」の人間に対する「神」との認識があり、散文に於いて「神避る」等の表現が用いられたとしても、挽歌に於いては死者を「神」と明言するのは憚られたことが推測できる。「神」と認識し得る死者に対して、生前のままの呼称で呼び掛けるのが挽歌の歌い方だったのではないか。それならば、高市を「神」と明言する当該挽歌の在り方はどのように捉えるべきなのだろうか。

そこで、人麻呂作歌に於ける「神」の表す内容を検討してみたい。まず、「神ながら」は、天皇即神を表す表現と説明されることが多いが、神野志隆光氏に拠れば、[24] それ自体の本質的性質によるものとして「内在する『神』性」を示す表現であり、「人麻呂が開拓し、人麻呂のなかで広げられ定位されるもの」であるという。次に、人麻呂作歌及び歌集歌に詠み込まれた「神ながら」の例を掲げる（全七例。便宜的にA～Gの記号を付した）。

Aやすみしし　わご大君　神ながら　神さびせすと　吉野川　激（たぎ）つ河内に　高殿を　高知りまして　登り立ち
　国見をせせば…　（1三八　柿本人麻呂「吉野讃歌」）

B山川も依りて仕ふる神ながらたぎつ河内に船出せすかも　（1三九　同反歌）

Cやすみしし　わご大君　高照らす　日の御子　神ながら　神さびせすと　太敷かす　京（みやこ）を置きて…

D…神下し　座せまつりし　高照らす　日の皇子は　飛鳥の　浄の宮に　神ながら　太敷きまして…
（1四五　柿本人麻呂「安騎野遊猟歌」）

E…渡会の　斎の宮ゆ　神風に　い吹き惑はし　天雲を　日の目も見せず　常闇に　覆ひ給ひて　定めてし　瑞穂の国を　神ながら　太敷きまして…
（2一六七　柿本人麻呂「日並皇子殯宮挽歌」）

（2一九九　当該挽歌）

F…麻裳よし　城上の宮を　常宮と　高くしまつりて　神ながら　鎮まりましぬ…
（2一九九　当該挽歌）

G葦原の　瑞穂の国は　神ながら　言挙げせぬ国　然れども　言挙ぞわがする…
（13三二五三　柿本人麻呂歌集）

右の七例で人麻呂が「神ながら」の対象としたのは、持統（A・B）、軽皇子（C）、天武（D・E）、高市（F）、葦原の瑞穂の国（G）である。この他に、人麻呂作歌に詠み込まれた「神」の用例は、以下の通りとなる（全十六例。a～qの記号を付した）。

・玉襷　畝火の山の　橿原の　日知の御代ゆ〔或は云はく、宮ゆ〕　生れましし　神のことごと　樛の木の　いやつぎつぎに　天の下　知らしめししを…天離る　夷にはあれど　石走る　淡海の国の　楽浪の　大津の宮に　天の下　知らしめしけむ　天皇の　神の尊の　大宮は　此処と聞けども　大殿は　此処と言へども…
（1二九　柿本人麻呂「近江荒都歌」）

・…逝き副ふ　川の神も　大御食に　仕へ奉ると　上つ瀬に　鵜川を立ち　下つ瀬に　小網さし渡す　山川も　依りて仕ふる　神の御代かも
（1三八　柿本人麻呂「吉野讃歌」）

・天地の　初の時　ひさかたの　天の河原に　[e]八百万　千万神の　[f]神集ひ　集ひ座して　[g]神分ち　分ちし時に　天照らす　日女の尊〔一は云はく、さしのぼる　日女の命〕　天をば　知らしめすと　葦原の　瑞穂の国を　天地の　寄り合ひの極　知らしめす　[h]神の命と　天雲の　八重かき別けて〔一は云はく、天雲の　八重雲別けて〕　[i]神下し　座せまつりし　高照らす　日の皇子は　飛鳥の　浄の宮に　[D]神ながら　太敷きまして天皇の　敷きます国と　天の原　石門を開き　[j]神あがり　あがり座しぬ〔一は云はく、[k]神登り　いましにしかば〕…

（2一六七　柿本人麻呂「日並皇子殯宮挽歌」）

・…明日香の　真神が原に　ひさかたの　天つ御門を　かしこくも　定めたまひて　[l]神さぶと　磐隠りますやすみしし　わご大君の…渡会の　斎の宮ゆ　[m]神風に　い吹き惑はし…万代に　然しもあらむと〔一は云はく、かくもあらむと〕　木綿花の　栄ゆる時に　わご大君　皇子の御門を〔一は云はく、さす竹の　皇子の御門を〕[n]神宮に　装ひまつりて　使はしし　御門の人も　白栲の　麻衣着…嘆きも　いまだ過ぎぬに　憶ひも　いまだ尽きねば　言さへく　百済の原ゆ　[o]神葬り　葬りいませて…

（2一九九　当該挽歌）

・玉藻よし　讃岐の国は　国柄か　見れども飽かぬ　[p]神柄か　ここだ貴き　天地　日月とともに　満りゆかむ　[q]神の御面と　継ぎ来る　中の水門ゆ…

（2二二〇　柿本人麻呂「石中死人歌」）

右に挙げた例で、人麻呂が「神」と表現した対象a～qと、「神ながら」の対象とされたA～Gをまとめて分類すると、次のようになる。

本物の神	川の神（c）・八百万千万神（e・f・g・i）・天地の寄り合ひの極知らしめす神の命（h）・天照大神（m）・讃岐の国（p・q）・葦原の瑞穂の国（G）
天皇	《現天皇》…持統（A・B・d） 《過去の天皇》…神武以来歴代の天皇（a）・天智（b）・天武（D・E・j・k・l）
皇位継承者	軽皇子（C）
薨去した皇子	高市（F・n・o）

このうち、薨去した皇子を「神」と呼ぶ表現は、人麻呂以降に作られた挽歌の中には以下の五例が見られる。

ⅰやすみしし　わご大君　高光る　日の皇子　ひさかたの　天つ宮に　神ながら　神と座せば　其をしも　あやにかしこみ…（2二〇四　置始東人「弓削皇子挽歌」）

ⅱ大君は神にし座せば天雲の五百重（いほへ）が下に隠り給ひぬ（2二〇五　同反歌）

ⅲ…天皇の　神の御子の　いでましの　手火（たび）の光そ　ここだ照りたる（2二三〇　笠金村「志貴皇子挽歌」）

ⅳなゆ竹の　とをよる皇子　さ丹つらふ　わご大王（おほきみ）は　隠国の　泊瀬の山に　神さびに　斎きいますと　玉梓の　人そ言ひつる…（3四二〇　丹生王「石田王挽歌」）

ⅴ…麻裳（あさも）よし　城上（きのへ）の道ゆ　角（つの）さはふ　石村（いはれ）を見つつ　神葬り　葬り奉れば…（13三三二四）

右の五例で「神」と呼ばれた皇子は、弓削皇子（ⅰ・ⅱ）、志貴皇子（ⅲ）、高市とも言われる某皇子（ⅴ）である。石田王（ⅳ）は、皇子に準じてここに含めた。このうち、弓削に対して用いられた「神ながら」（ⅰ）について神野志隆光氏[25]が人麻呂の影響を指摘したように、これらⅰ〜ⅴの表現は高市を「神」と歌う当該挽歌の影響下にあるものと推測される。しかし、人麻呂が挽歌を詠作した皇子女のうち、「神」と歌われたのは高市（F・n・o）のみであることは看過できないだろう。

ここで考えておきたいのは、人麻呂が既に崩御した過去の天皇を「神」と呼ぶことの意味である。例えば、「近江荒都歌」で「橿原の　日知の御代ゆ〔或は云はく、宮ゆ〕　生れましし　神のことごと」と歌われた初代神武以来の歴代の天皇（a）や、「楽浪の　大津の宮に　天の下　知らしめしけむ　天皇の　神の尊」と歌われた天智（b）は、この作品が詠まれた持統朝から見ると既に過去の歴史的存在になった天皇と捉えることが出来る。また、「日並皇子殯宮挽歌」に於いて、「飛鳥の　浄の原に　神ながら　太敷きまして…天の原　石門を開き　神あがりあがり座しぬ〔一は云はく、神登り　いましにしかば〕」と歌われた天武（D・j・k）も、この作品が作られた時点で崩御から既に二年以上が経過し諡号献呈や大内陵への埋葬も済んでいるため、やはり過去の存在になった天皇と捉えられる。当該挽歌で歌われた天武（E・l）についても、同様である。よって、崩御した天皇を「神」と歌う表現は、その天皇を過去の歴史的存在と捉えた時に成り立つものであったと考えられる。在世中の天皇や皇位継承者を「神」と呼ぶ表現は、それを特殊に理念化した「天皇（すめろき）」観によって成立したものであり[26]、基本的に「神」は完全に幽界の存在となった天皇に対する呼称なのである。それならば、当該挽歌で薨去した高市を「神」とする表現も、高市を完全な幽界の存在として歌うことに繋がるのではないだろうか。

そして、このことは、薨去から殯宮鎮座までを「葬り」「鎮まる」という挽歌として特異な表現を用いて歌う当該挽歌の叙述方法と深く関わっていよう。通常、挽歌で用いられる「過ぐ」「隠る」等の表現は、あたかも死者を生きているが如くに歌う表現と言われるが、その裏返しとして魂が再び戻って来る可能性を秘めた表現であるとも言える。これは、招魂を念頭に置いた挽歌特有の表現なのである。初期万葉の天智挽歌群に、「影に見えつつ」（2一四九）、「夢に見えつる」（2一五〇）、「若草の　夫の　思ふ鳥立つ」（2一五三）など天智の霊魂の到来を意味し得る表現が見えたり、持統が詠じた「天武挽歌」に「やすみしし　わご大君の　夕されば　見し賜ふらし　明けくれば　問ひ賜ふらし」（2一五九）という天武の霊魂の到来を歌った表現が見えたりするのも、挽歌が招魂の観念を含み持つ故と考えられる。後代の挽歌に於いてもこの基本的性格は受け継がれたために、挽歌は「過ぐ」「隠る」等の特有の語彙を用いて歌われるのである。しかし、当該挽歌に於いて人麻呂はこの方法を取らず、「神葬り　葬りいませて」「神ながら　鎮まりましぬ」という異例の表現を用いた。人麻呂はこのように歌うことで、高市の霊魂が完全に鎮座し幽界の存在となることを表そうとしたのではないか。反歌に於ける「ひさかたの天知らしぬる」（2二〇〇）という高市が天上に帰したことを意味する表現も同様に、高市の霊魂が復活する可能性を完全に払拭した、まさに敬して遠ざける歌い方だと言える。

殯宮挽歌三作品のうち、当該挽歌のみが殯宮鎮座を死者自身の意志による行為であるかのように歌わず、周囲の舎人等の喪葬儀礼への奉仕の様を叙述したのも、高市を完全に鎮座せしめようとする意志の表れだと考えられよう。このように叙述することによって、高市は人々によって手厚く祀られ、既にこちらの世界に思いを残さないほど完全に鎮座せしめられた存在となったことが表されるのである。ここには、おそらく、高市の徹底的な鎮魂を図り、軽皇子への譲位を速やかに進めようとする持統の意志が働いているのではないだろうか。

六　むすび

当該挽歌が、薨去した高市を「神」と歌い、周囲の舎人等の喪葬儀礼への奉仕の様を叙述し、「葬る」「鎮まる」という挽歌として異例の直接的表現を用いて殯宮鎮座を叙述したのは、高市を完全に鎮座した存在として歌うことで徹底的な鎮魂を図ることに理由があると考察した。「鎮まる」に「安定」の字を用いたのも、高市の霊魂を荒ぶる存在と述べることを避け、心穏やかに鎮座したことを表すためである。ただし、それだけでは高市の鎮魂は不十分なものになりかねない。犬飼公之(27)によれば、殯宮挽歌の根幹は亡き皇子女の新宮殿たる殯宮への讃美と故宮の哀悼慰撫にあるという。氏の指摘通り、当該挽歌後半のかなりの部分が高市の故宮、香具山宮の叙述に費やされる。特に、長歌末尾に歌われる高市への偲(しの)いが、次のように香具山宮を対象として歌われることは重視すべきだろう。

・…然(しか)れども　わご大君の　万代(よろづよ)と　思ほしめして　作らしし　香具山の宮　万代に　過ぎむと思へや　天の如　ふり放け見つつ　玉襷　かけて偲はむ　恐くありとも　(2一九九)

冒頭から一貫して主体的な存在として描かれなかった高市が、ここで初めて「わご大君の　万代と　思ほしめして　作らしし　香具山の宮」というように主体的行動を取る存在として歌われたのである。そして、この「万代」という高市の思いに添う形で、「万代に　過ぎむと思へや」というように高市の思いを鎮める文句が続けられ、「かけて偲はむ　恐くありとも」という畏敬の念がこもった誓いの言葉によって高市への鎮魂が図られる。これは、「くどき文句」という形で死者の意志を問わない当該挽歌に於ける鎮魂の方法なのであろう。ただし、高市の思いが向う先を「天の下」などではなく香具山宮に留めようとしたところに、高市を一執政官として描くことに通じる当該挽歌の意図が読み取れるのである。

注

（1）身﨑壽氏『宮廷挽歌の世界』（塙書房　一九九四年）第四章「殯宮挽歌の達成―宮廷挽歌史の頂点（二）―」

（2）身﨑壽氏　前掲注（1）書

（3）身﨑壽氏　前掲注（1）書　第三章「殯宮挽歌の創成―宮廷挽歌史の頂点（一）―」

（4）神野志隆光氏「人麻呂の天皇神格化表現をめぐって」（『稲岡耕二先生還暦記念　日本上代文学論集』塙書房　一九九〇年、後に『柿本人麻呂研究―古代和歌文学の成立―』　塙書房　一九九二年）

（5）例えば、山田『講義』・澤瀉『注釈』、近年では阿蘇『全歌講義』など。

（6）伊藤博氏「人麻呂の表現と史実」（『萬葉』二三　一九五七年四月、後に『萬葉集の歌人と作品　上』塙書房　一九七五年）

（7）桜井満氏「高市皇子尊殯宮挽歌の論」（『國學院雑誌』六八－一一　一九六七年一一月）

（8）橋本達雄氏「人麻呂の意図―日並・高市両挽歌の文脈について―」（『上代文学』二二　一九六八年四月、後に『万葉宮廷歌人の研究』　笠間書院　一九七五年）

（9）森朝男氏「天降る天武―高市皇子殯宮挽歌の叙事構造」（『国文学研究』六七　一九七九年、後に『古代文学と時間』新典社　一九八九年）

（10）平舘英子氏「『殯宮之時柿本朝臣人麿作歌』への考察」（『国文目白』一〇　一九七一年三月）

（11）武藤美也子氏・風間力三氏「人麻呂挽歌の『殯宮之時』をめぐって」（『甲南大学紀要文学篇』三六　一九八〇年三月）

（12）身﨑壽氏　前掲注（1）書　第三章「殯宮挽歌の創成―宮廷挽歌史の頂点（一）―」

（13）上野誠氏「香具山宮と城上宮―『殯宮之時』挽歌と殯宮設営地―」（『萬葉』一五五　一九九五年一一月、後に『古代日本の文芸空間―万葉挽歌と葬送儀礼』　雄山閣　一九九七年）

（14）身﨑・上野両氏は、「城上の宮」の位置を『延喜式（諸陵式）』に高市皇子の墓と記された大和国広瀬郡三立岡墓の近傍（奈良県北葛城郡広陵町）と推定するが、折口信夫氏『萬葉集辞典』（文会堂書店　一九一九年、『折口信夫全集』第十一巻　中央公論社　一九九六年）や和田萃氏（「殯の基礎的考察」『史林』五二－五　一九六九年九月、後に『日本古代の儀礼と祭祀・信仰　上』塙書房　一九九五年）は「城上」を飛鳥の木部（きべ）とする説を採る。和田氏はその理由を「殯宮は宮の近傍に起こされるのが普通」であるためと述べるが、上野氏前掲注（13）論が批判するように、この説は天皇の殯と皇子のそれとを同一視するところに問題がある上、近年反論が相次いで出されているため（岩本次郎氏「木上と片岡」『木簡研究』一四　一九九二年一一月、等）、本書は「城上の宮」は広瀬郡三立岡墓近傍とする通説に従う。「明日香皇女殯宮挽歌」の表現から見ると、「城上の宮」はもともと離宮であったものを、高市や明日香皇女の殯宮として利用したものと考えられる。

（15）渡瀬昌忠氏『柿本人麻呂人麻呂研究　島の宮の文学』（桜楓社　一九七六年）

（16）山本健吉氏『柿本人麻呂』（新潮社　一九六二年）

（17）森朝男氏「景としての大宮人」（『上代文学』五三　一九八四年一一月、後に『古代和歌と祝祭』　有精堂　一九八八年、及び『古代和歌の成立』　勉誠社　一九九三年）

（18）身﨑壽氏　前掲注（1）書

（19）当該歌を収載する諸本は、「金沢本」「天治本」「類聚古集」「紀州本」「神宮文庫本」「細井本」「西本願寺本」「陽明本」「温故堂本」「大矢本」「近衛本」「京都大学本」「活字無訓本」「活字附訓本」「寛永版本」。ただし、「金沢本」「活字無訓本」は一首通して訓を欠き、「天治本」「類聚古集」も附訓は一部分のみで当該箇所の訓を欠く。当該箇所のみの訓を欠くのは「温故堂本」。残る諸本のうち、「サタマリマシヌ」と附訓するのは、「廣瀬本」と「紀州本」（ただし、左に「シツマリ」の朱書）。「シツマリマシヌ」の訓は「神宮文庫本」「細井本」「西本願寺本」「陽明本」「近衛本」「活字附訓本」「寛永版本」に見えるが、「大矢本」では「シツマリ」が青書され、「京都大学本」では「シツマリ」が青書された上で左右に「サタモリ」「ヤスモリ」の赭書がある。これらの諸本の状況から、「シツマリマシヌ」の訓は仙覚の校訂によるものと推測できる。

（20）漢籍の引用は、以下の通り。『礼記』『書経』『国語』『史記』『春秋左氏伝』は『新釈漢文大系』（明治書院）、『千字文』

は安本健吉氏註解『評釈　千字文』（岩波文庫）、『後漢書』は『後漢書』（中華書局）、『楚辞』は『漢詩大系』（集英社）に拠る。

(21)　白川静氏『新訂　字統』（平凡社　二〇〇四年）

(22)　神野志隆光氏　前掲注（4）論

(23)　本書**第二章第一節「天智挽歌群　姓氏未詳婦人作歌考」**

(24)　神野志隆光氏　前掲注（4）論、及び「『神にしませば』と『神ながら』」（『松田好夫先生追悼論文集　万葉学論攷』続群書類従完成会　一九九〇年、後に『柿本人麻呂研究―古代和歌文学の成立―』）

(25)　神野志隆光氏　前掲注（4）論

(26)　神野志隆光氏　前掲注（4）論

(27)　犬飼公之氏「殯宮歌考」（『宮城学院女子大学研究論文集』五九　一九八三年一二月）

第四節　柿本人麻呂「吉備津采女挽歌」の方法

——「秋山の　したへる妹　なよ竹の　とをよる子ら」考——

一　はじめに

柿本人麻呂は、《挽歌歌人》と言っても過言ではないほど多くの挽歌を『万葉集』に残している。その半数以上は、死者が女性であったり、女性に対して献呈されたりなど何らかの形で女性に関わりを持つ作であり、それらの歌中には女性美を比喩的に表現した叙述が散見される。集中で女性美を詠じた歌は数多くあるが、人麻呂が用いた女性美の表現には、人麻呂独自の論理が存在するように見える。そして、その論理は、作品全体のあり方に関わってくる場合がある。

本節で考察の対象とするのは、人麻呂が詠じた「吉備津采女挽歌」（2二一七〜二一九）である。次に、その全文を掲げる。

吉備の津の采女の死りし時に、柿本朝臣人麿の作れる歌一首幷せて短歌

秋山の　したへる妹　なよ竹の　とをよる子らは　いかさまに　思ひをれか　栲縄の　長き命を　露こそは
朝に置きて　夕は　消ゆと言へ　霧こそは　夕に立ちて　朝には　失すと言へ　梓弓　音聞くわれも　おほ
に見し　事悔しきを　敷栲の　手枕まきて　剣刀　身に副へ寝けむ　若草の　その夫の子は　さぶしみか
思ひて寝らむ　悔しみか　思ひ恋ふらむ　時ならず　過ぎにし子らが　朝露のごと　夕霧のごと（２一七）

短歌二首

楽浪の志賀津の子らが〔一は云はく、志我の津の子が〕罷道の川瀬の道を見ればさぶしも（２一八）

天数ふ凡津の子が逢ひし日におほに見しくは今ぞ悔しき（２一九）

右の長歌の冒頭部には、吉備津采女の美しさを比喩的に表現した「秋山の　したへる妹　なよ竹の　とをよる子らは」という叙述がある。人麻呂が詠じた歌の中で、このように女性の容姿の描写から始まるものは珍しく、ここに当該挽歌のあり方の一端が示されているように思われる。この叙述は後述するように、当該挽歌についての議論の中心となっている歌の話者の問題とも関わりを持つ。本節では、長歌冒頭に歌われた采女の容姿の描写から覗える人麻呂の論理を探り、当該挽歌の話者や作品全体のあり方を考える端緒としたい。

二　先行研究と問題点

当該挽歌は従来から難解な作品と言われ、これまで様々な議論が積み重ねられてきた。中でも一番の問題点と

されたのは、題詞及び長歌と短歌との関係である。当該挽歌は「藤原宮御宇天皇代」つまりは持統朝の標題の下に配列されており、題詞には「吉備津采女死時、柿本朝臣人麿作歌」と記される。そこで、この点だけに拠れば、当該挽歌は人麻呂が持統朝に起こった吉備国出身の采女入水事件に基づいて詠じた挽歌と解される。しかし、短歌二首には「志賀津の子」「凡津の子」という呼称が見えており、采女が近江国出身、或いは近江朝の人物であることを匂わせる。もし前者だとすると、題詞及び長歌と短歌二首とは別々の人物に対する挽歌作品だということになり、後者だとすると、題詞及び長歌と短歌二首との間に時間的な齟齬が生じることになる。そこで、この長反歌を矛盾なく解釈する方法が模索されてきた中、澤瀉久孝氏[1]が一首に詠み込まれた「われ」を近江朝の人物に「身をなしての言」と捉え当該挽歌の虚構性を論じて以降、当該挽歌は近江朝に起こった采女入水事件を題材にして人麻呂が持統朝に詠じた作品とする理解が通説となる。この澤瀉論が画期的であったのは、それまで作者人麻呂を指すと無前提に考えられてきた「われ」を、人麻呂が仮構した話者と把握した点である。これを契機に、人麻呂が設定した話者「われ」に着目して当該挽歌のあり方を考察する方法が主流となる。

中でも注目されるのが、話者「われ」を挽歌に於ける抒情表出の方法と関わらせて論じた身﨑壽氏[2]の考察である。氏は、「われ」を主張する当該挽歌の特異性を指摘した上で、この「われ」を近江朝の人物と捉える。そして、「さぶし」「悔し」の語が「われ」と「夫の子」双方の感情表現として長反歌に繰り返されることから、当該挽歌が「われ」と「夫の子」とを同化・融合する表現方法を取ることを指摘し、それは本来死者に近しい人物の悲しみを歌う挽歌に於いて過去の人物の死を歌うために人麻呂が採った方法であることを論じている。

一方、作品中に表現された時間意識を考察する神野志隆光氏[3]は、長歌の詠歌時点が近江朝現在であるのに対し短歌の詠歌時点は持統朝現在であることを指摘した上で、「われ」を顕示する当該挽歌の特異性を認め、「われ」

は長歌と短歌の間にある時間差を繋ぎ「なまに近江朝を歌うための装置」として機能することを説く。この神野志論には、長歌冒頭の采女の描写に関する次のような発言が見られる。

> 「若草のその夫の子」に対して「吾も」というのであり、その「夫」のこころを自らのこころとして、あたかも自分の恋人であるかのように（「秋山のしたへる妹なよたけのとをよる子らは」という歌い出しはそうしたうけとりかたをさせる）歌うのだが…

右の発言で氏が指摘するのは、身﨑論の説く話者「われ」と「夫の子」との同化・融合は、既に長歌冒頭の采女の描写から認め得るということである。同じく菊川恵三氏も[4]、

> これ（高桑注：冒頭四句）は決して第三者的な物言いではないことに気づく。殊に、「したへる妹」は、まるで自分の恋人と見紛うばかりの表現になっている。つまり、長歌冒頭では、最初から〈われ〉と夫の子が区別されているわけではない。というより、両者は渾然と一体化し、〈われ〉が当事者の夫でもある形で語り始められていると見るべきだ。

と述べ、長歌冒頭部から一貫して「われ」と「夫の子」とを一体化させた叙述方法をとる当該挽歌の抒情の質が短歌に近いことを説く。また、太田豊明氏は[5]、長歌冒頭の采女の描写を「あたかも女がみずからの愛人であるかのように呼びかける体裁」として「われ」と「夫の子」との「接近」を指摘した上で、この「われ」を采女のもう一人の夫と捉え、当該挽歌を二男一女の「妻争い」の話を踏まえる物語歌だと考察している。

一方、当該挽歌を第三者の立場から歌われた詠として「第三期以降の伝説歌発生への過渡期の作品」と位置付ける村田右富実氏も[6]、長歌冒頭の叙述については、ここに詠み込まれた「妹」「子」の呼称に「積極的に三人称とするだけの表現の積み重ね」がなされておらず、それに続く「いかさまに　思ひをれか」が「敬語をともなう

ことなく使用されており、女性と当該歌の話者との間の近親性を証する」ことから、「ここまで（高桑注：冒頭～「いかさまに　思ひをれか」）の表現を追う限りにおいて、当該歌の話者は残された夫を志向している」と述べ、長歌冒頭部を「夫の子」の立場からの叙述と見る。そして、その後徐々に立ち顕れた第三者「われ」が、「悔し」「さぶし」の語を「夫の子」と共有しつつも、「心情の内実」に於いては乖離するように歌われる[7]ことで、「われ」による第三者詠へと収斂していく当該挽歌の叙述方法を論じている。

　このように、諸研究が長歌冒頭の「秋山の　したへる妹　なよ竹の　とをよる子らは」の叙述に「夫の子」の口吻を指摘するのは、ここに用いられた「妹」「子」の呼称に拠るところが大きいようだ。万葉歌に於ける「妹」や「子」の呼称は、

・石見のや高角山の木の際よりわが振る袖を妹見つらむか　（2一三二　柿本人麻呂「石見相聞歌」反歌）
・薦枕相纏きし児もあらばこそ夜の更くらくもわが惜しみせめ　（7一四一四　挽歌）

などの歌に見えるように、妻や恋人の愛称を意味する場合が多い。そこで、当該長歌冒頭の「妹」「子」も同様に解釈すれば、冒頭四句は「夫の子」から采女への呼び掛けと捉え得るのである。

　しかし一方で、「妹」「子」の呼称は、

・松浦川玉島の浦に若鮎釣る妹らを見らむ人の羨しさ　（5八六三　大伴旅人「後人追和之詩」）
・大橋の頭に家あらばうらがなしく独り行く児に宿貸さましを　（9一七四三　高橋虫麻呂「見河内大橋独去娘子歌」反歌）

などの歌に見えるように、自分と関係の浅い女性に対しても親愛の情を表す場合に用いられることがある。よって、「妹」「子」の呼称が用いられたからといって、それを直ちに「夫の子」から采女への呼び掛けと捉えること

には慎重でありたい。猶、短歌二首にも「志賀津の子」「凡津の子」という呼称が詠み込まれるが、村田論[8]が「当該反歌二首の話者を残された夫——あるいは残された夫の心情に寄り添っている——と見る時、亡き最愛の妻の表現としてあまりにもよそよそしいのではあるまいか」と述べ、これらを「三人称的表現」と説いた通り、短歌二首に詠み込まれた「志賀津の子」「凡津の子」の呼称は客観的であり、この「子」を「夫の子」から采女へ向けられた愛称とは受け取り難い。また、長歌冒頭の叙述に「夫の子」の口吻を見る諸研究は、「妹」「子」の呼称にのみ注目し、采女の美しさを形容した「秋山の　したへる」「なよ竹の　とをよる」という表現には特段の注意を払っていないことにも問題があるように思われる。

ここで注目したいのは、当該長歌の冒頭四句に対する佐佐木隆氏[9]の指摘である。氏は、この冒頭四句が、丹生王による「石田王挽歌」の、

・なゆ竹の　とをよる皇子　さ丹つらふ　わご大王は　隠国の　泊瀬の山に　神さびに　斎きいますと…　　（3四二〇）

という冒頭部に酷似することから、「貴人に対する讃美表現としてのニュアンスを含むものだったのではないかと思われ、やはり一人の采女に対する挽歌に用いる表現としては一般的ではなかったと解すべき」と述べ、続く「いかさまに　思ひをれか」についても「貴人に対する挽歌に用いられる表現に酷似しており、采女に対する挽歌としては大袈裟で不釣り合いな表現ではなかったか」として、「このような表現は、死者に対する敬意の表明ということで理解するだけではなく、やはり当該挽歌の特殊性の一つととらえるべき」だと説く。氏が冒頭四句から「貴人に対する讃美表現としてのニュアンス」を読み取ったのは、「秋山の　したへる」「なよ竹の　とをよる」という形容表現に拠るところが大きい。もし、氏が述べるように冒頭四句の叙述に「貴人に対する讃美表現

としてのニュアンス」が含まれるとすると、それは「夫の子」ではなく、むしろ第三者的立場にある者から采女へ向けられた発言として相応しいように思われる。

以上見てきたように、当該長歌冒頭の「秋山の　したへる妹　なよ竹の　とをよる子らは」という叙述は、当該挽歌に於ける話者の問題と深く関わっており、この表現を詳しく検討することによって、人麻呂が造形しようとした采女の人物像や話者のあり方が見えてくる可能性が大きいのである。

三　いかさまに　思ひをれか

当該長歌で、冒頭四句に続けて歌われるのが「いかさまに　思ひをれか」である。この二句は諸研究にも言及があったように、冒頭四句と同一の立場から述べられていると読み取れるため、当該長歌の話者を考察する上で注目すべき表現と言える。そこでまず、二句の表現性を検討しておきたい。

「いかさまに　思ひをれか」と同様、「いかさまに」の語を含み持つ類句には次の六例がある。

A…いかさまに　思ほしめせか〔或は云はく、思ほしけめか〕　天離（あまざか）る　夷（ひな）にはあれど　石走る　淡海（あふみ）の国の　楽（さざ）浪（なみ）の　大津の宮に　天の下　知らしめしけむ　天皇（すめろき）の　神の尊（みこと）の…

（1二九　柿本人麻呂「近江荒都歌」）

B明日香の　清御原の宮に　天の下　知らしめしし　やすみしし　わご大君　高照らす　日の御子　いかさまに　思ほしめせか　神風の　伊勢の国は　沖つ藻も　靡（なび）ける波に　潮気（しほけ）のみ　香れる国に…

（2一六二「天皇崩之後八年九月九日、奉為御齋會之夜夢裏習賜御歌」）

C…天の下〔一は云はく、食す国〕　四方（よも）の人の　大船の　思ひ憑（たの）みて　天つ水　仰ぎて待つに　いかさまに　思

ほしめせか　由縁もなき　真弓の岡に　宮柱　太敷き座し　御殿を　高知りまして…
（２一六七　柿本人麻呂「日並皇子殯宮挽歌」）

D…あらたまの　年経るまでに　白栲の　衣も干さず　朝夕に　ありつる君は　いかさまに　思ひいませか　うつせみの　惜しきこの世を　露霜の　置きてゆきけむ　時にあらずして
（３四四三「天平元年己巳。摂津国班田史生丈部龍麿自経死之時、判官大伴宿禰三中作歌」）

E…大君の　敷きます国に　うち日さす　京しみみに　里家は　多にあれども　いかさまに　思ひけめかも　つれもなき　佐保の山辺に　泣く児なす　慕ひ来まして…
（３四六〇　大伴坂上郎女「尼理願挽歌」）

F磯城島の　大和の国に　いかさまに　思ほしめせか　つれも無き　城上の宮に　大殿を　仕へ奉りて　殿隠り　隠り在せば…
（13三三二六　挽歌）

右六例のうちA・B・C・Fの四例が、下句に敬語を用いた「いかさまに　思ほしめせか」の形をとる。この「いかさまに　思ほしめせか」が、殯宮や葬儀の折の哭女の「くどき文句」を源流とし、後に悲哀を表す挽歌の常套句となったことを論じたのは山本健吉氏である。[10]また、青木生子氏は、[11]この句が「意外な死への問いかけ、疑問、驚きをまとったもの」であり、「死の事象を生者と同じように死者の意志、行為とみな」す「古代の他界観」に基づいて「死者その人の側に即した三人称発想の形」で歌われていることを指摘し、人麻呂歌の場合は単なる挽歌の伝統句を超えて「人生（死・別離・運命）の不可知によせる思惟的・苦悩的情念」を託す言葉として機能していることを説く。

ここで確認したいのは、A～Fの作品中に於いての「いかさまに…」と呼び掛けられた対象と話者との関係性である。人麻呂によるA・Cや、同じ持統朝の作であるBでは、「いかさまに　思ほしめせか」と呼び掛けられた対象は亡き天皇や皇子であるため、佐佐木氏が指摘した[12]「貴人に対する挽歌に用いられる表現」に該当する。また、A～Cに於ける話者は、多くの諸研究が説くように大宮人の心情を代弁し得る立場にある人物と捉えることが出来る。唯一、亡き天武の為の御斎会(ごさいえ)の夜に持統が夢の中で得たとされるBに詠み込まれた「いかさまに思ほしめせか」は妻から夫への呼び掛けである可能性を持つが、歌中で天武が「やすみしし　わご大君　高照らす　日の御子」と呼ばれることは、この一首が妻の立場からの詠ではないことを示している。同様に、いずれかの皇子に対する挽歌と推測されるFに於いても[13]、「いかさまに　思ほしめせか」の対象と話者との関係性はA～Cに等しい。また、Dは班田使の判官が自殺した史生のために詠じた挽歌であり、話者と対象とは上司と部下という職務上の関係性にある。残るEは大伴坂上郎女が尼理願の死を悲しんで詠じた挽歌で、話者大伴坂上郎女にとって、大伴家に長年寄住していた尼理願は擬似家族的な関係と見ることも可能であろうが、真の意味での家族では無い。よって、A～Fの作品に於ける「いかさまに…」と呼び掛けられた対象と話者とは、夫婦や家族などの近しい間柄では無いことが分かる。

更に注意したいのは、右に挙げたA～Fの中に、亡妻挽歌の系統に属する作品が全く無いことである。集中には、人麻呂による「泣血哀慟歌」（2二〇七～二一六）をはじめ、大伴旅人が妻の死を悼んだ一連の歌（3四三八～四四〇、四四六～四五三）や、大伴家持による「亡妾悲傷歌」（3四六二～四七四）、高橋朝臣による「悲傷死妻作歌」（3四八一～四八三）等、多くの亡妻挽歌が見える。しかし、その中に「いかさまに…」の句を詠み込む作は無い。唯一、山上憶良が妻を亡くした旅人の胸中を忖度して詠じた「日本挽歌」（5七九四～七九九）の長歌に、

・…家ならば　形はあらむを　うらめしき　妹の命(みこと)の　我(あれ)をばも　如何(いか)にせよとか　鳰鳥(にほどり)の　二人並び居　語らひし　心背(そむ)きて　家さかりいます　（5七九四）

というように、「いかさまに　思ほしめせか」と同じく死者への問い掛けの形を取る「我をばも　如何にせよとか」の句が詠み込まれるが、死者の側に即して歌われる「いかさまに　思ほしめせか」と話者自身の側に引きつけて歌われる「我をばも　如何にせよとか」とでは、表現の質が全く異なる。このように、「いかさまに　思ほしめせか」やその類句が亡妻挽歌に見られないことは、この両者が相容れない性質を有することを示しているのではないか。

そのことは、Aの「いかさまに　思ほしめせか」の背後に、杉山康彦氏が(14)「何か不安なはかり知れぬ懼れ」を認め、伊藤博氏が(15)「畏懼の情」を認めたこととも関わるだろう。杉山・伊藤両氏がAの当該句の背後に指摘した死者に対する畏怖の念は、Aと同様に天皇や皇子に向けられたB・C・Fや、自殺者に向けられたDにも認めることが出来る。このような死者に対する畏怖の念は、死者の近親者が抱く感情というよりも、死者にある程度の距離を持つ者の抱く感情として相応しいだろう。亡妻挽歌に「いかさまに　思ほしめせか」やその類句が詠み込まれないのは、根源的に死者への畏怖の念を含み持つこの句が、夫から妻に向けた言葉として似つかわしくないためではないか。対象と話者とが夫婦や家族という極めて近しい関係性にある場合は、「日本挽歌」に見える「我をばも　如何にせよとか」のように、話者自身の側に引きつけて歌う方が自然だったと思われる。

以上の考察から、当該挽歌の「いかさまに　思ひをれか」という敬語を欠く句に「女性と当該歌の話者との間の近親性」(16)が感じられたとしても、これを直ちに「夫の子」から釆女への呼び掛けと捉える見方には首肯しがたい。釆女に向けて「いかさまに　思ひをれか」と発する話者は、この句が本来的に有する性質を鑑みるに、釆女に対して親愛の情と共に畏怖の念を抱くような第三者的立場にあると見られるからである。従って、この句に前置する冒頭四句も、第三者の立場からの表現である蓋然性が高いのである。

四　秋山の　したへる妹

当該長歌冒頭に述べられる采女の容姿の形容表現「秋山の　したへる」は、「秋山の」が枕詞として、赤く照り映えて色づく意の動詞「したふ」に掛かる文脈である。集中には、

・秋山のしたひが下に鳴く鳥の声だに聞かば何か嘆かむ　（10二二三九　柿本人麻呂歌集）

の例があり、「秋山のしたふ」は紅葉を表す定型表現であることが分かる。同様に「秋山の」が「したふ」に掛かる例と言えば、応神記の「秋山之下氷壮夫（あきやまのしたひをとこ）」の名も容易に思い浮かぶだろう。よって、「秋山の　したへる妹」は、先に挙げた「石田王挽歌」（3四二〇）の「さ丹（に）（＝赤）つら（＝頬）ふ」の語と同じく、「秋山の紅葉の紅ににほってゐるがごとき妹の意で、顔の美しさを讃へたもの」（窪田『評釈』）と解することが出来る。

このように対象の美貌を赤系統の色で形容する表現は、中国で佳人をいう「紅顔」と同様、頬が赤く染まった若々しい様子を表すと一般的には説明される。しかし、単にそれだけではない。古代の赤は、神の示現や憑依の徴表を示し[17]、霊威に満ち溢れた状態を意味する色であった[18]。よって、対象の美貌を赤で形容する表現は、霊的な美質を備えた理想的な対象への讃辞の意味を持つのである。『古事記』には「秋山之下氷壮夫」以外にも、応神記で美貌の女性として描かれる髪長比売（かみながひめ）が歌謡中で「赤ら嬢子（あかをとめ）」（記四三）と呼ばれたり、雄略天皇が三輪川のほとりで出逢った神聖な美女の名が「赤猪子（あかゐこ）」であったりなど、複数の例がある。

同様の例は、『万葉集』にも多く見える。例えば、「石田王挽歌」に見える「さ丹（に）つらふ」の語は、

・さ丹（に）つらふ妹をおもふと霞立つ春日も暗（くれ）に恋ひ渡るかも　（10一九一一「寄霞」）

・わが命は惜しくもあらずさ丹つらふ君に依りてそ長く欲りせし　（16三八一三「恋夫君歌」或本反歌）

など、男女を問わず対象の美貌を讃美する表現として用いられる。特に、若い女性の美貌を赤系統の色で形容する表現は集中に散見するが、その場合は、

・…紅の〔一は云はく、丹の穂なす〕面の上に　何処ゆか　皺が来りし〔一は云はく、常なりし　笑まひ眉引き　咲く花の　移ろひにけり　世間は　かくのみならし〕…　（5八〇四　山上憶良「哀世間難住歌」）

・われのみやかく恋すらむ杜若丹つらふ妹は如何にかあるらむ　（10一九八六「寄草」）

・石竹花が花見るごとに少女らが笑まひのにほひ思ほゆるかも　（18四一一四　大伴家持「庭中花作歌」反歌）

・桃の花　紅色に　にほひたる　面輪のうちに　青柳の　細き眉根を　咲みまがり　朝影見つつ　少女らが手に取り持てる…　（19四一九二　大伴家持「詠霍公鳥幷藤花」）

などの例に見えるように、赤系統の色の花によって表現される場合が多い。一方、人麻呂が当該挽歌で釆女に対して用いた「秋山の　したへる妹」は紅葉の赤による比喩であり、ここに人麻呂の独自性が表れていると言えよう。

ただし、紅葉の比喩により対象を讃美する例が全く無いわけではない。例えば、

・めづらしとわが思ふ君は秋山の初黄葉に似てこそありけれ　（8一五八四　長忌寸娘「橘朝臣奈良麿結集宴歌」）

・わが屋戸に黄変つ鶏冠木見るごとに妹を懸けつつ恋ひぬ日は無し　（8一六二三　大伴田村大嬢「与妹坂上大嬢歌」）

など歌では、「君」や「妹」が紅葉の赤によって讃美されている。しかし、これらは社交辞令的な意味合いを持つ挨拶歌であり、ここで用いられた讃美表現と当該挽歌の「秋山の　したへる妹」とを同じレベルで論じることは出来ないだろう。人麻呂は、

・ま草刈る荒野にはあれど黄葉の過ぎにし君が形見とそ来し　（1四七　柿本人麻呂「安騎野遊猟歌」短歌）

・…渡る日の　暮れぬるが如　照る月の　雲隠る如　沖つ藻の　靡きし妹は　黄葉の　過ぎて去にきと　玉梓の　使の言へば…　（2二〇七　柿本人麻呂「泣血哀慟歌」）

・黄葉の散りゆくなへに玉梓の使を見れば逢ひし日思ほゆ　（2二〇九　同短歌）

などの歌に見えるように、散り過ぎる紅葉に死や死者のイメージを重ね、

・秋山の黄葉を茂み迷ひぬる妹を求めむ山道知らずも〔一は云はく、路知らずして〕　（2二〇八　同短歌）

のように、秋山に繁茂する紅葉に死者が迷い込む幽界のイメージを重ねる。人麻呂にとって、秋山を彩る紅葉は、美しさの裏側に死のイメージが重ねられるものであった。よって、身﨑壽氏が(19)「〈秋山〉は必然的に凋楽＝死のイメージをも喚起するわけで、うつくしい采女のはかない生涯を暗示する効果をもたらしているとみるべき」と述べたように、人麻呂が「秋山の　したへる妹」という表現に、やがて散りゆく死のイメージを重ねた可能性は否定できないだろう。しかし、人麻呂は直接「黄葉」の語を用いたわけではないため、死のイメージが前面に出た表現ともなっていない。「秋山の　したへる妹」は背後に死のイメージを匂わせつつ、霊的な美質を備えた采女の容貌を理想的なものとして讃美する表現であったと見ておきたい。

一方で、人麻呂は当該歌の他にも女性美の形容表現を持つ歌を多く詠じている。例えば、「珠裳」の濡れる様によって女官達の官能的な美を表現した、

・鳴呼見の浦に船乗りすらむ嬿嬬らが珠裳の裾に潮満つらむか　（1四〇　柿本人麻呂「伊勢行幸時、留京作歌」）

や、溺死した娘子の美しい黒髪を詠じた、

・八雲さす出雲の子らが黒髪は吉野の川の沖になづさふ　（3四三〇　柿本人麻呂「溺死出雲娘子火葬吉野時作歌」）

などの他、後述するように「玉藻」や「沖つ藻」によって女性のしなやかな姿態を比喩した作も多い。しかし、

これらはいずれも女性の顔の美しさを表現したものではない。一方、当該挽歌の「秋山の　したへる妹」は、身﨑氏が述べたように「模糊としている」[20]表現ではあるものの、釆女の容顔の美しさを形容したものであると解される。このように女性の美貌を直接的に形容する表現は、人麻呂作歌の中では特異な例だと言える。

しかし、人麻呂歌集七夕歌の中には、

・あからひくしき妙(たへ)の子を屢見(しばみ)れば人妻ゆゑにわれ恋ひぬべし　（10一九九九　柿本人麻呂歌集「七夕」）

・わが恋ふる丹(に)の穂の面(おもわ)今夕(こよひ)もか天の川原に石枕(いはまくら)まく　（10二〇〇三　柿本人麻呂歌集「七夕」）

などのように織女の美しい容顔を詠じた歌が見える。よって、当該挽歌の「秋山の　したへる妹」は、現実の女性達を詠じた人麻呂作歌の例よりも織女を詠じた人麻呂歌集七夕歌の表現に近いことになり、ここに吉備津釆女の性格が表れていると見られるのである。

五　なよ竹の　とをよる子ら

冒頭四句の後半部「なよ竹の　とをよる子らは」は、「秋山の　したへる妹」と同じ語構成で、「なよ竹の」が枕詞として「とをよる子ら」に掛かる。「とをよる」の「とを」は「撓(たわ)む」の「タワ」の母音交替形とされ、「とをよる」とは外部からの力を受けてしなやかに曲がることを意味する。従って、「なよ竹の　とをよる」は「なよなよとしなやかな女性美の形容」（稲岡『全注』）となる。「秋山の　したへる妹」が釆女の容顔の美しさを表現していたのに対し、「なよ竹の　とをよる子ら」は姿態の美しさを表す形容表現と見られる。

人麻呂が女性のしなやかな姿態を比喩的に歌った表現としてまず想起されるのは、水中に靡く藻を女性の比喩として詠じた人麻呂作歌の例である。

・…鯨魚取り　海辺を指して　和多津の　荒磯の上に　か青なる　玉藻沖つ藻　朝はふる　風こそ寄せめ　夕はふる　浪こそ来寄せ　浪の共　か寄りかく寄る　玉藻なす　寄り寝し妹を〔一は云はく、はしきよし　妹がたもとを〕　露霜の　置きてし来れば…　（2一三一　柿本人麻呂「石見相聞歌」）

・つのさはふ　石見の海の　言さへく　韓の崎なる　海石にそ　深海松生ふる　荒磯にそ　玉藻は生ふる　玉藻なす　靡き寐し児を　深海松の　深めて思へど　さ寝し夜は　いくだもあらず　這ふ蔦の　別れし来れば　肝向かふ　心を痛み…　（2一三五　柿本人麻呂　同右）

・…勇魚取り　海辺を指して　柔田津の　荒磯の上に　か青なる　玉藻沖つ藻　明け来れば　浪こそ来寄せ　夕されば　風こそ来寄せ　浪の共　か寄りかく寄る　玉藻なす　靡きわが宿し　敷栲の　妹が手本を　露霜の　置きてし来れば…　（2一三八　同右「或本歌」）

・飛鳥の　明日香の河の　上つ瀬に　生ふる玉藻は　下つ瀬に　流れ触らばふ　玉藻なす　か寄りかく寄り　靡かひし　嬬の命の　たたなづく　柔膚すらを　剣刀　身に副へ寐ねば…　（2一九四　柿本人麻呂「献呈挽歌」）

・飛鳥の　明日香の河の　上つ瀬に　石橋渡し〔一は云はく、石並み〕　下つ瀬に　打橋渡す　石橋に〔一は云はく、石並みに〕　生ひ靡ける　玉藻もぞ　絶ゆれば生ふる　打橋に　生ひをれる　川藻もぞ　枯るればはゆる　何しかも　わご大君の　立たせば　玉藻のもころ　臥せば　川藻の如く　靡かひし　宜しき君が　朝宮を　忘れ給ふや　夕宮を　背き給ふや…　（2一九六　柿本人麻呂「明日香皇女殯宮挽歌」）

・…渡る日の　暮れぬるが如　照る月の　雲隠る如　沖つ藻の　靡きし妹は　黄葉の　過ぎて去にきと　玉梓の　使の言へば…　（2二〇七　柿本人麻呂「泣血哀慟歌」）

これらの例では、海辺に靡き寄せる藻や明日香川に流れ靡く藻が、夫に寄り添う妻のしなやかな姿態の比喩となっている。また、これらの藻は、「玉藻なす　寄り寝し妹」（2一三一）、「玉藻なす　靡き寐し児」（2一三五）、「沖つ藻の　靡きし妹」（2一三八）というように過去の共寝の体験を表す語に結び付いており、身体的感覚を伴う表現であるとも言える。

一方、吉備津采女の「なよ竹の　とをよる子ら」は共寝を意味する表現を伴わないことから、純粋に采女の美質を詠じた表現と解される。そういう点では、これらの藻を用いた比喩よりも、

・ゆくりなく今も見が欲し秋萩のしなひにあらむ妹が姿を　（10二二八四「寄花」）

・浅葉野に立ち神さぶる菅の根のねもころ誰ゆゑわが恋ひなくに
　或る本の歌に曰はく、誰葉野に立ちしなひたる　（12二八六三　柿本人麻呂歌集）

などの例に近いと言えるだろう。右二首の歌に見える讃美表現について、多田『全解』は「上代の美的観念では、男女を問わず、しなやかな立ち姿が優美で理想的なものとされた」と説く。当該挽歌の「なよ竹の　とをよる子ら」の場合も、竹の形状から推し量るに、采女のしなやかで優美な立ち姿を讃美した表現と解することが出来るだろう。しかしその一方で、当該挽歌には「敷栲の　手枕まきて　剣刀　身に副へ寝けむ　若草の　その夫の子は」という、「夫の子」と采女の共寝の描写が歌われていることに注意したい。もし、当該挽歌の冒頭四句が「われ」と「夫の子」とを同化・融合させた、もしくは「夫の子」の立場に立って歌われたものだとすると、人麻呂は采女に対しても藻の比喩を用いることが出来たはずであり、人麻呂作歌全般の傾向からすると、むしろその方が自然であるようにも思われる。しかし、人麻呂は采女のしなやかな姿態を藻ではなく「なよ竹」で比喩するという、人麻呂作歌の中では異例の方法を採った。ここから、人麻呂が吉備津采女を藻による比喩で表現した女性

達とは異なる属性を帯びた存在として詠じようとしたことが分かる。

「なよ竹」は、「なよなよした竹の意」（多田『全解』）である。竹は古くから日本に自生し人の生活と深く関わって来た常緑多年生の植物で、植物学的には稲に近い仲間とされる。[21] ただし、その外見は草とも木とも異なる独特な形状であり、幹の内部に節で仕切られた空洞を持つ点や、成長が著しく早い点など、他の植物とは異なる神秘的な特徴を持つ。後世の『竹取物語』に語られた、竹の中から黄金や児が見つかり、その児が急激な成長を遂げるという展開は、このような竹の神秘性を反映したものと言えよう。特に上代には、地下茎を伸ばして繁茂する竹の強い生命力が注目されたらしく、『古事記』歌謡には、密生し繁茂する竹を指す「い茂み竹」「た繁み竹」（記九〇）という呼称や、地下茎を張り巡らす様を表した「竹の根の　根足る宮」（記九九）という宮讃めの詞章が見える。また、『日本書紀』歌謡や『万葉集』には、「大宮」「皇子」「舎人」「君」など宮廷関連の語に掛かる「さす竹の」という枕詞が見える。「さす」は、「自然の威力がある方向性をもって直線的に発現する状態を示す」（多田『全解』）動詞であり、「さす竹の」は竹の枝や根が真っ直ぐ伸び広がる様子に生命力の発動を見て宮廷の繁栄を寿ぐ枕詞と解される。ここから、竹が内部に強い生命力を宿す霊威溢れる植物と考えられていたことが分かる。よって、「なよ竹」にも、美しさの裏側にある強い生命力や霊威が意識されていたと見られる。

　このような「なよ竹」を比喩として用いた「なよ竹の　とをよる」は、集中で当該挽歌だけにしか見られない表現だが、先にも述べたように「石田王挽歌」（３四二〇）の冒頭部には、当該挽歌の冒頭四句と極めて良く似た「なゆ竹の　とをよる皇子　さ丹つらふ　我ご大王は」という讃美表現が詠み込まれる。ここで「なゆ竹の　とをよる」と形容されたのが男性の容姿である点について、多田『全解』は「男の場合も、高貴な貴族は、その理想型は女の姿に重なるものと考えられていたらしい」と述べ、景行記の倭建命や『源氏物語』の主人公光源氏が女性的な美質の持主として造形されたのと同様に、石田王を女性に重ねて讃美した表現であると説く。[22]

この「石田王挽歌」と、当該挽歌の二作品のみに「なよ（ゆ）竹の　とをよる」という表現が用いられたことは注意されてよい。美しい藻によってしなやかな女性の姿態を表現した人麻呂作歌の歌い方が、

・わたつみの沖つ玉藻の靡き寝む早来ませ君待たば苦しも　（12三〇七九）

・荒磯やに生ふる玉藻のうち靡き独りや寝らむ吾を待ちかねて　（14三五六二　東歌）

などの後期万葉の相聞歌に受け継がれたのに対し、当該挽歌の「なよ竹の　とをよる」という讃美表現を受け継いだのは「石田王挽歌」のみであり、その他の歌に受け継がれることは無かったことになるからである。このことは、「なよ（ゆ）竹の　とをよる」が、相聞歌とは相容れない挽歌的な表現であったことを示すのではないか。

「なよ竹の」という表現でまず想起されるのは、『竹取物語』の主人公「なよ竹のかぐや姫」であろう。多田『全解』も、当該挽歌の「なよ竹の　とをよる子ら」について「神女など理想的な女性の姿を意味した」表現と述べ、例として「なよ竹のかぐや姫」の名を挙げる。[23]「なよ竹のかぐや姫」は、物語の中では、竹取の翁が竹の中から見つけた児が「かたちの顕証なること世になく、屋の内は暗き所なく光満ち」るほどの美しさへと成長した折、御室戸斎部の秋田によって付けられた名とされる。[24]斎部（忌部）氏が古来、宮廷祭祀を司る氏族であることを考慮すれば、これは祭祀呪術によって得られた霊的な名であり、彼女がこの世の存在ならぬ神女であることを象徴的に示すものであったと見られる。先に確認したように、上代の竹には強い生命力や霊威が意識されていたことに加え、『竹取物語』の霊的主人公の名が「なよ竹のかぐや姫」であったことを鑑みれば、当該挽歌の「なよ竹の　とをよる子ら」の表現に神女のような理想的女性像を指摘する多田『全解』の理解は首肯されるべきであろう。そして、このことが、「なよ（ゆ）竹の　とをよる」が死者讃美を歌う挽歌的な表現であることと密接に関わ

るのではないか。「なよ竹のかぐや姫」がそうであったように、神女はこの世に顕れたとしても、やがて元の世界へ戻ってしまう存在である。このような神女の性質と、突然この世を去ってしまった死者の運命とを重ねた時に、死者を「なよ（ゆ）竹の　とをよる」によって讃美する表現が生まれたことが考えられる。つまり、「なよ（ゆ）竹の　とをよる」は、死者を仮にこの世に顕れた神女のような存在として捉え、その理想的な美貌を讃美する表現なのであり、当該挽歌に於ける吉備津采女もまた、神女の如き霊的な存在として歌われていたのである。

六　むすび——人麻呂の論理——

当該長歌の冒頭四句の前半二句「秋山の　したへる妹」は、背後に死のイメージを匂わせつつ霊的な美しさを備えた采女の容顔を理想的なものとして讃美する表現であり、後半二句「なよ竹の　とをよる子らは」は、采女の神女の如き理想的な容姿を讃美する挽歌的な表現であった。以上のことを勘案すると、冒頭四句は、采女を生身の人間の女性としてよりもむしろ神女に近い存在として捉え、その理想的な容姿を讃美した挽歌的な表現であったと言える。このように冒頭からいきなり対象への讃美が歌われる叙述の在り方は、「石田王挽歌」（3四二〇）と共通しており、ここにもやはり挽歌性が感じられる。一方で、女性の顔と姿の両方を描写し、しかも理想的な美女として回顧する方法は、

・…梓弓　周淮（すゑ）の珠名（たまな）は　胸別（むなわけ）の　ひろき吾妹（わぎも）　腰細の　すがる娘子（をとめ）の　その姿（かほ）の　端正（きらきら）しきに　花の如　咲みて立てれば…

（9一七三八　高橋虫麻呂「詠上総末珠名娘子歌」）

・…勝鹿の　真間の手児奈（てこな）が　麻衣（あさぎぬ）に　青衿（あをくび）着け　直（ひた）さ麻（を）を　裳には織り着て　髪だにも　掻きは梳（けづ）らず　履（くつ）

をだに　穿かず行けども　錦綾の　中につつめる　斎児も　妹に如かめや　望月の　満れる面わに　花の如
　笑みて立てれば…
（9一八〇七　高橋虫麻呂「詠勝鹿真間娘子歌」）

のような高橋虫麻呂の伝説歌の歌い方に極めて近い。

　この冒頭四句に用いられた「妹」「子」の呼称は、松浦川の仙女を詠じた一連の歌（5八五三〜八六三）や、人麻呂歌集七夕歌（10一九九六〜二〇三三）、竹取の翁の歌群（16三七九一〜三八〇二）等に詠み込まれた、

・松浦川川の瀬光り鮎釣ると立たせる妹が裳の裾濡れぬ
（5八五五「蓬客等更贈歌」）
・天の川水底さへに照らす舟泊てし舟人妹に見えきや
（10一九九六　柿本人麻呂歌集「七夕」）
・松浦なる玉島川に鮎釣ると立たせる子らが家路知らずも
（5八五六「蓬客等更贈歌」）
・死なばこそ相見ずあらめ生きてあらば白髪子らに生ひざらめやも
（16三七九二「竹取翁歌」反歌）

などのような、神仙的存在である女性に対する親愛の情を込めた呼び掛けと捉えることが出来よう。これらは、「妹」「子」の語を用いてはいても、「玉藻なす　寄り寝し妹」（2一三一　柿本人麻呂「石見相聞歌」）、「玉藻なす　靡き寝し児」（2一三五　同上）のように自らの身体的感覚によって妻を追慕する夫の視点から歌われた表現とは全く異なる。この冒頭四句の讃美表現から浮かび上がるのは、理想的に美しい死者の姿を、畏敬の念を抱きつつ回顧する第三者の視点である。この畏敬の念や第三者的視点は、先述したように、冒頭四句に続く「いかさまに思ひをれか」からも看取することが出来る。

　また、当該挽歌には、「われ」が生前の釆女の姿を「おほに見」たことへの後悔が、長歌と第二反歌で繰り返し歌われることにも注目したい。釆女の死を止めることが出来なかった「夫の子」の後悔が一首に詠み込まれること自体に不自然さは無いが、傍観者である「われ」が釆女を「おほに見」たことへの後悔が何故わざわざ歌わ

れる必要があったのだろうか。集中で「おほに見」るという表現を詠み込む歌には、次のような例がある。

・わご王天知らさむと思はねば凡にそ見ける和豆香そま山　（3四七六　大伴家持「安積皇子挽歌」反歌）

・朝霧のおほに相見し人ゆゑに命死ぬべく恋ひわたるかも　（4五九九　笠女郎「贈大伴家持歌」）

・佐保山を凡に見しかど今見れば山なつかしも風吹くなゆめ　（7一三三三）

これらの歌は、かつて対象の真の価値を見出せずいい加減な気持ちで見たことを、後に悔やむ内容となっている。よって、当該挽歌で歌われた、「われ」が采女を「おほに見」たことへの後悔も同様に、「われ」が采女の真の価値を見抜けずいい加減な気持ちで見ていたことに対する後悔の念を意味すると考えられる。この後悔が歌中に繰り返されることにより、「われ」が直に采女を目撃した証人であることが示されると共に、生前の采女がもっとしっかり目に留めておくべき理想的な美女であったことが強調されることになるのである。従って、「われ」は、神野志論(25)が述べたように「なまに近江朝を歌うための装置」であると同時に、「おほに見」たことへの後悔を繰り返すことにより采女が真に理想的な美女であったことを表現するための装置でもあったと言えよう。虫麻呂が真間娘子を詠じた伝説歌に於いて「古に　ありける事と　今までに　絶えず言ひ来る」（9一八〇七）というように伝聞形式で理想的な伝説上の美女の姿を語ったのに対し、人麻呂は作品中に采女の目撃者「われ」の視点と後悔の念を取り入れることによって、理想的な美女の姿を表現したのである。

更に、当該挽歌に於ける采女の事件の歌い方も、虫麻呂が真間娘子を詠じた伝説歌に通じるところがある。菊川恵三氏(26)が「いつ、どこで、なぜという事件の具体的状況になると急に輪郭はぼやけてしまう」と述べるように、当該挽歌は事件の顚末を詳しく語らない。このあり方は、虫麻呂による真間娘子の伝説歌が娘子の理想的な美しさについては詳細に歌いながらも、事件の顚末については、

・…夏虫の　火に入るが如　水門入りに　船漕ぐ如く　行きかぐれ　人のいふ時　いくばくも　生けらじものを　何すとか　身をたな知りて　波の音の　騒く湊の　奥津城に　妹が臥せる…

（9一八〇七　高橋虫麻呂「詠勝鹿真間娘子歌」）

というように、娘子が多くの男達に求婚されながらも儚い死を迎えた様を漠然と歌う態度と極めて良く似ている。両者に共通するのは、女の理想的な美貌と、男から愛されていたという事実と、その儚い死を漠然と示す歌い方であり、これらを語ることに両者の主眼が置かれていたように見える。ここから、当該挽歌の叙述の伝説歌的性格が看取出来る。

当該挽歌は近江朝に起こった采女入水事件をもとに、その悲劇の主人公の死を詠じた伝説歌的な挽歌であった。冒頭部に歌われた采女の美貌は第三者的な視点から歌われ、その第三者的視点の主が「梓弓　音聞くわれも」の箇所に至って「われ」であることが判明する。そして、その「われ」による想像の中で「夫の子」の悲嘆が詠じられ、再び長歌末尾と短歌二首に於いて「われ」による采女への哀惜と後悔とが歌われる。このように、当該挽歌は冒頭から末尾まで一貫して第三者「われ」の視点から詠じられた、伝説歌に極めて近い表現性を持つ挽歌だと捉えられるのである。冒頭部の受け取り方は相違するものの、当該挽歌を「第三期以降の伝説歌発生への過渡期の作品」として定位する村田論(27)の見方が首肯される。そして、虫麻呂が墓に眠る美女を詠じた作と同様に、采女の理想的な美貌と男に愛されながら迎えた儚い死を中心に詠じる歌い方は、悲劇の采女に対する人麻呂の鎮魂方法なのであり、ここに当該挽歌に於ける偲いの感情が体現されたと考えたい。悲劇の采女に対する鎮魂は、その美貌が繰り返し歌われることで果されるのである。

一首に繰り返された「さぶし」の語の示す内容や、「朝露」「夕霧」の比喩についてなど触れられなかった点も多いが、当該挽歌は冒頭から末尾まで第三者的な立場から歌われた伝説歌的作品として読む必要があることを指摘して、ひとまず結論としたい。

注

（1）澤瀉久孝氏「萬葉の虚実」（『萬葉歌人の誕生』平凡社　一九五六年）、『萬葉集注釈』にも同様の指摘がある。

（2）身﨑壽氏「吉備津采女挽歌試論―人麻呂挽歌と話者―」（『国語と国文学』五九－一一　一九八二年一一月）

（3）神野志隆光氏「吉備津采女挽歌をめぐって―作品における時間―」（『萬葉集研究』第十五集　一九八七年一一月、後に『柿本人麻呂研究―古代和歌文学の成立―』塙書房　一九九二年）

（4）菊川恵三氏「吉備津采女挽歌」（『セミナー万葉の歌人と作品』第三巻　和泉書院　一九九九年）

（5）太田豊明氏「『吉備津采女挽歌』論」（『かぎろひ』一　二〇〇八年九月）

（6）村田右富実氏『柿本人麻呂と和歌史』（和泉書院　二〇〇四年）第二章第十節「吉備津采女挽歌」

（7）例えば「悔し」の語について、氏は次のように考察する。

「おほに見」たことを「悔し」と感じる話者は決して女性の死を嘆いていない。生前の女性をわずかしか見られなかったことへの自己完結した感情といってよかろう。…女性の死を嘆くことが前提となっている夫の嘆きが冒頭からの表現に託されているとすると、「我」はそれに同調することなく、「おほに見し」ことを悔やむ存在として夫の嘆きから異化しているのである。

（8）村田右富実氏　前掲注（6）書

（9）佐佐木隆氏「吉備津采女挽歌」（橋本達雄氏編『柿本人麻呂《全》』笠間書院　二〇〇〇年）

（10）山本健吉氏『柿本人麻呂』（新潮社　一九六二年）

（11）青木生子氏「人麻呂の歌の原点」（『国語と国文学』五〇－一二　一九七三年一二月、後に『萬葉挽歌論』塙書房　一九八四年）

(12) 佐佐木隆氏　前掲注（9）論

(13) Fは題詞・左注を持たないため誰を対象とした挽歌か不明だが、歌中の「つれも無き　城上の宮に　大殿を　仕へ奉りて　殿隠り　隠り在せば」の表現と「舎人の子ら」の語から、いずれかの皇子に対する挽歌であると推測できる。

(14) 杉山康彦氏「人麿における詩の原理」（『日本文学』五八　一九五七年一一月）

(15) 伊藤博氏「近江荒都歌の文学史的意義」（『萬葉』五四・五五　一九六五年一月・四月　後に『萬葉集の歌人と作品　上』塙書房　一九七五年）

(16) 村田右富実氏　前掲注（6）書

(17) 森朝男氏「いろ」（古代語誌刊行会編『古代語を読む』桜楓社　一九八八年）

(18) 多田一臣氏『万葉集全解』

(19) 身﨑壽氏　前掲注（2）論

(20) 身﨑壽氏『人麻呂の方法―時間・空間・「語り手」』（北海道大学図書刊行会　二〇〇五年）第五章「吉備津采女挽歌」

(21) 上田弘一郎『竹と日本人』（NHKブックス　一九七九年）

(22) 多田一臣氏『古代文学の世界像』（岩波書店　二〇一三年）にも同様の考察がある。

(23) 多田一臣氏　前掲注（22）書は、「なよ竹の　とをよる子」を「采女を神女＝理想の美女とする形容」と説く。

(24) 『竹取物語』本文の引用は、新編日本古典文学全集（小学館）に拠る。

(25) 神野志隆光氏　前掲注（3）論

(26) 菊川恵三氏　前掲注（4）論

(27) 村田右富実氏　前掲注（6）書

第三章　万葉挽歌の周辺

第一節　巻八夏雑歌　大伴旅人の望遊唱和歌考

一　はじめに

『万葉集』巻八夏雑歌には、次のような二首の歌が収載されている。

式部大輔石上堅魚朝臣の歌一首

①霍公鳥来鳴き響もす卯の花の共にや来しと問はましものを　（8一四七二）

右は、神亀五年戊辰に大宰帥大伴卿の妻大伴郎女、病に遇ひて長逝す。時に勅使式部大輔石上朝臣堅魚を大宰府に遣して、喪を弔ひ幷せて物を賜へり。その事既に畢りて驛使と府の諸の卿大夫等と、共に記夷の城に登りて望遊せし日に、乃ちこの歌を作れり。

大宰帥大伴卿の和へたる歌一首

②橘の花散る里の霍公鳥片恋しつつ鳴く日しそ多き　（8一四七三）

この二首は、一四七二番歌（以下①と呼ぶ）の左注によれば、神亀五年に大宰府へ同行していた大伴旅人の妻大伴郎女が病に遇い長逝した折、その喪を弔うために勅使として派遣された石上堅魚と弔問を受けた旅人との間で交わされた唱和の歌である。従って二首は、詠作の状況に注目すれば旅人による一連の亡妻関係歌の中に含めて考え得る作品であるが、巻八夏雑歌に分類されたことが象徴するように、一貫して夏の代表的な景物ホトトギスを詠む歌となっている。そのため、堅魚による①には、望遊の折の宴席で詠まれた純粋な季節歌と見る解釈と、契沖『萬葉代匠記』以来の旅人への弔意を含んだ挽歌的な歌と見る解釈とがあり、いまだ定説を見ていない。

一方、それに和した旅人の一四七三番歌（以下②と呼ぶ）は、旅人がホトトギスに寄せて亡妻への思慕を歌った作とすることで諸注の見解は一致する。旅人が亡妻を思慕した作といえば、まず巻三収載の亡妻挽歌群（3四三八～四四〇、四四六～四五三）が想起されるだろう。亡妻挽歌群は、その題詞・左注によれば神亀五年（七二八）の作と、それから約二年後の旅人上京に伴う天平二年（七三〇）の作から成り、初めに置かれた四三八番歌（神亀五年の作）には「右の一首は、別れ去にて数旬を経て作れる歌なり」という左注が付される。つまり、亡妻挽歌群は最も早い作でも郎女長逝から数十日後の作品ということになる。よって、②は旅人が妻を亡くした後に初めて彼女への思慕を歌った作品である可能性が高く、何らかの形で亡妻挽歌群詠作の契機となったとも考え得る。その点に於いて当該唱和歌は注目すべき作品といえるが、これまであまり取り上げられることも無く、まだ十分な考察がなされたとは認められない。そこで本節では、歌の解釈上の問題点について検討しつつ、当該唱和歌二首の性質を考察していきたい。

二　当該唱和歌の問題点

①に付された左注によれば、当該唱和歌は、大伴郎女の喪を弔う勅使として大宰府に遣わされた石上堅魚がその任務を終えた後、駅使や大宰府の官人等と共に記夷城（きのき）に登り望遊した折に詠作されたものである。記夷城は、大宰府の西南に位置する基山（きざん）に築かれた百済様式の山城で、基肄城（きじょう）とも呼ばれる。大宰府官人等一行は、勅使が帰京する前に見晴らしの良い記夷城に登り宴を催したのであろう。(1) ①にホトトギスと卯の花が詠み込まれ、②に橘の花が詠み込まれたことから察して、大伴郎女が長逝したのは初夏の四月上〜中旬頃であったとされる。それは、同じく大伴郎女の死を契機として山上憶良が詠作した「日本挽歌」（５七九四〜七九九）の反歌中の一首、

・妹が見し楝（あふち）の花は散りぬべしわが泣く涙いまだ干（ひ）なくに　（５七九八　山上憶良）

に詠み込まれた楝（梅檀（せんだん））の開花時期とも合致する。井村哲夫氏『萬葉集全注』は、憶良が「日本挽歌」を七月二十一日に献上したことに着目し、「ことさらに哀悼の詩文と歌を寄せる日としては、百日の供養がふさわしい」として、大伴郎女の命日を四月十日と推定する。そして、四月上〜中旬に長逝した大伴郎女の訃報が都に報告され、勅使堅魚が大宰府に赴き、当該唱和歌が詠作されたのは四月下旬〜五月上旬頃であったとするのが大方の見方となっている。(2)

当該唱和歌は、二首共にホトトギスと季節の花を詠み込む。ホトトギスは代表的な夏の景物で、鳥の中では集中最も多く一五五首の歌に詠み込まれる。(3) 早くは天武・持統朝の歌に詠まれるが、後期万葉に至りその数を急激に増やす。四季分類歌巻である巻八・巻十の夏の部に収載された歌の大多数がホトトギス詠である。万葉人はホトトギスに寄せて様々な事柄を歌に詠んだが、中でも特に多いのがホトトギスの飛来を夏の到来と関わらせて詠

む歌である。それは、ホトトギスが初夏の陰暦四月〜五月初旬頃、日本に飛来する渡り鳥であることに由来する。夏到来の象徴ともいえるホトトギスの初声を待ち望む歌は多く見られ、その大半が時を同じくして開花する橘や卯の花、端午の薬玉に用いる菖蒲（あやめぐさ）などを共に詠み込む。特に、ホトトギスを好んで詠んだことで知られるのは大伴家持である。多田一臣氏は、家持が立夏という暦日意識に基づく季節観により観念的にホトトギスの飛来を歌ったことを指摘している。(4)

当該唱和歌も一見したところ、飛来したホトトギスと卯の花・橘を詠み込んだ、初夏に相応しい季節歌のように見うけられる。しかし、①に作歌事情を示す左注が付せられたことにより、両歌は亡き大伴郎女に引き付けた挽歌的な解釈がなされてきた。例えば、契沖『萬葉代匠記（精撰本）』は、昔からホトトギスは「冥土ヨリ來ル鳥」と言い習わされてきたとして、①について「霍公鳥ハ卯花ニシタシキ鳥ナレハ、ナキ人ノ魂ト共ニヤ來シトヽ云ハム為ニ、來鳴トヨマスウノ花ノトハ云ヘリ」、②については「橘ノ花ノ散ヲハ、死セル妻ニヨソヘ、霍公鳥ノ鳴ヲハ、ミツカラ譬フ」という解釈を提示している。つまり、両歌に詠まれたホトトギスと花を譬喩として捉える解釈である。

旅人による②は、落花する橘とそれに片恋して鳴くホトトギスという構図が妻を失い涙にくれる旅人の姿に合致するため、『代匠記』の指摘通り旅人がそれを意図して詠出した作品と解することで以後の諸注が一致している。(5)それは、散る花が人の死を表象するという伝統的な観念が一首の表現に読み取れることとも関わる。しかし、堅魚の①に詠まれたホトトギスと卯の花は、譬喩とも単なる実景とも読み取ることが可能であるため、諸注の解釈は分かれる。『代匠記』のように、ホトトギスと同時期の景物である卯の花が咲く意と大伴郎女の魂が来る意を掛け、冥途より飛び来たるホトトギスに「冥途から死者の魂と共にやって来たのか」と問う歌だと①を解釈する説には、近世の諸注及び鴻巣『全釈』、『新編全集』などが従う。井手至氏『萬葉集全注』も、「あくまでも含意としてならば、蜀魂の故事も踏まえつつ」という前提で、その意が込められていたと見ることは許されるとする。(6)

同じく①のホトトギスと卯の花を譬喩として捉える解釈でも、旅人による②の構造と同様に、鳴くホトトギスを悲嘆にくれる孤独な旅人に、卯の花を大伴郎女に重ねて見る説がある。この場合、卯の花の解釈の仕方によって更に二通りの説に分かれる。まず、一方の説は、例えば土屋『私注』が①の歌意を「彼ほととぎすにも、妻と共に來たかと、尋ねたいが、それも出來ない」と捉えた上で、

ホトトギスに問ひかけるかたちであるが、その中には同行の旅人に問はうとする心持がこめられてあると見るべきであらうか。すなわち亡妻と共に來ることの出來ない旅人に対する、思ひ遣りの挨拶と受けとるべきである。

と説いたように、大伴郎女に重ねられる卯の花を、ホトトギスの飛来と同時期に開花した属目の景と捉え、一首を孤独な旅人に同情を寄せた挨拶歌と解する。この説には、『旧大系』が従う。もう一方の説は、例えば窪田『評釈』が、

今鳴いている霍公鳥を旅人に擬し、霍公鳥とは離れられない関係のものだが、そこには見えない卯の花を故人に擬して、霍公鳥の鳴いているのは卯の花を恋うてのこととしたのである。

と説いたように、卯の花をホトトギスの飛来と同時期に開花するはずなのに、まだ咲いていないものと捉え、一首を悲嘆にくれる旅人に対する慰めの歌と解する。この説には、佐佐木『評釈』、伊藤『釈注』、『新潮集成』、『新大系』などが従う。

一方、①を大伴郎女の死とは切り離し、記夷城望遊の折の純粋な季節歌と見る立場から、井上『新考』、金子『評

釈』、澤瀉『注釈』、中西『全訳注』などが解釈を施している。これらの諸注は、卯の花を望遊時の属目の景と捉え、①をホトトギス飛来と卯の花の開花が同時期であることを歌った作と理解する。例えば澤瀉『注釈』は、①を挽歌的に解釈する際の根拠とされる左注は「歌の作られた事情を語つただけであつて、歌の内容に弔問の意があると云つたものではない」とし、そこに弔問の事は既に終わり望遊した日に作歌したと書かれているのだから、①は「遊覧の作と見るべきものだ」と主張する。これらの諸注を受ける形で佐藤隆氏は、(7)

妻を亡くした悲嘆の中にある旅人に、弔問の勅旨堅魚がたとえ和歌世界においても、妻と「共にや来し」と問うであろうか。堅魚歌は、現実の悲しみとは無縁の風雅の和歌作品と捉えるべきと考える。

と述べ、①を記夷城に於ける初夏の実体験をふまえ夏の代表的景物ホトトギスを中心に詠み込んだ季節歌で、答えを想定しない宴席の独立歌であったと考察している。

これまで、①についての諸説を概観してきた。以上をまとめてみると、①の理解は一首に詠み込まれた卯の花とホトトギスを譬喩と解するか単なる実景と捉えるかという点から、弔意を含んだ挽歌的な歌と解する説と純粋な季節歌と解する説の大きく二通りに分かれる。卯の花を大伴郎女の譬喩と捉え一首を挽歌的に解する場合には、卯の花はホトトギス飛来と同時期に開花した属目の景として詠み込まれたとする理解と、花は実際の景の上では咲いていないとする理解とが見られ、対するホトトギスには、死者の魂を伴い冥途から飛来する鳥、又は妻を失い悲嘆にくれる孤独な旅人の譬喩という二通りの解釈がある。一方、①を遊覧の折の純粋な季節歌と見る場合には、卯の花はホトトギス飛来と同時期の景物で望遊時の実景と解され、ホトトギスも初夏の景物となる。つまり、①を旅人への弔意を含んだ挽歌的な歌と解するか否かで焦点となるのは、ホトトギスに対して問いかける形で歌われた「卯の花の共にや来し」の卯の花の捉え方であると言えよう。この卯の花の解釈によって、ホトトギスの解釈も決まるからである。そこで、①の卯の花は実景か譬喩かという点を、①の表現に即して考えてみたい。

三　卯の花の共にや来し

まず、卯の花とホトトギスの集中での詠まれ方を確認しておきたい。両者を共に詠み込む歌は①以外に計十七首あり、多くが大伴家持関連の作である。(8) 通常は満開の卯の花とホトトギスとが取り合わされており、ホトトギスの飛来と卯の花の開花時期がちょうど重なっていたことが知られる。一方で、

・卯の花もいまだ咲かねば霍公鳥佐保(さほ)の山辺に来鳴き響(とよ)もす　（8一四七七　大伴家持）

・卯の花の散らまく惜しみ霍公鳥野に出(で)山に入り来鳴き響もす　（10一九五七　夏雑歌）

のように、卯の花の開花よりも早くホトトギスが飛来したことを歌った作や、卯の花の落花を惜しんで鳴くホトトギスを詠んだ作もある。ただ、既に諸注が言及するように、いずれの歌もその根底に、両者は一緒にあるべきだという観念を有していることは認められよう。堅魚が①で、飛来して鳴き声を響かせたホトトギスに「卯の花の共にや来し」という問いを向けたのも、この観念に基づくと見てよいだろう。

ただし、この「(ホトトギスが)卯の花の共にや来し」という表現には少々問題がある。上代歌謡及び和歌に於ける副詞「共に」の用例を見てみると、「天地(あめつち)（日月）と共に」という定型がある他は、

・山方(やまがた)に　蒔(ま)ける青菜も　吉備人と　共にし摘めば　楽(たぬ)しくもあるか　（記五四）【岐備比登々　等母迩斯都米婆】

・白栲(しろたへ)の　袖さし交(か)へて　靡き寝(ぬ)る　わが黒髪の　ま白髪(しらか)に　成りなむ極(きは)み　新世(あらたよ)に　共に在らむと【共将有跡】　玉の緒の　絶えじい妹と…　（3四八一　高橋朝臣）

・潮干(ふ)れば共に潟に出で【共滷尓出】鳴く鶴(たづ)の声遠ざかる磯廻(いそみ)すらしも　（7一一六四）

・君が行(ゆき)もし久にあらば梅柳(うめやなぎ)誰と共にか【誰与共可】わが蘰(かづら)かむ　（19四二三八　大伴家持）

などのように通常は「～と共に」の形を取り、夫婦や家族、友人同士、動物の群れなどが一緒に行動することを意味する。この場合、歌に叙述される複数の主体が、「共に」に下接する動詞の内容となる行為を一緒に行うことになる。そこで同様に①の歌を捉えてみると、「(ホトトギスが) 卯の花の共にや来し」は「ホトトギスも卯の花も一緒にやって来た」と解される。しかし、花は鳥のように空間を移動してやって来るものではない。上代歌謡及び和歌で花が「来」と表現された例は、例えば、

・本毎(もとごと)に　花は咲けども　何とかも　愛(うつく)し妹が　また咲き出来ぬ　（紀一一四　野中川原史満）

・去年(こぞ)の春逢へりし君に恋ひにてし桜の花は迎へ来(け)らしも　（8一四三〇　若宮年魚麿伝誦）

・誰が園の梅の花そもひさかたの清き月夜に幾許(ここだ)散り来る　（10二三二五）

などがあるが、すべて補助動詞として「来」が用いられている。これは、補助動詞「来」の「その動作状態が出現することを示す」(『時代別国語大辞典　上代編』) 用法である。それに対して、「花が来」と動詞単独で表現された例は一例も見られない。しかし、①の「卯の花の共にや来し」の「来」は補助動詞ではなく、明らかに空間的移動を意味する動詞である。よって、花が鳥と一緒に空間を移動してこちらにやって来るという①の表現は不自然であり、①の卯の花に何か空間移動が可能な物体、つまりは大伴郎女の魂の像を呼び込んでしまうのである。大多数の注釈書が大伴郎女の像を①の卯の花に見るのは、左注の記述を解釈に反映させようとするからだけでなく、この表現に違和を感じたためであろう。ただし、「共に」の用例の中には、次のような①と大変よく似た構造を持つ歌がある。

・卯の花の共にし鳴けば【宇能花能　登聞尓之奈氣婆】霍公鳥いやめづらしも名告り鳴くなへ

（18四〇九一　大伴家持）

右は家持の作で、このホトトギスも①と同様に「卯の花の共に」鳴くと歌われるが、卯の花は鳴くわけではないため、「共に」の通常の用いられ方からすると違和を感じる表現となっている。しかし一首は家持がおそらく①の表現に倣って詠んだものであり、右の家持歌以外に類例の見られない①の「（ホトトギスが）卯の花の共にや来し」はやはり特異な表現であるといえよう。更に言えば、万葉歌には他にも、鶯と梅、雁と黄葉など、同時期のものゆえにしばしば取り合わせられる鳥と植物があるが、これらを「共に来」と詠んだ例は無い。ホトトギスでさえも、①以外の歌では植物と「共に来」と表現されたことは無い。それにも関わらず、卯の花の開花とホトトギスの飛来が同時期であることを、堅魚がこのように稀有な表現で詠んだということは、堅魚は敢えて「卯の花の共に来」と詠むことで何か別の事柄、つまりは亡き大伴郎女の像を暗示しようとしたのではないだろうか。

ここで注目されるのは、森朝男氏の季節歌に対する見解である(9)。氏は、「季節の歌い方の根底に、待つものと待たれるものとの関係の形式というものがあり、その一典型として季節の花が咲いて、季節の鳥や鹿を待ち迎える、あるいは先に咲いた花のもとへ、鳥や鹿が訪ない来るというかたち」があり、その場合に「両者は男女（夫婦）に見立てられている」と説く。氏が示した季節歌の表現構造に従えば、ホトトギスと卯の花は男女関係で捉えられることになり、①に詠まれたホトトギスと卯の花も当面の旅人と大伴郎女という男女関係を自然と連想させてしまうのである。このように鳥と花とを男女関係で捉える観念が存在することに加えて、「（ホトトギスが）卯の花の共に来」という稀有な表現を堅魚が用いたことの意味を考えてみると、①は単に実景だけを詠んだ季節歌とは捉えられない。ホトトギスは妻を亡くした旅人、卯の花は亡妻大伴郎女の譬喩であり、一首は旅人への弔意を歌った作であるという解釈が首肯できよう。それは、窪田『評釈』が旅人の②について「堅魚の歌の暗示しているものを十分に解し、その慰めを受け入れて、悲しみを訴えているもので、贈歌との関係のさせ方は緊密なものである」と指摘しているように、旅人自身が鳴くホトトギスと季節の花という①とほぼ同じ設定の②を詠み返したことからも言えるだろう。少なくとも旅人は、①を単に実景のみを詠んだ季節歌とは受け取っていない。従って、我々も①には堅魚の弔意が込められていると詠み取るべきである。

また、そのように捉えてこそ、一首の結句「問はましものを」も生きてくるのではないだろうか。この結句について井手『全注』に、

結句に「問はましものを」とあって実際には口に出して「卯の花の共にや来し」と尋ねなかったと詠んでいるのは、伴侶を無くした大伴旅人の気持を忖度して、一緒とか連れあいの意味を喚起する「共（伴）」の語を禁句として口にしなかったことが言いたかったのであろう。

という注目すべき指摘がある。「まし」は現実に反する事態を仮想し、そのもとに起こるであろう事柄を予想していう助動詞であるが、「もしできることなら…であってほしいのに」という希望が含まれる場合が多く、従って「事実はそうでなくて残念だ」の気持ちが表されるとされる（『時代別国語大辞典　上代編』）。よって①は、表向きは「できることなら人間ならぬホトトギスに『卯の花と一緒に来たのか』と問うてみたいのだが（それは叶わず残念だ）」の意味となるが、裏に井手『全注』が指摘するような旅人への配慮が歌われている可能性は極めて高い。そもそも、鳥に問いかけることは不可能だという当たり前のことを、堅魚がことさら歌に詠んだのには何か理由があると考える方が自然であろう。歌の末尾に詠嘆的に用いられた「まし（もの）を」は、歌を詠みかける相手が存在する場合は、その相手に対する何らかの働きかけになっている場合が多いからである。[10] 結句「問はましも

のを」の表現性からしても、堅魚の①は明らかに歌を贈る相手としての旅人が意識されている。よって、①は堅魚による旅人への弔意が詠み込まれた作と考えられる。

　それでは、ホトトギスを冥途から飛び来たる鳥とする『代匠記』の解釈はどう考えるべきであろうか。ホトトギスを冥途から死出の山を越えて通い来る鳥として詠む歌は、

・なき人の屋戸に通はば郭公かけて音にのみ鳴くと告げなむ　（古今　哀傷　八五五）

など中古以降の和歌には多く見られ(11)、一つの定型であったとされる(12)。『伊勢物語』等に見えるホトトギスの異名「死出の田長」も、これに通じる。『代匠記』はこの中古和歌の観念を反映させ、①のホトトギスを「冥途ヨリ來ル鳥」と理解したのだろう。しかし、『万葉集』にはホトトギスを冥途から来る鳥として詠んだ確かな例は無い。①はホトトギスを冥界からの使者と見なす「先蹤をなすもの」（『新編全集』）であるという指摘もあるが、万葉人の共通理解となり得ていない観念を、突如として堅魚が①に詠んだとする見方には無理があるだろう。よって、①のホトトギスを冥途より死者大伴郎女の魂と共に飛び来たる鳥とする『代匠記』の解には従えない。やはり、歌表現のあり方からして、①のホトトギスは旅人の譬喩と見るべきである。

　それでは、ホトトギスを旅人の比喩と捉え、①を旅人への弔意を詠んだ作と解する場合、大伴郎女を譬喩する卯の花は属目の景と捉えるべきだろうか。それとも、実際には咲いていなかったものと解するべきだろうか。卯の花を咲いていないものと解する諸研究は、亡き妻を哀慕して泣く旅人の像と、眼前に無い卯の花を恋い慕って鳴くホトトギスの像とを重ねて解釈する。しかし、これは旅人の和した②に引きずられ過ぎた解釈とは言えまいか。②に於いては、落花する橘とそれに片恋して鳴くホトトギスという構図が明確に歌われるため、亡き妻を哀慕して泣く旅人の像を重ねることが可能である。しかし、①の卯の花は「共にや来し（＝共に来たのか）」と問わ

れるだけで、「咲いていない」とは歌われていない。それにも関わらず、①でホトトギスが鳴き声を響かせる理由を眼前に無い卯の花を恋い慕うためと解するのは、②に詠み込まれた観念を①に無前提に取り入れてしまった嫌いがある。また、先述したように、ホトトギスと卯の花を共に詠み込む歌は①以外に計十七首あるが、そのうち六首が巻十の季節歌、九首が大伴家持周辺の歌で、時代的に①よりも後の作と思しい。よって、堅魚が①を詠じた時点ではまだ、咲いてもいない卯の花とホトトギスを取り合わせて詠まねばならないほどに両者の関係は固定的では無いと言える。それにも関わらず、堅魚が咲いていない卯の花をわざわざ詠じたとするのは、やはり不自然な理解であろう。卯の花は、ホトトギス飛来と同時期に開花する景物で、望遊時の属目の景であったと素直に捉えるべきである。①は、表向きにはホトトギスの飛来と卯の花の開花が同時期であることを歌いつつ、両者を敢えて「共に来」と表現することによって表現の背後に旅人と大伴郎女の像を呼び込み、「妻も一緒に来たのか」と旅人に問いたいが憚られて出来ないと亡妻を哀慕する旅人への弔意を示した二重性を持つ歌であると考えたい。

四　旅人歌のホトトギス

旅人は堅魚による①に触発され、それに和する形で②を歌った。旅人が触発されたのは、堅魚が「卯の花の共にや来し」という稀有な表現の裏に込めたものを読み取ったからであり、①に和することで旅人は堅魚の配慮に応えたのである。①で詠まれた記夷城に咲く卯の花を、旅人が②で「橘の花散る里」と詠み換えたのは、諸注が指摘するように大伴郎女がまさに長逝した大宰府を示したかったからであるとみてよいだろう。

旅人の②と同様にホトトギスと散る橘を歌う歌は、例えば、

・わが屋前の花橘を霍公鳥来鳴き動めて本に散らしつ　（8一四九三　大伴村上）

・霍公鳥いとねたけくは橘の花散る時に来鳴き響むる　（18四〇九二　大伴家持）

など集中に計十一首あるが、ホトトギスが橘の花を散らすことや、橘の花の散る時に合わせて来鳴くことを恨む歌が多く、②のように橘の落花をホトトギス自身が惜しんで鳴くことを歌った例は無い。それにも関わらず、旅人が散る橘に「片恋しつつ鳴く」ホトトギスを詠んだのには理由がある。

万葉歌に詠まれたホトトギスは、夏到来の象徴であること以外にも重要な観念を負っている。その一つが、蜀魂伝説に由来する懐旧の観念である。蜀魂伝説は、退位・隠棲した蜀王望帝の魂がホトトギスと化して古を偲んで鳴き、それを聞いた蜀人が悲しんだという中国の著名な故事である。ホトトギスは既に持統朝の段階で蜀魂のイメージを負う鳥であったことが、次の贈答歌から知られる。

吉野の宮に幸しし時に、弓削皇子の額田王に贈り与へたる歌一首

・古に恋ふる鳥かも弓絃葉の御井の上より鳴き渡り行く　（2一一一　相聞）

額田王の和へ奉れる歌一首　大和の都より奉り入る

・古に恋ふらむ鳥は霍公鳥けだしや鳴きしわが念へる如　（2一一二　相聞）

右二首の「古に恋ふらむ鳥」が蜀魂伝説をふまえた表現であることについては、身﨑壽氏(13)に詳細な考察がある。氏によれば、当該伝説は中国に於いても文献や時代により内容に大きな異同があるが、万葉歌に影響を与えたとされる六朝以前の文献によれば、「伝説の核心は、退位・隠棲した先帝をしたって、国民がこぞって先帝の化したというホトトギスのこえにみみをかたむけ、先帝を哀慕したというところ」にあり、それが七世紀の日本人の伝説に対する共通理解であったという。よって、額田王が詠んだ「古に恋ふらむ鳥」ホトトギスは、「先帝追慕」

あるいは「過去の治世への懐古」というモチーフで捉えるべきであると氏は指摘する。一方、旅人の②で詠まれたのは、散る橘の花に「片恋しつつ鳴く」ホトトギスである。ここで、右の贈答歌に詠まれた「古に恋ふる鳥」ホトトギスと②のホトトギスとは、失われた過去（古・橘の花盛り）への「恋」の思いから鳴く点で共通していることに気付かされる。旅人による「（散る橘の花に）片恋しつつ鳴く」ホトトギスは、蜀魂伝説を想起させる歌い方だったのである。そして、そのように歌われることにより、散る橘の花も大伴郎女の死の表象性を帯びることになる。

集中には他にも、ホトトギスの鳴く声を聞いて死者を追慕する歌が、

・大和には鳴きてか来らむ霍公鳥汝が鳴く毎に亡き人思ほゆ（10一九五六　夏雑歌）

・霍公鳥なほも鳴かなむもとつ人かけつつもとな吾をねし泣くも（20四四三七　元正天皇）

など何例か見られる。[14] 持統朝の段階で「先帝追慕」を表象していたホトトギスが、時代が下るともっと広く「死者追慕」を表象する鳥となっていったことが覗える。

ここで注目されるのは、蜀魂の鳥ホトトギスを詠むことで「死者追慕」を歌ったのは、旅人の②が最初であるらしいということである。蜀魂の鳥として初めてホトトギスを詠んだ額田王の歌では、ホトトギスにより「先帝追慕」が表現されてはいたが、それを「死者追慕」と言いかえることはできないだろう。額田王の歌は、本来的には弓削皇子の贈歌に答える形で詠まれた機知に富む恋歌であり、歌表現すべてが故人（天武）への哀慕に向かっているとは受け取れないからである。また、前掲の、ホトトギスの鳴く声を聞いて死者を追慕する二首は、巻十・巻二十（元正天皇作）と時代的に新しい歌である。[15] よって、旅人の②が、蜀魂の鳥として「先帝追慕」を表していたホトトギスを「死者追慕」の鳥へと転換し、近しい故人を哀慕するために詠み込んだ初めての作品と見ること

ができる。この点で②は、旅人による新たな死者哀慕の歌の創出であるといってもよいだろう。これを逆に捉えれば、旅人は蜀魂の鳥ホトトギスを亡妻哀慕の歌に取り込むことにより、「亡妻追慕」という視点を獲得したと考えることもできる。そうであるならば、この視点が、大伴郎女長逝後から数十日～二年半後という年月を経て詠作された巻三亡妻挽歌群の視点に何らかの影響を与えた可能性も出てくるだろう。

②は、ホトトギスが片恋しつつ「鳴く日しぞ多き」で結ばれる。この結句により、ホトトギスは妻を亡くして以来ずっと彼女を哀慕し涙にくれる旅人自身の譬喩へと転換し、旅人による亡妻への決して叶うことの無い思慕の情が表現される。しかし②は、表向きは橘とホトトギスという初夏にふさわしい景物を詠むことに徹しており、①の表面上の季節歌の世界と同調している。堅魚が①で詠んだ表向きの季節歌の世界と裏のモチーフに合わせつつ、①とは取り合わせる景物も、歌の舞台となる場所も変え、新たに蜀魂伝説を取り入れて亡妻追慕の歌を詠出したところに旅人の機知が見て取れる。

②は先述したように、巻三亡妻挽歌群に先立って詠作された可能性が高い。亡妻挽歌群はその冒頭の題詞に「大宰帥大伴卿思二戀故人一歌」（3四三八）とあり、孤独感を噛み締める旅人が亡妻への「思」や「恋」を歌った作であることが分かる。それでは、この挽歌群と、同じく亡妻への「片恋」を歌う②との差はどこにあるのだろうか。それは、既に佐藤隆氏(16)が、

> 成立事情に留意した時、当初から主観的に亡妻の追慕を意図して詠出された作品ではないことに注意すべきである。堅魚歌によって生まれた旅人の文芸作品なのである。

と指摘したように、②は旅人が堅魚の①に触発され、それに応える形で機知を働かせ詠出した作品であることと密接に関わる。それ故、①に応じて②も、望遊時の詠作であることに由来する季節歌の世界を逸脱しておらず、

その点に於いて②は、短歌による連作の形式を用いて折々に湧き起こる亡妻への思慕を歌い上げた亡妻挽歌群とは性質が異なると言える。それが、②と亡妻挽歌群を、夏雑歌と挽歌に分かつポイントであったのだろう。

五　むすび

以上見てきたように、弔問の勅使石上堅魚とそれに応えた大伴旅人による唱和歌は、記夷城での望遊という折にふさわしい季節歌の世界を保ちながらも、それぞれが巧みに亡き大伴郎女のことを詠み込むやり取りとなっていた。堅魚の①は、望遊時の実景であるホトトギスと卯の花を取り上げ、表向きはその飛来と開花の取り合わせを歌った季節歌であった。しかし、ホトトギスと卯の花を「共に来」と表現することで、歌表現の背後に大伴旅人と大伴郎女の像を呼び込み、亡き妻を哀慕する旅人への弔意を込めていたのである。そして、①に和して旅人が詠んだ②は、その堅魚の弔意を受けとめ、それに応える形で詠まれていた。旅人は、①の季節歌の世界に合わせた上で、ホトトギスを「橘の花散る里の霍公鳥」へと変え、「片恋しつつ鳴く」と表現することで蜀魂伝説を呼び込みつつ、亡き妻を哀慕する自分自身の譬喩とした。その旅人の営みは、蜀魂の鳥ホトトギスを「先帝追慕」を表象する鳥から「死者追慕」を表象する鳥へと転換することで、新たな死者哀慕の歌い方を創出する試みともなっていたのである。

当該唱和歌は、弔問の勅使と弔問を受けた者のやり取りらしく、表現の裏に故人への思いが歌われた歌であった。ただ、表向きの季節歌の世界により、当該唱和歌は夏雑歌と判断されたのであろう。当該唱和歌が収載された巻八、亡妻挽歌群が収載された巻三、及び巻四・巻六の四巻には共通作者が多く、共通資料をもとにしていると思われる証跡が随所に見られることが、横山英氏[17]、小野寛氏[18]等により指摘されている。当該唱和歌と亡妻挽歌群がもとは大宰府関係の歌をまとめたような同一資料内に存在していたと仮定すると[19]、当該唱和歌は巻三・巻八の編纂者から見て明らかに季節の雑歌であったため、亡妻哀慕を歌う内容であっても亡妻挽歌群とは分離され、巻八に収載されたということになる。この点を考慮にいれても、当該唱和歌は明らかに挽歌ではなく、挽歌的要素を含みもつ季節の雑歌であるといえよう。逆に、当該唱和歌が挽歌に収載されないところに万葉挽歌の性質が顕れている。死者哀慕を歌う歌すべてが挽歌というわけではないのである。

本節は、当該唱和歌が旅人による一連の亡妻関係歌に含めて考え得る作品であるとの視点から、そのあり方を考察したものである。当然、旅人の②と亡妻挽歌群との影響関係について細かく考察されねばならないだろうが、それは今後の課題としたい。

注

（1）現在残る遺跡から、楼閣址が確認されている。（参考文献：大宰府史跡発掘調査周年記念特別展図録『大宰府復元』九州歴史資料館　一九九八年一〇月）

（2）この問題については、吉永登氏「『日本挽歌』は誰のためのものか」（『日本文学』七―一二　一九五七年一二月）、佐藤美知子氏「『万葉集』巻五の論―旅人の妻の死をめぐって―」（『国語国文』四四―五　一九七五年五月）、佐藤隆氏「記夷城での報和の歌」（『セミナー万葉の歌人と作品』第四巻　和泉書院　二〇〇〇年）に詳細な考察がある。

（3）伊藤博氏『萬葉集釈注』の集計に拠る。

（4）多田一臣氏「大伴家持の橙橘と霍公鳥の歌」「『古今集』と暦」（共に、『額田王論―万葉論集―』　若草書房　二〇〇一年）

（5）記紀神話のコノハナノサクヤビメが典型である他、『万葉集』にも以下の例がある。

・あしひきの山さへ光り咲く花の散りぬるごときわご王(おほきみ)かも　（3四七七　大伴家持「安積皇子挽歌」反歌）
・春さらば挿頭(かざし)にせむとわが思(も)ひし桜の花は散りにけるかも　（16三七八六　有由縁并雑歌）

（6）ただし、井手『全注』は卯の花を実際には咲いていないものと解する。

（7）佐藤隆氏　前掲注（2）論「記夷城での報和の歌」

（8）以下に典型的な例をあげる。
・朝霧の八重山越えて霍公鳥(ほととぎす)卯の花辺(はなへ)から鳴きて越え来ぬ　（10一九四五　夏雑歌）
・藤波は　咲きて散りにき　卯の花は　今そ盛りと　あしひきの　山にも野にも　霍公鳥　鳴きし響(とよ)めば…　（17三九九三　大伴池主）

（9）森朝男氏「四季歌の表現論理」（『国語と国文学』六八－五　一九九一年五月、後に『古代和歌の成立』勉誠社　一九九三年）

（10）例えば、以下の歌では「まし（もの）を」という反実仮想により相手への恋情や弁解（詫び）などが表現されている。
・吾を待つと君が濡れけむあしひきの山のしづくに成らましものを　（2一〇八　石川郎女）
・悔しかもかく知らませばあをによし国内(くぬち)ことごと見せましものを　（5七九七　山上憶良）
・あらかじめ君来まさむと知らませば門(かど)に屋戸(やど)にも珠(たま)敷かましを　（6一〇一三　門部王）

（11）他にも、以下のような例がある。引用は、新日本古典文学大系（岩波書店）に拠る。
・しでの山越えて来つらん郭公(ほとゝぎす)恋しき人の上語らなん　（拾遺　哀傷　一三〇七）
・くさの葉に門出はしたり時鳥(ほとゝぎす)しでの山路もかくやつゆけき　（金葉　雑部下　六四五）
・つねよりもむつましき哉(かな)ほとゝぎす死出の山路の友と思へば　（千載　哀傷歌　五八二）

（12）渡辺秀夫氏『詩歌の森　日本語のイメージ』（大修館書店　一九九五年）

（13）身﨑壽氏『額田王　萬葉歌人の誕生』（塙書房　一九九八年）第一章「蜀魂」

（14）・信濃(しなの)なる須我(すが)の荒野にほととぎす鳴く声聞けば時(とき)過ぎにけり　（14三三五二　東歌）
も、死者と死別後の月日の経過を詠嘆した歌とする説がある（中西進氏『旅に棲む　高橋虫麻呂論』角川書店　一九八五年）。この歌の解釈については、本書の**第三章《補論》「東歌のホトトギス詠—巻十四・三三五二番歌の考察—」**で論じている。

（15）前掲注（14）の巻十四・東歌も新しい歌であり、旅人以降の作品と見られる。

（16）佐藤隆氏　前掲注（2）論「記夷城での報和の歌」

（17）横山英氏「萬葉集巻三・四・六・八の關係」（『国語国文』二―一〇　一九三二年一〇月）

（18）小野寛氏「万葉集巻八と巻三・四・六—その共通作者と重出歌—」（『国語と国文学』四六―一〇　一九六九年一〇月）

（19）当該唱和歌と亡妻挽歌群は旅人を「大宰帥大伴卿」と呼ぶことでも共通するため、同一資料から分離編纂された可能性を完全には否定できないだろう。

第二節　ホトトギスと死者追慕の歌
——万葉歌から中古哀傷歌へ——

一　はじめに

『古今和歌集』巻第十六の哀傷歌に、次のような二首が見られる。

・郭公今朝鳴く声におどろけば君を別れし時にぞありける　（八四九　紀貫之）

・なき人の屋戸に通はば郭公かけて音にのみ鳴くと告げなむ　（八五五　読人しらず）

前者には「藤原高経朝臣の身まかりてのまたの年の夏、郭公の鳴きけるを聞きてよめる」という詞書が付される。藤原高経は関白太政大臣藤原基経の弟で、寛平五年（八九三）夏五月に死去したが、それはちょうどホトトギスが来鳴く時期でもある。ホトトギスの鳴き声を聞いて、前年に高経が死去した時節の到来に気付いたという主旨のこの歌では、ホトトギスにより夏の到来と死者への懐旧とが表象されている。また、後者は「題しらず」の歌であるが、ホトトギスが故人の住む宿に通うのならば、残された自分が嘆き悲しむ様を故人に告げて欲しいと願う主旨と解される。[1] この歌ではホトトギスに、あの世とこの世とを往来する鳥、悲痛の思いを抱いて鳴く鳥、恋情を告げる鳥などの観念が投影されている。こうした和歌に於けるホトトギスのイメージについて、渡辺秀夫氏は[2]「この世の境界を越えあなたの異域に交通する使者」であるホトトギスは「〈冥途の鳥〉とされ、しばしば故人を偲び、追憶する哀傷のよすがでもある」と説く。

あの世とこの世とを往来する「冥途の鳥」ホトトギスという観念を取り込んで詠まれた歌は、中古和歌に散見する。[3]

・しでの山越えて来つらん郭公(ほとゝぎす)恋しき人の上語らなん　（拾遺　哀傷　一三〇七　伊勢）

・ひと声も君につげなんほとゝぎすこのさみだれは闇にまどふと　（千載　哀傷歌　五五五　上東門院）

前者には「生み奉りたりける親王(みこ)の亡くなりての又の年、郭公(ほとゝぎす)を聞きて」という詞書が、後者には「後一条院かくれさせ給うての年、郭公の鳴きけるによませ給うける」との詞書が付される。二首は共に、前掲『古今集』八四九番歌（貫之）と同じく、故人が死去した後にホトトギスの鳴き声を聞いて詠まれた作であり、冥途にいる故人に作者の悲嘆を告げて欲しい、もしくは故人の冥途での身の上をこちらに伝えて欲しいとホトトギスに願う詠み方は前掲『古今集』八五五番歌に近い。二首に詠まれたホトトギスは、作者の目には慕わしい人がいる場所である冥途に通う使者として映り、故人追憶のよすがとなり得ている。また、前者のホトトギスは「死出(しで)の山」を越え来る鳥と詠まれるが、これは冥途に通うホトトギスの典型的な表現であり、そのようなホトトギスを死に瀕した作者自身がこれから向かう「死出(しで)の山路(やまぢ)」の道案内と捉える歌も見られる。

・くさの葉に門出はしたり時鳥(ほとゝぎす)しでの山路もかくやつゆけき　（金葉　雑部下　六四五　田口重如）

・つねよりもむつましき哉(かな)ほとゝぎす死出の山路の友と思へば　（千載　哀傷歌　五八二　鳥羽院）

この「死出の山」を越え来る鳥という表現は、『古今集』雑体や『伊勢物語』等に見えるホトトギスの異名「死出の田長[4]」にも関わるのであろう。

勅撰集の夏の部は、言うまでもなくホトトギスの歌がその大半を占めており、夏歌を詠む際にはホトトギスを主題とするのが中古和歌の形式であったことが分かる。一方、以上に挙げた歌はすべて各歌集の哀傷（歌）の部に収載されることから[5]、中古以降、哀傷歌に「冥途の鳥」ホトトギスを詠み込むことも一つの形式となっていたことが覗える。哀傷歌にホトトギスほど目立って詠み込まれる鳥は他に無く、中古以降の和歌世界ではホトトギスが冥途や死者に近しい鳥という認識があったことが認められよう。

一方、万葉挽歌の中にホトトギスを詠み込む作を探してみると、わずかに次の一首が見えるのみである。

同じ石田王の卒りし時に、山前王の哀傷びて作れる歌一首

・つのさはふ　磐余の道を　朝さらず　行きけむ人の　思ひつつ　通ひけまくは　霍公鳥　鳴く五月には
菖蒲草　花橘を　玉に貫き〔一は云はく、貫き交へ〕　かづらにせむと　九月の　時雨の時は　黄葉を　折りかざさむと　延ふ葛の　いや遠永く〔一は云はく、田葛の根の　いや遠長に〕　万世に　絶えじと思ひて〔一は云はく、大船の　思ひたのみて〕　通ひけむ　君をば明日ゆ〔一は云はく、君を明日ゆは〕　外にかも見む　（3四二三）

右の一首は、或は云はく、柿本朝臣人麿の作といへり。

右の一首中で、ホトトギスは五月という季節を象徴する景物として詠み込まれたに過ぎず、故人にまつわる心情や観念が投影されることは無い。この他にも、ホトトギスを死者との関連で詠み込む挽歌は見られない。ここから、万葉挽歌では中古哀傷歌のように、ホトトギスを死者追憶のよすがと見て死者を偲ぶ表現がまだ成立していなかったことが推測できる。しかし、集中には、

・大和には鳴きてか来らむ霍公鳥汝が鳴く毎に亡き人思ほゆ　（10一九五六　夏雑歌）

のように、ホトトギスの鳴き声を聞いて故人を追懐する歌が何首か存在している。ただし、右の一首が夏雑歌であるのをはじめとして、そのいずれもが挽歌に分類されてはいない。ホトトギスを詠み込んで死者追慕を詠む歌が挽歌中には存在せず、他の部立の中に存在するというのは非常に興味深い事象である。そもそも挽歌は、大まかに言えば人の死に関わる歌であるが、厳密な意味で挽歌と呼び得るのは部立挽歌に収載された歌及び題詞や左注に「挽歌」と記された歌のみである。(6) 題詞に「挽歌」と記された歌は、作者自身に挽歌を詠むという意識があったと見て良いだろうが、部立挽歌に収載された歌や左注に「挽歌」と記された歌を挽歌であると判断したのは、夙に梶川信行氏が、(7)

ジャンル意識とは、ほとんど無縁なところで制作された歌々を、編者の恣意的なジャンル意識の枠の中に入れてしまったものの総体が、『万葉集』の「挽歌」であろうと考えられる。

と指摘したように各巻の編者であって、歌自体は〈挽歌を詠む〉という意識で詠作されたものかどうかは分からない。よって、ホトトギスを詠み込んで死者追慕を歌う歌が挽歌中には存在しないという事象も、その歌い方が挽歌に於いて成立していなかったということではなく、その歌が編者からは挽歌と認識されなかったことの結果であると考えられよう。それは、いかなる理由に拠るのであろうか。その歌が挽歌では無いと判断されたポイントはどこにあったのだろうか。そこで以下、『万葉集』中に数首存在するホトトギスを詠み込んで死者追慕を歌う歌の性質を、挽歌との違いという視点から考察していきたい。また、そこから見えてくる歌材ホトトギスのあり方についても論じていきたい。

二　万葉のホトトギス

『万葉集』に於けるホトトギスは代表的な夏の景物であり、鳥の中では集中最も多く一五五首の歌に詠み込まれる[8]。早くは天武・持統朝の歌に詠まれるが、後期万葉に至って季節歌や景物等の概念が定着するのに伴い、その数を急激に増やす。四季分類歌巻である巻八・巻十の夏の部に収載された歌のほとんどがホトトギス詠となっている。万葉人は様々な事柄をホトトギスに寄せて歌に詠んだが、中でも特に多いのが、

・神名火(かむなび)の磐瀬(いはせ)の社(もり)の霍公鳥毛無(けなし)の岳(をか)に何時(いつ)か来鳴かむ　（8一四六六　志貴皇子）

・霍公鳥待てど来鳴かず菖蒲草(あやめぐさ)玉に貫(ぬ)く日をいまだ遠みか　（8一四九〇　大伴家持）

などホトトギスの飛来を夏の到来と関わらせて詠む歌である。それは、ホトトギスが初夏の陰暦四月～五月初旬頃、南アジアから日本に飛来する渡り鳥であることに由来する。夏到来の象徴ともいえるホトトギスの初声を待ち望む歌は多く見られ、その大半が時を同じくして開花する橘や卯の花、端午の薬玉に用いる菖蒲(あやめぐさ)などを共に詠み込む。特に、ホトトギスを好んで詠んだことで知られるのは大伴家持で、多田一臣氏は家持が立夏という暦日意識に基づく季節観により観念的にホトトギスの飛来を歌ったことを指摘している[9]。万葉歌に於けるホトトギスは、まず初夏をイメージさせる鳥として定着していたといえよう。中国詩のホトトギスは晩春の鳥とされるのが通例であるため、これは万葉歌独自の観念である。この中国詩と万葉歌との差は、南アジアからの渡り鳥であるホトトギスの飛来時期のずれから生じたものと推測できる。先に挙げた、挽歌中で唯一ホトトギスを詠み込む四二三番歌は、この集中最も多く見られる詠み方に拠っている。

初夏を表象し人々が初声を待ち望む鳥というと、一見すがすがしいイメージで捉えてしまいがちであるが、ホ

トトギスが飛来する陰暦四月～五月頃は一年中で最も長雨の降り続く時期であると同時に、田植えの季節でもある。この時期には、身を慎んで神聖な田の神を迎えるために田植えが済むまでは男女の会合や共寝を忌むことから、人々が性的に最も抑圧された期間であったとされる。(10) よって、ホトトギスが飛来する季節は、長雨と相俟って一年中で最も陰鬱な時期であり、それに堪える人々の鬱屈した思いがホトトギスに重ねられることになる。その人々の思いに関わって、ホトトギスは、

・霍公鳥無かる国にも行きてしかその鳴く声を聞けば苦しも　（8一四六七　弓削皇子）
・何しかもここだく恋ふる霍公鳥鳴く声聞けば恋こそまされ　（8一四七五　大伴坂上郎女）
・恋ひ死なば恋ひも死ねとや霍公鳥物思ふ時に来鳴き響(とよ)むる　（15三七八〇　中臣宅守）

などの歌が象徴的に示すように、その声が恋情や孤愁をかきたてる鳥としても歌われる。昼夜を分かたず鳴くホトトギスの哀切な鳴き声は、満たされず鬱屈した恋の思いを余計にかきたて人々を苦しめる。しかし、その反面、

・暇無(いとま)み来(こ)ざりし君に霍公鳥われかく恋ふと行きて告げこそ　（8一四九八　大伴坂上郎女）
・故郷(ふるさと)の奈良思(ならし)の岳(をか)の霍公鳥言告(ことつ)げ遣(や)りしいかに告げきや　（8一五〇六　大伴田村大嬢）

のように、人々が忌み隠らねばならない季節に自由に飛び渡り鳴き声を響かせるホトトギスを、遠方の相手に恋情を告げる鳥として詠む歌も存在する。(11) この恋情を告げる鳥という観念が、中古に入り、冥途の死者に自己の悲嘆を伝えたり死者の近況を伝えたりする鳥という哀傷歌の観念にも結び付いていったのだろう。

また、毎年決まった時期に飛来するホトトギスを旧知の鳥と捉え、懐旧のイメージで歌う歌も見られる。

・本(もと)つ人霍公鳥をや希(めづら)しみ今か汝(な)が来る恋ひつつ居(を)れば　（10一九六二　夏雑歌）
・青丹よし奈良の都は古(ふ)りぬれど本(もと)霍公鳥鳴かずあらなくに　（17三九一九　大伴家持）

これらの万葉歌と同様の観念に基づく詠みぶりは、

・五月まつ山ほとゝぎすうちはぶき今もなかなん去年の古声　（古今六帖　ほととぎす　四四五二）

・昔へや今も恋しき郭公故里にしも鳴きて来つらむ　（古今　夏　一六三　壬生忠岑）

・聞かばやなそのかみ山のほとゝぎすありし昔のおなじ声かと　（後拾遺　夏　一八三　皇后宮美作）

などの中古和歌の中にも見出せる。渡辺秀夫氏は(12)「この世を秩序だてる根源の国から飛来するほととぎすの、常に変わらぬ鳴き声は、今の時を越えてその本然の昔日へと誘う【懐旧】の情を喚起する」と説く。

一方、これらの日本的な感覚より発した懐旧とは別に、ホトトギスには漢籍に由来する懐旧のイメージもつきまとう。その漢籍とは、言うまでもなく蜀魂伝説のことである。蜀魂伝説は、退位・隠棲した蜀王望帝の魂がホトトギスと化して古を偲んで鳴き、その哀切な声を聞いた蜀人が悲しんだという中国の著名な故事であり、そこからホトトギスを「懐旧の鳥」とするならいが生じたとされる。ホトトギスは既に持統朝の段階で蜀魂伝説を連想させる鳥であったことが、次の贈答歌から知られる。

吉野の宮に幸し時に、弓削皇子の額田王に贈り与へたる歌一首

・古に恋ふる鳥かも弓絃葉の御井の上より鳴き渡り行く　（2一一一　相聞）

額田王の和へ奉れる歌一首　大和の都より奉り入る

・古に恋ふらむ鳥は霍公鳥けだしや鳴きしわが念へる如　（2一一二　相聞）

右の贈答歌は、「日本ホトトギス史上、弓削皇子と額田王の歌の持つ重みは、はかり知れない。文雅の鳥ホトトギスは日本においてこの二首から始まった」(13)と評されるように、ホトトギスを単なる鳥としてではなく、文学的な表象性を負う題材として初めて詠み込んだ二首である。その二首の表現の基となった蜀魂伝説は、身﨑壽氏(14)

によれば中国に於いても文献や時代により内容に大きな異同があり、中でも万葉歌に影響を与えたとされる六朝以前の文献によると「伝説の核心は、退位・隠棲した先帝をしたって、国民がこぞって先帝の化したというホトトギスのこえにみみをかたむけ、先帝を哀慕した」というもので、それが七世紀の日本人の伝説に対する共通理解であったという。よって、額田王が詠んだ「古に恋ふらむ鳥」ホトトギスは、単なる懐旧ではなく「先帝追慕」あるいは「過去の治世への懐古」というモチーフで捉えるべきであると氏は指摘する。右の贈答歌に於ける「先帝」とは、亡き天武天皇のことである。よって、額田王歌のホトトギスには「死者追慕」の要素も根源的に含まれていることになるだろう。ただし、右の贈答歌は巻二相聞収載であることが示すように、天武と天武朝への懐古によって心を通じ合わせる二人の間で交わされた恋歌であり、亡き天武への哀傷が目的の歌ではない。故に、額田王が詠んだホトトギスは「死者追慕」の鳥ではなく、あくまでも「先帝追慕」の鳥だといえる。

以上見てきたように、万葉歌のホトトギスは初夏を象徴する鳥であると共に、満たされぬ恋情を表象する鳥、恋情を告げる鳥、また懐旧の情を喚起する鳥として詠まれている。そして、このイメージは中古和歌にも概ね受け継がれて行くこととなる。

三　大伴旅人の唱和歌

仏教的他界観の確立以前の文献である『万葉集』では、ホトトギスを「死出の山」を越え「冥途」に通う鳥として詠む例を見出すことはできない。死者の赴く場所とされる山中や「黄泉（よみ）」等の他界に通う鳥としてホトトギスを歌ったと認め得る例も無い。しかし、近世以来、「冥土の鳥」ホトトギスを詠んだ作であると理解されてきた歌が一首存在する。

　　式部大輔石上堅魚朝臣の歌一首

①霍公鳥来鳴き響もす卯の花の共にや来しと問はましものを　（8一四七二）

　右は、神亀五年戊辰に大宰帥大伴卿の妻大伴郎女、病に遇ひて長逝す。時に勅使式部大輔石上朝臣堅魚を大宰府に遣して、喪を弔ひ并せて物を賜へり。その事既に畢りて驛使と府の諸の卿大夫等と、共に記夷の城に登りて望遊せし日に、乃ちこの歌を作れり。

　　大宰帥大伴卿の和へたる歌一首

②橘の花散る里の霍公鳥片恋しつつ鳴く日しそ多き　（8一四七三）

右二首は巻八夏雑歌収載の唱和歌である（以下、前者を①、後者を②と呼ぶ）。①の左注によると二首は、大伴旅人の妻大伴郎女が大宰府で長逝した折、弔問の勅使として派遣された石上堅魚と弔問を受けた旅人との間で交わされている。よって、二首は旅人の妻の死に関わる詠作となるため、近世以来、亡き大伴郎女に引き付けた挽歌的な解釈がなされてきた。その際に、「冥途の鳥」ホトトギスを詠んだ歌と解されたのは堅魚による①の方である。初めて①のホトトギスを「冥途の鳥」と指摘したのは契沖『萬葉代匠記（初稿本）』で、契沖は、ホトトギスが昔から「冥途の鳥」「しでの田長」と言い習わされてきたことから、①も「その心にてよまれたる歟」として「なき人と共にやこしと、郭公にとはましものをとなり」と一首を解釈している。つまり、一首に詠まれた「卯の花」は亡き大伴郎女の魂の隠喩であり、その卯の花がホトトギス飛来と時を同じくして咲くことから、「冥途の鳥」ホトトギスに「冥界から死者と共にやって来たのか」と問う歌だと一首を理解するのである。この契沖説には近世の諸注が従い、近年でもなお支持されている（鴻巣『全釈』、『新編全集』など）。井手至氏『萬葉集全注』は「あくまでも含意としてならば、蜀魂の故事も踏まえつつ」という前提で、その意が込められていたと見ることは許されるとする。

一方で、①を別に理解する向きもある。例えば窪田『評釈』が「今鳴いている霍公鳥を旅人に擬し、霍公鳥とは離れられない関係のものだが、そこには見えない卯の花を故人に擬して、霍公鳥の鳴いているのは卯の花を恋うてのこととしたのである」と説くように、ホトトギスを悲嘆にくれる旅人の、眼前にない卯の花を大伴郎女の譬喩と捉え、一首を孤独な旅人に同情を寄せた歌と見る説（佐佐木『評釈』、伊藤『釈注』、『新潮集成』、『新大系』など）や、卯の花をホトトギスの飛来と同時期に開花した属目の景と把握した上で大伴郎女の譬喩と捉え、一首を亡妻と共に来ることの出来ない旅人に対する思い遣りの挨拶と解する説（土屋『私注』、『旧大系』など）、また、一首を大伴郎女の死とは切り離して記夷城望遊時の純粋な季節歌と把握し、ホトトギス飛来と卯の花の開花が同時であることを詠んだ作と解する説（井上『新考』、金子『評釈』、澤瀉『注釈』、中西『全訳注』など）がある。

先に確認したように、中古以降の和歌世界に於いてはホトトギスを「冥途の鳥」とする観念が定着している。一方、『万葉集』にはホトトギスを「冥途の鳥」、もしくは他界から通い来る鳥として詠んだと認め得る確かな例は無い。そこで、もしこの観念が①に詠まれたとすると、①はホトトギスを冥界からの使者と見なす「先蹤をなすもの」（『新編全集』）であることになる。しかし、初めて①のホトトギスを「冥途の鳥」であると言及した契沖『代匠記』は、その根拠を前掲『拾遺集』一三〇七番歌（伊勢）や異名「しでの田長」など中古文献の中に求めており、上代文献から帰納した言及ではないことが注意される。後代の観念を万葉歌に持ち込んで解釈を施すことには、もっと慎重であるべきだろう。また、①は弔問の勅使である堅魚が弔問の相手である旅人を意識して作ったメッセージ性の強い歌であると推測され、そのような①に万葉人の共通理解となり得ていない観念を突如として堅魚が詠み込むことはあり得ないと考えられる。以上の二つの理由から、『代匠記』の説く「冥途の鳥」という理解も、それにより導かれた一首の解釈も首肯することは出来ない。

①の表現上、最も注目されるのは「（ホトトギスが）卯の花の共にや来しと」である。上代歌謡及び和歌に於ける副詞「共に」の用例を見ると、通常は「〜と共に」の形で複数の人間や動物の群れなどが一緒に行動することが表現され、歌に叙述される複数の主体が「共に」に下接する動詞の内容となる行為を一緒に行うことを意味する。そこで、①の表現を同様に捉えると、「ホトトギスも卯の花も一緒にやって来た」と解されることになる。しかし、花は鳥のように空間を移動してやって来るものではなく、花が「来」と表現された例も上代文献中には見出せない。よって、①の「卯の花の共にや来し」は異例の表現だといえる。そこで、この稀有な表現を何故堅魚が用いたのかを考えてみると、堅魚は「卯の花」に空間移動が可能な別の事柄、つまりは亡き大伴郎女の魂の像を暗示する意図をもって敢えてこの表現を用いたのではないかという推測が成り立つ。[15]ここで、季節の鳥が季節の花のもとへ訪ない来ることを男女関係で捉える季節歌の表現論理を一首に重ねてみると、①に詠まれたホトトギスと卯の花は当面の男女である大伴旅人と亡き大伴郎女の譬喩と解される。よって、①はホトトギスの飛来と卯の花の開花の取り合わせを歌いつつ、両者を「共に来」と表現することにより、表現の背後に大伴旅人と亡妻大伴郎女の魂の像を呼び込み、亡き妻を哀慕する旅人の胸中を思いやる弔意を込めた一首だと思われる。旅人も、その堅魚の意図を読み取ったからこそ、①と同様に自らの譬喩であるホトトギスと亡妻の譬喩である季節の花とを詠み込んだ②を詠じて、堅魚の①に和したのであろう。[16]

一方、旅人の②については、『代匠記（初稿本）』が「橘のちるをは、妻の身まかられけるにたとへ、ほとゝきすのなくをは、戀したひて啼によせたり」と説いて以来、落花する橘の花は亡き大伴郎女の、それを惜しんで鳴くホトトギスは涙にくれる旅人の譬喩と捉える解釈が定説化している。ここで注目されるのは、既に諸注が指摘するように、旅人が用いた「(散る橘の花に)片恋しつつ鳴く」ホトトギスという表現に蜀魂伝説が踏まえられているという点である。蜀魂伝説を踏まえた作である前掲額田王歌のホトトギスは「古に恋ふらむ鳥」と表現されたが、旅人が詠んだ「(散る橘の花に)片恋しつつ鳴く」ホトトギスも、失われた過去(古・橘の花盛り)への「恋」の思いから鳴く点で額田王歌と共通している。故に、旅人による②は蜀魂伝説を踏まえた作であると言えるのである。旅人は、①で堅魚の詠んだホトトギスを漢籍の知識を用いた機知で詠みかえたことになるが、持統朝の段階で蜀魂伝説を背景に持ち「先帝追慕」を表象していたホトトギスが、旅人により「死者追慕」を表象する鳥へと転換された点に特に注目したい。額田王歌に詠まれたホトトギスは、「先帝追慕」の鳥ではあっても「死者追慕」の鳥では無かった。それは、先にも述べたように額田王歌が本来的には弓削皇子の贈歌に答える形で詠まれた機知に富む恋歌であり、歌表現すべてが故人(天武)への哀慕に向かっているとは受け取れないからである。よって、旅人による②が、蜀魂伝説を背景に持つホトトギスを「死者追慕」の鳥として、近しい故人を哀慕するために初めて詠み込んだ作品と見られる。②は、旅人が創出した全く新しい型の死者哀慕の歌であるといえよう。(17)

ところで、旅人と死者哀慕といえば、旅人が折々に亡き妻を偲んで詠じた亡妻挽歌群(3四三八~四四〇、四四六~四五三)がまず念頭に浮かぶ。亡妻挽歌群は巻三挽歌に収載されるが、その巻三と、当該唱和歌が収載された巻八、及び巻四・巻六の四巻には、共通作者が多く共通資料をもとにしていると思われる証跡が随所に見られるという横山英氏(18)、小野寛氏(19)等による指摘がある。例えば、巻六雑歌の一〇二四~一〇二七番歌と、巻八秋雑歌の一五七四~一五八〇番歌が、同じ天平十年八月二十日の右大臣橘諸兄邸に於ける宴で詠まれた作であるように、かつて同一資料内に存在していたと推測できる歌が、表現や語彙、季節感の有無等により判断され切り離されて各巻に収載された形跡が見られるのである。そこで、当該唱和歌と亡妻挽歌群がもとは大宰府関係の歌をまとめたような同一資料内に存在していたと仮定すると[20]、当該唱和歌は編者から見て明らかに季節歌であったため、亡妻挽歌群とは分離され巻八夏雑歌に収載されたということになるだろう。逆に言えば、当該唱和歌は表現性が明らかに挽歌とは異なるために、いくら郎女の死と勅使の弔問を契機に死者哀慕が歌われていても挽歌とは判断されなかったということである。ここには、

成立事情に留意した時、当初から主観的に亡妻の追慕を意図して詠出された作品ではないことに注意すべきである。堅魚歌によって生まれた旅人の文芸作品なのである。

という②に対する佐藤隆氏[21]の指摘が関わってくるのだろう。堅魚による①もそれに応じた旅人の②も、歌の表面上の表現には左注で示された記夷城望遊時の詠作であることに由来する季節歌の世界が保たれており、弔意や死者哀慕の思いはあくまでも歌表現の裏に込められている。この表向きの季節歌の世界により、当該唱和歌は夏の雑歌と判断され巻八夏雑歌に収載されたのだと推測できる。そして、この表向きの季節歌の世界には、二首に詠み込まれたホトトギスという題材そのものが深く関わってくると考えられる。

四　死者追慕とホトトギス

③大和には鳴きてか来らむ霍公鳥汝が鳴く毎に亡き人思ほゆ　（10一九五六）

右の一首（以下③とする）は、先述のように巻十夏雑歌に収載されている。この歌について伊藤『釈注』が「作者は難波か吉野あたりを旅しているのであろう。そこに鳴く時鳥の声を聞いて、家郷大和（奈良）で失った亡き

人を想起しているのである」と説くように、一首は明らかに死者を想起し追慕したことを歌っている。また、同じ『釈注』が「中国では時鳥を懐古の悲鳥と見る。ここは、その思想に拠っている」と注するように、そこにはホトトギスを蜀魂の鳥と見る意識が働いている。同じくホトトギスを蜀魂の鳥と捉えて亡妻哀慕を歌った旅人の②では、堅魚の①に合わせてホトトギスが旅人自身の譬喩ともなっていたが、③のホトトギスは作者自身に重ねられる存在ではなく、その鳴き声が作者に故人を想起させる鳥として純粋に歌われている。その点で③は、前掲『古今集』八四九番歌（貫之）など中古哀傷歌の歌い方に近く、中古以降の和歌集であれば哀傷歌に分類されたかもしれない一首だといえる。

ここで、③の結句「亡き人思ほゆ」に注目してみたい。同じ結句は、

・秋津野に朝ゐる雲の失せゆけば昨日も今日も亡き人思ほゆ　　（7一四〇六）

という巻七の挽歌にも見られ、この他にも、

・葛飾の真間の入江にうちなびく玉藻刈りけむ手児名（てこな）し思ほゆ　　（3四三三　山部赤人「過勝鹿真間娘子墓時作歌」反歌）

・勝鹿の真間の井を見れば立ち平し水汲ましけむ手児奈し思ほゆ　　（9一八〇八　高橋虫麻呂「詠勝鹿真間娘子歌」反歌）

など挽歌に類例がある。よって、「亡き人思ほゆ」という主情表現からすれば、③は挽歌に限りなく近い。しかし、一首は夏雑歌に分類されたのであるから、③は編者をはじめ当時の人々の目から見て雑歌として自然に受け入れられる歌だったということだろう。「亡き人思ほゆ」と死者追慕をはっきり歌った作が、何故挽歌とされなかったのであろうか。そこで考えられるのは、③は結句「亡き人思ほゆ」以外の部分に挽歌の表現として受け入れ難

い点があったということである。
この点について更に考察するために注目されるのが、次に挙げる、巻二十収載の元正天皇と薩妙観の唱和歌である。

先の太上天皇の御製せる霍公鳥の歌一首〔日本根子高瑞日清足姫の天皇〕

④霍公鳥なほも鳴かなむもとつ人かけつつもとな吾をねし鳴くも　（20四四三七）

薩妙観の、詔に応へて和へ奉れる歌一首

⑤霍公鳥此処に近くを来鳴きてよ過ぎなむ後に験あらめやも　（20四四三八）

元正天皇の一首（以下④と呼ぶ）には、ホトトギスの鳴き声が「もとつ人」を「かく」ために、女帝自身を泣かせることが歌われている。「かく」とは、この歌の場合は「鳴き声を聞いて、作者にゆかりの人の名に聞きなす」（『新大系』）ということだろう。「もとつ人」は、一般的には昔馴染みの人や懐かしい人を指す言葉であるが、契沖『代匠記（初稿本）』が「此もとつ人とは、元明天皇をさゝせたまへるにやとそうけたまはる」と説いて以来、④の「もとつ人」は元正天皇の母である故元明天皇を指すと見る理解が通説化している。(22) 契沖『代匠記（精撰本）』は「養老五年十月に元明天皇崩御シ給テ、明ル年ノ夏ニ至テ、郭公ノ鳴ヲ聞食テ、シノヒ参ラサセ給ヒテヨマセタマヘルニヤ」と④の作歌事情を考察する。また窪田『評釈』は、④に和した薩妙観の一首（以下⑤と呼ぶ）が「過ぎなむ後に験あらめやも（＝この時を過ごしてしまっては、後でいくら鳴いても甲斐などあるものか）」と歌うことから、「作意は、その場所、その時は、思い出の哀しみを尽くすのが本意であるという心で詠んでいるものとみえる。それだと故人となられた人の法事を営んでいるというような場合ではなかったかと思われる」と、唱和歌が故元明天皇の法事の場に於ける詠であると推測する。実際の詠作の時や場については想像の域を出ないが、元正天皇がホトトギスの鳴き声を聞いて母元明を追慕したという諸注の見方には従ってもよいだろう。それは、先に確認したようにホトトギスが蜀魂の鳥として持統朝の段階から「先帝追慕」を表し、時代が下ると「死者追慕」の鳥として歌われてきたからである。よって、④もまた、ホトトギスに寄せて故人を想起・追慕した作であるといえる。

右の唱和歌④⑤は巻二十に収載されるため、これがどのような部立の歌と認識されたかは分からない。そこで、一首の題詞に注目してみたい。④は、元正天皇が故人を哀傷した歌と題されてはおらず、「先の太上天皇の御製せる霍公鳥の歌」、つまり元正天皇がホトトギスを詠んだ歌だと説明されているのである。題詞の理解が正しいことは、④に応じて薩妙観による⑤もホトトギスのみに焦点をしぼった詠となっていることからも保証されるだろう。また④の表現を見ても、死者追慕という挽歌的内容が歌われてはいるが、その表現はあくまでもホトトギスに向かい「もとつ人」と呼ばれる死者の魂へとは向かっていないことにも気付かされる。よって、右の唱和歌は正確に言えば、ホトトギスに寄せて故人を追慕した歌ではなく、蜀魂の鳥ホトトギスの表す「死者追慕」という観念を取り込んでホトトギスを詠んだ歌だということになる。

右の唱和歌④⑤の考察から、『万葉集』では死者追慕を歌う目的でホトトギスを詠み込むのではなく、ホトトギスの詠み方の一つに故人を懐旧・追慕させる鳥という詠み方があったということが言えるだろう。万葉歌に於けるホトトギスは中古哀傷歌のように死者追懐の目的で詠み込まれる素材ではなく、それを詠むこと自体が作歌の目的となる題材なのである。よって、前掲③歌も、結句の主情表現こそ確かに「亡き人思ほゆ」であるが、一首全体として見れば死者追慕を目指した作ではなく、ホトトギスが死者を追慕させる鳥であることを歌ったホトトギス詠だと言えよう。だからこそ夏雑歌に収載されたのだと考えられる。また、石上堅魚と大伴旅人による唱和歌①②も、大伴郎女の死を悲しむ気持ちが込められてはいるが、表向きには妻を失った旅人の譬喩としての

（①）、また「死者追慕」の鳥という観念を取り込んだ（②）ホトトギス詠であるという点から判断して、夏雑歌に収載されるべき季節歌だと言える。『万葉集』のホトトギスは、「死者追慕」の意をも含む懐旧の情を喚起する季節の景物であり、それ自体が詠歌対象なのである。(23)

五　むすび――挽歌との比較――

ホトトギスは、鳥の一種である。古代の鳥は、夙に折口信夫氏が(24)「鳥殊に水鳥は、霊魂の具象した姿だと信じた事もある。又、其運搬者だと考へられた。而も魂の一の寓りとも思うて居た」と説いたように、しばしば古代的霊魂観との関わりで論じられる。記紀でも、天若日子の死に際して雀・鷺・雉等の鳥が葬儀の役割を担ったり、倭建命の魂が死後に八尋白千鳥と化して天に飛び翔る様が語られたりするなど、鳥が異世界と人間界との橋渡し的な役割をもち、霊魂を司る存在と認識されていたことが覗える。そのように霊魂と深く関わる鳥は、

・…沖つ櫂（かい）　いたくな撥（は）ねそ　辺つ櫂　いたくな撥ねそ　若草の　夫（つま）の　思ふ鳥立つ　（2一五三　天智挽歌群「大后御歌」）

・島の宮勾（まがり）の池の放ち鳥人目に恋ひて池に潜（かづ）かず　（2一七〇　柿本人麻呂「日並皇子殯宮挽歌」或本歌）

・島の宮上の池なる放ち鳥荒びな行きそ君いまさずとも　（2一七二「皇子尊宮舎人等慟傷作歌」）

・み立たしし島をも家と住む鳥も荒びな行きそ年かはるまで　（2一八〇　同右）

・塒（とくら）立て飼ひし鴈（かり）の子巣立ちなば檀（まゆみ）の岡に飛び帰り来ね　（2一八二　同右）

・ももづたふ磐余（いはれ）の池に鳴く鴨を今日のみ見てや雲隠りなむ　（3四一六　大津皇子「被死之時、磐余池般流涕作歌」）

など、挽歌にも多く詠み込まれる。人麻呂が妻の死を悼んだ「泣血哀慟歌」にも「軽の市に　わが立ち聞けば　玉襷　畝火の山に　鳴く鳥の　声も聞えず」（2二〇七）、「かぎろひの　燃ゆる荒野に　白栲の　天領巾隠り　鳥じもの　朝立ちいまして　入日なす　隠りにしかば」（2二一〇）、「大鳥の　羽易の山に　わが恋ふる　妹は座すと」（2二一〇）など霊魂を司る鳥のイメージに関わる表現が多用される。中でも、故人遺愛の鳥が飛び去ってしまうことに残された者達が悲しみを感じる様を歌う歌は多く、その点で鳥は故人の魂に通ずる。鈴木日出男氏[25]は、鳥を詠む挽歌の表現を、

　古来の信仰や伝承を媒介に培われてきた「鳥」の、異界に往き来するものという表象性を意識的にとりこみながら、しかもそれを和歌の鮮明な映像に転じて固有の心象風景を描いているのである。

と説く。鳥は、異界との間を往来するものという日本古来の霊魂観を負うがために、挽歌に多く詠み込まれたのである。

一方、同じ鳥の中でもホトトギスは挽歌にほとんど詠み込まれることがない。ホトトギスは、弓削皇子と額田王の贈答歌が詠まれた持統朝の時点で、蜀魂伝説を背景に「先帝追慕」を表し、「死者追慕」の要素を根源的に含み持つ鳥であった。その後、蜀魂の鳥ホトトギスは、石上堅魚の歌に和した大伴旅人の歌の段階で「死者追慕」を表象する鳥と表現される。ホトトギスにより死者を追慕する歌い方は、一見したところ挽歌の表現性に通じるようにも感じられる。しかし、蜀魂の鳥ホトトギスが詠まれた時点で、一首は死者を悼む歌ではなくなり、蜀魂という漢籍の知識を機知をきかせて取り込み、季節の景物ホトトギスを「死者追慕」の鳥として詠んだ作となってしまうのである。従って、それらの歌は、死者追慕が歌われてはいてもホトトギス詠と判断され、夏雑歌に収載されてしまうことになる。この点で、万葉のホトトギスは死者を哀傷する挽歌には適さない題材だったと言え

るだろう。挽歌の題材として相応しいのは、日本古来の霊魂観や他界観を連想させる鳥なのである。「挽歌」は『万葉集』が『文選』や『古今注』等の漢籍から借用した言葉であるが、[26]名称は漢籍由来であっても、内実は日本の伝統的な死者哀傷の表現を指向しようとしたのが万葉挽歌であったと考えられる。その点で、日本古来の霊魂鳥よりもむしろ蜀魂伝説という漢籍のイメージを連想させてしまうホトトギスは、最初から挽歌に適さない題材だったのかもしれない。

しかし、時代が移り中古に入ると、ホトトギスは「冥途の鳥」として定着し哀傷歌の題材へと変わる。渡辺秀夫氏[27]によれば、古典詩歌の中のホトトギスは「もっぱら暗澹たる負の印象にふちどられ、文芸的に多彩な題材的発展の著しく抑制されている景物のひとつ」であるとされる。それは規範とすべき中国詩に於いて、詩語としての「杜鵑（ホトトギス）」の定着が遅く中唐～晩唐期にまで下り、初唐以前には「関心の対象ではなく、詩的感興をそそる鳥でもなかった」[28]ために詩歌が影響を受けるべき中国詩が無かったことと、ようやく中唐以降形成された詩的イメージが悲痛・不祥の鳥など陰鬱なものであったことに由来するという。[29]ためにホトトギスは「美的形象を万葉以来の陰翳にまみれた土俗的基層につなぎ、むしろこれをながく保持させつづけた」と渡辺氏は説く。氏の指摘は、中古以降の和歌世界で定着した「冥途の鳥」ホトトギスは漢詩世界とは無関係に和歌世界で確立されたものであり、万葉歌にその萌芽が見られていたということを意味する。それは、本節で取り上げた死者追慕を歌う①～⑤の歌と見てよいだろう。[30]死や死者とホトトギスを繋ぐのは、『万葉集』中ではこれらの歌しか存在しないからである。

『万葉集』のホトトギスは、日本古来の霊魂鳥の観念とは隔てられたために挽歌の題材とは見なされなかった。よって、ホトトギスを詠み込んで死者追慕を歌う歌も、季節の景物ホトトギスを「死者追慕」の観念を取り込んで詠んだ歌と判断され、季節の雑歌に収載されることとなった。しかし中古に入り、他の鳥から霊魂鳥のイメージが失われて行くのと前後して、異界との間を往来する鳥という観念は皮肉にもホトトギスに付与され、夏歌の中心的題材であるホトトギスは哀傷歌の題材ともなり「冥途の鳥」として定着していった。それには「死出の田長」という異名の成立も関わってくるのであろう。[31] そして、ホトトギスに寄せて死者追慕を歌う哀傷歌が詠まれていくこととなるが、そこに見られる「冥途の鳥」ホトトギスという観念を生み出したそもそもの源流は、『万葉集』中に見られた死者追慕の歌だったのである。

注

（1）生前の故人の邸宅に通うのならば遺族に対し自分の悲嘆を告げて欲しいと願う主旨だとする別解もある（『新大系』など）が、本書はその解釈に拠らない。

（2）渡辺秀夫氏『詩歌の森　日本語のイメージ』（大修館書店　一九九五年）

（3）『古今和歌集』を除く勅撰和歌集の引用は、新日本古典文学大系（岩波書店）に拠る。『古今和歌六帖』の引用は『新編国歌大観』に拠るが、一部表記を改めた箇所がある。

（4）『古今集』雑体の誹諧歌、

・いくばくの田を作ればか郭公（ほととぎす）しでの田長（たをさ）を朝な朝な呼ぶ　（一〇一三　藤原敏行）

は、異名「死出の田長」がホトトギスの鳴き声に拠ると歌う。

（5）『金葉和歌集』には「哀傷」の部立が立てられておらず、他の和歌集で哀傷歌とされるべき歌も「雑部」に収められる。

（6）部立「挽歌」は、巻二・巻三・巻七・巻九・巻十三・巻十四に置かれている。また、題詞に「挽歌」と記された歌は、山上憶良の「日本挽歌」（5七九四～七九九）・遣新羅使人の歌群中の「古挽謌一首并短歌」（15三六二五～三六二六）・大伴家持の「挽歌一首并短歌」（19四二一四～四二一六）があり、左注に「挽歌」と記された歌は挽歌部以外で挙げるとすべて巻十五にある遣新羅使人の歌群中にあり、「右三首、挽歌」と記された15三六八八〜三六九〇番歌・「右三首、葛井連子老作挽歌」と記された15三六九一〜三六九三番歌・「右三首、六鯖作挽歌」と記された15三六九四〜三六九六番歌となる。本書では、以上を挽歌と呼び考察の対象とする。

(7) 梶川信行氏「『挽歌』の位相―『すべなし』をめぐって―」(『文学・語学』九三　一九八二年六月、後に『万葉史の論　笠金村』　桜楓社　一九八七年)

(8) 伊藤博氏『萬葉集釈注』の集計に拠る。ホトトギスの語の無い二首をも含む数。

(9) 多田一臣氏「大伴家持の橙橘と霍公鳥の歌」「『古今集』と暦」(共に、『額田王論―万葉論集―』　若草書房　二〇〇一年)

(10) 折口信夫氏「大嘗祭の本義」(『古代研究(民俗学篇第二)』　大岡山書店　一九三〇年、『折口信夫全集』第三巻　中央公論社　一九九五年)

(11) 前者の下句「われかく恋ふと行きて告げこそ」の「かく恋ふ」はホトトギスの声の聞きなしであり、ホトトギスが恋情を告げる鳥として詠まれる理由の一つであると推測できる。古舘綾子氏は、この聞きなしは「霍公鳥」という文字から想起された音により導かれたものであると説く(「喩としての『霍公鳥』」『古代文学』四七　二〇〇八年三月)。

(12) 渡辺秀夫氏　前掲注(2)書

(13) 伊藤博氏「名告り鳴く」(『萬葉集研究』第二十二集　塙書房　一九九八年七月)

(14) 身﨑壽氏『額田王　萬葉歌人の誕生』(塙書房　一九九八年)第一章「蜀魂」

(15) 森朝男氏「四季歌の表現論理」(『国語と国文学』六八-五　一九九一年五月、後に『古代和歌の成立』　勉誠社　一九九三年)

(16) 本書**第三章第一節「巻八夏雑歌　大伴旅人の望遊唱和歌考」**

(17) 本書**第三章第一節「巻八夏雑歌　大伴旅人の望遊唱和歌考」**

(18) 横山英氏「萬葉集巻三・四・六・八の關係」(『国語国文』二-一〇　一九三二年一〇月)

(19) 小野寛氏「万葉集巻八と巻三・四・六―その共通作者と重出歌―」(『国語と国文学』四六-一〇　一九六九年一〇月)

（20）当該唱和歌と亡妻挽歌群は旅人を「大宰帥大伴卿」と呼ぶことでも共通するため、同一資料から分離編纂された可能性を完全には否定できないだろう。

（21）佐藤隆氏「記夷城での報和の歌」（『セミナー万葉の歌人と作品』第四巻　和泉書院　二〇〇〇年）

（22）新潮『古典集成』は、「元正天皇を残して逝った父草壁皇子、弟文武天皇、母元明天皇などをさすのであろう」ともっと範囲を広く捉えるが、いずれにせよ元正天皇ゆかりの故人を指すという見方に違いはない。

（23）巻十四「東歌」に収載された次の一首、

・信濃（しなの）なる須我（すが）の荒野にほととぎす鳴く声聞けば時（とき）過ぎにけり　（14三三五二）

も、死者と死別後の月日の経過を詠嘆した歌とする説がある（中西進氏『旅に棲む　高橋虫麻呂論』角川書店　一九八五年）。この歌の解釈については、本書の**第三章《補論》「東歌のホトトギス詠―巻十四・三三五二番歌の考察―」**で論じている。

（24）折口信夫氏「萬葉集研究」（『日本文学講座』第一九巻　新潮社　一九二八年九月、後に『古代研究（国文学篇）』大岡山書店　一九二九年、『折口信夫全集』第一巻　中央公論社　一九九五年）

（25）鈴木日出男氏「鳥の歌―記紀歌謡と万葉和歌」（『古代和歌史論』東京大学出版会　一九九〇年）

（26）挽歌の出典については、伊藤博氏「相聞の原義」（『萬葉集相聞の世界』塙書房　一九五九年、後に『萬葉集の表現と方法　上』塙書房　一九七五年）や小島憲之氏「萬葉集の三分類」（『上代日本文学と中国文学　中』塙書房　一九六九年）など『文選』出典説が主流であったが、その後、辰巳正明氏「万葉集の分類と中国詩学」（『万葉集と中国文学』笠間書院　一九八七年）や北野達氏「万葉集三大部立の再検討」（『米沢国語国文』一四　一九八七年四月）等、その見方を批判する説が提出されている。本書**第一章第二節「有間皇子自傷歌群左注考―編者の挽歌観と意図―」**参照。

（27）渡辺秀夫氏　前掲注（2）書

（28）植木久行氏「ほととぎすのうた　杜鵑と郭公をめぐって」（『比較文学年誌』一五　一九七九年三月）

（29）渡辺秀夫氏　前掲注（2）書

（30）「先帝追慕」を歌った弓削皇子と額田王の贈答歌を含めて考えることもできる。

(31)「死出の田長」という異名が、ホトトギスが「死出の山」を越える鳥、つまりは「冥土の鳥」だというイメージの定着を促したことが考え得る。

《補論》東歌のホトトギス詠
――巻十四・三三五二番歌の考察――

一　はじめに

・信濃(しなの)なる須賀(すが)の荒野(あらの)にほととぎす鳴く声聞けば時過ぎにけり　（14三三五二）

右の一首は、信濃国の歌

【原文】信濃奈流　須我能安良能尓　保登等藝須　奈久許恵伎氣婆　登伎須疑尓家里

右一首、信濃國歌

右は、『万葉集』巻十四東歌収載の一首である。東歌中で唯一のホトトギス詠ということもあって一首は夙に近世より注目され、「須賀の荒野」の地名比定や「ほととぎす」「荒野」等の語句の意味など様々な観点からの考察がなされてきた。中でも多くの議論の的となったのは、その作者像と結句の解釈である。作者像の問題は、当該一首が東歌の実体——東国民謡であるのか否か——を論じる際の一つの論拠や指針とされてきた経緯と関わっている。また、結句の解釈については、「時過ぎにけり」の「時」に具体的な状況を示す修飾句が無いために、これが具体的に何の時を指すのか判然としないことが問題となっている。そこで、これまで多くの注釈書・テキスト・論文等によって様々な見解が出されてきた。試みに結句の「時」に対する諸注の見解を大まかにまとめてみても、次のように数種類の立場が見られる（諸注が主な見解として挙げた説に拠って分類し、結句に多重の意味を読み取るものは書名を重ねて載せた）[(1)][(2)]。

A農耕・田植えの時…『管見』・『拾穂抄』・『代匠記（精）』・折口信夫『総釈』・窪田『評釈』・『新大系』

B中央官人が都に帰るべき時（「都の妻との再会の約束の時」を含む）…『考』・『略解』・鴻巣『全釈』・武田『全註釈』・五唐勝『訳注万葉東歌』[(3)]・中西『全訳注』

C男女逢会の約束の時…『古義』・佐佐木『評釈』・土屋『私注』・室伏秀平『万葉東歌』[(4)]・『旧編全集』

D夫が帰るべき時…井上『新考』・『新潮集成』

E単に推移する時間や季節…水島義治『全注』・伊藤『釈注』・『セミナー万葉の歌人と作品（万葉秀歌抄）』・多田『全解』

F死者と死別してからの時間…中西『全訳注』[(5)]

Gホトトギスの声の聞きなし…伊藤『釈注』・稲岡『和歌大系』・多田『全解』・『新編全集』[(6)]

右のA説やB説、D説に端的に顕れるように、結句の解釈の問題は一首の作者像の問題と密接に関わっている。しかし、同じ立場をとる諸注のうちでも想定する作者像や作歌状況に少しずつ相違が見られる上、解釈を一つに定められずに注や考察部分などで別の解釈の可能性に言及する場合が極めて多い。更に、解釈上の問題点は結句

「時過ぎにけり」自体にも抱え込まれており、「時過ぎ」を〈ある一時点の経過・超過〉と捉えるか〈過去から現在までの時間の推移・経過〉と捉えるかで諸注の見解は分かれる。結果として、当該歌の解釈は、実際には注釈書毎にそれぞれの見解があると言ってよいほど多岐に渡っている。解釈を一つに定められないということは、逆に言えば、当該歌は多様な解釈を生み出す極めてあいまいな表現を持つということでもある。作者は、このあいまいな表現を用いて何を詠もうとしたのであろうか。本論では、結句に対するこれまでの諸説を検討し問題点を整理した上で、当該歌の解釈を試み、そこから見えてくる作者像についても考察してみたい。

二　研究史概観

結句「時過ぎにけり」の解釈については早く近世より考察があるが、初めて結句に言及したのは下河辺長流『萬葉集管見』の「ほとゝきすは、農をすゝめて、過時不熟トなくト、ふるくよりいへり」というA「農耕」説に立つ発言であると見ることが出来る。それは「ほとゝぎすは勧農の鳥とて、過時不熟と鳴とは、ときすぎばみのらじと云義也」（顕昭『袖中抄』）[7]など中世歌学書以来の見方を受けてのものであった。このA説には、契沖『萬葉代匠記（精撰本）』が「落句ハ、時ノ至ルト云意ナリ。…（中略）…霍公鳥ハ農ヲ催ホス鳥ナレハ、サル心ナトニテモカクハヨメル歟」と述べて従った他、近代に入ってからは、「鳥と農時との関係を深く考へてゐた時代の人が、ほとゝぎすが啼くと行はねばならぬ田の為事を思ひ出した」と見る折口『総釈』や、「山の雪の消え方、渡鳥などで農耕の時期を知るのは、庶民には普通のこと」とする窪田『評釈』をはじめ、渡部和雄氏[8]、尾崎暢殃氏[9]、桜井満氏等[10]、民俗学的見地からの諸研究が支持し、近年では『新大系』も可能性を示唆している。その場合に根拠

として引かれるのは、

・霍公鳥鳴く声聞くや卯の花の咲き散る岳に田葛引く少女　（10一九四二　夏雑歌）
・月夜よみ鳴く霍公鳥見まく欲りわれ草取れり見む人もがも　（10一九四三　夏雑歌）
・霍公鳥来喧き響まば草取らむ花橘を屋戸には植ゑずして　（19四一七二　大伴家持）

などの万葉歌や、『古今集』誹諧歌や『伊勢物語』等に見える「しでの田長」という異名、また『枕草子』に見える「郭公、おれ、かやつよ。おれ鳴きてこそ、われは田植うれ」(11)なる田植え歌などである。確かに、ホトトギスは後世「勧農鳥」とも呼ばれ、農耕と関わりを持つ鳥であったことは認められる。しかし、既に大久保正氏(12)に指摘がある通り、右の万葉歌三首は中央貴族の文雅の所産であり、その表現は実際の農耕生活の描写とは隔たりを持つ。よって、上代の時点では、まだホトトギスに農耕との明確な関わりを読み取ることは出来ないだろう。それにも関わらず、A「農耕」説が一定の支持を得たのは、東歌の実体を東国民謡とする理解の為である。(13)

同様のことは、C「男女逢会の約束の時」説とD「夫が帰る時」説にも言える。C説は鹿持雅澄『萬葉集古義』が「歌意は、春の末かぎりに逢むと、人に約り置しを、得逢ずして、夏來て、霍公鳥の音に驚きて、彼が鳴を聞ば、契りし時はや過にけり、と云るなり」と述べたのに始まるが、同じくC説に立つ諸注の「民謡としてうたはれた」（佐佐木『評釈』）、「信濃の地に行はれた民謡と見るべき」（土屋『私注』）、「東歌民謡」（室伏『万葉東歌』）等の発言に端的に示されるように、東歌は東国民謡であり民謡は男女の恋愛を歌っている筈だという予見に基いている。(14)また、D説は井上『新考』が「夫の帰り來べき時なるべし」と唱えたのに始まり、その後、『新潮集成』が「賦役等で旅にある夫が帰ると約束した時期か」と従ったものである。D説が〈遠く旅に出た夫―家郷の東国で待つ妻〉という構造を一首に読み取るのも、防人歌からの連想や東歌に対する予見が根底にあるからだろう。

一方、A・C・D説とは対照的に、当該歌を中央官人の作と見るB「中央官人帰京」説は、賀茂真淵『萬葉考』の「旅に在てとく歸らんことを思ふに、ほとゝぎすの鳴まで猶在をうれへたるすがたも意も京人の任なとにてよめりけん」という発言に始まる。真淵が当該歌を「京人」の作と考えたのは、一首が「東ぶりならず」という理由からであった。近代に入ると、当該一首の「歌調が雅麗で、毫も東歌らしい香がないこと、地方人が自ら信濃なるすがの荒野といふ筈のないこと（信濃なるは他郷人にして初めて言ふべきである）」（鴻巣『全釈』）という表現上の特徴に加え、一首に詠まれた景物ホトトギスが根拠とされ作者を中央官人とするB説が支持されるようになる。その契機となったのは、大久保正氏[15]がホトトギスを「大陸の文雅の影響の下に、風雅の美意識の成立と共に万葉集においてはじめて文学の素材―景として発見されてきた鳥」と述べ、「都雅風流への志向をもたないほととぎすの歌が、万葉集の中に見出し難い」という理由から、一首を「本来の東歌の世界から追い出すことをもって妥当」として中央官人の旅行の作と考察したことであった。そして、作者を中央官人とすれば、結句の「時」は必然的に都に帰るべき時（又は、都の妻との再会の約束の時）と解された。しかし、この理解もまた、本来の東国民謡に中央官人歌の混入や影響が加わった結果が『万葉集』に収められた東歌の実体であるとする、東歌民謡説の視点を根底に持っている[16]。

そもそも当該結句は、A～D説のように東歌に対する固定観念や印象批評により「時」に具体的な場面を想定することで解釈すべきではないだろう。谷和樹氏[17]が、

これまで当該歌について、東歌であるから農耕の「時」を表すとか、逆に、東歌らしからぬ雅やかな詠み振りであるから、作者は東国に旅した都人であり、従ってこの「時」は妻との再会の「時」であるだとかいった議論がなされてきたが、当該歌からは、そのように「時」を具体的に限定して捉えることは出来ないので

ある。

と述べ、結句を「単に季節の推移の早さに気が付き、過ぎ行く季節を惜しんだ表現」（E説）と捉えたように、当該歌には具体的状況を示す表現が無いことに留意して解釈を行うべきである。そこで、水島『全注』や伊藤『釈注』など近年の諸注はE説に拠るものが比較的多い。しかし、中央官人作者説に立つ大久保論の指摘した〈都の風雅の鳥ホトトギス〉という見方は、やはり看過できない。そこで、E説の中には伊藤『釈注』のように、ホトトギスを詠み込むことを根拠に作者を中央官人と想定し、ホトトギスが「荒野」で鳴く意味を「かような野に風雅の鳥時鳥が都と同様に鳴くという文脈」と捉えた上で、「東国の異郷にあって久しくも時を経ていることが実感されたもの」と結句を具体的に解する立場もある。[18]

一方、ホトトギスが「荒野」で鳴く意味を別の方向から捉えるのが、中西進氏によるF「死者との死別後の時間の経過」説である。氏はそう考える根拠について、[19]

「荒野」では農耕とはとけないばかりか、人麻呂などによると、これは死者を葬る野であった。そこでホトトギスの声をきくとなると、死者を思い出したと解するしかない。そして死者への懐旧の念こそがホトトギスの特徴なのだから、「時すぎにけり」とは、きわめて自然な発想である。

と説く。後述するように、集中には中国の蜀魂伝説を背景にホトトギスに寄せて死者追慕の念を歌った歌が確かに見られるため、それを、しばしば挽歌に詠み込まれる「荒野」の語と関連付けて考えるF説は非常に魅力的である。しかし、氏の「荒野」の解釈には少々問題がある。集中に詠まれた「荒野」の例は、当該歌以外に次の五例がある（うち、一例は或本歌による重出例）。

Iま草刈る荒野にはあれど黄葉（もみちば）の過ぎにし君が形見とそ来（こ）し　（一四七　柿本人麻呂「安騎野遊猟歌」短歌）

Ⅱ…世の中を　背きし得ねば　かぎろひの　燃ゆる荒野に　白栲の　天領巾隠り　鳥じもの　朝立ちいまして
入日なす　隠りにしかば…
（２一〇　柿本人麻呂「泣血哀慟歌」）

Ⅲ…世の中を　背きし得ねば　かぎろひの　燃ゆる荒野に　白栲の　天領巾隠り　鳥じもの　朝立ちい行きて
入日なす　隠りにしかば…
（２一三　柿本人麻呂　同右或本歌）

Ⅳ天離る夷の荒野に君を置きて思ひつつあれば生けりともなし
（２二二七　柿本人麻呂臨死自傷歌群　作者未詳或本歌）

Ⅴ荒野らに里はあれども大君の敷き坐す時は都となりぬ
（６九二九　笠金村「難波行幸歌」反歌）

右の五例のうち人麻呂関係の歌に於いては、「荒野」は亡き皇子の形見の土地（Ⅰ）、死した妻が赴く地（Ⅱ・Ⅲ）、行き倒れの死者が横たわる地（Ⅳ）などのように詠まれ、確かに死者との関わりが深い場所として表現されていると捉え得る[20]。しかし、金村の「難波行幸歌」の反歌（Ⅴ）に詠まれた「荒野」は、多くの人々が行き交い繁栄した都とは対照的に草木ばかりが生い茂る荒地を指す語であり、死者との関わりは見出せない。古橋信孝氏[21]によれば、「荒野」の「アラ」は神が霊威を強く発動させた人力の及ばない始源の場所を指す讃め詞であるとされ、だからこそ「荒野」は死者に関わる地としても荒都の光景としても詠まれたのである。よって、すべての「荒野」に死者との関わりを見るのは早急過ぎると言えるだろう。また、F説は「荒野」「ほととぎす」という二つの語句の持つ観念のみに考察が集中し、歌全体の表現の検討を置き去りにして一首を死者と結び付けた感は否めない。

一方、他説と一線を画すのは、後藤利雄氏[22]が唱えたG「ホトトギスの声の聞きなし」説である。氏は結句「時過ぎにけり」をホトトギスの声の擬声音と捉え、一首を、

信濃の須賀の荒野で、ホトトギスの鳴く声を聞いたら、（ホトトギスとは鳴かず、）トキスギニケリ（時機が過

ぎてしまったわい）と鳴いた。（荒野らしいわびしい鳴き方をするものだなあ。）

と解釈する。そして、結句は「単なる裏の意味に過ぎない」ため、「時」の意味の詮索は無用であるとした。他のA～F説が「時」の意味を定めようとするのに対し、G説は結句を意味とは切り離し音の問題に転換する点が大きく異なる。ただし、当該歌にホトトギスの声の聞きなしを読み取ったのは後藤論が最初ではなく、当該結句に初めて言及した『管見』の「ほとゝきすは…過時不熟（ときすぎばみのらじ）トなくト、ふるくよりいへり」という発言がそもそも、ホトトギスの声と聞きなしとの関わりを視野に入れたものであった。また、後藤論に先立って室伏『万葉東歌』が、第三句「ほととぎす」を「類似音の『程時過（ホトトキス（グ））』の意を言い懸けたもの」と捉え、「程時過（＝機会が経過して大切な時をうしなってしまった）」と鳴くホトトギスの声を聞くことで作者が「時過ぎにけり」と詠嘆した歌だと一首を解釈していた。ただし、当該結句を室伏論はC「男女逢会の時が過ぎる」説で解する。この室伏論の理解の背後にあるのは、次の一首である。

・来（く）べきほど時（とき）すぎぬれや待ちわびて鳴くなる声の人をとよむ　（古今　物名　四二三）

右歌は「郭公（ほとゝぎす）」を題とした『古今集』物名歌で、「ほど時すぎ」にホトトギスの名が詠み込まれるが、これをホトトギスの声の聞きなしと捉える見方もある。[23] しかし、『古今集』物名歌と当該歌とは詠歌状況からして全く異質のものと考えられ、当該歌の第三句「ほととぎす」に「程時過」という声の聞きなしを読み取る室伏論には無理がある。一方、後藤論の理解は当該歌の表現に即しているため、『新編全集』や伊藤『釈注』、多田『全解』が従い、稲岡『和歌大系』が可能性を示唆するなど現在でも支持されている。ただし、当該結句をホトトギスの声の聞きなしと断定するには、当該歌の表現から根拠が説明されねばならない筈であるが、後藤論に明確な言及は無い。その根拠について、後藤論を支持する伊藤博氏は[24]、ホトトギスの声の聞きなしを詠み込む万葉歌や中古

和歌の例を挙げると共に、

かかる用例に加えて、今の東歌には「ほととぎす鳴く声聞く」と「時過ぎ」とに、接続助詞「ば」による因果関係が認められる。ここのホトトギスも「時過ぎ」に鳴き声を見ていると断定して誤らないであろう。

と述べる。氏の指摘は、一首の構造を視野に入れた点が評価できる。しかし、「ほととぎす鳴く声聞けば」と「時過ぎ」が「因果関係」を持つことを、単純に結句を声の聞きなしと見る根拠とすることは出来まい。この「因果関係」は、結句の「時」に意味を持たせて理解するA〜F説でも成り立つからである。ただ、当該歌の表現構造のどこかに聞きなしを読み取らせるものが存在するという見方は首肯できよう。

以上、結句の解釈に対する諸説を概観して、当該歌の解釈にはホトトギスの表現性と一首の表現構造の検討が必要であることが確認できた。そこで、まずこの二点を中心に考察を進めていくこととする。

三　ホトトギス詠の表現

ホトトギスは代表的な夏の景物であり、鳥の中では集中最も多く一五五首の歌に詠み込まれる。(25) 早くは天武・持統朝の歌に詠まれるが、後期万葉に至ってホトトギス詠は急激に増え、四季分類歌巻である巻八・巻十の夏歌の殆どを占めるに至る。

ホトトギスと「時」との関わりという点でまず注目されるのは、

・神名火の磐瀬の社の霍公鳥毛無の岳に何時か来鳴かむ　（8一四六六　志貴皇子）

・霍公鳥待てど来鳴かず菖蒲草玉に貫く日をいまだ遠みか　（8一四九〇　大伴家持）

などホトトギスの飛来を夏の到来と関わらせて詠む歌である。その多くが、時を同じくして開花する橘や卯の花、端午の薬玉に用いる菖蒲(あやめぐさ)などを共に詠み込む。この詠み方は、ホトトギスが初夏の陰暦四月〜五月初旬頃、南アジアから日本に飛来する渡り鳥であることに由来する。特にホトトギスを好んで詠んだことで知られるのは大伴家持であり、多田一臣氏[26]は家持が「立夏」という暦日意識に基づく季節観により観念的にホトトギスの飛来を歌ったと説く。芳賀紀雄氏[27]によれば、後期万葉の歌は具注暦の影響により「立春・立夏・立秋の節気に対する意識が著し」く、「詩文の影響を蒙って、季節と節物の汲み合わせの固定化が進んでいる」とされる。ホトトギスも既に指摘[28]があるように、このような後期万葉の傾向の中で、夏の到来や「立夏」を象徴する風雅の景物として定着していったことが推測できる。ホトトギスと「時」との関わりに於いては、まず基本的に夏の到来や「立夏」を考えておく必要があるだろう。

また、ホトトギスと「時」の関わりで想起されるのは、「懐旧」の観念である。これは、毎年決まった時期に飛来して鳴くホトトギスを旧知の鳥とする詠み方で、

・本(もと)つ人霍公鳥をや希(めづら)しみ今か汝(な)が来る恋ひつつ居(を)れば　(10一九六二　夏雑歌)

・青丹よし奈良の都は古(ふ)りぬれど本(もと)霍公鳥鳴かずあらなくに　(17三九一九　大伴家持)

などの歌に象徴的に顕れる。一方、この日本的な感覚より発した「懐旧」とは別に、ホトトギスは中国の蜀魂伝説[29]に由来する「死者懐旧」の観念も負っており、例えば、

・古に恋ふらむ鳥は霍公鳥けだしや鳴きしわが念(おも)へる如(ごと)　(2一一二　額田王)

・橘の花散る里の霍公鳥片恋しつつ鳴く日しそ多き　(8一四七三　大伴旅人)

・大和には鳴きてか来らむ霍公鳥汝(な)が鳴く毎に亡き人思ほゆ　(10一九五六　夏雑歌)

・霍公鳥なほも鳴かなむもとつ人かけつつもとな吾(あ)をねし泣くも　（20四四三七　元正天皇）

など故人を追慕する歌が詠まれている。その場合は、ホトトギスと共に「恋ふ」「思ふ（思ほゆ）」「泣く」など追慕の具体的表現が詠み込まれるのが通例である。(30)

次に、ホトトギスの鳴く場所について見ておきたい。ホトトギスは多く屋戸(やど)の橘などに来鳴く鳥と歌われ、時にはその花を散らす悪戯ぶりが詠じられることもある。ただし、

・珠(たま)に貫(ぬ)く楝(あふち)を家に植ゑたらば山霍公鳥離(か)れず来むかも　（17三九一〇　大伴書持）

などと詠まれるように、ホトトギスは山から屋戸へと来訪する鳥である。集中に多く見られる「山霍公鳥(やまほととぎす)」という呼称も、ホトトギスは山に住む鳥だという当時の認識を示している。万葉人にとって、ホトトギスは初夏に海彼から飛来する鳥ではなく、山から里へと降りてくる鳥だったのである。更に、ホトトギスは、

・朝霞たなびく野辺にあしひきの山霍公鳥いつか来鳴かむ　（10一九四〇　夏雑歌）

・卯の花の散らまく惜しみ霍公鳥野に出(で)山に入り来鳴(きな)き響(とよも)す　（10一九五七　夏雑歌）

などのように山から野へと飛び来たり鳴き声を響かせることが歌われるが、野のホトトギスも、

・…卯の花の　咲きたる野辺ゆ　飛びかけり　来鳴(きな)き響(とよ)もし　橘の　花を居(ゐ)散らし…　（9一七五五　高橋虫麻呂）

と歌われるように、やがて人里へと訪れ屋戸の樹木で鳴き声を響かせるのである。山や野を飛び翔けるホトトギスが屋戸の樹木という擬似的な自然に訪れることが、都では風雅と捉えられたために、ホトトギスは多くの歌に詠み込まれたのであろう。つまり、ホトトギスは都や人里でもともと鳴いているのではなく、山や野こそが本来鳴くべき場所なのである。ただし、(31)当該歌でホトトギスが鳴くのは単なる野ではなく、「荒野」である。霊威が強く人を寄せ付けない荒涼とした野に鳴くホトトギスの声は、単なる野で鳴く場合の声とは区別して捉える必要

がある。

ホトトギスの声は通常、その哀切さ故に恋情を喚起するものとして詠まれることが多い。

・何しかもここだく恋ふる霍公鳥鳴く声聞けば恋こそまされ　（8一四七五　大伴坂上郎女）

・木高くはかつて木植ゑじ霍公鳥来鳴き響めて恋益らしむ　（10一九四六　夏雑歌）

ホトトギスが「死者懐旧」の観念を表象する鳥とされたのも、その声の哀切さ故と思われる。

一方で、ホトトギスの声を聞きなしと関わらせて詠んだ歌も見られる。

・暁に名告り鳴くなる霍公鳥いやめづらしく思ほゆるかも　（18四〇八四　大伴家持）

・卯の花の共にし鳴けば霍公鳥いやめづらしも名告り鳴くなへ　（18四〇九一　大伴家持）

右二首は共に大伴家持の作であり、ホトトギスが鳴くことを「名告り鳴く」と表現する。伊藤博氏(32)は、この詠み方が右二首を嚆矢として中古和歌に急増することを指摘し、ホトトギスは「人に名告るがごとく、自己の存在を最も鮮明に明かして『名告る』鳥」であると述べる。氏の考察の基盤には、ホトトギスの名称は鳴き声を写したものであるという、こまつひでお氏の論考(33)がある。また、巻十夏雑歌収載の

・わが衣君に着せよと霍公鳥われを領す袖に来居つつ　（10一九六一　夏雑歌）

の一首についても、「衣君に着せ」の箇所を「衣君に着せ」と読んでホトトギスの声の聞きなしと解する説が見られる(34)。鳥の鳴き声が人の言葉に聞きなされるのはホトトギスに限ったことではなく、東歌の中には烏の声を聞きなした、

・烏とふ大をそ鳥の真実にも来まさぬ君を児ろ来とそ鳴く　（14三五二一　東歌）

のような歌も見られる。ホトトギスや烏などは人間の声によく似た声域を持つ鳥であるため、その声が人の言葉

に聞きなされることがあったのだろう。

以上、万葉歌に於けるホトトギスを概観して、ホトトギスは「夏の到来（立夏）」や「懐旧（死者追慕）」を象徴する鳥であり、山野から里へと鳴き来る鳥であり、その声が恋情を喚起したり、人の言葉に聞きなされたりする鳥であることが確認できた。しかし、当該歌のホトトギスをどのように捉えればよいか判断するためには、一首全体の表現構造を考察する必要があるだろう。

四　当該歌の構造

当該歌は、まず「信濃なる須賀の荒野に」と場所が提示され、続く「ほととぎす鳴く声聞けば」の条件節を、結句「時過ぎにけり」が受ける構造をとる。『万葉集』中、「…を聞けば」という条件節を持つ歌は多数あるが、その条件節を受ける句にはいくつかの形式が見出される。まず、一つ目は、

・…吾妹子(わぎもこ)が　止(や)まず出で見し　軽の市に　わが立ち聞けば　玉襷(たまだすき)　畝火(うねび)の山に　鳴く鳥の　声も聞えず　玉(たま)桙(ほこ)の　道行く人も　一人だに　似てし行かねば…　（2二〇七　柿本人麻呂）

・…何しかも　もとな言(と)ふ　聞けば　哭(ね)のみし泣かゆ　語れば　心そ痛き　天皇(すめろき)の　神の御子(みこ)の　いでましの　手火(たび)の光そ　ここだ照りたる　（2二三〇　笠金村）

・石走(いはばし)る滝もとどろに鳴く蟬の声をし聞けば都し思ほゆ　（15三六一七　遣新羅使人歌）

などのように、「…聞けば」を受動態（波線部）で受ける形式である。一例目の人麻呂歌は、「…聞けば…聞えず（聞こゆ）」という形をとる。これは、「聞く」と同じく知覚を表す動詞である「見る」のもつ、神話的・呪的思考に

関わる「…見れば…見ゆ」の形式と重なる。古橋信孝氏(35)によれば、「〈見る〉と〈聞く〉は似通った用例」を持つ「対等の語」であり、「聞く」とは「それまではわからなかったことが、外から音が依り憑いてきたことで、判断が可能になった状態」「その聞いたものに取り憑かれること」を言い、「聞こゆ」とは「外から訪れるものを耳で感じて、それに取り憑かれている状態そのものをあらわすことば」であるという。また、三例目で「…聞けば」を受ける「思ほゆ」について、多田一臣氏(36)は「〈おもひ〉によって引き寄せられた対象が主体の側に依り憑いたと感じられた時、その状態を」「受動的に表現する」語であると説く。これらの指摘を勘案すると、この形式に含まれる歌は「…聞けば」の条件節を、外界から耳を通して伝わってきた音の対象に作者が依り憑かれた状態になったことを示す句が受ける点で共通していることが分かる。その点では、

・何しかもここだく恋ふる霍公鳥(ほととぎす)鳴く声聞けば恋こそまされ　（8一四七五　大伴坂上郎女）

のような例も、「恋」は「わけもなくひたすらに対象に引き寄せられる、あるいは対象に依り憑かれる状態をあらわす」語(37)とされるため、ここに含めて考えることが出来よう。

次に、「…聞けば」を受ける二つ目の形式として、

・鳥じもの海に浮きゐて沖つ波さわくを聞けばあまた悲しも　（7一一八四　雑歌）
・霍公鳥(ほととぎす)無かる国にも行きてしかその無く声を聞けば苦しも　（8一四六七　弓削皇子）
・さ夜更けて暁(あかとき)月に影見えて鳴く霍公鳥聞けばなつかし　（19四一八一　大伴家持）

などのように、「…聞けば」を作者の感情を表す形容詞（波線部）で受ける形式が見出せる。これらの歌は、外界から耳を通して伝わった音の対象に作者が依り憑かれた結果、「悲し」「苦し」「なつかし」などと心が揺り動かされた状態になったことを詠んだ歌と理解できよう。

また、三つ目の形式として、

・隠りのみ居ればいぶせみ慰むと出で立ち聞けば来鳴く晩蟬　（8一四七九　大伴家持）

・この頃の朝明に聞けばあしひきの山呼び響めさ男鹿鳴くも　（8一六〇三　大伴家持）

・草枕旅に物思ひわが聞けば夕片設けて鳴く河蝦かも　（10二一六三　秋雑歌）

などのように、「…聞けば」を実際に作者の耳に聞こえ依り憑いてきた対象の提示（波線部）が受ける形式が挙げられる。一首中に作者の感情や状態を示す表現は無くても、作者が対象から受けた感動が言外に述べられていると読み取れる。

集中に見える「…聞けば」という条件節を受ける句は、右の三つの形式のいずれかに大別できる。例歌の古さから見て、受動態で受ける一つ目の形式と形容詞で受ける二つ目の形式が本来的な形であろう。これらすべての句に共通するのは、外界から耳を通して依り憑いてきた対象の受感や、その結果もたらされた作者の感動を表している点である。一方、当該歌は、「…霍公鳥鳴く声聞けば」の条件節を結句「時過ぎにけり」が受ける。「時過ぎにけり」は、「時過ぐ」に一般的に完了の助動詞と呼ばれる「ぬ」の連用形と助動詞「けり」が付いた形であるが、「けり」は「過去の事実、過去から継続して存在した事実、または現在の事実を、その存在や意義の理由などが、いまにおいてはっきり認識されるにいたった、という形で述べるのに用いる」（『時代別国語大辞典　上代編』）助動詞とされる。つまり「時過ぎにけり」は、作者の認識を述べた句なのである。よって、当該歌は通常「…聞けば」の条件節を受ける受感の句を欠き、いきなり作者の認識が述べられた歌だということになる。ために、作者の感情を欠く結句から作者の意識を読み取ることが極めて困難となり、結果として結句が示す内容の分かりにくさが生じているのだと考えられよう。

ただし、「…聞けば」の条件節を含み持つ歌の中に、当該歌と大変良く似た構造を持つ歌が一首だけ見られる。

・庭草に村雨ふりて蟋蟀の鳴く声聞けば秋づきにけり　（10二一六〇　秋雑歌　詠蟋蟀）

右の一首は、「庭草に村雨ふりて蟋蟀の鳴く声聞けば」という条件節を「秋づきにけり」という作者の認識が受ける。作者は、庭草に降る村雨と蟋蟀の鳴き声を契機として、秋の到来に今初めて気が付いたのである。ここで注目されるのは、「蟋蟀」である。「蟋蟀」は巻八・巻十所収の秋雑歌・秋相聞の中だけに見られることから後期万葉以降に歌の題材となった景物とされるが、[38] それには漢籍の影響が関わっているとの指摘がある。[39] 大谷雅夫氏[40]によれば、漢籍に於ける「蟋蟀」の声は「秋が到来し、歳末が近いことを人に知らせるものであり、時の推移の象徴であった」という。よって、右の一首は、後期万葉に節気意識が高まると共に漢籍の影響を受け歌が作られるようになる流れの中で、[41]「蟋蟀」と秋の到来とが結び付くことによって詠まれた歌であると把握することが出来る。ただし、万葉の季節歌の表現は季節を「神の到来と重ねる古代的な思考法に強く根差している」と森朝男氏[42]が指摘するように、秋の到来は〈秋の依り憑き〉と言いかえることも可能である。そのように捉えると、右の蟋蟀歌は「…聞けば」を歌う他の歌々と同じく、外界から耳を通して依り憑いてきた対象（＝秋）の受感を詠んだ一首と理解することが出来よう。

一方、当該歌で詠まれたのはホトトギスである。ホトトギスは先に確認したように『万葉集』中で夏の到来や「立夏」との関わりで詠まれ、その鳴き声が歌われる点、後期万葉以降に用例が多い点、漢籍との関わりを持つ点など、「蟋蟀」と極めてよく似た特徴を持つ景物と言える。よって、当該歌の条件節「…ほととぎす鳴く声聞けば」を受ける句が、夏の到来つまり〈夏の依り憑き〉への認識を歌う句であれば、当該歌は右の「蟋蟀」歌とも他の歌々とも同じ構造を持つ歌となった筈である。しかし、当該結句「時過ぎにけり」は、季節の到来ではなく時間の経過への認識を歌う。よって、当該歌は対象の依り憑きへの受感の句を全く欠く、極めて特殊な構造をもつ一首だと言える。受感の句を欠くということは、当該歌が第四句と結句との間に断絶を持つと言いかえることも出来る。この文脈上の断絶という点に、ホトトギスの声の聞きなしを読み取る余地が生じているのではないだろうか。作者が断絶を生ずる句を敢えて詠み込んだのだとすれば、一首の眼目はホトトギスの声の聞きなしを詠み込むことにあったと見るのが妥当であろう。また、当該歌の文脈が第四句と結句との間で切れており、冒頭から結句に向かって一つの抒情が述べられていないのであれば、上四句の考察を結句に及ぼして「時」の具体的な意味を定めることは出来ないことになる。後藤利雄氏(43)や『新編全集』が述べるように、「時」の詮索は無用なのである。更に、結句「時過ぎにけり」と上句の「ほととぎす」を統一的に捉えられないのであれば、ホトトギスに「死者懐旧」の念を読み取ることは出来ず、一首のホトトギスは素直に初夏の景と把握すべきだと思われるのである。

五　時過ぎにけり

結句がホトトギスの声の聞きなしであり「時」の詮索は無用であるとしても、「時過ぎにけり」が意味を有する表現となっている以上、その意味をある程度までは定めることが可能であろう。動詞「過ぐ」は原義的には、「本質的なものに深く触れずに、どんどん進んで行き、度合を超す」(『岩波古語』)、「こちら側の意志に関わりなく状況や事態がずんずん進行してしまうことを示す」(多田『全解』)などと説明される語である。よって、「時過ぐ」は「時」が一気に進んでしまうことを示しているとまずは理解できるが、先にも述べたように、当該結句の「時過ぐ」は諸注によって〈ある一時点の経過・超過〉とも、〈過去から現在までの時間の推移・経過〉とも解釈される状況にある。果たして当該結句の「時過ぐ」は、どちらで捉えるべきであろうか。

次に、当該歌以外で「時過ぐ」という表現を詠み込んだ万葉歌をすべて掲げる。

①雲隠り雁鳴く時は秋山の黄葉片待つ時は過ぐれど （9一七〇三　雑歌）

②桜花時は過ぎねど見る人の恋の盛りと今し散るらむ （10一八五五　春雑歌）

③秋萩の下葉の黄葉花に継ぎ時過ぎ行かば後恋ひむかも （10二二〇九　秋雑歌）

④橘を守部の里の門田早稲刈る時過ぎぬ来じとすらしも （10二二五一　秋相聞）

⑤遅速も君をし待たむ向つ嶺の椎の小枝の時は過ぐとも （14三四九三　東歌　或本歌）

⑥離磯に立てるむろの木うたがたも久しき時を過ぎにけるかも （15三六〇〇　遣新羅使人歌）

⑦…秋さらば　帰りまさむと　たらちねの　母に申して　時も過ぎ　月も経ぬれば　今日か来む　明日かも来むと　家人は　待ち恋ふらむに… （15三六八八　遣新羅使人歌）

右の例のうち、①では黄葉の時期が、②では桜花の花期が過ぎてしまうことが、それぞれ「時過ぐ」と表現されている。続く③は、秋萩の花が散った後で下葉も色づいて落葉し、萩を愛でることが出来なくなってしまった後で萩を恋しく思う気持ちが増さるだろうかと、作者が未来を想像して歌った歌である。この場合の「時過ぐ」は、単に時間が経過する意とも、萩の時節が過ぎてしまう意とも解することが出来るが、時間の経過を意味する表現と捉えても、その時間の経過は萩の時節の経過と重なってくる。また、④では「門田早稲」を刈る時期が過ぎてしまうことを「刈る時過ぐ」と歌うが、この歌は「秋相聞」に分類された一首であり、結句「来じとすらしも」には「男が来ない気らしい」と嘆く女の口振りが見えるため、「刈る時過ぐ」には男女の逢い引きの時刻が過ぎてしまうの意が響かせてあると読み取れる。また、⑤では「椎の小枝」の「時は過ぐ」と歌われるが、第四句「椎の小枝の」は、『新編全集』頭注が「栄える時期の意の『時』を起す序か。椎の梢が盛り上がるように新芽を出す晩春の時、という気持で続けたのであろう」と説明するように「時」を導く序詞であり、「時過ぐ」には椎の小枝が芽吹く盛りの時期が過ぎる意と、男女の恋愛の最盛期が過ぎる意とが掛けられていると読み取れる。次の⑥は、海路を行く遣新羅使である作者がムロの老木に目をとめ、きっと長い年月を経てきた木なのだろうと想像して歌った歌である。一首に詠まれたのは単なる「時」ではなく「久しき時」であり、「久しき時を過ぐ」はムロの木が生じた時点から老木になるまでの長い時間の経過を意味する表現となっている。続く⑦も、同じく遣新羅使の歌である。この一首に見える「時も過ぎ」は「月も経ぬれば」と並列になっているが、前後の句との繋がりからすると「時も過ぎ」は作者が秋の帰還を母に約束し出発した時点から、実際に秋が到来し家人が「今日か来む　明日かも来む」と待ち焦がれる頃までの時間の経過を意味すると解釈できる。(44)

以上の用例からすると、万葉歌に詠まれた「時過ぐ」は、時節や時刻などある限定された時点の経過・超過を意味する例が多い（①〜⑤）が、ある過去の時点から現在に至るまでの長い時間の推移・経過を意味する用例も存在する（⑥⑦）。よって、「時過ぐ」自体はどちらも意味し得る言葉であると、まずは言えよう。ここで、ある限定された時点の経過・超過を意味する「時過ぐ」の例（①〜⑤）に共通して見出せる特徴に注目したい。それは、①「黄葉」、②「桜花」、③「秋萩」「黄葉」、④「早稲」と、一首中に限定された季節と結び付く景物が詠み込まれる点である。⑤の「椎の小枝」も、『新編全集』の解釈に従い「椎の梢の新芽」とすれば、晩春の景物となる。また、前掲の『古今集』物名歌（古今　四二三）に詠まれた「時過ぐ」も限定された時点の経過を意味するが、やはり初夏の景物であるホトトギスが詠み込まれる。同様に当該歌にもホトトギスが詠み込まれることは、重視すべきであろう。また、過去のある時点から現在までの長い時間の経過を意味する例（⑥⑦）の表現構造にも注意しておきたい。⑥の「久しき時を過ぎにけるかも」は、あるまとまった長い時間を「久しき時」と一括して捉え、それが過ぎたことを意味する表現であり、「時過ぐ」という言葉そのものが長い時間の経過を意味しているわけではない。また、用例⑦の「時も過ぎ」は、「月も経ぬれば」と対になっているために、表現が重なるのを避けて「時過ぐ」が用いられたとも考えられ、動詞「経（ふ）」に近い意味合いで「過ぐ」が用いられた例と受け取ることが出来よう。よって、過去から現在まで長い時間の経過を意味する用例⑥⑦の「時過ぐ」は、共にやや例外的用法と考えられる。

当該歌の「時過ぐ」は、⑥のように「久しき」等の形容詞を伴うこともなく、⑦のように対の句を持つわけでもない。更に、当該歌には①〜⑤のようにホトトギスという初夏を象徴する景物が詠み込まれる。これらの点を勘案すれば、当該歌の「時過ぐ」は、時節や時刻など限定された時点が経過・超過するの意で捉えられるべきである。よって、当該結句「時過ぎにけり」は、意識しない間に何らかの時節が過ぎ去ってしまったことにようやく気が付き詠嘆した句であると解釈できよう。ただし、これはあくまでも表面的に読み取れる意味であり、一首の眼目はホトトギスの声を「時過ぎにけり」と聞きなして歌うことにある。今日、ホトトギスの声の擬声語として広く知られる「テッペンカケタカ」にある程度の意味が類推でき、そこに面白みがあるように、当該結句「時過ぎにけり」はホトトギスの声の聞きなしでありつつ、右のような意味を持った言葉になっているところに面白みがあったと考えられよう。猶、結句の「時過ぐ」を過去から現在までの長い時間の経過を表す語と解釈できないのであれば、結句を旅に出てからの長い時間の経過とする伊藤『釈注』の説や、死者と死別してからの時間の経過とするF説には従えないことになる。

以上の考察を踏まえて、当該一首の意味を考えてみたい。

信濃国にある、人気(ひとけ)の全くない荒涼とした「須賀の荒野」で、人ならぬホトトギスが鳴いて声をかけてきた。本来、人々に夏の到来を知らせるホトトギスが告げた言葉を聞いてみると、季節の到来を「時過ぎにけり（＝時節は過ぎてしまったのだ）」と負の面で捉え返したわびしい嗟嘆の言葉であったよ。

一首は、概ね右のように解釈できるだろう。夏の到来を象徴する鳥ホトトギスが発した「時過ぎにけり（＝時節は過ぎてしまったのだ）」という鳴き声は、具体的には「春」が過ぎてしまったことを指すことになる。季節の到来を告げるはずの鳥が季節の経過を告げるというのは、鳥が「児ろ来(こく)」と鳴くのにも通じる諧謔である。一方で、霊威が発動する地「荒野」で鳴くホトトギスの声は得体の知れない不気味な呼び掛けのようにも聞こえ、それを耳にした作者は、自分は何か大事な時節を逸してしまっていないか…というような過ぎ去った時（又は、春）に対する不安を感じたと推測できる。当該歌は、ホトトギスの声を聞きなした面白みを中心に詠みつつも、「須賀の荒野」のわびしさと作者の不安や心細さを際立たせた一首となっている。

六　むすび――作者像――

当該歌が、後期万葉以降に多く詠まれた風雅の景物ホトトギスを詠み込み、「…聞けば」を受ける句の詠み方が比較的新しい点、鳥の声の聞きなしを歌に詠むという文学的遊びを取り入れた点などを勘案すると、一首の詠み方は比較的新しく中央的であるとも言えるだろう。それでは、当該歌の作者像はどのように考えられるだろうか。先に確認したように、当該歌を中央官人の作と見る立場が古くからあり、その場合の根拠とされたのは、風雅の鳥ホトトギスを詠み込む点と、上二句「信濃なる須賀の荒野に」の表現性であった。例えば小川達雄氏は[45]「『なる』と統覚された地名は、すでに客観的な、おおむね郷土（もしくは、歌う自己の現在地）以外の地を暗示し、自己の心情を語る条件の一部として出された」と述べて、一首を「京人」の「行旅」の作と考察した。しかし一方で、同じ表現を大久保正氏は[46]「中央人を意識して、また中央からの要請もあって、説明的な『信濃なる』というような表現がとられ、一つの類型をなすに至ったとも理解できる」と述べ、作者ではなく詠歌対象を中央の人間と想定している。この大久保論は、同様の詠み方をする他の東歌二首、

・常陸（ひたち）なる浪逆（なさか）の海の玉藻こそ引けば絶えすれ何どか絶（あ）えせむ　（14三三九七　常陸国歌）

・信濃なる千曲（ちぐま）の川の細石（さざれし）も君し踏みてば玉と拾（ひろ）はむ　（14三四〇〇　信濃国歌）

を踏まえたものである。ただし、「国名＋なる＋小地名」という地名表現は、東歌の中にこの三首しか見出せず、この数少ない用例を以て作者像や詠歌状況を判断することは極めて困難である。

ここで注目されるのは、品田悦一氏[47]による東歌の地名表現全体を見通した指摘である。氏は、東歌二三八首の中に、令制下の行政区画としての国名を詠み込むものや「大地名＋小地名」の形で地名を詠むものが五四首あることに着目し、「東歌の地名は中央への指向性を帯びている」と指摘した上で、

国名提示・地名重畳の機構は、こうして、中央貴族にとって未知のものでしかなかった東国の土地を、律令国家の秩序の及ぶべき領域として捉え返し既知化する点にあったとしなければならない。

と述べ、東歌を「貴族文学の一支流」「古代国家を領導した貴族階級の文学の、八世紀における多彩的展開の一環」と規定した。東歌の地名から導き出された氏の指摘は、当該歌を含め東歌は中央貴族の所産だということを意味している。この見方は、当該歌の表現の質から見た作者像――初夏を代表する風雅の景物ホトトギスや聞きなし

という文学的遊びを取り入れて作歌することに関心があり、比較的新しいスタイルの歌を詠むことの出来る人物――に確かに重なる。しかし、文化的に中央と深い交流を持つ東国の豪族ないし富裕層であれば、当該歌を詠むことが出来た可能性はある。ただし、当該歌の作者を在地富裕層と考えるとしても、一首の地名表現「信濃なる須賀の荒野」は品田氏が指摘するように中央の視点に立脚したものであることは看過すべきではないだろう。[48]

ここで再び、「荒野」の表現に立ちかえってみる。集中の「荒野」の表現は、「ま草刈る荒野」（1四七）、「かぎろひの　燃ゆる荒野」（2二一〇／二一三）など殊更に自然が強調され、「天離る夷の荒野」（2二二七）、「荒野らに里はあれども…都となりぬ」（6九二九）など都の対極にある地（又は、都から最も遠い地）として表出される。信濃国の須賀の野を都との対比で捉え「荒野」と表現する視点は、在地の人間よりも都寄りの人間が持つものであると言えようか。当該歌の作者像を断定することは不可能であるが、「信濃なる須賀の荒野」という地名表現、またホトトギスと声の聞きなしなど全体的な歌の発想や表現性を総合的に判断すれば、当該歌の作者はやはり中央の人間である可能性が極めて高いのである。

注

（1）従来の東歌研究史は周知の通り、東歌の実体を東国民謡と見るか否かという議論の中で進められてきた。その経緯については、品田悦一氏が以下の論文に於いて簡潔且つ的確に分析している。「東歌の文学史的位置づけはどのような視野をひらくか」（『国文学』三五－一二　一九九〇年五月）、「東歌・防人歌論」（『セミナー万葉の歌人と作品』第十一巻　和泉書院　二〇〇五年）

（2）注釈書・テキストが主な解釈として示した説に拠って分類し、注や考察部分などで示された別案の説は載せなかった。

（3）五唐勝氏『訳注万葉東歌』（桜楓社　一九七四年）

（4）室伏秀平氏『万葉東歌』（弘文堂　一九六六年）

（5）伊藤『釈注』は、結句「時過ぎにけり」の「時過ぎ」の部分をホトトギスの声の聞きなしと解した上で、結句に重ねて「久しい時が経過した」の意（E説）を読み取る。
（6）『新編全集』は、結句「時過ぎにけり」の「時過ぎ」の部分を「ほととぎすの鳴く声を写した語」とし、後藤論（注22）に従って結句の「時」の詮索を無用と述べる。
（7）『袖中抄』の引用は、『日本歌学大系　別巻二』（風間書房）に拠る。
（8）渡部和雄氏「もう一匹の『東歌のほととぎす』」（『季刊　文学・語学』五〇　一九六八年一二月）
（9）尾崎暢殃氏「東歌とほととぎす」（『國學院雑誌』七三―一二　一九七二年一二月）
（10）桜井満氏「年に稀なる神―農耕儀礼と民謡―」（『万葉集東歌研究』　桜楓社　一九七二年）
（11）『枕草子』の引用は、新編日本古典文学全集『枕草子』（小学館）に拠る。この田植え歌が記されているのは、第二一〇「賀茂へ詣る道に」の段。
（12）大久保正氏「東歌のほととぎす」（『日本文学』三七　一九五六年一月、後に『萬葉の伝統』塙書房　一九五七年、『萬葉集東歌論攷』塙書房　一九八二年）、及び「東歌のほととぎす再考」（『森脇一夫博士古稀記念論文集　万葉の発想』桜楓社　一九七七年、後に『萬葉集東歌論攷』塙書房　一九八二年）
（13）品田悦一氏　前掲注（1）論
（14）C説が〈民謡＝男女の相聞を歌う筈〉という予見に基づくことに対しては、既に大久保正氏前掲注（12）論や尾崎暢殃氏前掲注（9）論に批判がある。
（15）大久保正氏　前掲注（12）論「東歌のほととぎす」
（16）品田悦一氏　前掲注（1）論
（17）谷和樹氏による当該歌の解説（『セミナー万葉の歌人と作品』第十二巻　万葉秀歌抄　和泉書院　二〇〇五年）
（18）大久保正氏　前掲注（12）論
（19）中西進氏『旅に棲む　高橋虫麻呂論』（角川書店　一九八五年）、「夜の鳥」
（20）下田忠氏は『万葉の花鳥風月　古代精神史の一側面』（おうふう　二〇〇三年）の第Ⅱ章「万葉のほととぎす」に於

いて集中の「荒野」の語を検討し、中西説を支持する。
(21) 古橋信孝氏「ことばの呪性—アラをめぐって、常世波寄せる荒磯—」(『文学』五四‐五　一九八六年五月、後に『古代和歌の発生』　東京大学出版会　一九八八年)
(22) 後藤利雄氏『東歌難歌考』(桜楓社　一九七五年)
(23) こまつひでお氏「うめにうくひす」(『文芸言語研究(言語篇)』一〇　一九八六年二月)、伊藤『釈注』など。
(24) 伊藤博氏「名告り鳴く」(『萬葉集研究』第二十二集　塙書房　一九九八年七月)
(25) 伊藤博氏『萬葉集釈注』の集計に拠る。ホトトギスの語の無い二首をも含む数。
(26) 多田一臣氏「大伴家持の橙橘と霍公鳥の歌」「『古今集』と暦」(共に、『額田王論—万葉論集—』　若草書房　二〇〇一年)
(27) 芳賀紀雄氏「万葉集比較文学事典」(稲岡耕二氏編『別冊国文学　万葉集事典』　学燈社　一九九三年八月)の「暦と節物」の項
(28) 大久保正氏　前掲注(12)論など。
(29) 蜀魂伝説は、退位・隠棲した蜀王望帝の魂がホトトギスと化して古を偲んで鳴き、その哀切な声を聞いた蜀人が悲しんだという中国の著名な故事で、そこからホトトギスを「懐旧の鳥」とするならいが生じたとされる。身﨑壽氏によれば、同伝説は中国でも時代や文献によって内容に大きな異同があったという(身﨑壽氏『額田王　萬葉歌人の誕生』　塙書房　一九九八年　第一章「蜀魂」)。
(30) 本書**第三章第二節「ホトトギスと死者追慕の歌—万葉歌から中古哀傷歌へ—」**
(31) 古橋信孝氏　前掲注(21)論
(32) 伊藤博氏　前掲注(24)論
(33) こまつひでお氏　前掲注(23)論
(34) 新潮『集成』、伊藤博氏前掲注(24)論など。
(35) 古橋信孝氏「きく」(古代語誌刊行会編『古代語を読む』　桜楓社　一九八八年)

（36）多田一臣氏「〈おもひ〉と〈こひ〉と」（『語文論叢』一六　一九八八年一〇月、後に『万葉歌の表現』明治書院　一九九一年）

（37）多田一臣氏　前掲注（36）論

（38）『万葉集』中に見られる「蟋蟀」については、中嶋真也氏「湯原王蟋蟀歌小考」（『駒澤国文』四六　二〇〇九年二月）に詳しい。

（39）神野志隆光氏・鉄野昌弘氏「万葉百五十首を読む」（『別冊国文学〔必携〕万葉集を読むための基礎百科』学燈社　二〇〇二年一一月）の中の、巻八・一五五二番歌についての鉄野昌弘氏の考察を参考にした。

（40）大谷雅夫氏「歌と詩のあいだ」（『列島の古代史6　言語と文字』岩波書店　二〇〇六年、後に『歌と詩のあいだ―和漢比較文学論攷』岩波書店　二〇〇八年）

（41）芳賀紀雄氏　前掲注（27）「万葉集比較文学事典」

（42）森朝男氏「和歌における自然の共時的問題と通時的問題」（『上代文学』九七　二〇〇六年一一月）

（43）後藤利雄氏　前掲注（22）書

（44）巻十五の目録には、遣新羅使一行の出発は天平八年六月と記される。よって、一首が歌う「時過ぐ」は、一行が出発した六月から帰京予定であった秋までの時間の経過を指すと見られる。『続日本紀』によると、実際に一行が帰国したのは翌年正月であったが、疾病のため帰京が遅れた者や病没した者も多数いたらしい。

（45）小川達雄氏「信濃のほととぎす　万葉三三五二番の歌の解釈」（『日本文学』九－九　一九六〇年九月）

（46）大久保正氏　前掲注（12）論

（47）品田悦一氏「万葉集東歌の地名表出」（『国語と国文学』六三－二　一九八六年二月）、及び、前掲注（1）論「東歌の文学史的位置づけはどのような視野をひらくか」

（48）加藤静雄氏「万葉集巻十四の巻頭五首」（『同朋大学論叢』二八　一九七三年七月、後に『万葉集東歌論』桜楓社　一九七六年）。ただし、氏は近年の著書に於いて当該歌の作者を「都人である国司」と改めている（『万葉東歌の世界』塙新書　二〇〇〇年）。

第三節　倭建命の喪葬物語

――『古事記』と鎮魂――

一　はじめに

『古事記』のヤマトタケル東征物語は、タケルの死をもって終結する。『古事記』はタケルが病を得てから死に至るまでを語る叙述に歌謡を効果的に取り入れ、その死を悲しむ后や御子達の様子を、歌謡を用いて印象的に語る。次に、タケルの死後の様子を語る『古事記』の叙述の全文を掲げる。

是に、倭に坐(いま)しし后等(たち)と御子等(みこたち)と、諸(もろもろ)下り到りて、御陵(みはか)を作りて、即ち其地(そこ)のなづき田を匍匐(はらば)ひ廻(めぐ)りて哭(な)き、歌為(うたよみし)て曰はく、

なづきの田の　稲幹(いながら)に　稲幹に　這ひ廻(もとほ)ろふ　野老蔓(ところづら)　（記三四）

是に、八尋(やひろ)の白ち鳥と化(な)り、天に翔(かけ)りて、浜に向ひて飛び行きき。爾(しか)くして、其の后と御子等と、其の小(し)

竹の刈杙に、足を跳り破れども、其の痛みを忘れて、哭き追ひき。此の時に、歌ひて曰はく、

浅小竹原　腰泥む　空は行かず　足よ行くな　（記三五）

又、其の海塩に入りて、なづみ行きし時に、歌ひて曰はく、

海処行けば　腰泥む　大河原の　植ゑ草　海処は　いさよふ　（記三六）

又、飛びて其の礒に居し時に、歌ひて曰はく、

浜つ千鳥　浜よは行かず　礒伝ふ　（記三七）

是の四つの歌は、皆其の御葬に歌ひき。故、今に至るまで、其の歌は、天皇の大御葬に歌ふぞ。故、其の国より飛び翔り行きて、河内国の志幾に留りき。故、其地に御陵を作りて鎮め坐せき。即ち其の御陵を号けて、白鳥御陵と謂ふ。然れども、亦、其地より更に天に翔りて飛び行きき。

右の叙述の中で、これまで議論の中心となってきたのは、「天皇の大御葬に歌ふ」と記された「是の四つの歌」、いわゆる「大御葬歌」（記三四〜三七）の理解である。『古事記』は、ヤマトタケルの「御葬」に歌われた四首の歌謡が、「今に至るまで」の代々の天皇の「大御葬」で歌われて来たと語る。早く本居宣長『古事記伝』は、この『古事記』の説明通りに四首を把握しようとした。しかし、近代に入り、歌謡を所伝から切り離しその本来のあり方を考察するという立場から、「大御葬歌」の新たな読解が試みられるようになる。代表的なものを挙げると、高木市之助氏による童謡説[1]、清田秀博氏による農民の嘆き説[2]、土橋寛氏による恋の民謡・謎歌説[3]、吉井巌氏による農業祭に関連する呪歌説[4]、神堀忍氏による民衆の農耕労働の苦痛説[5]、吾郷寅之進氏による恋人を訪れる困難さを歌った歌とする説[6]などがある。しかし、これらのいわゆる転用説では、本来別の性格を持つ歌謡がどうして宮廷

の歴史書に「大御葬歌」として収められたのかという疑問に、明確な答えを出すことが出来ない。西郷信綱氏が[7]「まず必要なのは、歌をそれが生きている現場、すなわち葬りの歌として理解することであるはず」と述べたように、四首は『古事記』の叙述に従って理解されるべきであろう。その後、神野志隆光氏が[8]「是の四つの歌」という表現から、四首は「『天皇の大御葬』に係ってひとまとまりのものとして伝わっていた」と指摘し、そのことを前提にヤマトタケル喪葬物語が形成されたと考察してからは、《天皇の「大御葬歌」からヤマトタケルの御葬歌へ》という見方が通説となる。しかし、近年では、四首が「天皇の大御葬」で歌われたという『古事記』の叙述は、ヤマトタケルを天皇と同等に扱うための言説だとする見方が主流である。[9]例えば、影山尚之氏は[10]「四首がある事期まで歴代天皇の大葬でうたわれたという事実はなかったと断じてよい」と述べた上で、『古事記』の叙述は「物語の終結部において倭建命に聖性と権威を付与する機能を担う」と説いている。

また、「大御葬歌」は、歌われた場についても様々な議論が展開されてきた。西郷信綱氏は、[11]所伝中に見える「御陵」は殯宮を表すと考え、そこで后や御子達が行った「匍匐ひ廻り」「這ひ廻ろふ」は殯宮で女達が招魂のために行う匍匐儀礼を、「哭」は涕泣を表し、八尋白智鳥と化したヤマトタケルを追う后と御子達の描写は「葬りの場における儀礼的所作」「鳥と化した魂を涕泣しつつ追っかける擬態」であると述べた。その後も、[12]「大御葬歌」四首の表現に招魂の性格を見て、四首を実際の殯宮儀礼で歌われたと解する論が、伊藤博氏、[13]阿蘇瑞枝氏、守屋俊彦氏等[14]によって相次いで提出された。これらの殯宮儀礼歌説に対し、異議を唱えたのが神野志隆光氏である。[15]氏は、「天皇の大御葬に歌ふぞ」という『古事記』の説明を重視し、『古事記』が用いた「葬」字の検証から「葬」は葬地を示しつつそこに収めることを意味する語だと考察した上で、「大御葬歌」四首を古代喪葬の〈死→もがり→はふり〉というパターンに於ける〈はふり〉の「葬送の儀礼」に関する歌だと指摘した。更に、四首に共通する表現モチーフとして「行きなづむ」をあげ、四首は「葬送の列のなかにあって謡われるべき」だと述べた。この神野志論を受けた居駒永幸氏[16]、新谷正雄氏[17]も、四首は葬送の歌だという理解のもとに自論を展開している。神野志論が指摘したように、『古事記』は四首を「御葬」「大御葬」で歌うと説明しており、「殯」に於ける歌だとは述べていない。よって、四首は「葬」の場の歌だと素直に理解すべきである。しかし、一方で別の疑問も湧く。四首に詠み込まれたすべての表現が「葬」の場に基づくのだろうか。「葬」の場で歌われる歌に「殯」の場を示唆するような表現は存在し得なかったのか。

ここで改めて考察したいのが、「大御葬歌」四首の位置付けである。内田賢徳氏[18]に「記35以下がタケルが鳥となってからの歌であるのに対して、記34はそれと異なる」という興味深い指摘がある。確かに、『古事記』の叙述通りに読むと、記三四は后や御子達がタケルの死を悲しみ「なづき田を匍匐ひ廻りて哭き」ながら歌った歌であるのに対し、記三五～三七はタケルの化した八尋白智鳥を追い往く時の歌であり、記三四と記三五～三七では歌われた状況が異なっている。この点を重視すれば、記三四と記三五～三七は別々の場に基づく歌である可能性が出て来る。一方で、先に述べたように、四首には共通して「行きなづむ」という表現モチーフが見えるという指摘が神野志氏にあり、同じく居駒氏も[19]「境界の場所＋なづむ」という共通モチーフが四首の表現に見えることを指摘している。両氏の見方に従えば、四首は一貫性を持っており、歌われた状況も同じである可能性が高くなる。そこで改めて、四首に見えるとされる「(行き)なづむ」のモチーフについて検討してみたい。

「大御葬歌」四首のうち、記三五と記三六では「腰泥(なづ)む【原文：許斯那豆牟】」の語が直接歌われ、記三七では千鳥が「礒伝ふ【伊蘇豆多布】」様が歌われるため、記三五～三七の三首からは白智鳥を追う后や御子達が「(行き)なづむ」モチーフを読み取ることが出来るだろう。同様に「なづむ」の語を詠み込む歌を記紀歌謡や『万葉集』

から挙げてみると、当該歌謡の他に以下の六例がある。

・難波人　鈴船取らせ　腰なづみ【許辞那豆瀰】　其の船取らせ　大御船(おほみふね)取れ　（紀五一）

・…大鳥の　羽易(はがひ)の山に　わが恋ふる　妹は座(いま)すと　人の言へば　石根(いはね)さくみて　なづみ来(こ)し【名積来之】　吉(よ)けくもそなき…　（2二一〇　柿本人麻呂）

・…国見する　筑羽(つくは)の山を　冬ごもり　時じき時と　見ずて行かば　まして恋(こほ)しみ　雪消(げ)する　山道すらを　なづみぞわが来る【名積叙吾来煎】　（3三八二　丹比国人）

・白栲ににほふ信土(まつち)の山川にわが馬なづむ【吾馬難】家恋ふらしも　（7一一九二）

・うち日さつ　三宅の原ゆ　直土(ひたつち)に　足踏み貫(ぬ)き　夏草を　腰になづみ【腰尓魚積】　如何(いか)なるや　人の子ゆゑそ　通はすも吾子(あご)…　（13三二九五）

・降る雪を腰になづみて【腰尓奈都美弖】参り来し験(こしるし)もあるか年の初に　（19四二三〇　大伴家持）

右の例で注目されるのは、「なづむ」の語と共に「来」「通ふ」「参り来」（波線部）などの表現が用いられたことである。これらの表現に拠れば、「なづむ」には確かに行きがたさや難渋の意が含まれるものの、完全な停滞を表すわけではないことが分かる。行くことを妨げられながらも徐々に前進することを意味するのが「なづむ」なのである。

一方、記三四で「なづむ」モチーフを示すとされるのは「なづきの田【那豆岐能多】」である。しかし、この「なづきの田」は場所を表しており、動詞「なづむ」とは異なる。よって、ここから「なづむ」の表現モチーフを読み取ることは出来ないだろう。むしろ、記三四から読み取るべきモチーフは、動詞「這ひ廻る【波比母登富呂布】」の方である。当該歌以外に用いられた、「這ひ廻る」の例とその類例を以下に挙げる。

①神風の　伊勢の海の　大石に　這ひ廻ろふ【波比母登富呂布】　細螺の　い這ひ廻り【伊波比母登富理】　撃ちてし止まむ　　（記一三／紀八　重出）

②…ぬばたまの　夕になれば　大殿を　ふり放け見つつ　鶉なす　い匍ひもとほり【伊波比廻】　侍へど　侍ひ得ねば　春鳥の　さまよひぬれば…　　（２一九九　柿本人麻呂）

③…高光る　わが日の皇子の　馬並めて　み猟立たせる　弱薦を　猟路の小野に　猪鹿こそば　い匍ひ拝め　鶉こそ　い匍ひ廻ほれ【伊波比廻礼】　猪鹿じもの　い匍ひ拝み　鶉なす　い匍ひ廻ほり【伊波比毛等保理】　恐みと　仕へ奉りて…　　（３二三九　柿本人麻呂）

④若子の這ひたもとほり【匍匐多毛登保里】朝夕に哭のみそわが泣く君無しにして　　（３四五八　余明軍）

右四例のうち、①の「這ひ廻る」は、海の大石に細螺がはり付き動き回る様を表すと同時に、戦士達が敵の周囲を動き回って戦う様の比喩となっている。ここから、「這ひ廻る」は大石や敵の周囲など限定された場所を動き回る意を表すことが分かる。また、③は長皇子の狩りに仕える臣下達の行動を描写した例である。「猟路の小野」で臣下達が奉仕する様子が「匍ひ廻る」鶉に譬えられており、この「匍ひ廻る」も小野という限定された場所で動き回ることを意味している。残りの②・④は共に、殯宮での匍匐儀礼を表す例とされる。②では、③と同様に人々が鶉に譬えられるが、両者が共に柿本人麻呂の作であることを考えると、②の鶉も野で動き回るものとする理解のもとにあっただろう。②・④で歌われたのは殯宮で奉仕する臣下の様子であり、「這ひ廻る」は殯宮という限定された場所で奉仕することを表す。以上のことから、「這ひ廻る」は限定された場所を動き回ることを意味する語であると考えられ、難渋しながらも前進することを表す「なづむ」とはニュアンスを異にすることが分かる。

ここで改めて「大御葬歌」のモチーフについて考えてみる。四首は一貫して同じモチーフを有するわけではなく、記三四からは「這ひ廻る」、記三五～三七からは「なづむ」のモチーフが見て取れる。記三四に見える「這ひ廻る」が限定された場所を動き回る意であるのに対して、記三五～三七の「なづむ」は難渋しながらも前進する意を表すことを勘案すると、記三四と記三五～三七の間には表現の上で明らかな断層が存在することが分かる。記三五～三七の妨げられながらも前進する「なづむ」のモチーフは「葬」の場にふさわしいが、記三四の限定された場所を這い回る「這ひ廻る」のモチーフはむしろ「殯」の場にふさわしいように思われる。先にも確認したように、「大御葬歌」四首が「葬」の場で歌われたことは動かないだろうが、「葬」の場の歌に「殯」の場の印象が影を落としていないという保証もまた無いだろう。記三四の前に記された「なづき田を葡匐ひ廻りて哭き」という叙述は、従来指摘されているようにイザナミの死を悲しむイザナキの様子を語る「御枕方に葡匐ひ、御足方に葡匐ひて哭き」という叙述と酷似しており、タケルの后や御子達による殯宮での葡匐・発哭儀礼を反映させた表現と読み取ることも可能である。『古事記』が記三四の歌われた様子をそのように説明することを考え合わせると、記三四は「殯」を反映した歌である可能性が高い。ただし、それが実際に歌われたのは「殯」の場でなく「葬」の場だったのである。寺川眞知夫氏[20]が、記三四を殯宮での発哭儀礼の場に基づく歌、記三五～三七を葬送時の儀礼的所作に関わる歌と述べたのが「大御葬歌」についての正しい理解であると思われる。

居駒永幸氏[21]は、ヤマトタケルの死を語る『古事記』の叙述を、「葬送のイメージによって再構成された物語世界」であり、「葬」の起源を語るものであったと述べる。従って、この叙述から葬送の場の実体を求めるべきではないと氏は主張する。氏が述べたように、『古事記』が語るヤマトタケルの喪葬物語は、『古事記』が「大御葬歌」をはじめとする歌謡や所伝を巧みに用いて「再構成」した「物語世界」であり、〈死→もがり→はふり〉という古代喪葬のパターンを観念的に作り上げたものなのである。

二 『古事記』の鎮魂

『古事記』の所伝によると、ヤマトタケルの化した八尋白智鳥は浜へ向かって飛翔し、更に浜から礒へと飛び渡る。この所伝と呼応するように、四首の歌謡に詠み込まれた場所を順に追ってみると、「なづきの田」（記三四）、「浅小竹原」（記三五）、「海処」（記三六）、「礒」（記三七）というように白智鳥が徐々に海へと向かう状況が読み取れる。タケルが没した能煩野は伊勢国鈴鹿郡の地であり、そこにタケルの御陵が造られたことは『延喜式（諸陵式）』にも「能褒野墓。日本武尊。在伊勢國鈴鹿郡。兆域東西二町、南北二町。守戸三烟。」とあることからも分かる。能煩野から最も近い浜というと、能煩野の東方にある伊勢湾の海浜ということになるだろう。しかし、続く『古事記』の所伝では、白智鳥は能煩野から河内国の志幾へ飛んで行ったとされる。[22] 河内国は能煩野から見て西方にあたる。つまり、東方の海へ向かって進むように読める前半の叙述と、西方の河内国志幾へ向かったとする後半の叙述との間に、ずれが生じているのである。このずれについては、早く宣長『古事記伝』に指摘がある。『日本書紀』では、タケルの化した白鳥は伊勢国能褒野の「陵（みささぎ）より出でて、倭国（やまとのくに）を指して飛びたまふ」と記され、実際その通りに、白鳥は倭を経て河内へと飛び渡って行く。前後の叙述にずれが生じることは無い。

『古事記』の文脈にずれがあるように見えるのは、四首の歌謡を含む前半の叙述に海への志向性が読み取れるためである。[23] これは、死者が赴く他界のあり方とも密接に関わっている。土橋寛氏は「葬（はふる）」の語源について「ハブルは放棄すること。『葬』も元来は死体を山林や海辺に放棄したので、ハブルという」と説いたが、

この死体を海辺に放棄する行為の背後には、死者は海の彼方にある異界へ去るという海中他界の観念がある。この観念は、

・かからむの懐知りせば[24]大御船泊てし泊りに標結はましを　（2一五一　額田王「天皇大殯之時歌」）

・やすみししわご大君の大御船待ちか恋ふらむ志賀の辛崎　（2一五二　舎人吉年「天皇大殯之時歌」）

などのような初期万葉の挽歌からも見て取ることが出来る。そして、同様に海中他界の観念を反映したのが、「大御葬歌」を用いた『古事記』の叙述だったのである。『古事記』から読み取れる海への志向性は、『日本書紀』には見られない。『古事記』からは、死に関する民俗的信仰の残存が見て取れる。

ヤマトタケルは、后や御子達が記三四を歌った後、八尋白智鳥（『日本書紀』では「白鳥」）となって空へ飛翔する。このように魂が鳥の姿となって空を翔るという叙述は、古代の霊魂観に基づく。『古事記』はその白智鳥の最後を、

・然れども、亦、其地より更に天に翔りて飛び行きき【然、亦、自二其地一更翔レ天以飛行】

と語る。一方、『日本書紀』の景行天皇条では同じ内容が、

・然して遂に高く翔りて天に上りしかば【然遂高翔上レ天】

と記され、また、仲哀天皇元年十一月条では、

・乃ち神霊白鳥に化りて天に上ります【乃神霊化二白鳥一而上レ天】

と記される。この『日本書紀』の叙述は共に、タケルの魂が昇天して鎮魂が成就したことを示すものと解釈出来るだろう。つまり、『日本書紀』では、白鳥の昇天によってタケルの最終的な鎮魂が果たされたのである。

それでは、『古事記』の場合はどうであろうか。西郷信綱氏は、[25]右の『古事記』の叙述に『日本書紀』との違いを指摘し、『古事記』の語る白智鳥は「無限のかなたへこの地上からあくがれ出たけしきである」と述べた。

氏が指摘したように、『古事記』の叙述はタケルの魂の昇天を語ったものではないだろう。もし、この「天に翔りて飛び行きき（翔レ天以飛行）」がタケルの魂の昇天を語るのならば、その前にある「天に翔りて、浜に向ひて飛び行きき（翔レ天而、向レ浜飛行）」も昇天に等しい意味を持つ叙述と見なければならないからである。また、『古事記』に見られる「翔レ天」の仮名書き例、

・雲雀は　天に翔る【阿米邇迦気流】　高行くや　速総別　雀取らさね　（記六八）

の「阿米邇迦気流」は、鳥が天空を飛翔することを表している。漢字表記の「翔レ天」と仮名書き例の「阿米邇迦気流」を全く同列に扱うことは出来ないが、「天に翔る」は、『古事記』に於いては鳥が天空に飛翔する様を意味しており、魂の昇天を表す表現と見るべきではない。

それでは、『日本書紀』が白鳥を昇天させることで成し得たタケルの鎮魂を、『古事記』はどのように成し得たのだろうか。ここで、重要な働きをするのは「翔」字である。生前、伊吹山の神に打ち惑わされ病を得たタケルは、歩行がもはや困難になった時に「吾が心、恒に虚より翔り行かむと念ふ【吾心、恒念二自レ虚翔行一】」という言葉を発していた。『古事記』は、タケルが「恒に」心に「念」じていた飛翔を、白智鳥と化したタケルの魂の行為として現実のものにすることで、タケルの最終的な鎮魂をはかったのではないか。[26] ただし、ここで「最終的な」という限定を付け加えたのは、タケルの鎮魂がこの一文によってのみ果されたわけではないからである。その前段階には、タケルの后及び御子達によって歌謡が歌われたことがある。景行天皇の命を受けた使者が白鳥を追ったとする『日本書紀』の記述とは異なり、『古事記』ではタケルの后や御子が白智鳥を追いかけ、更には「大御葬歌」四首を歌っているのである。[27] これは、古代の鎮魂方法に叶った行為である。死者の鎮魂は、第一にその妻達によって果されるのであり、更に歌謡それ自体も鎮魂の意味を持つ。[28]『古事記』が「大御葬歌」四首を連ねる

ことでタケルの喪葬を語ったのは、タケルの鎮魂のためには歌が必要だと考えたからであろう。『古事記』は、歌謡と所伝とを巧みに融合することで観念上の喪葬を作り上げ、タケルの魂を鎮めようとしたのである。

ヤマトタケルは天皇に即位することなく、皇子の身分のまま生涯を終える。しかも、その死は故郷大和ではなく旅の途上に訪れる。ために、タケルは『古事記』に於いて最も鎮魂されるべき死者となったのである。そこで『古事記』は、その鎮魂を古代信仰に基づく様々な方法によって成し遂げようと試みた。ヤマトタケルの喪葬物語は、『古事記』の持つ古代性が反映された物語であると言えよう。(29)

注

（1）高木市之助氏「古代歌謡に於ける童謡の痕跡」（『吉野の鮎—記紀萬葉雑攷—』岩波書店　一九四一年）

（2）清田秀博氏「古事記景行記の歌謡『なつきの田の』に就いて」（『文学』一七-二　一九四九年二月）

（3）土橋寛氏「古代民謡解釈の方法—倭建命御葬歌の原歌—」（『立命館文学』七七　昭和一九五一年二月）、「倭建命御葬歌の原歌」（『説林』昭和一九五一年五月）、『古代歌謡の世界』（塙書房　一九六八年）、『古代歌謡全注釈　古事記編』（角川書店　一九七二年）

（4）吉井巌氏「倭建命物語と呪歌—その葬歌についての一假説—」（『国語国文』二七-一〇　一九五八年一〇月）

（5）神堀忍氏「歌謡の轉用—倭建命葬歌の場合—」（『国文学（関西大学）』二六　一九六二年七月）

（6）吾郷寅之進氏「倭建命御葬歌の原義（一）（二）」（『國學院雑誌』六七-二・三　一九六六年二・三月）

（7）西郷信綱氏「ヤマトタケルの物語」（『文学』三七-一一　一九六九年一一月、後に『古事記研究』未来社　一九七三年）

（8）神野志隆光氏「『大御葬歌』の場と成立—殯宮儀礼説批判—」（『上代文学論叢（論集上代文学　第八冊）』笠間書院　一九七七年一一月）

(9) 都倉義隆氏「倭建命物語論」(『古事記　古代王権の語りの仕組み』 有精堂 一九九五年)、矢嶋泉氏「『思国歌』と『大御葬歌』」(『青山語文』二五 一九九五年三月)、新編日本古典文学全集『古事記』頭注など。

(10) 影山尚之氏「倭建命薨去後悲歌と『挽歌の源流』」(『萬葉集研究』第三十五集 塙書房 二〇一四年一〇月)

(11) 西郷信綱氏 前掲注(7)論

(12) 伊藤博氏「挽歌の世界」(『国文学 解釈と鑑賞』三五－八 一九七〇年七月、後に『萬葉集の歌人と作品 上』 塙書房 一九七五年)

(13) 阿蘇瑞枝氏「挽歌の歴史—初期万葉における挽歌とその源流」(『論集上代文学』第一冊 笠間書院 一九七〇年一一月、後に『柿本人麻呂論考』 桜楓社 一九七二年)

(14) 守屋俊彦氏「倭建命の葬送物語」(『甲南国文』二一 一九七二年三月)

(15) 神野志隆光氏 前掲注(8)論

(16) 居駒永幸氏「境界の場所(上) —ヤマトタケル葬歌の表現の問題として—」(『明治大学教養論集』二四二 一九九一年三月、後に『古代の歌と叙事文芸史』 笠間書院 二〇〇三年)

(17) 新谷正雄氏「大御葬歌『なづきの田の』再考」(『国語と国文学』七四－二 一九九七年二月)

(18) 内田賢徳氏「記紀歌謡の方法—意味と記憶」(『萬葉集研究』第十六集 塙書房 一九八八年一一月)

(19) 居駒永幸氏 前掲注(16)論

(20) 寺川眞知夫氏「天皇の大御葬に歌う歌—出土遺物との関わりを視野に入れて—」(『同志社女子大学学術研究年報』四〇－Ⅳ 一九八九年一二月)

(21) 居駒永幸氏 前掲注(16)論。氏は、イザナキの黄泉国訪問譚とアメノワカヒコの喪屋の話が「殯」を、ヤマトタケルの物語が「葬」を語り、この三話が関連して死者儀礼の全体を語る仕組みになると考察する。

(22) 志幾にも、タケルの陵墓とされる白鳥御陵がある。

(23) 土橋寛氏 前掲注(3)書『古代歌謡全注釈 古事記編』

(24) 「懐知りせば」の「懐」の原文は、底本では「豫」。そこで、当該句を「かねて知りせば」と訓む説もある。

（25）西郷信綱氏　前掲注（7）論

（26）『古事記』の中で「翔」字は、冒頭に挙げたタケルの死後の様子を語る叙述の中に三例と、病に倒れた際のこの言葉に一例の計四例が見られるだけである。そこに、「翔」字の持つ意味の重さが見てとれるだろう。

（27）西郷信綱氏「柿本人麿」（『詩の発生』　未来社　一九六四年）

（28）居駒永幸氏　前掲注（16）論、新谷正雄氏　前掲注（17）論

（29）影山尚之氏　前掲注（10）論は、「大御葬歌」四首が心情語を詠み込まず、「眼前の具体的な事物と身体的な行為だけがうたわれ、無意味なほどに同じ語を繰り返してたどたどしい」ことから、これを「異常な事態に直面し悲哀よりも惑乱に強く支配されている后たち御子たちの内面を的確に描き出」す手法と捉え、四首は「祭式の魔術や土の臭い」とは「およそ無交渉」な、「天智天皇挽歌群中の倭大后作歌よりも進んだ位置に立っているとさえ思われる」レベルの歌とする。そして、この四首を物語内に定位した『古事記』に「悲劇の形象化に対する鮮明な自覚を備えた知性」を見る。確かに、歌謡を組み込んで悲劇の物語を造型した『古事記』からは高い知性や明確な意図を読み取ることが出来るが、歌謡特有の繰り返しや表現の貧困さを「発話者のしゃくり上げるようす」「困憊と哭泣のせいで発語が途切れがちになっているさま」「ことばが続かないもどかしさ」の描写と捉えるのは、近代的過ぎる読み取りのように思われる。『古事記』は、古代的なものを上手く取り入れて、悲劇の主人公の鎮魂を図ったと見たい。

終章　万葉挽歌の実体と課題

――挽歌とは何か――

一　はじめに

ここまで、万葉挽歌が編纂という編者の営みと深く関わって存在するという点を視野に入れながら、その成立と本質について考察してきた。

第一章「万葉人の挽歌観」では、『万葉集』巻二挽歌冒頭の有間皇子自傷歌群（2一四一～一四六）に焦点をあて、そこから見える巻二編者の挽歌観と意図について論じた。[1] 編者は、巻二挽歌冒頭に有間皇子自傷歌群を置き、巻末に柿本人麻呂の臨死自傷歌群を据えたことから、自傷歌という形態を必要とした様子が覗える。それは、自傷歌に死者自身の言葉が歌われていることに因ると思われる。有間皇子自傷歌（2一四一）には「また還り見む」という皇子の意志が詠み込まれており、それは、皇子の非業の死を知る者から見れば、死者が心残りを述べた言葉として受け取り得るものである。自傷歌二首に続いて配列された関係歌群（2一四三～一四六）は、「また還り見む」という状況を歌の表現上で実現させることでその心残りを鎮めようとしていた。よって、自傷歌二首と関係歌群をまとめて記すことにより、《一人の人間の死があり、死者によって思い（心残り）が語られ、その思い（心残り）を鎮める為に残された生者が歌を詠む》という挽歌の形態が示されることになる。編者は、日本に於ける「挽歌」の意味を説明する意図をもって当該歌群を挽歌冒頭に置いたのである（**第一節「有間皇子自傷歌群の意味」**）。当該歌群中に見える左注「右件謌等、雖レ不二挽レ柩之時所一レ作、准二擬歌意一。故以載二于挽哥類一焉」は、「挽歌」の語の典拠にあたる漢籍に於ける挽歌の原義を念頭に置き、本来の挽歌は喪葬儀礼に際して作られた歌であるが、「歌の意（こころ）（＝心情）」が通じていれば、それ以外の歌も「挽哥類」として収載していくという編者の編纂方針を示すものであった。ここから、巻二挽歌が「歌の意（＝心情）」をも考慮して分類・編纂されたものであることが分かる。その「歌の意（＝心情）」とは、死者の恨みや無念を鎮めようとする強い思いであった（**第二節「有間皇子自傷歌群左注考――編者の挽歌観と意図――」**）。また、初めて題詞で「挽歌」と命名された山上憶良の「日本挽歌」（５七九四～七九九）は、日本の伝統的表現や観念を意識して詠まれた作品であり、長歌中に見える「石木をも　問ひ放け知らず」という表現は、神話や祝詞等に見える日本古来の詞章と共に、巻二挽歌冒頭の有間皇子自傷歌群を挽歌の伝統として意識したものと思われた（**第三節「山上憶良『日本挽歌』の表現」**）。

第二章「万葉挽歌の方法」では、巻二挽歌に実際に収載された挽歌作品の表現について考察した。初期万葉の天智挽歌群に見える姓氏未詳婦人作歌（２一五〇）は、死を避けられない運命として受け入れ自らを納得させようとする生者の立場からの歌であり、そこに見える意識はもはや招魂へは向いていないことが確認できた。天智の死を受け入れた上で、死者である天智が夢に現れたことを「夢に見えつる」と歌うことにより、死者の魂の存在を明らかにし、死者に対して夢に見た歓びを述べると共に死者の意志を解こうとすることで、その鎮魂を図った歌なのである（**第一節「天智挽歌群　姓氏未詳婦人作歌考」**）。また、柿本人麻呂による草壁・高市両皇子に対する殯宮挽歌（２一六七～一六九・一九九～二〇二）と、自殺した吉備津采女に対する挽歌（２二一七～二一九）の考察では、人麻呂がそれぞれの死者の立場や周囲の状況に応じた鎮魂表現を巧みに用いて挽歌を作っていたことが分かった（**第二節「柿本人麻呂『日並皇子殯宮挽歌』の方法――反歌をめぐって――」・第三節「柿本人麻呂『高市皇子殯宮挽歌』の方法」・第四節「柿本人麻呂『吉備津采女挽歌』の方法――「秋山の　したへる妹　なよ竹の　とをよる子ら」考――」**）。

第三章「万葉挽歌の周辺」では、死者を悼む心情が歌われながらも挽歌に収載されなかった歌の考察を通して、万葉挽歌のあり方を論じた。巻八夏雑歌収載の石上堅魚と大伴旅人による唱和歌（８一四七二～一四七三）は、旅人の妻の死と勅使の弔問を契機に詠作されたため、一連の亡妻関係歌の中に含めて考え得る作品であり、二首共に旅人の亡妻への哀惜の念が詠み込まれていたが、表面上に保たれた季節歌の世界により挽歌ではなく夏雑歌に収載された。つまり、二首は挽歌的要素を含み持つ季節の雑歌と判断されたのである。この二首が挽歌に収載されないところに万葉挽歌の性質が顕れており、死者哀慕を歌う歌すべてが挽歌ではなかったことが分かる（**第一節「巻八夏雑歌　大伴旅人の望遊唱和歌考」**）。この二首に詠み込まれたホトトギスは、中古以降の和歌世界では冥途や死者に近しい鳥として死者追慕を歌う哀傷歌の題材とされたが、『万葉集』中にはホトトギスによって死者追慕の思いを詠じた挽歌は存在しない。ホトトギスの鳴き声を聞いて故人を追懐する歌は散見するが、それらは挽歌に分類されなかったのである。この事象には、ホトトギスという題材そのものが深く関わっている。ホトトギスは漢籍の蜀魂伝説を背景に持ち、「死者追慕」の要素を根源的に含み持つ鳥であった。しかし、ホトトギスを詠むこと自体が作歌の目的となる季節の景物であるため、ホトトギスが詠み込まれた時点で、一首は死者を悼む歌ではなく季節の景物ホトトギスを「死者追慕」の鳥として詠じた歌となってしまうのである。つまり、ホトトギスは死者を哀傷する挽歌には適さない題材であり、逆に挽歌に適しているのは日本古来の霊魂観や他界観を連想させる鳥であった。ここから、名称は漢籍由来であっても、内実は日本の伝統的霊魂観に基づく死者哀傷の表現を志向したのが万葉挽歌であったことが分かる（**第二節「ホトトギスと死者追慕の歌——万葉歌から中古哀傷歌へ——」**）。猶、挽歌が単に死者に関わって詠まれた歌ではないことは、非業の死を遂げた有間皇子を念頭に歌われた作（1三四・9一六七五・9一七一六）が、挽歌ではなく雑歌に分類されたことからも覗える。これらの作は、有間皇子の残した言葉に応える形で詠まれてはいないため、挽歌と判断されなかったのであろう。ここから、死者の思いを聞き、その思いに応える形で死者に歌いかける歌が挽歌であったことが分かる。死者の思いを問うことは、その答えを聞き理解することで、魂を正しく鎮めるために必要な行為だったのである（**序章第二節「万葉挽歌の表現と変遷」**）。一方、『古事記』の鎮魂方法は、死者に身近な者達による死者の死を悼む歌謡を記すと共に、散文部分に於いて死者の思いを叶える叙述を取るというものであり、ここから死者の思いに応じる志向性を持つ万葉挽歌との類似性が看取できた（**第三章第三節「倭建命の喪葬物語――『古事記』と鎮魂――」**）。

以上の考察から見えてくるのは、伝統的な霊魂観や他界観に基づき、特に死者の霊魂や思いを強く意識して詠じられる万葉挽歌のあり方である。このことは、万葉挽歌特有の表現にも深く関わってくるように思われる。そこで、以下、挽歌特有の表現を見ることにより、挽歌の本質について更に考察してみたい。

二　死者の遺志と挽歌

『万葉集』巻二挽歌冒頭の有間皇子自傷歌群（2一四一～一四六）は、皇子の自傷歌二首と後代の追和歌四首から構成される。これらの追和歌は、皇子の自傷歌二首のうち、

・磐代（いはしろ）の浜松が枝（え）を引き結び真幸（まさき）くあらばまた還り見む　（2一四一）

に詠み込まれた「また還り見む」という表現を受けて、「また見けむかも」（一四三）、「見らめども」（一四五）、「後見むと…また見けむかも」（一四六）というように「(松を)見る」ことに固執して詠まれている。一四一番歌の「また還り見む」という言葉が後代の人々に特に強く意識されたのは、一四一番歌が、結び松という祈りの習俗を詠みながらも、なお「真幸くあらば」という仮定表現を詠み込むために、祈りの習俗を信頼しきれない皇子の不安定な心情や悲劇性を感じさせ皇子の悲劇伝承を呼び込むからである[2]。このような視点に立つと、「また還り見む」

は死者となった皇子が生前に語った意志、即ち遺志と受け取ることが出来る。松を「見る」ことに固執する一四三・一四五・一四六番歌は、皇子が松を「また還り見」たという状況を歌に於いて作り上げ、その遺志を果たそうとしているように見える。つまり、これらの追和歌は、皇子の「また還り見む」という強い思いが込められた自傷歌が遺志として残されたことに鎮魂の必要性を感じて詠まれたのである（**第一章第一節「有間皇子自傷歌群の意味」**）。

ここで、一四六番歌が、

・後見むと君が結べる磐代の子松がうれをまた見けむかも　（2一四六　柿本人麻呂歌集）

というように、一四一番歌の皇子の言葉「また還り見む」を直接引用したかのような歌い方をすることに注目したい。万葉挽歌の中には他にも、これと同様に、歌という形で残された死者の遺志を詠み込む作が見られる。

・かくのみにありけるものを萩の花咲きてありやと問ひし君はも　（3四五五　余明軍）

右は、「天平三年辛未。秋七月に、大納言大伴卿の薨りし時の歌六首」と題された挽歌六首（3四五四～四五九）のうち、「右の五首は、資人余明軍の、犬馬の慕に勝へず、心の中に感緒ひて作れる歌なり」という左注で括られた五首の中の一首で、大伴旅人に仕えた舎人の余明軍が旅人の死を悲しんで作った挽歌である。この一首では病床の旅人が「萩の花咲きてありや」と問うたことが歌われるが、ここには旅人の次の歌が踏まえられていると見られる。

三年辛未に大納言大伴卿の寧楽の家に在りて故郷を思へる歌二首

・須臾も行きて見てしか神名火の淵は浅さびて瀬にかなるらむ　（6九六九　雑歌）

・指進の栗栖の小野の萩が花散らむ時にし行きて手向けむ　（6九七〇　雑歌）

右二首は、旅人が故郷明日香を思って詠じた望郷歌である。題詞に記された年号や歌の内容から察するに、旅人はこの二首を詠んでまもなく薨去したらしい。ここに詠まれたのは、故郷明日香の「神名火の淵」を「須臾も行きて見てしか（＝しばらくの間でも行ってこの目で見たいものだ）」（九六九）、そして「指進の栗栖の小野の萩が花散らむ時」に、「行きて手向けむ（＝明日香へ行って神に手向けをしたい）」（九七〇）という旅人の願いである。後者に詠まれた「…萩が花散らむ時」とは、「この頃に病気回復と考えたか」（中西『全訳注』）とも推測でき、この時点で旅人が未来への希望を失っていなかった様子が覗える。しかし、結局「行きて見てしか」「行きて手向けむ」という願いを果たすことなく旅人は薨去する。よって、この「行きて見てしか」「行きて手向けむ」は、死者となった旅人が生前に語った意志、即ち旅人の遺志と受け取ることが出来る。このように見ると、右の二首は、「真幸くあらば」と自分の未来を見据えて「また還り見む」という強い思いを述べた有間皇子の一四一番歌と同じあり方となっていることが分かる。二首のうち、九七〇番歌には萩の花が詠じられているため、先の余明軍の挽歌（3四五五）の「萩の花咲きてありや」は、具体的には九七〇番歌を踏まえたものであることが分かる。よって、一首の「かくのみにありけるものを」とは、願いを果たすことなく死を迎えた旅人の運命を悲嘆した言葉であり、「萩の花咲きてありや」は旅人が人生の最後に吐露した故郷明日香への望郷の思いを表していたのである。「行きて手向けむ」と強く願う望郷歌が旅人の遺志として残されてしまったことに鎮魂の必要性を感じて詠まれたのが、余明軍の挽歌であったと考えられよう。

次の挽歌も、同様に捉えることが出来る。

・ささなみの志賀さされ波しくしくに常（つね）にと君が思ほせりける　（2二〇六　置始東人）

右は、弓削皇子の薨去時に置始東人が詠じた挽歌三首（2二〇四〜二〇六）のうちの一首である。「しくしくに常にと君が思ほせりける（＝しきりに、変わりなくありたいとあなたは思っていらしたことだったなあ）」という表現からは、次の歌が容易に思い浮かぶ。

弓削皇子の吉野に遊しし時の御歌一首

・滝の上の三船の山に居る雲の常にあらむとわが思はなくに　（3二四二　雑歌）

春日王の和へ奉れる歌一首

・王は千歳に座さむ白雲も三船の山に絶ゆる日あらめや　（3二四三　雑歌）

或る本の歌一首

・三吉野の御船の山に立つ雲の常にあらむとわが思はなくに　（3二四四　雑歌）

右の一首は柿本朝臣人麿の歌集に出づ。

自分の生が常にあるものとは思われないと歌う弓削の歌は、吉井巌氏が(3)「生をねがい、しのびよる死の不安を拭いきれない、不徹底な生を生きる一人の心象」と評したように、自らの短命を予感したかのような翳りを帯びている。一方で、影山尚之氏が(4)弓削の歌の表現に吉野を神仙世界に見立てる『懐風藻』の詩想との近似性を見て、「神仙思想に裏打ちされた不老不死希求」としての長寿の願いが詠じられたと読み解くように、弓削の歌からは強い生への希求が覗える。だからこそ、春日王は弓削の意を斟酌して「王は千歳に座さむ」と和したのである。しかし結局、弓削は文武三年七月に若くして薨去するが、右の弓削の歌も同じ文武三年時の作と推定されている。(5)つまり、この一首を詠んでまもなく弓削は薨去したのであり、「常にあらむ」という弓削の願いは叶わなかったことになる。その無念さを思いやって歌われたのが、置始東人による挽歌（2二〇六）であったと考えられる。常なる生を強く願う弓削の歌が遺志として残されてしまったからこそ、置始東人は、それを歌によって鎮魂しなければならなかったのである。

三　死者の思いと鎮魂

前段では、歌という形で残された死者の遺志を直接詠み込むことにより、死者の鎮魂を図る挽歌の例を見てきた。しかし、死者の遺志が必ずしも歌によって残されるわけではないため、すべての挽歌が死者の歌の表現を受けて歌われるわけではない。歌の代わりに、死者が生前抱いていた思いや生前に語った言葉を引用し、その思いや言葉に作者（話者）が寄り添うことによって鎮魂を図る挽歌は散見する。例えば、柿本人麻呂による「高市皇子殯宮挽歌」（2一九九～二〇二）が、その例である。

「高市皇子殯宮挽歌」の長歌（一九九）は、冒頭からの大部分を天武の命を受けて高市が戦った壬申の乱の描写に費やす。この叙述に於ける高市は、当該挽歌に於ける偲（しの）いの対象であるにも関わらず、一貫して天武の委任を受けた執政官として描かれ[6]、主体的な行動を取る存在としては歌われない。続けて歌われる舎人の喪葬儀礼の様子と皇子の殯宮鎮座を語る叙述に於いても、高市は鎮座させられるべき「神」として描かれ、やはり主体的な存在として歌われることはない。その結果、当該挽歌には挽歌の常套表現とされる「くどき文句」[7]も詠み込まれることがない。ようやく長歌終盤になって、挽歌の目的である高市への偲いが歌われる。その叙述方法に注目したい。

・…然れども　わご大君の　万代（よろづよ）と　思ほしめして　作らしし　香具山の宮　万代に　過ぎむと思へや　天の如　ふり放け見つつ　玉襷（たまだすき）　かけて偲（しの）はむ　恐（かしこ）くありとも　（2一九九）

高市は、ここで初めて「わご大君の　万代と　思ほしめして　作らしし」（傍線部）というように主体的な行動を取る存在として歌われており、「香具山の宮」が「万代」にあって欲しいという高市の願いもここで初めて明かされる。この「万代」という高市の願いを果たそうとする形で「万代に　過ぎむと思へや（＝幾年の後までも、なくなることなど考えられようか）」（波線部）という句が続けられ、「万代」に続いていくであろう「香具山の宮」を「天の如　ふり放け見つつ」皇子を「かけて偲はむ（＝心にかけてお慕いしよう）」という誓いによって高市への鎮魂が図られている。このように死者の生前の願いを詠み込んで死者への偲いを歌うのが、当該挽歌に於ける鎮魂の方法なのである（**第二章第三節「柿本人麻呂『高市皇子殯宮挽歌』の方法」**）。

次の「石田王挽歌」にも同様に、死者が生前抱いていた思いが詠み込まれる。

・つのさはふ　磐余（いはれ）の道を　朝さらず　行きけむ人の　思ひつつ　通ひけまくは　ほととぎす　鳴く五月（さつき）には　菖蒲草（あやめぐさ）　花橘を　玉に貫き（ぬ）〔一は云はく、貫き交へ〕　かづらにせむと　九月（ながつき）の　時雨の時は　黄葉（もみちば）を　折りかざさむと　延ふ葛（くず）の　いや遠永く〔一は云はく、田葛の根の　いや遠長に〕　万世（よろづよ）に　絶えじと思ひて〔一は云はく、大船の　思ひたのみて〕　通ひけむ　君をば明日ゆ〔一は云はく、君を明日ゆは〕　外（よそ）にかも見む

（3四二三　山前王「石田王挽歌」）

右の一首は、題詞には「山前王の哀傷びて作れる歌」とあるが、左注に「右の一首は、或は云はく、柿本朝臣人麿の作といへり」と記されることから、人麻呂による代作・修正等の関与が推測されている（多田『全解』）。当該挽歌で特徴的なのは、石田王が生前に抱いた思いの叙述（傍線部）に長歌の大半が費やされることである。一方、作者による死者への偲（しの）いは、「君をば明日ゆ　外にかも見む（＝あなたを明日からは他界の人として見るのかなあ）」（波線部）という末尾の二句のみに止まる。それにも関わらず、これが一つの挽歌作品として成り立つのは、石田王

が毎日通いながら抱いていた「菖蒲草　花橘を　玉に貫き　かづらにせむ」「黄葉を　折りかざさむ」「万世に絶えじ」などの未来への希望の思いを受けて、死者の思いが断ち切られた悲しみを表す「君をば明日ゆ　外にかも見む」の二句が歌われたからである。このような歌を通して見ると、笠金村による「志貴皇子挽歌」(2二三〇〜二三四)の中に見える、

・三笠山野辺行く道はこきだくも繁り荒れたるか久にあらなくに　(2二三二　笠金村)

や、大伴家持による「安積皇子挽歌」(2四七五〜四八〇)の中に見える、

・愛しきかも皇子の命のあり通ひ見しし活道の路は荒れにけり　(3四七九　大伴家持)

などの歌も、死者が足繁く通った道に死者の思いを感じ取り、その道の荒廃を歌うことで死者の思いが断ち切られた悲しみを表現したものと解することが出来よう。挽歌に於いては、死者が生前抱いた思いに寄り添う形で死者への偲いを歌うことが重要であった。

一方、死者が生前語った言葉に寄り添うことによって鎮魂を図る挽歌もある。

また、家持の砌の上の瞿麦の花を見て作れる歌一首

・秋さらば見つつ思へと妹が植ゑし屋前の石竹咲きにけるかも　(3四六四　大伴家持)

右は、大伴家持による亡妾悲傷歌群(3四六二〜四七四)の中の一首である。冒頭の「秋さらば見つつ思へ(＝秋になったらこれを見て私を思い起こして下さい)」(傍線部)からは、彼女がまもなく訪れる自身の死を予期し、形見として「石竹」を植えたことが想像できる(多田『全解』)。一連の亡妾悲傷歌の中で、「石竹」を詠み込む歌はこの一首のみであるが、

・わが屋前に　花そ咲きたる　そを見れど　情も行かず　愛しきやし　妹がありせば　水鴨なす　二人並びゐ

手折りても　見せましものを…　（3四六六　大伴家持）

・妹が見し屋前に花咲き時は経ぬわが泣く涙いまだ干なくに　（3四六九　大伴家持）

の二首に詠み込まれた「花」も「石竹」と捉えてよいだろう。よって、これらの歌自体が亡妾の「秋さらば見つ思へ」という言葉に添うものであり、亡妾への鎮魂となっているのである。

死者が生前に語った言葉を詠み込む挽歌は、他にも、

・白雲の　たなびく国の　青雲の　向伏す国の　天雲の　下なる人は　吾のみかも　君に恋ふらむ　吾のみかも　君に恋ふれば　天地に　言を満てて　恋ふれかも　胸の病みたる　思へかも　心の痛き　吾が恋ぞ　日に異に益る　何時はしも　恋ひぬ時とは　あらねども　この九月を　わが背子が　偲ひにせよと　千世にも　偲ひわたれと　万代に　語り継がへと　始めてし　この九月の　過ぎまくを　いたもすべ無み　あらたまの　月のかはれば　為むすべの　たどきを知らに　石が根の　凝しき道の　石床の　根延へる門に　朝には　出で居て嘆き　夕には　入り居恋ひつつ　ぬばたまの　黒髪敷きて　人の寝る　味眠は寝ずに　大船の　ゆくらゆくらに　思ひつつ　わが寝る夜らは　数みも敢へぬかも　（13三三二九　挽歌）

・狂言や人の言ひつる玉の緒の長くと君は言ひてしものを　（13三三三四　挽歌）

などの例がある（傍線部が死者の言葉を歌う部分）。右二首のうち、前者は内容からすると男への恋心を歌った女の歌のように読めるため、「恋歌が挽歌に流用されたもの」（中西『全訳注』）と見ることが出来る。このような流用が可能になったのも、一首中に男の言葉（傍線部）が詠み込まれ、それを受ける形で作者の悲嘆（波線部）が歌われているからであろう。このように万葉挽歌には、死者が生前に抱いた思いや生前に語った言葉を詠み込み、それを受ける形で死者への偲いを歌う歌が散見する。

先に挙げた大伴家持による亡妾悲傷歌のうち、四六九番歌は、山上憶良が妻を亡くした大伴旅人の胸中を思って詠じた「日本挽歌」の反歌、

・妹が見し楝の花は散りぬべしわが泣く涙いまだ干なくに　（5七九八　山上憶良）

を模した作と思しい。このように、死者手植えの植物や、死者にゆかりのある植物を詠み込む挽歌には、他にも、大伴旅人による一連の亡妻挽歌群（3四三八～四四〇、四四六～四五三）の中の、

・吾妹子が見し鞆の浦のむろの木は常世にあれど見し人そなき　（3四四六　大伴旅人）
・鞆の浦の磯のむろの木見むごとに相見し妹は忘らえめやも　（3四四七　大伴旅人）
・磯の上に根這ふむろの木見し人をいづらと問はば語り告げむか　（3四四八　大伴旅人）
・吾妹子が植ゑし梅の樹見るごとにこころ咽せつつ涙し流る　（3四五三　大伴旅人）

などがある。有間皇子自傷歌群（2一四一～一四六）もここに含めて考えることが出来るだろう。これらの歌では、植物の永遠性と対比する形で人の命の一回性や儚さが嘆かれている。このように永遠性を持つ植物と人の命を対比する手法は、孝徳紀の造媛の死を悼む歌謡、

・本毎に　花は咲けども　何とかも　愛し妹が　また咲き出来ぬ　（紀一一四　野中川原史満）

にも既に用いられている。しかし、右の歌謡で歌われた「花」は生き返ることのない造媛の対比として持ち出された物象に過ぎず、造媛ゆかりの「花」というわけではない。一方、挽歌に詠み込まれるのは死者にゆかりのある植物に限定されており、ここに歌謡と挽歌との差が顕れている。挽歌では、死者ゆかりの植物から死者の思いを感じ取ることが大切だったのである。

四　くどき文句

挽歌が死者の思いを大切にすることは、挽歌特有の表現とされる「いかさまに　思ほしめせか」のあり方とも関わってくるだろう。「いかさまに　思ほしめせか」は、

・…天にみつ　大和を置きて　あをによし　奈良山を越え〔或は云はく、空みつ　大和を置き　あをによし　奈良山越えて〕いかさまに　思ほしめせか〔或は云はく、おもほしけめか〕天離る　夷にはあれど　石走る　淡海の国の　楽浪の　大津の宮に　天の下　知らしめしけむ　天皇の　神の尊の　大宮は　此処と聞けども…
（1二九　柿本人麻呂「近江荒都歌」）

・明日香の　清御原の宮に　天の下　知らしめしし　やすみしし　わご大君　高照らす　日の御子　いかさまに　思ほしめせか　神風の　伊勢の国は　沖つ藻も　靡ける波に　潮気のみ　香れる国に　味ごり　あやにともしき　高照らす　日の皇子　（2一六二「天皇崩之後八年九月九日、奉為御齋會之夜夢裏習賜御歌」）

・…わご王　皇子の命の　天の下　知らしめしせば　春花の　貴からむと　望月の　満しけむと　天の下〔一は云はく、食す国〕四方の人の　大船の　思ひ憑みて　天つ水　仰ぎて待つに　いかさまに　思ほしめせか　由縁もなき　真弓の岡に　宮柱　太敷き座し　御殿を　高知りまして　朝ごとに　御言問はさぬ　日月の数多くなりぬる…　（2一六七　柿本人麻呂「日並皇子殯宮挽歌」）

・磯城島の　大和の国に　いかさまに　思ほしめせか　つれも無き　城上の宮に　大殿を　仕へ奉りて　殿隠り　隠り在せば…　（13三三二六　挽歌）

などの歌に詠み込まれ、「いかさまに　思ひをれか」（2二一七　柿本人麻呂「吉備津釆女挽歌」）、「いかさまに　思ひ

いませか」（3四四三「天平元年己巳。摂津国班田史生丈部龍麿自経死之時、判官大伴宿禰三中作歌」）、「いかさまに　思ひけめかも」（3四六〇　大伴坂上郎女「尼理願挽歌」）等の類例を含め、その殆どすべてが挽歌の例である。唯一の例外である人麻呂の「近江荒都歌」（1二九）も挽歌性を指摘される作である(8)ことを考慮すれば、多くの諸研究が説くように、「いかさまに　思ほしめせか」は挽歌の常套表現と言ってもよいだろう。しかし、中西『全訳注』が「二句は挿入句」と注することからも分かるように、仮にこの表現を省略してしまっても、前後の文脈に破綻や破調をきたすことはない。それにも関わらず、何故この二句は挽歌に詠み込まれなければならなかったのだろうか。

「いかさまに　思ほしめせか」が、殯宮や葬儀の折の哭女の「くどき文句」を源流とし、後に悲哀を表す挽歌の常套句となったことを論じたのは山本健吉氏(9)である。氏は、「死者の魂に訴へ、嘆きかけ、あるいは自分たちを残して逝つてしまつたつれなさをかきくどく」ものである「くどき文句」が、挽歌の「基本的な音調をなしてゐる」と指摘する。また、青木生子氏(10)は、この二句が「意外な死への問いかけ、疑問、驚きをまとったもの」であり、「死の事象を生者と同じように死者の意志、行為とみな」す「古代の他界観」に基づく表現であると指摘した上で、人麻呂歌の場合は単なる挽歌の伝統句を超えて「人生（死・別離・運命）の不可知によせる思惟的・苦悩的情念」を託す言葉として機能していることを論じている。特に人麻呂による「日並皇子殯宮挽歌」（2一六七）では、「いかさまに　思ほしめせか」の二句が、「〈即位〉と〈崩御〉」という「二つの内容の落差に対して向けられた悲嘆」の表現として機能している(11)とされる。しかし、死によって引き起こされる苦悩や悲嘆を表す言葉が、何故、死者への問いかけの形を取るのだろうか。それは、死者へ訴えかけてその意志を問うことが、死者の鎮魂を企図する挽歌に於いて最も大切な事柄だったからではないか。「いかさまに　思ほしめせか」という表現の背後には、諸研究が説くように古代的な鎮魂の精神が宿っているのである。

山本氏[12]が「いかさまに　思ほしめせか」と同じく「くどき文句」に由来する表現として挙げたのが、「何しかも」「何すとか」である。

・…打橋に　生ひをれる　川藻もぞ　枯るればはゆる　何しかも　わご大君の　立たせば　玉藻のもころ　臥(こや)せば　川藻の如く　靡かひし　宜(よろ)しき君が　朝宮を　忘れ給ふや　夕宮を　背(そむ)き給ふや…

（2一九六　柿本人麻呂「明日香皇女殯宮挽歌」）

・百小竹(ももしの)の　三野(みの)の王(おほきみ)　西の厩(うまや)　立てて飼ふ駒　東の厩　立てて飼ふ駒　草こそば　取りて飼ふがに　水こそば　汲みて飼ふがに　何しかも　葦毛の馬の　嘶(いば)え立ちつる

（13三三二七　挽歌）

・…垂乳根(たらちね)の　御母(みおや)の命(みこと)　何しかも　時しはあらむを　真(まそ)鏡　見れども飽かず　珠の緒の　惜しき盛りに　立つ霧の　失せゆく如く　置く露の　消(け)ぬるが如く　玉藻なす　靡き臥伏(こいふ)し　逝(ゆ)く水の　留(とど)みかねつと　狂言(まがこと)や　人の云ひつる　逆言(およづれ)を　人の告げつる…

（19四二一四　大伴家持「挽歌一首」）

・…行きかぐれ　人のいふ時　いくばくも　生けらじものを　何すとか　身をたな知りて　波の音(と)の　騒く湊の　奥津城に　妹が臥(こや)せる…

（9一八〇七　高橋虫麻呂「詠勝鹿真間娘子歌」）

右の諸例から分かるように、「何しかも」「何すとか」も、死者が自らの意志で死へと向かう叙述の直前に置かれ[13]、死者の意志の測り難さを表す挽歌の常套表現となっている。この「何しかも」「何すとか」の淵源として山本氏[14]が挙げたのは、日本書紀歌謡の、

・本毎(もとごと)に　花は咲けども　何とかも　愛(うつく)し妹が　また咲き出来(でこ)ぬ

（紀一一四　野中川原史満）

に詠み込まれた「何とかも」である。右の歌謡は、造媛を亡くし悲嘆する中大兄皇子に対して、渡来系氏族の野(の)中川原史満(なかのかはらのふひとまろ)が、

・山川に　鴛鴦二つ居て　偶ひよく　偶へる妹を　誰か率にけむ　（紀一一三　野中川原史満）

と共に奉った歌謡とされる（『日本書紀』孝徳天皇大化五年三月条）。この二首の歌謡には漢詩文からの影響が指摘されているが、[15]特に中国古挽歌の「薤露」「蒿里」をもとにした作だとされる。[16]貴人の死に際し挽歌を奉る中国の教養を身につけていた史満が、古挽歌やその他の漢詩文の手法に学んで作歌したことは明らかであろう。しかし、漢詩文の特徴を有する一方で、一一四番歌謡には万葉挽歌の常套表現である「何しかも」「何すとか」と近似する「何とかも」の句が用いられている。同じく、一一三番歌謡の結句「誰か率にけむ」に見える疑問詞「誰」も、

・さ浪の大山守は誰がためか山に標結ふ君もあらなくに　（2一五四　天智挽歌群「石川夫人歌」）

・草枕旅の宿に誰が夫か国忘れたる家待たまくに　（3四二六　柿本人麻呂「見香具山屍悲慟作歌」）

・還るべく時は成りけり京師にて誰が手本をかわが枕かむ　（3四三九　大伴旅人「神亀五年戊辰。大宰帥大伴卿思恋故人歌」）

・…とゐ波の　塞れる道を　誰が心　いたはしとかも　直渡りけむ　直渡りけむ　（13三三三五　挽歌）

など万葉挽歌にしばしば用いられる。そのため、この二首の歌謡は、「もう万葉挽歌の表現のレベルに到達した、十分に〈和歌〉と見てよいものだろう」[17]、「既にその文形式に『挽歌』としての要素を有しているように見える」[18]など、万葉挽歌に限りなく近い表現性を有する作と評されている。しかし、両者の間には決定的な差があることを看過してはなるまい。万葉挽歌の「何しかも」「何すとか」は、先にも述べた通り死者が自らの意志で死へと向かう行為に対して向けられているが、一一四番歌謡の「何とかも」は、死者が甦ることは無いという事実に対して向けられている。対をなす一一三番歌謡でも、造媛の死は「誰か率にけむ」、つまり誰かが造媛を連れて行ったと表現されており、死者が自らの意志で死へと向かったかのように幻想する万葉挽歌とは他界観が全く異なる

ことが分かる。これと呼応するように、万葉挽歌に用いられた「誰」の疑問詞は、一一三番歌謡のように死者を連れ去った何者かに対してではなく、死者本人への訴えかけとして機能している。つまり、二首の歌謡に歌われた中国古挽歌等の漢詩文の教養に基づく他界観と、万葉挽歌に歌われた日本古来の他界観とは、発想の方法が全く異なるのである。万葉挽歌が死という事態に際して、「いかさまに　思ほしめせか」「何しかも」「何すとか」というように死者へ問いかけその意志を読み取ろうとすることには、青木氏が指摘した通り[19]、日本古来の他界観が大きく関係していると思われる。

五　『古今集』哀傷歌との比較

ここまで、万葉挽歌が死者へ問いかけその意志を読み取ろうとする表現性を持つことを確認してきたが、『古今集』の哀傷歌の中にも、死者へ呼びかける形で詠まれたと評される歌がある[20]。それは、次の三首である。

①血の涙落ちてぞたぎつ白河は君が世までの名にこそありけれ　（八三〇　素性）

②郭公今朝鳴く声におどろけば君を別れし時にぞありける　（八四九　紀貫之）

③君が植ゑしひとむらすすき虫の音のしげき野辺ともなりにけるかな　（八五三　御春有助）

①～③の三首を死者へ呼びかける形の歌と見る解釈は「君」という言葉のみに依拠しており、万葉挽歌のように表現全体が死者への問いかけを志向しているわけではない。それは、これらの哀傷歌に於ける死者と作者（生者）との距離感に因るように思われる。例えば、②は「藤原高経朝臣の身まかりてのまたの年の夏、郭公の鳴きけるを聞きてよめる」という詞書を持つことから、「死んだ人がその一周忌に便りを託したほととぎすが、作者の

目を覚したと想像する」(21)趣向の作とされる。この歌では、ホトトギスに冥途とこの世とを往来する鳥という観念が投影されており（**第三章第二節「ホトトギスと死者追慕の歌――万葉歌から中古哀傷歌へ――」**）、死者は遠く離れた冥途に居るものと幻想されていることが分かる。同様に、「妹の身まかりにける時よみける」という詞書を持つ、

④泣く涙雨と降らなむ渡り川水まさりなば帰りくるがに　（八二九　小野篁）

の一首も、配列順から見て死後間もない頃の悲しみを歌った作と思しいが、死者は「渡り川」つまりは三途の川の向こう側へ去るものとして幻想されている。つまり、②や④は死者の魂を遠い他界へ去り行くものと見る霊魂観に基づいて詠まれている。これは、

・…沖つ櫂（かい）いたくな撥（は）ねそ　辺つ櫂　いたくな撥ねそ　若草の　夫（つま）の　思ふ鳥立つ　（2一五三　天智挽歌群「大后御歌」）

・やすみしし　わご大君の　夕されば　見し（め）賜ふらし　明けくれば　問ひ賜ふらし　神岳の　山の黄葉を　今日もかも　問ひ給はまし　明日もかも　見し賜はまし…　（2一五九「天皇崩之時大后御作歌」）

などのように、崩御した天皇の魂が今もなお来訪しているかのように歌う万葉挽歌の霊魂観とは全く異なっている。従って、『古今集』哀傷歌の死者は、万葉挽歌のように問いかけの対象となるべき存在ではあり得ないのである。

それは、次の歌からも読み取ることが出来る。

⑤空蟬（うつせみ）は蛻（から）を見つつもなぐさめつ深草の山煙（けぶり）だに立て　（八三一　僧都勝延）

⑥かずかずに我を忘れぬものならば山の霞をあはれとは見よ　（八五七　閑院五御子）

右二首は、火葬の煙を死者の形見と受け取り、死者を偲ぶ趣向で詠まれた歌である。これらは、

・今城なる　小丘が上に　雲だにも　著くし立たば　何か嘆かむ　（紀一一六　斉明天皇）
・直の逢ひは逢ひかつましじ石川に雲立ち渡れ見つつ偲はむ　（2二二五「柿本朝臣人麿死時、妻依羅娘子作歌」）
・つのさはふ石村の山に白栲に懸れる雲は大君にかも　（13三三二五　挽歌）
・吾が面の忘れむ時は国はふり嶺に立つ雲を見つつ思はせ　（14三五一五　東歌）
・面形の忘れむ時は大野ろにたなびく雲を見つつ思はむ　（14三五二〇　東歌）

などの歌謡や万葉歌に見える、雲を人の霊魂の表象と見る日本古来の観念を受け継いだものと見られる。この二首のうち、⑤は火葬の煙をそのまま「煙」と表現するが、作者が自らの死を予期して詠じた辞世歌である⑥では、自身の火葬の煙が「山の霞」になることが幻想されている。万葉挽歌に於いても、火葬の普及に伴い、

・隠口の泊瀬の山の山の際にいさよふ雲は妹にかもあらむ　（3四二八　柿本人麻呂「土形娘子火葬泊瀬山時作歌」）
・山の際ゆ出雲の児らは霧なれや吉野の山の嶺にたなびく　（3四二九　柿本人麻呂「溺死出雲娘子火葬吉野時作歌」）
・昨日こそ君は在りしか思はぬに浜松の上に雲とたなびく
（3四四四「天平元年己巳。摂津国班田史生丈部龍麿自経死之時、判官大伴宿禰三中作歌」反歌）
・秋津野に朝ゐる雲の失せゆけば昨日も今日も亡き人思ほゆ　（7一四〇六　挽歌）
・隠口の泊瀬の山に霞立ち棚引く雲は妹にかもあらむ　（7一四〇七　挽歌）

など、火葬の煙を雲や霧に見立てた作が第二期以降に増える。しかし、これらの万葉挽歌に於いては、雲や霧と死者の魂とを直接重ねる表現が取られるのに対し、⑤「煙」や⑥「山の霞」が表すのはあくまでも火葬の煙であり、死者の魂そのものではない。『古今集』哀傷歌の段階では、もはや煙や霞は死者を偲ぶよすがに過ぎず、人の魂を直接表すものではなくなっているのである。

同様に、万葉挽歌では、

・…わが恋ふる　君ぞ昨の夜　夢に見えつる　　（2一五〇　天智挽歌群「天皇崩時、婦人作歌」）

・三諸の神の神杉夢のみに見えつつ共に寝ねぬ夜ぞ多き　　（2一五六　高市皇子「十市皇女挽歌」）

などのように死者の魂との逢会の手段と考えられた夢も**（第二章第一節「天智挽歌群　姓氏未詳婦人作歌考」）**、『古今集』哀傷歌の段階では、

⑦寝ても見ゆ寝でも見えけりおほかたは空蟬の世ぞ夢にはありける　　（八三三　紀友則）

⑧夢とこそいふべかりけれ世の中にうつつあるものと思ひけるかな　　（八三四　紀貫之）

⑨寝るがうちに見るをのみやは夢といはむはかなき世をもうつつとは見ず　　（八三五　壬生忠岑）

のように、死者の姿を夢に見たことは歌われる（⑦）ものの、夢を「空蟬の世」・「うつつ」と対比して、現世そのものが虚無な夢だという諦念を詠む歌へと変化している。

しかし、万葉挽歌と『古今集』哀傷歌で共通する部分もある。先に挙げた、

③君が植ゑしひとむらすすき虫の音のしげき野辺ともなりにけるかな　　（八五三　御春有助）

は、「藤原利基朝臣の右近中将にて住み侍りける曹司の、身まかりてのち、人も住まずなりにけるに、秋の夜ふけてものよりまうで来けるついでに見入れければ、もとありし前栽もいと繁く荒れたりけるを見て、はやくそこに侍りければ、昔を思ひやりてよみける」という詞書を持つ。ここからこの一首が、万葉挽歌に見られた、死者にゆかりのある樹木を詠み込んで死者を偲ぶ手法や、死者の形見の地の荒廃を嘆くことにより喪失感を表現する手法に拠って詠まれていることが分かる。このように万葉挽歌と『古今集』哀傷歌には共通する表現性が見出されるものの、やはり相違点の方が圧倒的に多くなっている。

『古今集』哀傷歌に見える死者との距離感や火葬の煙の捉え方、夢に対する観念は、仏教思想の影響を受けていると思しい。上代には、万葉第二期の頃から仏教思想の萌芽が見られ始め、次第に火葬の風習や無常観などの思想が歌表現に反映されるようになる。しかし、挽歌は相変わらず日本古来の他界観や霊魂観に基づいて詠まれるものであった。時代が下って『古今集』の時代になると、更に仏教思想の浸透が進んだ結果、万葉挽歌と『古今集』哀傷歌とでは他界観や霊魂観に差が生じ、両者の表現性が異なるものになったのであろう。(22)

六　挽歌の変遷——鎮魂から悲傷へ——

しかし、仏教思想の浸透を待たずして、万葉挽歌自体の中にも『古今集』哀傷歌へと繋がる表現性の兆しが見えている。

死に直面した時に湧き起こる悲しみや嘆きを最も端的に表現する場合に、〈泣く〉という行為を詠じる方法がある。〈泣く〉行為を示す叙述は、既に初期万葉の挽歌に見えている。

・やすみしし　わご大君の　かしこきや　御陵仕ふる　山科の　鏡の山に　夜はも　夜のことごと　昼はも
　日のことごと　哭のみを　泣きつつ在りてや　百磯城の　大宮人は　去き別れなむ

（2一五五　額田王「山科御陵退散歌」）

右は天智挽歌群の中でも儀礼的性格の強い作であるとされ、大宮人が〈泣く〉様子は喪葬儀礼での哭礼を意識した「哭のみを泣く」という表現で歌われる。そのことは、「夜はも　夜のことごと　昼はも　日のことごと」（波線部）という喪葬儀礼の時間を反映した描写からも分かる。この「哭のみ泣く」「哭に泣く」という表現は、

・…何しかも　もとな晤ふ　聞けば　哭のみし泣かゆ　語れば　心そ痛き　天皇の　神の御子の　いでましの
手火の光そ　ここだ照りたる　（2二三〇　笠金村「志貴皇子挽歌」）

・若子の這ひたもとほり朝夕に哭のみそわが泣く君無しにして
（3四五八　余明軍「天平三年辛未。秋七月、大納言大伴卿薨之時歌」）

・朝鳥の音のみし泣かむ吾妹子に今また更に逢ふよしを無み　（3四八三　高橋朝臣「悲傷死妻作歌」反歌）

・…永き代に　標にせむと　遠き代に　語り継がむと　処女墓　中に造り置き　壮士墓　此方彼方に　造り置
ける　故縁聞きて　知らねども　新喪の如も　哭泣きつるかも　（9一八〇九　高橋虫麻呂「見菟原処女墓歌」）

など、悲傷の表現として第二期以降の挽歌にも多く詠み込まれるが、依然として「若子の這ひたもとほり」（3四五八　波線部）のような匍匐儀礼を髣髴とさせる描写が歌われることからも、常に哭礼への意識が伴うものであったことが覗える。この他、

・…白栲に　舎人装ひて　和豆香山　御輿立たして　ひさかたの　天知らしぬれ　こいまろび　ひづち泣けど
も　せむすべも無し　（3四七五　大伴家持「安積皇子挽歌」）

・…つかはしし　舎人の子らは　行く鳥の　群がりて待ち　あり待てど　召し賜はねば　剣刀　磨ぎし心を
天雲に　思ひはぶらし　展転び　ひづち泣けども　飽き足らぬかも　（13三三二六　挽歌）

などに詠み込まれた表現（傍線部）も、喪葬儀礼の折の匍匐儀礼や哭礼が反映されている。このように挽歌に於ける〈泣く〉様子の描写は、残された者の悲しみを表現していたとしても、その背後に哭礼の光景が色濃く付きまとう。一方、『古今集』哀傷歌の中にも、

・なき人の屋戸に通はば郭公かけて音にのみ鳴くと告げなむ　（八五五　読人知らず）

のように「音のみ鳴く（泣く）」という表現を持つ歌は見られるが、「かけて（＝死者を思い出して）」という限定が付くことからも分かるように、既に哭礼を反映したものではなくなっている。ここから、実際の喪葬儀礼の様子や儀礼を髣髴とさせる表現を詠み込むことが、挽歌の一つの特徴であったことが分かる。

その一方で、万葉第二期以降の挽歌の中には、〈泣く〉行為を表す新たな表現を見出すことが出来る。

・…その山を　振り放け見つつ　夕されば　あやに悲しび　明けくれば　うらさび暮し　荒栲の　衣の袖は　乾る時もなし　（2一五九「天皇崩之時大后御作歌」）

右は、持統天皇による「天武挽歌」である。末尾の「荒栲の　衣の袖は　乾る時もなし」は、悲しみの涙で喪服の袖が常に濡れている様を表しており、哭礼を連想させる「哭のみ泣く」とは表現の位相が異なっている。一首の表現の質は、むしろ、

・神無月時雨に濡るるもみぢ葉はただわび人の袂なりけり　（八四〇　凡河内躬恒）
・あしひきの山辺に今はすみぞめの衣の袖はひるときもなし　（八四四　読人しらず）
・みな人は花の衣になりぬなり苔の袂よかわきだにせよ　（八四七　遍照）

のような『古今集』哀傷歌の悲傷表現に近いものと言える。また、

・朝日照る佐太の岡部に群れ居つつわが泣く涙止む時も無し　（2一七七「皇子尊宮舎人等慟傷作歌」）
・み立たしし島を見る時にはたづみ流るる涙止めそかねつる　（2一七八　同右）
・妹と来し敏馬の崎を還るさに独りし見れば涙ぐましも　（3四四九　大伴旅人「天平二年庚午。冬十二月、大宰帥大伴卿向京上道之時作歌」）
・妹が見し楝の花は散りぬべしわが泣く涙いまだ干なくに　（5七九八　山上憶良「日本挽歌」反歌）

などの歌に見える「涙」も、第二期以降の挽歌から多く詠み込まれるようになる。「涙」は、たとえ舎人の殯宮奉仕を歌う場面に詠み込まれたとしても「わが泣く涙」（2一七七）と表現されるように、あくまでも作者個人の悲傷を表す言葉であり、もはや哭礼の反映ではない。挽歌に於いて、「涙」が悲傷を表す言葉として獲得されたことにより、

・…玉桙の　道来る人の　泣く涙　霡霂に降り　白栲の　衣ひづちて　立ち留り　われに語らく…
（2二三〇　笠金村「志貴皇子挽歌」）

・…言はむすべ　せむすべ知らに　たもとほり　ただ独りして　白栲の　衣手干さず　嘆きつつ　わが泣く涙　有間山　雲ゐたなびき　雨に降りきや
（3四六〇　大伴坂上郎女「尼理願挽歌」）

などのように、悲しみの「涙」が「雨」になるという比喩も歌われるようになる。この歌い方は、

・泣く涙雨と降らなむ渡り川水まさりなば帰りくるがに
（八二九　小野篁）

・墨染めの君が袂は雲なれや絶えず涙の雨とのみ降る
（八四三　壬生忠岑）

などの『古今集』哀傷歌へと受け継がれていく。

このように挽歌は、喪葬儀礼を意識し死者の魂への問いかけや鎮魂を志向しながらも、一方で自己の悲しみを歌う新たな表現を獲得し、哀傷歌へと近付いていったのである。

七　むすび

『万葉集』巻二編者が考える挽歌とは、基本的には喪葬儀礼に関わって作られた歌であった。挽歌の表現が喪

葬儀礼を意識し、実際の喪葬儀礼の様子や儀礼を髣髴とさせる表現を詠み込むことが多いのは、そのことと関わるのであろう。しかし、編者は「歌の意(=心情)」を考慮して挽歌の範囲を「挽哥類」に拡大させた。その「意」とは、死者の恨みや無念を鎮めようとする強い思いであり、死者が残した思いを問い、それに応えることで死者の魂を慰撫する「意」であった。つまり、挽歌は、単に死に直面して湧き起こった悲哀の情を歌う歌ではなく、死者へ訴えかけ、その意志を問い、それに応えることで死者の鎮魂を図る歌なのである。挽歌を詠むにあたって死者の思いは常に意識され、表現は死者の魂を鎮める方向へと向かっている(**第一章第一節「有間皇子自傷歌群の意味」・第二節「有間皇子自傷歌群左注考――編者の挽歌観と意図――」**)。そのことは、本章に於ける考察からも確認出来た。特に、挽歌の伝統を継承した作とされる山上憶良の「日本挽歌」に於いて、

…家ならば　形はあらむを　うらめしき　妹の命の　我をばも　如何にせよとか　鳰鳥の　二人並び居　語らひし　心背きて　家さかりいます

(5七九四　山上憶良「日本挽歌」)

というように死者への問いかけの句が詠み込まれることが、死者の思いを意識する挽歌のあり方を示している。憶良が、漢籍の挽歌とは異なる日本独自の挽歌を詠むにあたり、日本古来の伝統的表現として重んじたのが死者への問いかけだったのである(**第一章第三節「山上憶良『日本挽歌』の表現」**)。

死者の意志を問うということは、それぞれの死者に応じた鎮魂方法を模索することを意味する。これは、古橋信孝氏[23]が挽歌成立の契機として挙げた、宮廷社会の成立によって新たに生じた「個別性」の問題に繋がるだろう。挽歌は、それぞれの死者を個として意識し、その意志に添った鎮魂が志向された時に成立したのである。逆に言えば、挽歌は、類歌や類型といったあり方とは相容れない歌であったとも言える。その点で、挽歌は類型性を有する相聞歌とは全く異なっている。万葉後期になって多くの類歌が詠まれるようになると、暦の普及に伴う節気

意識の高まりと相俟って、巻八・巻十のような季節歌巻が編まれるに至る。しかし、三大部立のうち挽歌のみがそこから除外されてしまったのは、類型性と相容れない挽歌の性質ゆえと思われる。様々な表現様式が模索され発展の一途をたどる相聞歌とは逆に、挽歌が徐々に衰退して行くのも、この性質に起因するのであろう。一方で挽歌は、死者へ問いかけその魂を鎮めようとする表現を保持しながらも、次第に死という現実に直面して催された自己の悲しみを吐露する方向へと向かい、新たな表現を獲得して行く。この新たな表現が、後代の哀傷歌へと繋がっていったのである。『万葉集』の挽歌は、仏教の浸透以前の古代的な他界観や霊魂観に基づく死者鎮魂の観念と、宮廷社会の成立によって新たに生じた死者の「個別性」を重んじる意識とが両立し得た時代に、一時的に華開いた文学だったのである。

　最後に、これまで述べてこなかった問題や課題について触れておきたい。

　本書の**第一章「万葉人の挽歌観」**では、巻二編者の挽歌観を冒頭の有間皇子自傷歌群（2一四一～一四六）から考察したが、巻二原撰部の末尾に置かれていたと見られる柿本人麻呂臨死自傷歌群（2二二三～二二七）[24]の考察も、巻二編者の意識を読み取る上では必要であろう。また、自身の作品に初めて「日本挽歌」と命名した山上憶良の手による歌集『類聚歌林』と巻二編者の営みとの前後関係の考察も、今後の課題として残されている。更に、「日本挽歌」から読み取れる憶良の挽歌観についても更に深めていく必要があり、それとの関わりで、大伴旅人による一連の亡妻挽歌群（3四三八～四四〇、四四六～四五三）の考察も必要となってくるだろう。また、**第二章「万葉挽歌の方法」**では、実際の挽歌作品の表現についての考察を試みたが、天智挽歌群（2一四七～一五五）や柿本人麻呂の挽歌については、西郷信綱氏の《女の挽歌》[25]論の是非を検討する上でも、本書で取り上げることが出来なかった作品についての考察を進めていく必要がある。その他、行路死人歌や高橋虫麻呂による伝説歌的挽歌（9

一八〇七〜一八一二）など、まだ検討出来ていない挽歌作品は多い。更に、記紀歌謡と万葉挽歌との関わりをどのように捉えるべきかという根本的な問題も残る。これらの課題があることを見通した上で、今後新たな挽歌論を展開していきたい。

注

（1）巻二挽歌の原撰部は、「寧楽宮」の歌以前の部分とされる（伊藤博氏「女帝と歌集―持統万葉から元明万葉へ―」『専修国文』一　一九六七年一月、後に『萬葉集の構造と成立　下』塙書房　一九七四年）。

（2）稲岡耕二氏「有間皇子」（『萬葉集講座』第五巻　有精堂　一九七三年）

（3）吉井巖氏「弓削皇子」（『帝塚山学院大学研究論集』三　一九六八年一二月、後に『天皇の系譜と神話』二　塙書房　一九七六年）

（4）影山尚之氏「弓削皇子の歌」（『セミナー万葉の歌人と作品』第三巻　和泉書院　一九九九年）

（5）西宮一民氏校注『萬葉集全注』第巻三、中西進氏『万葉集事典（万葉集全訳注原文付別巻）』など。

（6）身﨑壽氏『宮廷挽歌の世界』（塙書房　一九九四年）第四章「殯宮挽歌の達成―宮廷挽歌史の頂点（二）―」、多田一臣氏『万葉集全解』など。

（7）山本健吉氏『柿本人麻呂』（新潮社　一九六二年）

（8）伊藤博氏「近江荒都歌の文学史的意義」（『萬葉』五四・五五　一九六五年一月・四月、後に『萬葉集の歌人と作品　上』塙書房　一九七五年）

（9）山本健吉氏　前掲注（7）書

（10）青木生子氏「人麻呂の歌の原点」（『国語と国文学』五〇-一二　一九七三年一二月、後に『萬葉挽歌論』塙書房　一九八四年）

（11）上野誠氏「殯と宮―日並皇子挽歌の背景」（『上代文学』六一　一九八八年一一月、後に『古代日本の文芸空間―万葉

挽歌と葬送儀礼―』雄山閣　一九九七年）
（12）山本健吉氏　前掲注（7）書
（13）第三例目、巻十三・三三二七番歌の「葦毛の馬の　嘶え立ちつる」の示す内容が分かりにくいが、やはり三野王が自発的に死へと向かったために馬が嘆き悲しむ様を表していると推測できよう。
（14）山本健吉氏　前掲注（7）書
（15）山本健吉氏　前掲注（7）書、身崎壽氏「野中川原史満の歌一首」（『言語と文芸』七九　一九七四年一一月）、内田賢徳氏「孝徳紀挽歌二首の構成と発想―庾信詩との関連を中心に―」（『萬葉』一三八　一九九一年三月）など。
（16）塚本澄子氏「孝徳・斉明紀の挽歌における詩の成立の問題―類歌性をめぐって―」（大久保正氏編『万葉とその伝統』桜楓社　一九八〇年、後に『万葉挽歌の成立』笠間書院　二〇一一年）、吉井巖氏「河内飛鳥の渡来人と挽歌史」（門脇禎二・水野正好編『古代を考える　河内飛鳥』吉川弘文館　一九八九年）、内田賢徳氏『万葉の知―成立と以前―』（塙書房　一九九二年）
（17）森朝男氏「死・挽歌・仏教」（『万葉集Ⅰ（和歌文学講座2）』勉誠社　一九九二年）
（18）平舘英子氏『萬葉集の主題と意匠』（塙書房　一九九八年）
（19）青木生子氏　前掲注（10）論
（20）新編日本古典文学全集『古今和歌集』（小学館）の歌の解釈に拠る。
（21）新編日本古典文学全集『古今和歌集』（小学館）の歌の解釈に拠る。
（22）森朝男氏　前掲注（17）論
（23）古橋信孝氏「挽歌の成立」（『日本文学』四一－五　一九九二年五月）
（24）伊藤博氏　前掲注（1）論
（25）西郷信綱氏「柿本人麿」（『詩の発生』未来社　一九六〇年）

初出一覧（※特に断りの無いものについては、旧稿に文体や表記の訂正等の若干の修正のみを施して本書に収載した）

序　章　万葉挽歌研究の視点

第一節　万葉挽歌研究史と本書の目的――予備的考察として――
新稿
第二節　万葉挽歌の表現と変遷
「死と挽歌――『万葉集』挽歌表現の考察――」（東京大学大学院人文社会系研究科『死生学研究』二〇〇三年秋号　二〇〇三年一一月）

第一章　万葉人の挽歌観

第一節　有間皇子自傷歌群の意味
「有間皇子自傷歌群の示すもの――挽歌冒頭歌とされた意味――」（『上代文学』第八三号　一九九九年一一月）
第二節　有間皇子自傷歌群左注考――編者の挽歌観と意図――
新稿（平成一四年度美夫君志全国大会口頭発表　発表原題「有間皇子自傷歌群左注考」　二〇〇二年六月　於：中京大学　をもとに大幅な修正を加えた。）
第三節　山上憶良「日本挽歌」の表現

「憶良『日本挽歌』の表現――『石木をも　問ひ放け知らず』をめぐって――」（『国語と国文学』第八八巻七号　二〇一一年七月）

第二章　万葉挽歌の方法

第一節　天智挽歌群　姓氏未詳婦人作歌考

「巻二天智挽歌群姓氏未詳婦人作歌考」（『国語と国文学』第七九巻六号二〇〇二年六月）をもとに、改稿した。

第二節　柿本人麻呂「日並皇子殯宮挽歌」の方法――反歌をめぐって――

同題（『美夫君志』第八五号　二〇一三年二月）

第三節　柿本人麻呂「高市皇子殯宮挽歌」の方法

新稿

第四節　柿本人麻呂「吉備津采女挽歌」の方法――「秋山の　したへる妹　なよ竹の　とをよる子ら」考――

「『なよ竹の』考――女性美の源流――」（大修館書店『国語教室』第九六号二〇一二年一〇月）をもとに、改稿した。

第三章　万葉挽歌の周辺

第一節　巻八夏雑歌　大伴旅人の望遊唱和歌考

「記夷城での望遊唱和歌考――旅人の亡妻とホトトギスをめぐって――」（『日本文学』第五七巻六号　二〇〇八年六月）をもとに、改稿した。

第二節　ホトトギスと死者追慕の歌――万葉歌から中古哀傷歌へ――

「ホトトギスと死者追慕の歌――万葉歌から中古哀傷歌へ――」（『国語と国文学』第八五巻一二号　二〇〇八年一二月）
をもとに、改稿した。

《補論》　東歌のホトトギス詠――巻十四・三三五二番歌の考察――

「東歌のホトトギス詠――巻十四・三三五二番歌の考察――」（ひむかし会『かぎろひ』第二号　二〇一〇年九月）

第三節　倭建命の喪葬物語――『古事記』と鎮魂――

「ヤマトタケルの喪葬物語――古事記と信仰――」（『国文学　解釈と鑑賞』第六五巻一〇号　二〇〇〇年一〇月）をもとに、
改稿した。

終　章　万葉挽歌の実体と課題――挽歌とは何か――

新稿

あとがき

現代の私達は、人の亡骸を言い表す際に、「死体」と「遺体」の語を使い分ける。新谷尚紀・関沢まゆみ編『民族小事典　死と葬送』（吉川弘文館　二〇〇五年）によると、「死体」は、単に死んだ状態の人の身体をいうのに対し、「遺体」は、死んだ人の身体が生前の人格を死後も保持しているという認識を示す時に用いられるという。つまり「遺体」は、死者の身体と霊魂を一体のものとする観念を背景とする言葉なのである。そして、私達は、この「遺体」に対して、「慰霊」「鎮魂」のためといって各種の儀礼を執り行う。これは、現代の私達の、死や死者に対する向き合い方だと言える。近年、被災地の死者をテーマにした小説が出版されたり、被災地の幽霊の話が話題に上ったりするのも、同様に、大勢の死と死者に対する向き合い方の一つなのだろうと感じる。

同書の中で、新谷氏が「生死観や他界観を残された考古遺物だけから推定するのは難しい。むしろ世界各地に伝えられている死の神話や叙事詩こそが人類の祖先による死の発見と他界観の生成をめぐる物語といってよい」（「死と葬送の歴史と民族」）と述べるように、古代文学には、考古遺物からだけでは分からない、古代人の死に対する向き合い方が表現されている。『万葉集』の挽歌にも、身近な人の死に直面した万葉人達の心情や死生観が、独特な表現を用いて歌われている。それらの歌表現を読み解くことで、万葉人が、死や死者に対してどのように向き合おうとしたのかを読み取ることができる。そして、そこに、この時代に挽歌が必要とされた理由を知る手がかりがあると思うのである。

本書は、以上のような考え方のもとに、『万葉集』に収載された挽歌作品の歌表現から、挽歌の成立と、その本質を考察したものである。基本的には、二〇一三年十一月に東京大学に提出した博士学位論文『万葉挽歌の研究』をもととしているが、後から全面的に書き直しているため、表題も内容に添うものに変更した。

＊　＊　＊　＊

千葉県市川市出身の私は、身近に古墳や貝塚などが多く存在する環境で育ったためか、小学生の頃から滅び去った物や遺跡に興味を持っていた。中でも最も心ひかれたのは、家から自転車で十数分の所にある真間手児奈を祀った手児奈霊堂と、その背景にある手児奈伝説だった。小学生なりに郷土史の資料で手児奈伝説を調べ、将来、手児奈伝説のおおもとである『万葉集』について、もっと詳しく勉強したいと漠然と思っていた。

その後、お茶の水女子大学の国文学科に入学し、菸原千鶴先生の上代文学の講義や演習の授業を履修して、その面白さに魅了され、更に『万葉集』への思いが強まった。卒業論文を書くために専攻ゼミを選ぶ際には、迷わず上代文学ゼミを選んだ。卒論は、菸原先生ご指導のもと、手児奈を歌った高橋虫麻呂歌を「伝説歌」という視点から調べて書いた。大変拙い内容だったため、失望された先生からお叱りを受けた苦い記憶がある。その時、先生がおっしゃった「『伝説歌』というのは、研究者が勝手にそう呼んでいるだけで、『万葉集』の中では、この歌は『挽歌』ですよ」という一言が、後に挽歌を研究するきっかけとなった。菸原先生には、『万葉集』の調査・研究方法を一から徹底的にご指導いただいた。また、出産後には育児相談にまで乗っていただき、女性研究者の生き方を教えていただいた。厳しくも温かいご指導を賜った菸原先生には、感謝の念に堪えない。

東京大学大学院修士課程に入学してからは、多田一臣先生のご指導のもと、更に深く『万葉集』について学んだ。多田先生からは、『万葉集』の歌を成り立たせている表現を深く読み込み、その表現の背後にある世界観を見る方法を教わった。また、論文作成の方法も、細かくご指導いただいた。最初の頃は、私の書いた文章を添削して下さり、「如何にも論文風の難解な言葉を使うのではなく、普通の言葉を用いた素直な文章で書くことが大切ですよ」と、繰り返し教え諭して下さった。また、多田先生には、様々な学会や研究会に連れて行っていただき、多くの著名な先生方のご研究に直に触れる機会を得ることができた。特に、近藤信義先生、森朝男先生、古橋信孝先生、居駒永幸先生には、直接、貴重なご指導を賜った。森先生には、後に博士論文の審査にも加わっていただいた。他にも、大勢の先生方にお世話になった。諸先生方には、心から感謝申し上げたい。

大学院では、次々と研究成果を発表する先輩や友人、後輩達に囲まれ、焦りを感じつつも、なかなか成果がまとめられないでいた。修士課程二年の頃、呑気過ぎる後輩に危機感を覚えたのか、ゼミの大先輩である大浦誠士氏が私を「ひむかし会」に連れて行って下さった。太田豊明氏、阿部誠氏、飯泉健司氏、池田三枝子氏、塩沢一平氏、谷口雅博氏、福沢健氏、牧野正文氏、加藤清氏、清水明美氏など、学会で活躍されている諸先輩方が激しい議論を闘わせる場に衝撃を受けた私は、自分の不勉強さや不真面目さを痛感し、自らを鍛えたい一心で会に参加するようになる。時には厳しい意見を言われて涙することもあったが、何とか参加し続けることができたのは、会の中心として運営を行っている太田氏の明るく飾らないお人柄もあり、毎回楽しく充実した時間を過ごせたからである。一緒に参加していた日本女子大学のお姉様方、八木京子氏、田中夏陽子氏、今井肇子氏にも仲良くしていただいた。研究姿勢も考え方も甘過ぎの私を鍛えて下さった諸先輩方に、深く感謝申し上げる。また、大学院生活を支えてくれた友人、後輩達にも、大変感謝している。

諸先生方、諸先輩方から熱いご指導をいただいたにも関わらず、未熟な私は思うように論文が書けず、修士課程を三年、博士課程を五年、更に大学院研究生を二年という大学院に在学可能な最長期間を過ぎても博士論文作成には至らなかった。更に、院を満期退学して三年以内に博士論文を提出しなければならないのに、出産と育児で論文どころではなくなり、研究を続けることすら覚束なくなってしまった。おそらく、多田先生が指導教官でなかったら、そのまま研究を諦めてしまっただろう。多田先生は、遅々として筆の進まない私を見捨てず、根気よくご指導下さり、再入学の制度を使って博士論文を提出することを何度も勧めて下さった。修士課程の頃から何かと気にかけて下さった鈴木日出男先生からは、「博士論文は、書けるところから少しずつ書いていけば、いずれ出来上がるのだから大丈夫」との温かい励ましの言葉を頂戴した。今は亡き先生に、本書をお目にかけることができないのは、残念でならない。また、廣岡義隆先生には、心に沁みる励ましのお言葉と共に、たくさんのご著書をご恵贈いただいた。産後に頭が働かなくなった私が、徐々に回復してきたのは、廣岡先生のご著書を少しずつ読み続けたお蔭だと思う。苦しい時期を支えていただいた先生方には、心から感謝申し上げたい。

その後、幸いにして博士論文完成の目途が立ったので、博士課程に再入学し、数カ月後に無事に提出することができた。再入学の機会をお与え下さった人文社会系研究科日本文化研究専攻の諸先生方に、御礼申し上げる。また、論文審査にあたり、貴重なご助言を賜った森朝男先生、藤原克己先生、渡部泰明先生、長島弘明先生に感謝申し上げたい。

そして、修士課程入学から今に至るまで温かなご指導を賜り、本書の出版までお世話して下さった多田先生に、改めて、最大限の感謝の意を表したい。先生と出会えて、本当に良かった。言葉では言い尽くせないくらい、感謝の気持ちでいっぱいである。

また、本書の刊行をお引き受け下さった笠間書院池田つや子会長、橋本孝編集長、そして、遅々として作業のはかどらない私を辛抱強くご担当下さった重光徹氏に、厚く御礼申し上げる。

最後に、私が非常勤や研究会参加などで不在の時に育児を全面的に負担して、私の研究生活をいつも支えてくれる両親と、仕事や研究のため家事が後回しになりがちな母に耐えてくれる家族に、お礼を言いたいと思う。

二〇一六年三月

高桑枝実子

人名・事項索引

文献・作品名索引

●み

●も

●や

●ゆ

●ら

●り

●る

万葉集 歌番号索引

●巻三

●巻四

●巻五

●巻六

●巻七

●巻十一

●巻十二

●巻十三

●巻十四

●巻十五

●巻十六

●巻十七

●巻十八

●巻十九

●巻二十

上代歌謡・中古和歌集 歌番号索引

上代歌謡

●古事記歌謡

●日本書紀歌謡

中古和歌集

●古今和歌集

●古今和歌六帖

●拾遺和歌集

●後拾遺和歌集

●金葉和歌集

●千載和歌集

著者略歴

高桑枝実子（たかくわ　えみこ）

1972年　千葉県生まれ
1995年　お茶の水女子大学文教育学部国文学科卒業
2013年　東京大学大学院人文社会系研究科日本文化研究専攻博士課程修了
　　　　博士（文学・東京大学）取得
現在　　聖心女子大学・武蔵大学 非常勤講師
専攻　　日本古代文学、日本古代文化論

論文・著書

「大物主神の色好み」（『国文学 解釈と鑑賞』69巻12号　2004年12月）
「『記紀神話』アメノウズメノミコト」
（『国文学 解釈と鑑賞』71巻12号　2006年12月）
「記紀歌謡と万葉集―挽歌成立の問題として」
（『古代歌謡とはなにか　読むための方法論』　笠間書院　2015年2月）
『万葉語誌』（共著、筑摩書房　2014年8月）
など。

万葉挽歌の表現（まんようばんかのひょうげん）　挽歌とは何か（ばんかとはなにか）

2016年8月10日　初版第1刷発行

著　者　高桑枝実子
装　幀　笠間書院装幀室
発行者　池田圭子

発行所　有限会社　**笠間書院**
〒101-0064　東京都千代田区猿楽町2-2-3
☎03-3295-1331㈹　FAX03-3294-0996
振替　00110-1-56003

ISBN978-4-305-70813-7

新日本印刷
（本文用紙：中性紙使用）
落丁・乱丁本はお取りかえいたします。
出版目録は上記住所までご請求下さい。
http://kasamashoin.jp